2023

中国年选系列

中国作协创研部 选编

2023年中国

散文

精 选

长江出版传媒 | 长江文艺出版社

图书在版编目（CIP）数据

2023 年中国散文精选 / 中国作协创研部选编. —— 武
汉：长江文艺出版社，2024.1
（2023 中国年选系列）
ISBN 978-7-5702-3380-9

Ⅰ. ①2… Ⅱ. ①中… Ⅲ. ①散文集－中国－当代
Ⅳ. ①I267

中国国家版本馆 CIP 数据核字(2023)第 218593 号

2023 年中国散文精选
2023 NIAN ZHONGGUO SANWEN JINGXUAN

责任编辑：张　贝　龙子珮　　　　　　责任校对：毛季慧
封面设计：胡冰倩　　　　　　　　　　责任印制：邱　莉　杨　帆

出版：　长江出版传媒　长江文艺出版社
地址：武汉市雄楚大街 268 号　　　　邮编：430070
发行：长江文艺出版社
http://www.cjlap.com
印刷：湖北恒泰印务有限公司

开本：680 毫米×980 毫米　　1/16　　　印张：19
版次：2024 年 1 月第 1 版　　　　　2024 年 1 月第 1 次印刷
字数：302 千字

定价：39.80 元

编选说明

　　每个年度，文坛上都有数以千万计的各类体裁的新作涌现，云蒸霞蔚，气象万千。它们之中不乏熠熠生辉的精品，然而，时间的波涛不息，倘若不能及时筛选，并通过书籍的形式将其固定下来，这些作品是很容易被新的创作所覆盖和湮没的。观诸现今的出版界，除了长篇小说热之外，专题性的、流派性的选本倒也不少，但这种年度性的关于某一文体的庄重的选本，则甚为罕见。也许这与它的市场效益不太丰厚有关。长江文艺出版社出于繁荣和发展文学事业的目的，不计经济上一时之得失，与我部合作，由我部负责编选，由他们负责出版，向社会、向广大读者隆重推出这一套选本，此举实属难能可贵。

　　这套丛书的选本包括：中篇小说选、短篇小说选、报告文学选、散文选、诗歌选和随笔选六种。每年一套，准备长期坚持下去。

　　我们的编辑方针是，力求选出该年度最有代表性的作品，力求选出精品和力作，力求能够反映该年度某个文体领域最主要的创作流派、题材热点、艺术形式上的微妙变化。同时，我们坚持风格、手法、形式、语言的充分多样化，注重作品的创新价值，注重满足广大读者的阅读期待，多选雅俗共赏的佳作。

　　我们认为，优良的文学选本对创作的示范、引导、推动作用是非常重要的，对读者的潜移默化作用也是十分突出的。除了示范、引导价值，它还具有文学史价值、资料文献价值、培育新人的价值，等等。我们不会忘记许多著名选本对文学发展所起到的巨大作用，我们也希望这套选本能够发挥它应有的作用。

这套书由中国作家协会创作研究部编选，具体的分工是：

中篇小说卷由何向阳、聂梦同志负责；

短篇小说卷由贺嘉钰、贾寒冰同志负责；

报告文学卷由李朝全同志负责；

散文卷由王清辉同志负责；

诗歌卷由李壮同志负责；

随笔卷由纳杨、刘诗宇同志负责。

中国作协创研部

# 目 录

我的所来之路

在图书馆里成长

阎晶明

人到了一定年龄必然会忆旧。我一向克制自己这样做，因为在我看来，忆旧就是意味着老去。可我现在又越来越觉得，人之所以忆旧，未必是想总结，想倾诉，想告诉别人点什么道理。而是因为，他越来越相信经验的判断，越来越愿意从自己的经历，而不是从剧情中和听来的故事里得出人生道理。这种"经验之谈"，不但更让他踏实、放心，而且更有自我针对性，也有一种重新发现和反复思考的快意。

于是，当我也必须承认自己年过花甲之时，也一样愿意回忆那可称漫长的岁月，回味那些值得回味的线索、片段、细节。今天，我就想列举一下，在长达半个世纪的时光里，图书馆对我的影响。这一"主题"性的回忆，让我产生一种莫名的兴奋，一种独特的欣慰。

我从小生长在晋西北偏关县城里。因为环境和时代的制约，完全不知道外面的世界有多大，也从来不觉得自己生活的地方有多小。我在10岁左右时，父母和我们姐弟住在一座平房院里，现在都不记得那房子有多大了，肯定不宽敞，但也一样没有拥挤的印象。回味起来，这种没有比较、没有高下感的日子还很有放松的一面。不像今天的孩子，未及懂事，就能敏感地判断到、比较出尊卑和贫富。我们那个平房院是前后院各两户且独立出入的组合。年龄相仿的孩子比年纪相近的家长还要多。因为正处在一个既不要求应试教育，也没有素质教育概念的特殊年代，孩子们都处于放羊式的三不管状态，成天闹哄哄地自由出入，完全没有秩序可言。家长们共同意识到其中有潜在的危险，比如过分躁动以及安全问题，等等。总之，他们合谋让孩子们尽可能安静下来。于是，就找来没完没了的书让我们阅读。那时候，虽然教科书也没有什么神圣可言，但小说之类的书统称为"闲书"。住在我们前院的张姨是县图书馆的管理员，有很方便的条件可以把书带回来让孩子们阅读，然后再送回去，不定期置换。于是，10岁的我知道了图书馆这么一个神奇的地方。我现在完全没有自己进入过图书馆的印象，但一包包带回来的新书给我贪玩的生活带来了新意。那都是些小说类的书，因为是图书馆里来的，所以没有深浅之分，拿到哪一本翻看完全是偶然的。我现在还能记得曾经读过一本越南小说，很新奇，但只留下故事枯燥的印象。因为有了这样的阅读，跟周围也有看"闲书"爱好的同学就有了交换书看的机会和热情。可是那时候的我们，只知道这些书是"闲书"，完全没有什么功用的要求。

如果说我的童年和少年时代还有什么值得在功劳簿上记一笔的，可能就是这些看"闲书"的经历吧。我上的学，从小学到高中总共不过九年。1977年，我才16岁就高中毕业了。那正是历史转型时期，一切都不确定。我身体瘦小，父母很难提出让我找工作的想法。正好恢复高考的第一年刚过，县中学及时成立了高考补习班。父母认为，既然我没有能力工作，不如把我送到补习班里待上半年再说。至于说参加高考甚至上大学，他们想都没有想过。因为我数理化完全不行，自然就进入了文科班。就像后来的孩子文科也不行，就想办法参加"艺考"一样。第一年，也就是1978年高考成绩就要出来了。我记得我一个好友、同学先知道了自己的总分，五门功课总共500分的考试，他得到了200分多一点的结果。他已是很有志向要考上大学的一个了。我认为自己离这个成绩也不会太远，而我的父亲却认为，以我完全没有学习积累和自主要求的情形，达到200分也不过奢望而已。很快我就得到了同样是200多分的成绩，这让我的父亲大喜过望。五门功课里，除了数学连10分都没有达到外，其他的文科成绩，居然都达到了50分以上，语文和地理竟然还取得了60分以上的及格分数。我父亲认为，只要我把数学迅速补上来，考个学校是完全有机会的。于是从那个夏天开始，我就开始了疯狂的数学自学。高考时我只做对了一道因式分解题，可知数学的基础几近于零。我还记得上海教育出版社出版有一套数学自学丛书，我就从第一本开始自己阅读、练习。那套书也是父母从县图书馆里借来的。当时我们家已搬到另外一个更大的院子里，紧邻我们家的一位叔叔，是县通信组的干部，擅长写材料，殊不知他本人是大学数学系毕业，尽管多年弃学，但辅导一个我这样的零基础的学生还是绰绰有余的。

就在这样的合力之下，我用 10 个月的时间恶补数学，兼学其他。次年再考，居然一跃而上榜，成为一名大学生。现在想来，我的那点文科知识，就是图书馆的丰沛资源潜移默化带来的，所有的人连同我自己，都没有想过，有一天，它们能转化为一种素养和知识积累，一点阅读联想力和理解力，一点写作的基础。没有图书馆，我也可能就得不到那套数学自学丛书，也就不可能突飞猛进地把最短板恶补上来，就不可能有后来，以及后来的后来。

　　一座小小的图书馆，就是成就我人生的第一个起点。我始终这么认为。

　　我在山西大学学习四年，现在回想起来，获益最多的来处，仍然是图书馆。不知道为什么，那个时候的我，已经有了这样一种认识。中文系的课程，文学的学业，不应该在教材里，而应该在广泛的阅读里。体现学习能力和成绩的，不应该是考试成绩，而应该是博览群书。必须坦率地说，四年期间，授业的老师对我印象普遍淡漠，我的成绩总体也不突出。1983年要考研，当时学校对考研报名还是有要求的，入校后的成绩均分必须达到 85 分以上方可报名，而我似乎还略差一点。后来还是通过专门申请，才获得批准。但我十分感谢大学四年的巨大影响，尤其是学校图书馆给予的丰厚滋养。学校的图书馆分南北两处。北馆以图书为主。除了去借阅图书，我去得最多的地方是文科阅览室。那是一个让人沉醉的地方。我真正的、有目标的、饥饿般的文学阅读是从那里开始的。不上课的时候，甚至课堂无趣的时候，我常会跑到阅览室里去借阅各种书来读。中文系最著名的教授是姚奠中，古典文学专家、书法家，也就是重要性堪比大楼的大师了。对我们这些本科生来说，只闻其名，难得有机会受教。不过，姚先生的夫人李老师，倒正是文科阅览室的管理员，她态度和蔼，十分和善。我从来没有过攀谈的尝试，但经常出入，自然会给她留下印象。借阅图书需要押学生证，所以这位李老师对我不但有印象，而且也记住了我的名字。毕业后已经到了另外的城市、另外的大学，我听说李老师还向人打听我的去向。对此，我还是感到些许欣慰和感激的。南馆以报刊阅览室为主。那个年代，思想活跃，人们求知若渴，仿佛每天都有新信息、新思想出笼，所以浏览报刊文章，也成为习惯。我后来走上当代文学评论道路，与这时候的积累是分不开的。

大学的图书馆让我走上了广泛阅读、自主阅读的道路。我在那里开始读鲁迅，感受他那强大的、深邃的、精妙的思想和艺术魅力；也是在那里读出五四那风起云涌的时代，一代知识分子是如何充满热情、带着真情，为国家、为民族而悲喜，而呐喊。我读到郁达夫的《迟桂花》，并确信是他写得最好的小说。读到了闻一多、徐志摩、朱自清。也是在那里，我确立了以鲁迅和中国现代文学作为自己继续学业的方向和目标。

　　1983年，我来到西安，成为陕西师范大学的一名研究生。回忆起来，偌大一座校园里，当时就让我产生强烈的美好印象的建筑，正是学校的图书馆。那是一座古典式的建筑，整个建筑的墙面上都爬满了绿色的植物，图书馆的门前是一条悠长的道路，两侧是郁郁葱葱的树木花草。穿过丁香花园式的小路进入图书馆，又闻到熟悉的、亲切的书香。三年学业，我从这座图书馆里受益很多。由于对阅读的痴迷，我甚至对必须完成的学位论文都思考甚少，引得我的导师黎风先生颇为焦急。如今我离开学校已经30多年了，学校的主体已搬迁至新的校址。这或许是大学发展的必然要求，也是"大学城"规划、建设的必要之举吧。但每进新校园，我最怀念的还是老校园的那座图书馆。那种环境、氛围、美感，可能是无法带出来也无法替代的。

　　毕业后我一直在作家协会系统内工作，无论是在省作协还是在中国作协，无论是做编辑、专业研究人员还是行政工作，都是围绕着文学活动，都离不开阅读和写作。作协机关没有成规模的图书馆，但也有像模像样的资料室。资料室有点像图书馆的报刊阅览室，可以读到比自己订阅更大量的报刊，也会有一些经典的文学名著放置在书柜里。虽然个人的利用率和依赖程度明显降低了，但仍然是一个想来还十分具有亲切感的地方。

　　在我的学习、成长经历中，图书馆就这样成为我最能够徜徉其间，呼吸着新鲜气息，如饥似渴地享用着丰富营养的地方。没有它们，我所经历的人生就必定会是另外一副面貌。人生没有或许，也不能想象式比较，但我能肯定的是，没有图书馆的滋养，自己所度过的肯定是完全的庸常人生。

　　四年前我搬到了新居居住。如果让我对居住环境打分的话，得分最高的一项必然是，我的住处离我心目中的神圣之地国家图书馆距离很近，也就相隔一条马路、一座规模不大的公园。这简直是最大的利好，尤其在我的人生接近可以自由支配时间的阶段，能够住在中国最大的图书馆附近，有一种说不出的幸福感。我也的确尝试着享用这种得天独厚的条件。去年以来，有那么一段时间，每天上午八点半出门，带着笔记本电脑、国图的读者卡，准备要用的资料和一两本书，到了小区门口，扫码打开一辆绿色自行车，随着上班的人流车流，向北、向东，再向北，骑行不过一刻钟，再随着老的、少的读者凭证进入。无论是到北馆查找报刊资料，还是到南馆阅览室写作，那都是时间过得飞快，也非常充实的时刻。阅读的效果、写作的效率也出奇地高。这更让我深信不疑：图书馆就是最适宜我生存的地方，我庆幸自己在这里成长，也愿意并且渴望在这里慢慢变老。去年以来，好几篇规模大一点的文章，都是在国图的阅览室里完成的。有一次我的文末特别注明了"完稿于国图"，还引来朋友浏览后的一声感叹，感叹文章居然是在图书馆里完成的。

在图书馆阅览室里读书和写作，有许多特殊的体会。比如，如果你在自己家里或单位办公室里写作，难免会觉得，天下人都在吃喝玩乐，而自己却在付出辛苦和劳动，尽管也一样乐在其中。但在图书馆你就不会，因为这里只要开门，就永远有读者，抬眼望去，阅览室里总是坐得满满的。怎么这么多人废寝忘食？自己离真正的求知者还差得很远呢。就是这么想的。即使午后一点钟离开，仍然有一种毅力不够，早早收兵的自责。其次，在图书馆里写作，不但身心能够沉静下来，专注度极高，写作的灵感也会迅速到来。我常跟朋友说，一个人写作，说是忙了一上午，其实有效的写作时间可能还不到一小时。因为大部分时间里，你在泡茶、吃零食、接打电话、看朋友圈，摸索一下这个，摆布一下那个，真正投入写作的时间并不多。但图书馆可以简化和斩断很多俗务与分心处。而且，如果有什么需要查阅的书籍和资料，可以尽快通过借阅获得。如果在别的地方，就很可能缺少这些条件，不得不通过百度来查找。这不但使资料信息不准确，而且通常还会"走神"，以查阅资料之名游走于手机翻看当中。时间不知不觉就浪费式地流逝了。再者，在图书馆写作，看着周围琳琅满目的图书，还会有一种天然的被感染的冲动。我记得自己有一天就写下这样一句感言——在图书馆写作的好处是，你会对自己提出这样一种愿望：为了把自己的作品放到图书馆里而努力写作。尽管这种想法是临时的，也是虚幻的，它不可能是一个现实目标，但对写作当下来说，起到了应有的激励和鼓舞作用。并非完全虚幻。只可惜，生活里不只有读书和写作，生活的场域也不只有图书馆，我也不能做到天天出入图书馆。但只要这个愿望和信念仍在，我就相信自己，一定会再次拎包出门，扫码骑车，奔赴国图，过一种有意义的生活。

人们总爱引用博尔赫斯那句名言：天堂就应该是图书馆的模样。我不知道这句话出自博尔赫斯的哪部作品，但我觉得这句话真的十分受用和贴切。很多人在引用这句话后，展示世界各国最美图书馆的景观图片。它们看上去的确十分动人，也很印合那句话。我想，如果自己的人生从成长到变老，都能在图书馆的屋檐下、氛围里一天接着一天地度过，那无疑可以说是度过了特殊的幸福人生。

愿天下最美的建筑、最好的城市地标都是图书馆，愿书的芳香能充溢着我们的生命旅程。

（原载《芙蓉》2023 年第 4 期）

八十年代野中记忆

汪惠仁

野中，是安徽潜山野寨中学的简称。从野寨中学出来的孩子，习惯这么称呼自己的母校。今年是野中建校八十周年——八十年前，因纪念抗日阵亡将士而建。野中的深厚，我虽有些微体会，却无力道出。我在天津生活了三十多年，关于潜山老家，始终没有忘掉的，其中大部分都是和野中有关。面临潜川，背依天柱，近旁是三祖寺，这就是野中之所在。当年我家住在野中，我的整个八十年代都在野中度过，我记下几个片段，献给八十年代，也献给野中。

电视机

二十世纪七十年代末，我随父母迁居到白水湾的潜山五七大学——实际上就是个师范学校，我开始知道世上还有电视机这种奇妙的东西。虽然只是黑白电视，每到周末的下午，从专门保管电视的老师把电视机柜子抬出来的那一刻开始，师生们的脸上便洋溢着幸福的表情。白水湾，群山环绕，远离城市，微波信号很弱，多数的情况是，夜晚的空地上，几百个人兴致盎然地在看电视显示屏上的麻点（有时是方向随机的织布纹样），麻点依稀能组合成人的形态的时候，观众当中便爆发出巨大的欢愉声，直到有人判断节目播放完毕，人群才散去。

五七大学的幸福时光很快就结束了，我父亲又接到了工作调令，他告诉我们，暑假结束前，我们就要搬家了，要搬到野寨中学。我的情绪是低落的，我喜欢那个闪烁着麻点、让我们猜测节目是否结束的电视机。我怀疑野寨中学没有这么高级的设备。

　　完全出乎我的预料，1980年，野寨中学居然有两台电视机，其中还有一台是彩色电视机，而且是二十四英寸大的。声音是清晰的，图像多数情况下是稳定的，即便出现了帧图翻滚的局面，我们也都是情绪稳定的，因为我们有张有林老师，他是我们心目中的信号调试大师。他通常轻咳两声，在电视机的右上角打开一个盒子，飞快完成技术动作，当时也有凑上来偷师调试奥秘的，那人刚凑近，张老师便啪的一声已经关上了盒子，信号神奇地回到正常状态。于是，关于这个世界的一些信息，我不再像在白水湾那样在显示屏的麻点里去猜了，我看见了审判"四人帮"，看见了女排，看见了世界杯，看见了山口百惠。到《射雕英雄传》《霍元甲》的时候，学校里的老师家基本上都买了电视，学校的电视就没人再看了。

小灰楼

　　二十世纪八十年代初，我们家刚搬到野中的时候，野中的办学条件还是艰苦的，老师和学生的住宿、教舍建筑极为简陋。记得当年进校门，依山势而上，只有几排建筑，最前面的是灰楼，后面是单职工宿舍——也是灰色的楼，然后是红楼，稍后增添了新教学楼和招待所。我们家最初住在红楼的一层，没有厨房，格子窗上没有玻璃，为防风挡雨，钉着塑料布。有一年的冬天格外冷，管理公物的王汇元老师，给我们家的窗户塑料布上又加钉了一层塑料布。

　　我习惯把单职工宿舍的那个灰楼叫小灰楼。

　　小灰楼的二层向东西各有伸出的廊桥，从我们家这个角度望去，西边的廊桥通常是安静的，我经常看见的是，傍晚时分，方雄飞等几位年龄稍长的先生从廊桥走出来，结伴散步。东边的廊桥则是另外一幅图景，是青年教师的乐园。二十世纪八十年代，是一个喜欢歌唱的年代，是一个喜欢舞蹈的年代，是一个喜欢体育的年代。下午的课一结束，到晚自习开始之前，每天的这个时间段，野中师生的身体便展现出无穷的活力，设施简陋的操场上，野中人在奔跑着跳跃着，而小灰楼的东侧的廊桥则成为文艺廊桥，直如《老残游记》里说的，花坞春晓百鸟乱鸣：王灼怀老师演奏着手风琴，演奏着这种能将心怀打开的乐器，其他的青年教师唱着那个年代的最新的流行歌曲。《祝酒歌》《故乡的小河》《我们的生活充满阳光》《鼓浪屿之波》《骏马奔驰保边疆》等，唱《骏马奔驰保边疆》的那位老师我已经记不起名字了，嗓音极其洪亮，中气十足，他总是把骏马之后的那个连音拖得很长很长，直到我听得都喘不上气了他才接着唱出奔驰两个字。

我也是后来才知道，二十世纪八十年代我父亲其实是重回野中，他原来曾经是野中的教师，"文革"开始那年，他和我母亲就是在小灰楼上结的婚，婚床的蚊帐上贴满了大字报。小灰楼东边的廊桥，见证了二十世纪八十年代中国人身心的巨大改变，那是一个大部分知识分子走出人生阴霾的年代。

乌老

回忆野中，乌老是绕不过去的。但我是没有资格回忆他的，他生于1901年，前后师从熊十力、马一浮先生，八十年前他是野中的核心创办人，除此之外，他还担任过宣城中学、安庆一中的校长，谈现代安徽教育史，乌老也是绕不过去的。

我之所以有勇气谈起乌以风先生，是因为，在二十世纪八十年代，他和我的外祖父，他和我父亲有着密切的交往。在我读初中的时候，我在家里就看到乌老的一些著作，其中，除了《天柱山志》是已经出版的，其他的大多是蜡刻油印本，印数很少，我记得的，有《马一浮学赞》《儒释道三教关系史》《性习论》，另外，《岳云山馆诗稿》，我最早看见的是他自己的笔迹，蓝靛纸复写本，那是他送给我外祖父的，后来，这个诗稿，又有王先创先生蜡刻油印本。乌先生是我父亲的老师，把《儒释道三教关系史》文稿交给我父亲，有委托校勘的意思。父亲接此重托，自是不敢怠慢，日夜推敲，亦与乌先生请教数度，无奈乌先生后来身体每况愈下精力不济，他生前没有看到这本大书的出版。父亲多次与我谈及这个过程，皆引以为大憾事。乌先生和我外祖父的交往，则在另一个层面，他们都是在民国年代有着丰富阅历的人，最重要的，他们都是诗人。乌老诗艺，鹄的高标，唐宋之妙，兼收并取。他写人生之超迈，有"立极方知天地大，凌空不见古今愁"；他写家变后情感之无力挽留，有"嘉陵江水峨眉月，水向东流月落西"。我外祖父王新淼先生，亦善诗，其长诗《天柱行》，情浓思深，辞采奔涌，写尽了天柱山的自然与人文魅力，乌老曾讲，《天柱行》是可入天柱山艺文志中重要文献的。在安庆，乌老与我外祖父，心意最为相通。我记得有一回，外祖父到野寨，把乌老请到家里吃饭，那顿饭，母亲做了精心的准备，从食材到排盘，可谓精致，家里最好的酒，也拿出来了。那顿饭，我见识了什么叫人的欣慰。两个老人，时而纵议高谈，时而黯然追怀，青眼互抚，嘉句相酬，眼看酒瓶将空，两个老人谦让再三，乌老说，好酒，剩下的酒我拌饭吃。

野中建校七十年的时候，我说野中最难得的，是留住了野中气息。这种气息的源头就是乌老。一个高人，俯下身子，做平常事，这个平常事里就含着高人的气息了。二十世纪八十年代，乌老的山谷口草堂就在野中的围墙旁边，那真是个草堂，屋顶上铺着的，不是瓦，是茅草。

从野中出来的孩子

我的一位野中同学叫董裕平，因为他的老家在油坝，与我同乡，虽然我在油坝的时间很短，但一提是油坝人，就天然更亲密一层。

他似乎自幼就是那种聪慧而有意志力的人，我现在回忆起来，十五六岁的孩子，就有着远大理想抱负的，他是最突出的。我有一次在他的课桌上看见一个纸条，上面写着：鸾驾车，发轫在龙年。他南京大学（也许不准确）毕业后到蚌埠卷烟厂短暂工作，其间我去看过他一回。那时也没有快捷的联络方式，他并不知道我要来。凌晨我在蚌埠下了火车，出站后没有去卷烟厂的安全的交通方式，草草吃了一碗面条我就叫了一辆黑三轮。小面馆的大姐给我递眼色，意思是要小心。我告诉她，放心吧，我带着刀。到卷烟厂的时候，门卫早睡了。被我拍醒的门卫，打着哈欠把我带到了厂职工宿舍，唯一亮着灯的，就是董裕平的房间。相见也没什么话，也许我抽了支烟，毕竟在卷烟厂，不抽烟是对卷烟事业的不恭。只记得我被他的发奋震撼了，他丝毫没有名校毕业后的优越与松弛，他不满意当时的生存状态，他要继续学习，到别的地方去，他甚至打算把国家的经济抓上去。我看见书桌对面的墙上，他密密麻麻地列着学习计划，或者还有几句自我激励的警句。

我在这里记下他，我是想说，这就是从野中出来的孩子。

谁不想在俗世当中"成功"呢，从野中出来的孩子也一样有这样的想法。不同的是，在成功学之外，从野中出来的孩子有着自己特别的志向与趣味。

（原载《美文》2023 年第 8 期）

榆树脾气（外三篇）

庞余亮

我一直没有说——不是我不敢说，而是我说了怕你们耻笑，我是榆树村的孩子。这是我虚伪的开始，当我醒悟，我心中好像落了遍地的榆叶。这是春天啊，落了叶的榆树像是患了一场大病，头发都掉了。

还记得榆钱儿吗？一枚一枚榆钱儿像榆树的一片片羽毛似的，一棵想飞的榆树就长在我家的天井里，我的小名就叫榆钱儿，我是榆树最小的孩子，总喜欢和榆树说悄悄话，或者爬上榆树的脖子，看远方那看不尽的平原、看不尽的苦难与幸福……

但是谁，谁砍走了那棵榆树？

那是一个饥饿的年代，我吮吸着母亲干瘪的乳房，仍然大哭不止。父亲已经捋了榆钱儿、榆叶，还剥下榆皮煮熟了，白生生的榆身就露了出来，像是你身上的骨头——我渐渐地不哭了，抽泣着，吮吸着你身上渗出的榆树汁。清凉的芳香的榆树汁，我的生命之乳啊。直至多少年后，我流的汗都有榆树的清香，榆树型的生命是与大地有关、永不能背弃的。

但多么令人羞愧，不知从什么时候起，我的汗水就失去了榆树汁的香味，慢慢地有了烟味、酒味、金钱的臭味……常常想回首看一看村中长得最高的榆树，那榆树之顶的一只喜鹊窝，但我看不见，戴上八百度厚如瓶底的镜片也看不见。

是谁，伐走了我的榆树？

我一直在怀念着冬天，冬天的榆树笨拙而勇敢地在天空中抓着什么——我常想，赤裸的榆树影多像是一副灵魂不屈的骨骼。

正是在这个冬天里，父亲花了一天的工夫搭成了一座榆木桥，母亲花了一夜工夫用榆树皮做成了榆木香，哥哥用力劈着老榆根，我把榆树根掺在灶火中烧，火苗噼啪作响——锅中的水已经沸了……

怀念啊，多榆树的老家啊，老母亲总是听见喜鹊的叫声，想儿女们快要回来了吧。而从榆树村出发的孩子，走过了榆树桥，沿着母亲点燃的榆木香和祝福走着，再也不回来了。是谁，砍掉了那棵榆树？

那些失去了家的喜鹊还在一阵又一阵地盘旋、鸣叫，直叫得我心痛。那系在榆树上的老牛呢，它如今已被卖给了那个胖胖的屠夫了。还有榆树村，这丑陋的朴素的榆树村，如今也变了，变得让人不敢认了。榆树村，居然没有一棵榆树了？

这不是虚构，这是的的确确的，我们已经把榆树忘了，就像忘记了在乡下固执己见的老父亲，他教会了我们真诚、朴素、自足、勤劳，而我们却都鄙视他的沉默。

"……出门在外，榆树村的孩子，你的榆树脾气改了没有？"

这一问，我一下子明白了，我只是一枚被风和命运吹落在大地上的榆钱儿。

舌头上的火焰

很多时候，我对于回忆童年那个四面环水的老家是有抵触情绪的。

贫穷、饥饿、争吵，甚至打架，几乎贯穿了平凡的每一天。除了正月初一的白天（也是为了图整个一年的吉利和顺遂），很多人家的争吵和打架是等不到正月初二的，有的是鸡毛蒜皮，更多的则是因为过年了，辛苦了一年的男人们有了某种特许和纵容，就贪喝了几杯酒，翘了尾巴，露了马脚。于是，男人闹醉，女人怒骂，成了随时随地上演的"小戏"。

过年时穷人家的酒还是有点下酒菜的，但是平时的时候，下酒菜是没有多少的。夏天的下酒菜多是加了蒜瓣的炒蚕豆，如果有小鱼，当然更好。到了冬天，下酒菜仅仅剩下了萝卜干，也有人用黄豆换了豆腐百叶下酒，更窘迫的人家，下酒菜就是老咸菜了。

好在真正的酒徒不在意下酒菜，而在意酒。老家不产山芋酒，大多是大麦酒、稗子酒，口感最好的是大麦和碎米共同酿造的酒，40多度，可能是酿造技术的问题，这些酒都有点"上头"。

酒一"上头"，就有故事了。像我父亲喝醉了酒，他闷头睡觉。我二哥喝醉了酒，只是嘿嘿地笑，仿佛吃了笑笑果。但我的庞家伯伯叔叔哥哥们则是另外的表情了。

比如年龄比我大很多、辈分比我小一辈的连保，他喝醉了酒就会脱光衣服，在村庄奔跑（我的小说《追逐》里写过这个场景）。下雨的时候，他也是这样光着身子奔跑，还指着天上的雨骂道：

"血条子！又下血条子了哇！"

但一旦到了酒醒的时候，连保是一个特别好的牛把式。还特别讲礼，见到幼小的我，依旧恭敬地叫我"三叔"。说到他醉酒的事，他会脸红。连保之所以如此脱衣奔跑，其实是他在大麦酒中泡了"醉仙桃"果，"醉仙桃"的学名叫曼陀罗，又名颠茄，是有毒性的。连保之所以喝，是他有关节病。而关节疼，还是因为我们的村庄水汽太重了，醉酒男人的"戏"里有穷人家的苦涩。

如果说连保的醉酒是独角戏，那么余富的醉酒就是"二人转"了。余富和我平辈，我叫他哥哥。他比连保多一个本领，那就是识字。他曾在我的作业本封面上看到了我的名字，立即指责我写错了祖宗给的姓氏。

"不是广龙，而是厂龙！"

其实余富是对的。但是因为他太多醉酒的失态，我已失去了对他的话的信任。他只要喝酒，必定喝醉。喝醉了之后，一定追打他的老婆，也就是我的堂嫂爱娣子。余富的拳头是货真价实的，所以，酒喝多了的余富捋起袖子，嘴巴里开始骂骂咧咧的时候，就有人去通知爱娣子，余富又喝多了，她必须立即藏起来。如果不藏的话，或者藏了被找到的话，那么爱娣子必然会被他揍得鼻青脸肿的。

醉酒的余富在一家一家寻找爱娣子的时候，就是一场大戏的开始。余富的身边跟着一群看热闹的小孩，每家门口守着一个不让余富进门寻找爱娣子的女人。余富骂骂咧咧，但寻找几家后，余富就失去了寻找的毅力，开始诬蔑爱娣子"偷男人"了。大声说，说得非常粗俗，非常难听，往往在这个时候，爱娣子就出现了，和醉酒的余富对骂。

于是，一场公开的家暴开始了。当然，也仅仅是开始，那些护着爱娣子的女人会用各种手段中止这样的家暴。有人说余富醉酒是假，想打老婆是真。因为他从未打过那些劝架的女人。

余富和爱娣子一共生了六个子女，其中两个腿部有残疾。我们村庄的赤脚医生张先生说："看看，这就是喝酒的坏处！喝酒伤害精子！"

张先生的科学并不能警醒喜欢醉酒的人，因为村里的人不知道什么是"精子"，其实就是她们嘴里常说的"骚"。村里的女人们最讨厌男人们喝酒了，她们对于酒从来没有尊敬的意思，无论心情好与不好，都统统把男人喝的酒称为"骚"。

余富的故事就是这样了。但我一直记得他纠正我的话。写这篇文字的时候，我在输入法中寻找了一下姓氏的"庞"，果然是有的。印刷体中的"庞"字，是词组中的"庞"。而我们姓氏的"庞"，是酒徒余富说的"庞"。完全不同的字，但这么多年错下来了，也无法纠正了。

还有一件可以补充的酒事，就是我为了考证当年穷人家的酒是什么类型，特地打电话给还在老家的二哥。结婚很早的二哥今年71岁了，已有了7岁大的重孙，依旧整天笑呵呵的。他说余富早去世了。去年，余富的弟弟余如的儿子，也就是余富的侄子，又干出了一件令庞氏家族丢脸的事。

我没见过庞余如，当然也没见过余如的儿子。二哥告诉我，当年因为穷，他们一家后来去了安徽安庆农场谋生。再后来在21世纪初迁回了老家，没有发财，借了人家的空房住着。他很勤劳，也很老实，就是喝起酒来不是个人，去年秋天，这个余如的儿子，也就是我的侄儿辈的人，50多岁的男人，硬是把跟着他吃了一辈子苦的老婆打跑了。

"他天天跑到村委会要老婆。"二哥说，"谁知道他老婆跑到哪里去了呢？不是绝望到底，是不可能一年都没信息的。"

我可以想象得到余如的儿子在村委会要老婆的样子。到了几十年后，在那个四面环水的村庄里，酒还在喝着，依旧在醉，依旧上演着多年前的故事，也正是这样，我写下了这首《就像你不认识的王二……》：

> 就像你不认识的王二，三杯山芋酒就酩酊大醉，
> 呕吐，并且摔破了嘴唇。
>
> 就像你所认识的王二，三杯山芋酒就酩酊大醉，
> 躺在墙角呼呼大睡。
>
> 就像你的父亲王二，三杯山芋酒就酩酊大醉，

一边咒骂儿女，一边咒骂自己。

就像你的儿子王二，三杯山芋酒就酩酊大醉，
你给了他一个嘴巴，他仍嘿嘿地傻笑。

就像你自己，三杯山芋酒，一边喝着一边哭泣着，
生活啊，我并不想哭，是那个王二喝醉了酒。

这首诗写了快 25 年了，一直想把"山芋酒"改过来。现在再读，觉得"山芋酒"还是不要改，大麦酒冲，山芋酒酸，进入喉咙之后，全是舌头上的火焰。

泥水中移栽，泥水中复活

我的老家是座芦苇荡环绕的村庄。春天会被油菜花照亮，夏季有荷花的清香，而到了小雪季，必然有"小雪"飞舞。

——那是随着西北风飞舞的雪白芦絮。

这么多年过去了，芦苇荡一片一片地消失了，有的长满了水杉，有的变成了鱼塘。这几年鱼塘又慢慢变成了蟹塘，很多张牙舞爪的螃蟹在里面爬来爬去，生气地吐着泡泡，像是在对着我们人类吐口水。它们肯定是在生气：过去每只螃蟹都是有洞穴为家的，现在谁也没地方做蟹洞了。

作为越冬植物的油菜花又是和小雪季节有关的。

因为小雪到了，在寒风中栽菜的日子又到了。必须要在收获过的稻田中挖出墒沟（油菜地的墒沟并不像麦地的墒沟那样深，能满足油菜地的灌溉之需就可以了）。接着就是"打"出移栽油菜的小泥塘。而油菜苗早在20 天前就育好了，一棵一棵地用小铲锹移栽到小泥塘中。

西北风越刮越大，每个人的脸都是黑的。但必须坚持栽完——要抢在初霜之天让移栽的油菜们"醒棵"。这也是秋收之后最重的一项农活了，移栽完油菜，大家就可以直起腰杆喘口气了。

对于栽菜这项苦活计，我内心是有疑问的，为什么不直接把菜籽种到泥塘中呢？这样就不用移栽了。

父亲说，直接种的菜不发棵！

父亲又说，牛扣在桩上也是老！做农民还偷懒？

父亲对我的话很是不满意。为了不让他继续发火，我加快了栽菜的速度。但我的速度还是赶不上沉默不语的母亲。

栽下去的油菜苗到了下午就蔫了下去，整个菜地几乎没一棵直立的。但父亲一点也不担心，到了晚上，一块油菜地栽完了，抽水机开始作业，将河里的水引到油菜地里，那些移栽过来的油菜慢慢喝足了水。

到了第二天，每棵移栽过来的油菜都有一片或两片叶子竖了起来。到了第三天，所有的油菜都活了。

再后来，油菜们就拼命地长。一片两片叶，经历霜冻，经历真正的雪的覆盖，到了春天，越过冬天的它们都记得开花，就是大家都看到的金灿灿的油菜花。

......
可要移栽到多少田亩才能停下来
把眼中的泪水拭净
或者把天边的积雨云推得更远——
已深陷在水洼里的
那不可一世的红色拖拉机
正在绝望地轰鸣着
扬起的泥点多像是我们浪费过的时光

这是我为那些年的油菜写的《移栽》。

这么多年过去了，只要我身边的朋友赞叹我老家的油菜多么美，我总是想起那些移栽后又复活的油菜，它们多像经历了一场苦难又终于站起来的乡亲。

四十年前的盛宴

俗话说："小寒大寒，冻成一团。"

但最冷，还数把人彻底冻成狗的小寒节气。小寒几乎与"三九"重叠了。

我懂得"三九"这个概念，并不是因为语文老师。那时有线广播里反复播放一首高亢的歌："红岩上红梅开，千里冰霜脚下踩，三九严寒何所惧，一片丹心向阳开……"《红梅赞》是阎肃老先生写的。后来我和老先生见了一次面，也是唯一一次见面，竟就在一个三九严寒天！

"三九严寒何所惧"——可我们单薄的身体渴望暖和。暖和需要吃饱饭（肚子里是咣当咣当的稀饭）、晒太阳（在西北风乱窜的室外晒太阳也没用），装满粗糠和草木灰的铜脚炉还能给点力（但时间不会太长）。

最佳御寒的办法是给身体加油——多弄点吃的东西塞到胃里。

但哪里有吃的呢？树上没吃的。野外没吃的。河里没吃的（封冻了）。有一年，因为歉收，父亲规定，一天只吃两顿。

吃了两顿，就没力气出来和小伙伴们捉迷藏了，总是早早上了床。父亲还教育我们："没钱打肉吃，睡觉养精神。"

睡觉是能养精神的，但饿着肚子的我，越睡越精神，一点也没睡意，耳朵竖得老长，像是一根天线，接收着屋外各种各样的声音，并从接收的声音中分辨出声音源头。许多奇怪的故事被我想象出来了，后来又消失了。我躺在向日葵秆搭成的床上，稻草在我的身上发出幸灾乐祸的声音，我从肚皮这边摸到了后背。

但有一年，也是"多收了三五斗"的一年，稻子丰收，整个冬天我们家都是一天三顿。小时候的冬天雪天多。丰收那年的三九严寒天也在下雪。父亲喜欢下雪，冬雪可利第二年的丰收。因为高兴，喜爱黏食的父亲建议煮一顿糯米菜饭！

虽然母亲对父亲这种败家子的决定有点微词，但她还是采纳了父亲的建议，洗菜、淘米、刮生姜皮（父亲坚持要加生姜丁）。

这顿糯米菜饭是在父亲的指导下完成的，先炒青菜，再放糯米，慢火烧沸，焖一小会，再加一个稻草团，待这个稻草团烧完了，糯米饭的香味就把我紧紧地捆住了！真的是捆住了！

我忘记了很多挨冻的日子，也忘记了很多挨饿的日子，但永远记得那年小寒节气里的这顿盛宴——糯米菜饭。

在这顿盛宴的尾声，母亲把糯米菜饭的锅巴全部赏给了我。

后来上了大学，我去外语系的同学那里玩，看到他们的课表。他们有泛读课，还有精读课。我不知道他们怎么讲这些课，但对于我，那顿贫寒人家的盛宴上，糯米饭是泛读课；糯米饭的锅巴，则是精读课，我是一颗一颗地嚼完的。嚼完之后，我有很长时间没有说话。我生怕那些被我嚼下去的锅巴再次跑出来。

还有，我全身暖乎乎的。

现在想起这场四十年前的盛宴啊，我全身还是暖乎乎的。

（原载《安徽散文》2023 年春之卷）

大 命

甫跃辉

给外婆的信

语文老师给我们布置了一个作业：写信。写信没问题，可是给谁写信成了大问题。偏偏语文老师还要求我们，信写好后，必须得寄出去。我家没什么离得远的亲戚朋友，当时离得最远的，就数外婆家。可外婆家是我们常去的，根本用不着写信。没办法，只能将就了。

那是我写的第一封信。那年我小学三年级，信写的什么内容，二十三年后，全然忘却了。大概也就是问问吃得好不好、睡得好不好。我从我妈那儿问清楚了外婆的名字——之前我从没听人说过外婆叫什么名字，又问清楚了地址，很郑重地写在信封上，然后把写好的两页信笺塞进去，用饭粒封好口，到邮局去寄了。寄出后，才想起，外婆是不识字的。

那时家里连固定电话也没有，后面的事，是到外婆家才知道的。

邮递员到永平村，问了好几个人，才知道信封上写的那人是谁，这才把信交到外婆手中。可外婆不识字啊！信只能交由表哥表姐代念了——具体是谁给念的，如今也记不得了。我想，那或许是外婆这辈子收到的唯一一封信吧！

后来，我自然没再给外婆写过信。

再后来，有了电话，有了手机，但这些"新式武器"，外婆自然是学不会使用的。

永平村在县城边，离我家不过十来公里，外婆却很少到我家。这或许和外婆不怎么认路有关——县城和村子都变化太快，外婆是早早跟不上趟儿了。曾经有一次，也不知道是不是到我家后回去，外婆竟然能在县城迷路。

印象里外婆到我家，是好多年前了。我爸被刨木机切掉一截手指，待在家里养伤。外婆来了，夜里和我妈睡一块儿。待了几天，我也忘了，只记得外婆给了我五块钱，我一直很珍惜地压在存钱盒的最底部，直到有一天学校门口来了个货郎，我才舍得花掉那张钱。

总是我们到外婆家去。每次去，常见外婆弓着腰在扫地。外婆闲不下来，干完这个又要干那个。大姑妈（我该喊她姨妈的，不知怎么，一直喊大姑妈）说，你不要做了，闲着得了。外婆不听，嘀咕着，天天吃闲饭，那还不惹人嫌？大姑妈说，哪个嫌你？你好好歇着吧。外婆还是不听。忽然落雨了。外婆忙忙地到院子里收毛豆，大姑妈说，你歇着吧，我来收。外婆已经把毛豆收回来了，说等我死了，看你们吃什么。大姑妈说，等你死了么，我们一家都要吃草了。后来是表姐也说外婆，你好好歇着吧，有我们忙呢！外婆仍然不听。总要给自己找点儿事做。她动作很慢，但似乎一直很忙。似乎一直有无穷无尽的事儿等着她去做。

高中三年，我和弟弟每天从施甸一中骑单车到外婆家吃中饭晚饭。外婆常看我们吃饭，也不说话，就在一旁坐着，两只手掌平放在膝盖上。偶尔，她会探听我们在学校的情况。问：今天识得几个字啊？答：一个都没有。外婆似乎吃了一惊，说那今天的饭白吃了。第二天，又问同样的问题，还是同样的回答，外婆仍然同样地感叹：那今天的饭白吃了。于是乎，三年里头，大部分的饭我都是白吃的了。

高考前某天，桌上有一碗炖猪脑。外婆说，吃什么补什么，给你补补脑。我说，吃猪脑子就补脑子，那吃猪尾巴补什么？外婆答不出来。过些天，外婆要去寺里，说是帮我烧香，求菩萨保佑我高考顺利。我笑着说，千万不要，不然等我考好了，还说是菩萨显灵了，那我努力这么长时间，岂不是一点儿功劳没有？不记得外婆是怎么说的，也不记得外婆有没有在菩萨面前求祈——我想，她一定会偷偷地求祈吧！不记得是高考后多久，我到外婆家，外婆恰巧到王母阁去烧香，我去找她，看到她和一群老人闲聊，见到了我，她有些意外，又分外高兴，笑眯眯地将我介绍给她的朋友们。

再后来，听我妈说，外婆也和奶奶一样，不记得人了。我妈常说，她去看外婆，问：我是哪个？外婆有些不高兴，说你不就是那个嘛，还能是哪个！而"那个"可能是张三，可能是李四，就不是我妈。我想，外婆连我妈都不记得，更不记得我了。

再到外婆家，我想问一问外婆我是谁，又一直没问。外婆好像一直知道我是谁。或者说，是我一直以为她知道我是谁，又或者，她一直以为她知道我是谁。

前年我去看她，她照例坐在院子里，两腿并拢，腿上支着手肘，手上托着脑袋。阳光从老旧的瓦屋（这是在外婆手上盖的）顶后射下，将瓦沟间开着细碎小红花的土人参的影子细细描在水泥地上，也描在外婆身上。外婆见我走近，一动不动，也不说话。我喊：阿婆。外婆答：诶。我想，外婆竟然真认得我！这时，外婆仰起脸来，认认真真打量，问：你是哪个？

我只能说了我是谁，也不知道外婆听懂没。她不再理会我，和她身边的老奶奶有一搭没一搭地说话。静静地，外婆的一只手拉着那老奶奶的一只手。

似乎是大表哥说的，这两妯娌，做了一辈子仇人，到老才和好。

一只小花狗拱到外婆身边，外婆慢腾腾地给它挠痒痒。小花狗是二表哥过世后留下的，外婆一直很宝贝它。它不知跟谁家的大狗打了一架，一只眼珠子给抠出来了。找兽医做了手术，将那只掉出的眼珠重又塞回眼眶里——自然，那眼珠只能起装饰作用了。本不好看的小花狗，瞎了一只眼就更丑了。外婆仍然对它很宝贝，常偷偷拿饼干罐头之类的喂它。小花狗越来越老。那样子，看上去简直和外婆一样老。

外婆还是那样，慢腾腾地走路，慢腾腾地说话，慢腾腾地做事，似乎事情永远做不完，永远等着她去做。时间慢腾腾又不容置疑地流逝，连她的重孙重孙女也长大起来，可以和她顶嘴了，她便慢腾腾地和他们拌嘴。

爸妈或许是想，再等等，外婆肯定没法出行了，就接她去家里。我妈说，本来是打算着要让她多住几天的，谁想得到，外婆刚睡下没多久，翻身起来到处找，连床底下都找了。我妈问她找什么，外婆说，找小花狗。我的小花狗呢？小花狗不见了！我妈安慰她，小花狗睡着了，你别把它吵醒了。外婆说"哦"。不一会儿，外婆又不安生了，说这是哪儿？我妈说，是你女儿的家，我们的家。外婆说，想得美！我女儿家哪里会有这么好的房子?!

这说话的语气，让我想起我妈年轻时讲述的外婆了——

我妈和大姑妈读小学时，某天中午，在野地里发现一片黄花籽。那大概是可以充做药材的，有专门的地方收购。我妈在野地里摘黄花籽，让我大姑妈回家给她带饭来吃。外婆看到只有一个人回来，问明情由，拿出一只空空的火油瓶，撇到桌上，却没给一分钱。大姑妈哭着，拎了火油瓶去找我妈。姐妹俩齐心协力捋了不少黄花籽，拿去卖了，换得一角五分钱。一角钱打了二两五火油，五分钱买了一小茶杯瓜子——我妈说，那卖瓜子的真奸，茶杯底垫了纸不说，却告诉你，尖儿堆得多高。姐妹俩回家晚了，自己烧饭，忙乱中大姑妈把饭烧煳了，外婆用竹棍狠狠揍了她一顿，并且把烧煳的饭分给她吃。

我妈说，你不知道，你外婆年轻时多狠。而就在今天，我妈却在手机里和我说，外婆兴许只能熬过中秋——前几天摔了一下，外婆变得异常虚弱。躺了几天，今天勉强可以坐起，但状态仍然很不好。大姑妈递给她香蕉，她不接，她或许不知道那是什么；大姑妈剥了香蕉要喂她，她闭紧嘴，她或许仍然不知道那是什么。之所以活得像孩子那样小心翼翼，是因为知道自己不堪一击了吧？这九十二年的光阴，是怎样让一个"狠角色"一天天变得柔弱的？

"杨自珍"，漫长光阴里鲜少被人提及的名字，看上去平凡又笃实。

问了我妈，才想起，当年我郑重写在信封上的，是这三个字。

——当我写完这篇东西，过了三天，2017年10月2日下午两点，外婆离开了。下葬那天，刚好是中秋节。我留在上海，没能回去。

大命

这是三十年前的生死豪赌，赌的是我的一条命。

高考前夕，我看着模拟考成绩一次比一次好，不由得踌躇满志。吃饭时，大姑妈却迟疑着，说："你小时候……嗯，现在能考上一般的本科就很不错了。"我有些愕然，才意识到，大人们并未淡忘这事。然而，我记不得多少了。多数情节，是从爸妈口中得知的。

爸妈曾经一遍又一遍讲起这事，当着自家人或亲朋好友的面。你讲一个情节，我补一个细节，一遍遍讲述后，那些早已消逝的日子仿佛获得了无限的延展性，比真实的生活还要真实。我像是在听别人的故事，又像是凭借了言辞的灯火，望向那记忆不能烛照的昏昧渊林。我已经分不清，哪些细节是自己真正记得的，哪些细节，是因了爸妈的讲述而想象的。

这件事发生时，我才三岁多——

某一天，我感冒了。到县城医治，护士扎针多次，都没能命中静脉，阿爸和护士吵了几句。来了一个手法娴熟的护士，说血管太细，将针扎进了我的脑门。我至今记得，我半躺在街边小诊所的藤椅上，翻眼看头顶晃荡的吊针管子。大姑妈来了，问我想吃什么。我说想吃罐头。不多时，大姑妈买来一个菠萝罐头，摇一摇，玻璃罐里一瓣一瓣黄色的菠萝在糖水里沉浮。我抱着罐头，继续翻眼看头顶晃荡的吊针管子。

这个情节是如此深切地印刻在我的脑海。我一直记得，这是后续的治疗，然而，妈坚持说，这是之前的事了。灾厄的到来，是在这之后三四个月。

那天，家里割谷子（水稻）。早上起来，妈给我用开水泡了一碗白米饭，米饭里放了少许白糖。我用勺子舀了饭，却没吃进嘴里，而是鼻子额头地到处抹。妈让阿爸看。阿爸蹲下，捏住我的手，将勺子喂进我嘴里，刚一松手，我又将勺子抽出，鼻子额头地到处抹。爸妈忙带我到县医院，初步诊断后，怀疑是脑炎，须得立即做进一步检查。家里正割谷子，那是半年的收成啊！怎么办呢？爸妈决定先带我回家。回到家里，一家人忙得脚不沾地，一天里收尽了田里全部的谷子。到得晚上，爸妈再次将我带到县医院。

抽血，抽脑脊液，种种化验做下来，确定无疑了，是脑炎。

我住进病房。后来，想起这病房，我总想起初中宿舍，光线昏暗，床铺拥挤。病房里住了六七个小孩，最大的不过十来岁，得的都是脑炎。爸妈说，那年脑炎很"流行"。陪护的大人们或坐或站，让本已拥挤的病房愈发拥挤。我躺在靠窗的位置，窗后一座小山——近三十年后，我陪妈到县医院看牙齿，特意查看住院楼后是否紧挨着山。我的记忆没错，还真挨着，是几十米高的石鼓坡。

不久后，病房里又住进一人。大概十四五岁，是个大孩子了。妈说，他刚住进来那晚，病房里沉闷的气氛被这孩子的妈妈打破了。也不管别人愿不愿意听，她大着嗓门说，我家小娃没事的，他爸取钱去了，家里不缺钱，我们医得起……然而，到第二天晚上，也不知道他们家的钱取来了没有，那孩子已然断气了。女人哭得声嘶力竭，孩子由沉默的父亲横抱着出门，长长的腿耷拉着，碰到门框上。妈说，她和外婆吓坏了，忙用裹被的带子将我的一只手绑在床头，生怕我的"魂灵"跟了那死孩子走。

刚开始习练小说这种虚构的技艺，这段记忆便难以阻遏地跳出来，成为小长篇《刻舟记》里的一个重要细节：

"我漫长生命中第一个来访的记忆正如一片孤零零的胚芽……窗户被一座矮矮的山塞满了……一个女人从玻璃窗下端走上小路……她缓慢地往上走，两只手费力地托着一个白布单包裹的孩子，孩子已经死去多时，小脑袋沿她的手臂垂下，小小的脸蛋浮现出青草的颜色。床上的孩子清楚地看到了这张跟他一模一样的脸，同时感到自己正缓慢上升，跟躺在摇篮里没什么两样，甚至比那还要舒服……"

这情境固然有许多小说化的演绎，但现实里，我确有这么个模糊的印象。一个女人抱着死孩子上山。也许只是一个女人抱着一包肥料上山。是我把肥料附会成了死孩子？肥料，死孩子，于宇宙来说，有什么本质的区别呢？

我的病况持续恶化，日日高烧难退。退烧针打了，没什么效用，得物理退烧。然而，医院里冰块奇缺。怎么办呢？阿爸只好出门买冰棒。整整一箱冰棒倾倒在我光溜溜的身上，冻得我皮肤通红，嘴唇发紫，仍然没把烧退下去。这细节，我隐约记得起来，冰棒散发出的香甜、冷冽的气息仿佛仍升腾萦绕在周身。那是我平日里想吃又吃不到的冰棒啊！现在，只能眼睁睁看着它们化成水。

有天晚上，某种我必需的药告罄了——爸妈说了具体是什么药的，我记不得了。怎么办呢？这时候，给我打针的护士说，她家里存有这药的。阿爸问小护士，能不能去她家里拿药。小护士同意了。就这样，阿爸骑单车，带着小护士往她家里赶。路不近，又没路灯，只有一轮月亮朗照大地。拿了药赶回医院，已经是三四个小时以后。

突发情况一个接一个。多年以后，爸妈讲起来，仍然提心吊胆。然而，我最终大难不死，又让他们得以轻松地说笑。比如，爸妈说，我刚进医院，医生过来检查，看到我的脚掌特别宽，竟找了尺子来量。阿爸很恼火，说你们不忙着看病，怎么忙着看脚啊。——爸妈讲述这事儿时，不再气恼，反倒笑出声来。再比如，我刚住下第一晚，在床上搞了件大事。爸妈没在医院待过，全然不知如何处理。情急之下，把我抱起，卷了床单，换到没人的隔壁床上。次日护士来查房，发现情况，捂着鼻子，连连问，哪个干的啊？昨晚住这儿的是哪个啊？爸妈心中有愧，又难免有种恶作剧的快乐，只能别过脸去，装作毫不知情。

这几件事里的护士，是同一位么？爸妈没说，我也没想起来问。爸妈和那位救急的护士一直有联系，几年前，我还去看过她。在县城路口接我的，是她二十岁出头的女儿。三十多年前，她还没到她女儿这般年纪。她叫李保翠。现在大概已经退休了吧？

我的病况仍在不可遏制地加重。每次挂吊针，我都浑身疼痛，痉挛成一团。爸妈看在眼里，疼在心里。然而，能怎么办呢？家里世代务农，爸妈连医学名词、药剂名称都很难记清，更不认识什么有名望的医生。

又有人走了。家属哭声一片。外婆再次将我的手腕绑在床头。

爸妈发现，旧的人抬出去，新的人抱进来，进进出出，竟没有一个人是治好了走的。

阿爸每天到水房打开水，渐渐和烧水师傅熟识了。爸妈常常说起他，却从没说过他的名字。这位我不知名姓的烧水师傅，向阿爸介绍了个人，姓杨，名剑中，在县城中药铺卖药，偶尔也给人看病。病急乱投医，阿爸觉得通过"熟人"介绍的人更值得信任，便托烧水师傅请杨医生来看看我。到了晚上，杨医生果然来了，望闻问切一番，开出几味中药。此后每隔一两天，杨医生便会悄悄在夜间过来。阿爸拿了中药，到开水房，托烧水师傅帮忙煎药，煎了几道，浓缩成近乎糊糊状的一小碗，偷偷端到病房给我喝。

之所以这么偷偷摸摸的，是因为杨医生说，不能让县医院的医生们知道。如果他们没医好的病人让他医好了，大家今后就不好见面了。

几天后，我渐有好转之色。爸妈自然很高兴，然而，医生来了，一针下去，我又痛得全身痉挛，蜷成一只大虾。一天，医生打完针，又要从我的脖颈处抽血化验。爸妈悄悄让我喊疼。我一喊疼，爸妈就挡在我面前，不让抽血。

终于，爸妈做出一个重要决断：出院。

医生非常不解，说如果你们家执意出院，这小孩顶多还能活三天。三天！这两个字一再出现在爸妈的讲述里。后来读到海伦·凯勒的《假如给我三天光明》，我立马想到的就是这个。三天，三天光明，三天生命。阿爸问，那如果不出院呢？还能活几天？医生不说话。

爸妈是怎样的心情？犹疑？伤心？绝望？他们没有讲。

爸妈抱着我，毅然决然往医院外走。

爸妈带我去找杨医生——这是爸妈一遍遍讲述的重点。妈说，他们找到杨医生所住的小区，上楼后，站在门口，敲门，没人应答，再敲门，还是没人应答。是不是赶街去了？阿爸决定到街上去找找，又恐杨医生回来后错过，就让妈抱着我，守在楼梯口。妈看着阿爸下楼，转出小区，到街上去了。这时，听见有开门声。杨医生端个痰盂，从门框里走出来。杨医生回头看妈一眼，完全不认识的样子。妈和杨医生虽然见过，却没说过几句话。和他打交道的主要是阿爸。妈一时慌乱，杨医生转过头去，走向走廊另一端，从别的楼梯下去了。妈忙冲大街上喊阿爸。不多时，阿爸跑回来了，气喘吁吁上楼。

"他一直在里头！才端着个痰盂出来了……"妈在复述这句话时，仍然是焦急的语气。不多时，杨医生端着痰盂，上楼来了。见到阿爸，杨医生才说："哦，是你们家啊。"杨医生对不认识的人上门，一直是心存警惕的。

阿爸说了出院的事。杨医生说，不让抽血是对的，再这么折腾下去，小娃哪里受得了。阿爸问杨医生，还有救吗？杨医生又一番望闻问切，说，吃他的药，保管我"一个月自己吃饭，两个月下地走路"。爸妈听了自然高兴，又不免有些狐疑。

我们一家住到外婆家。骑单车从县城到外婆家，用不了半小时。我们住二楼，为了吃药方便，煎药的炉子也放在二楼。每天要煎好几次药，药渣被外婆扔到路上去，让行路人踩踏。在外婆看来，踩踏的人越多，我身上的病就能被带走越多。白天黑夜煎药，楼板长时间受热，有一天，竟烧起来了！所幸扑救及时。挪开炉子，楼板上破了黑乎乎一个洞。

炉子挪到了楼下石级边。炉子一天天烧着，药罐子一天天咕嘟咕嘟着。药喝完了一碗还有一碗，一碗比一碗浓稠，一碗比一碗苦涩。每喝完一碗药，我会用一柄黄铜小勺喝糖水（抑或麦乳精？）多少可以甜一甜嘴。

小勺在唇齿间留下一股浓重的金属味儿，让我久久不能忘却。中药的苦涩，似乎已深入了黄铜的内部。

汤药如海，药海无涯。这天中午，我不愿意喝了。喝那碗药，就如逼迫我纵身入海。

记忆里，这是在家中耳房发生的事。但是妈说，这时还在外婆家。我们都清楚地记得，阿爸给了我一巴掌。阿爸是木匠，常年干活，手又糙又重，打在脸上，我的鼻子涌起一股咸腥味儿。我记得这味儿。我没向爸妈求证，当初是否真的流了鼻血。

妈说，本来她也恼我不喝药的，阿爸打了我一巴掌，她又很心疼，心头被"针扎了一下"。大姑妈也说阿爸，怎么下手那么重。

我大概是哭了吧？记不得了。只记得那一大碗中药，终究没能避开。

一个月自己吃饭，两个月下地走路。杨医生所说的，一一应验。

爸妈不忿于县医院医生们对我的判决，特意带我去医院看那位小护士李保翠。看到我走进医院，医生们很惊诧："这小娃，还活着，真是命大啊！"

我走路时屁股一扭一扭的。爸妈问杨医生："阿会是后遗症？"都担心我今后走路会像得过小儿麻痹症的人那样。杨医生让我再走几步："没事的。针打多了，屁股疼而已。"又过了些日子，我走路正常了。爸妈总算松一口气。然而，爸妈又似乎一直没完全松下这一口气。直到我十七八岁了，他们看我走路，有时还会觉得，是不是有些"与众不同"。

爸妈更担忧我的智力，常说，他们从没想过我读书能成器。妈说，我不到一岁就会说话了，这场大病后，我整个人都呆滞了。在他们看来，脑炎是脑子上的病，智力受损是没法避免的。就连我自己也时常怀疑，自己记忆力的差劲是否当归因于这病。

高考后不久，收到复旦大学录取通知书，爸妈带我去看杨剑中医生。他已经是七十多岁的老人了，在县城一处僻巷开了一只诊所。爸妈让我喊杨医生大爹。大爹背靠着一排排中药柜，站起来打量我。问爸妈："这就是当年那个小娃？想不到，想不到……"

病人不时来访，大爹坐在夏末明艳的日光下，和他们慢慢地说话，慢慢地开方子。病人们似乎也不着急，说话和动作也都是慢慢的。日光在诊所对面土坯墙上慢慢地移动。我很莫名地想，我当年真的被救过来了吗？我还活着，这是真的吗？

如果当年换作是我，我会做出和爸妈一样的决断么？我想，大概率是不会的。

经过多年科学教育的我，对中医总是抱持很大的怀疑态度。鲁迅先生在《父亲的病》里写到中医那些匪夷所思的"药"，同样是我所不能理解的。我明白，西医没治好我，中医治好了，只能说明当年西南偏僻小县的西医水平实在有限，或者说，是我运气格外好，碰到了一位医术高明的中医。我没法以一己经验评判中医西医孰优孰劣。我能说的只是，我活了下来，从前前后后死了十来个人的病房里，独自一人活了下来。

这样的结果时时提醒我，活着，是多么偶然，多么珍贵。

三十多年前，病房里那十来个孩子，我已无一有记忆，但他们终究是和我有过那么一段极为重要的交集的。他们都活在我赢来的每一个日子里。每当我对"生命"困惑不解，对"生活"疲于应对时，都不免会想，或许正有十来双眼睛，在遥远的地方注视着我。

捉鱼去

那是冬天，学校放假了。吃过早饭，我背着小背篓去村外田野里拔草。家里的大田和菜地紧挨着，就在村外几步路。大田种的小麦，麦苗青青，高不过膝，露出带稻茬的土块儿，杂草并不多。菜地种的青菜、皮菜、蒜苗、韭菜、包心白等，杂草也不多。日光蓬勃，清净的土地上，麦子蔬菜争相拔节。菜地和大田之间，一条小水沟被水芹、荩草、辣草尖儿（红蓼）等杂草掩映，日光透过杂草散落在水面，照射到水底。细小的大肚子鱼（食蚊鱼）和白鱼（鲫鱼）在水光之间游弋，沟底软软的稀泥上，趴着同样细小的灰泥鳅，偶尔扭动一下身子，吐出小小的泡泡。泡泡上升、破裂，仿佛针尖戳破寂静。我沿着小水沟往下走。不多时，草尖的露水打湿裤腿，脚背更是全湿了，幸好我穿的是一双塑料拖鞋，不怕被弄湿。走不多远，来到一片油菜地边。

快过年了，油菜正值花期，蝴蝶飞来飞去。蜜蜂嗡嗡嘤嘤。我常想，这一大片一大片的油菜花，黄澄澄的，完整、圆满，恰和蜜饼相似。若是切下一块来尝一尝，也是甜的吧？油菜花底下，杂草繁密而肥美。我把背篓放在田头，矮身钻进去，小小的花朵扑簌簌落在身上。藏身在油菜花底下，两手交替着拔草，不须多时，钻出身来，将之前拔出来放在垄间的草拾掇拾掇，背篓便塞得满满了。

在油菜花底下待久了，再次站在田埂上，天高地远，不远处刚立起来的木架房、一辆停着的手扶拖拉机、一群低低掠过的鸽子、一片随风翻动的麦苗、三两枝早开的粉红桃花、一片浮过水面的枯黄草叶。人间万物，都闪烁着光亮。远处的村子传来鸡鸣、鹅叫、狗吠、一个女人的笑声、鸽哨声忽远又忽近。

我把背篓放在田埂上，下到小水沟边，伸手荡开浮萍。水真凉啊！一柄柄薄薄的"刀子"划着皮肤。这一段的水沟宽阔许多，水草少了，水更清，也更浅。水面漾动着，一层层涟漪皱起，日光浮晃，草芥似的小鱼在沟底投下影子。直到这时，我仍没发现什么异常。我继续捧起水洗手，手指间尽是刚才拔草留下的黄的泥屑和绿的草浆。

忽然，手指在水底碰到什么东西，硬硬的，似在动。我心里惊了一下，又伸出手去，往水底探一探，一个一个小小的凸起，在手经过时，偶有轻微的颤动。等被搅浑的水澄清下来，定睛细看，那凸起的，是许多软泥，被我的手掌拂过处，软泥散去，露出灰色的三角状。睁着一只一只圆溜溜的小眼睛。

这是鱼的脑袋啊，是许多条活鱼的脑袋！我从没碰到过这样的事，也从没听人说过，就是书上也没看到过，又欣喜，又觉得诡异。我试探着，用拇指食指捏住鱼头，鱼头在手指尖略作挣扎，就被拎起来了。背部暗淡，腹部浅白，在日光里啪嗒啪嗒挣动，是一条二三指宽的白鱼哎！没法放在背篓里，怎么办呢？到处翻找，从裤兜翻出破了一角的方便袋，歪着盛进小半袋水，将白鱼放进去。白鱼在水中呆了呆，畅快地游动起来，不时蒙地撞到方便袋上。如此这般，我连续捏起一条又一条白鱼，很快，二三十条白鱼在方便袋里噼里啪啦碰撞着。再没地方放下更多鱼了。我赶紧背上背篓，拎着方便袋一路跑回家。心情如此雀跃，仿佛一只小小的燕子。贴着一路的油菜花飞窜。回到家，扔下背篓，找一只盛饭的锑盆，将鱼倒进去。水浅，鱼多，鱼沿着盆边哗啦哗啦一圈一圈游。日光耀眼，水珠如碎银溅起。从灶房水缸舀了几瓢水倒进去，水没过鱼脊。鱼儿们才安稳了。

我找来一只小铁桶，急慌慌地再次出门。下到水沟边，心情有所平复，看看水底，一个个微微的凸起仍在那儿。若不细看，没人知道这些是鱼。

　　四野静寂，偶尔传来一两声鞭炮响，快过年了，是小孩放鞭炮玩儿。我静静地看了一会儿，鱼儿们一动不动，像是在冬眠。鱼会冬眠么？我没听人说过。我再次伸手到水里，最深处也淹不到手肘。我重复刚才的动作，拇指食指捏住鱼头。将一条一条的白鱼提起来，离开水面的瞬间，它们总要扭一下，一片微小的光闪动，晶亮的水珠顺着手臂滑下。半个多小时后，水底的鱼才差不多被拔光，而小桶早已满满当当，水面黑压压一片鱼头，上百张小嘴往空气里探着，一张一翕。凑近听，是密密匝匝的唼喋声。

　　后来这些鱼是怎么处理的？自然是吃掉了，只是，我不记得是怎么吃掉了。或许是因为前面这情节过于离奇，后面的故事显得稀松平常，便淡忘了。

　　此等捉鱼方法，固然省力而高效，然而，是极难遇到的。时至今日，我也只遇到过这么一次，且从未听别人说过类似的经历。

　　算起来，到龙潭里捉鱼，也算酣畅吧。此龙潭，就是我在《一天》里说的那个龙潭，龙潭和我家的自留地两面接壤，以至我们把龙潭边的自留地叫作"龙潭边"。时常会有这样的对话，问：你奶奶去哪儿了？答：去龙潭边拿菜了。龙潭从我家的地底下流出一股挺大的水，水装满龙潭，再漫溢出去，就是前面说的小水沟，水沟里有鱼，龙潭里自然也是有鱼的。至于从哪儿来的，一直是个谜。

　　每过半年左右，阿爸回家说，看到龙潭里有鱼了，我们便全家出动，带着大盆小桶和篮子，到龙潭边去。这是一项不小的工程。须得在水沟入口处筑一泥坝，然后下到龙潭里，一桶一桶将水擢出去，越到后面，耗费体力越大。主力是阿爸，他常年做木活，手劲儿很大。不多时，水下去一大截，露出四壁的石头来了。有时候，我和弟弟也帮着打下手，用我捉鱼的那只小铁桶，从龙潭里擢水。稍歇一会儿，又换上阿爸。又过一阵，一人多深的龙潭渐渐看得到底了。有些急躁的鱼不时跃出水面。这时候，得将篮子置入水中，从篮子里舀水往外擢，不然很有可能将鱼擢出去。很快，水深不及膝了，阿爸开始捉鱼了。

　　龙潭底淤泥很深，淘干了水，淤泥也能没过一个成年人的小腿。为此，我和弟弟很少下龙潭，大多只是站在菜地里捡拾阿爸扔上来的鱼。少有的几次下到潭底，我心里有些发怵，总觉得每一脚踩下去，都踩不到底。等踩到底了，一半身子被淤泥裹陷，从潭底往上看，犹如"井底之蛙"。只看到湿滑的四壁中一块摇晃的天，天上横着几枝柿子树，柿子红红的，却总不掉下来。

水虽然淘干了，要在潭底捉鱼，也非易事。明面上看得到的鱼，顶多也就十来条，更多的鱼，要么钻在淤泥里，要么藏在石缝里。阿爸总能从那看似无鱼的地方掏摸出鱼来，尤其是从"龙眼"里。那时候，我还对龙王的传说有些半信半疑。只见阿爸将手臂伸进"龙眼"，手掌、小臂、大臂，一截一截被"龙眼"吃进去，整个人歪斜着，脸紧紧贴到滑腻腻的石壁上，表情丰富，问我们：猜一猜，阿有鱼？我们不答，满心期待地看着"龙眼"。"龙眼"里呼隆呼隆响，不多时，手抽出来，攥着一条噼啪扭动的鱼，有时是白鱼，更多时候是大头鱼（某一种鮎鱼）。每次从"龙眼"里。阿爸都能掏出三四条鱼，最多的，甚至有七八条。

每次从龙潭捉鱼，都能收获至少小半桶。捉回来的鱼，白鱼炒腌竹笋丝吃，配上几节糊辣椒，很是下饭。而那些一巴掌长短的大头鱼，洗整干净后，挂在灶洞门口熏干后，抹上一点儿盐，用手轻轻撕开，肉质白嫩丰腴，味道极其鲜美。

不消一夜，龙潭水又满了，我们又开始期待下一次了。

半年的等待，自然是很熬人的。我们不会就这么干等着。更多时候，我们捉鱼，是要到村外密布的水沟里去。后院边上就有一条小水沟，但水沟里多数时候是没什么水的，只有灌溉时节或雨季，水才会从山里流淌下来。可就在这样一条时时断流的小水沟里，我也抓到过一次鱼。是某次放学回家，我偶然看到水沟里潴集的一小片水域里，有三两条白鱼在游动。下去抓，没抓到。回家和阿爸说了，阿爸有些不信，又显出兴致很高的样子。提了小桶，随我到那段水沟，下到浅水里，不到半小时，摸上来一二十条小白鱼。

小水沟一路西下，不多远就是海子边了。我们抓鱼，大多是要去海子边的。

我曾以为，那儿真是一片"海子"。后来才知道，只是一片接一片的藕田。只不过水很深，田埂被淹没了，看不见。一到夏天，从外面望去，白水一片，茫茫苍苍，荷叶荷花，密密匝匝。直到小学五六年级，我才真正走进去过。在此之前，海子边对我来说一直是神秘之地。

听人说，某年雨季发大水，海子边来了许多奇异的青蛙，体大如斗，声壮如牛，到了夜里，附近村里的人都能听见。

又听人说，某年水更大，有人冒雨前往海子边看之前支的倒须笼有没有逮到鱼，发现倒须笼渺无踪迹，应该是被大水冲走了，心中沮丧，披着雨线往回走，忽然看见不远处混浊的水中有异动，驻足细看，一道暗色隐隐升起，那人又惊又怕，呆看水里，是一条鲤鱼巨大的背脊——听阿爸讲到这儿，我想象着，那鲤鱼摆一摆身子，背鳍上的水珠便如子弹朝那人脸上激射而去。后来呢？我眼巴巴瞅着阿爸。阿爸说，那人回过神来，一时情急，张开双臂，纵身朝大鱼扑下去。然而，大鱼悄无声息遁走了，他只抓住两片碗口大的鳞片。鳞片白里透着淡红，叩之有金石之声。那大鱼去哪儿了？我仍然眼巴巴瞅着阿爸。阿爸说，哪个晓得呢？大概是顺着水游，游去施甸大河，又游到怒江里去了吧。

还听人说过，某年雨水更多，海子边茫茫荡荡都是水，水漫藕田，淹没稻田，有些人家的谷子割了，或者再不割谷粒就掉光了。村里人没办法，卸下门板，或胡乱找一块木板，划到田里去，冒雨收回谷子。许多天后，雨退了。听说横沟好几户人家的大铁锅里都哗啦哗啦游着鱼。

或许就是这一年吧，大院子被淹了，浑黄的水面露出星星点点绿绿的草尖儿。水只要再升高一些，就要漫进堂屋了。大人们愁眉苦脸，小孩们满心期待。但凡溢出常规的事情，总是让我们高兴的。然而，大水终究没漫进堂屋。大水退去后，太阳出来了，红红的圆圆的一颗，响亮地在头顶悬着，天地间一切都鲜嫩欲滴。大院子里青草俯偃，我们赤脚在草丛间蹚过来蹚过去，将残存的积水犁出一道道深沟，忽听得草根底下噗嗵噗嗵响，竟是几尾三四指宽的白鱼。

——这又是梦境一般的际遇，终究是不可多得的。更多时候，要想有所收获，还得到海子边去，花大力气才行。

拣一个天气好的日子，带上篮子、笊篱、水桶等一应工具，到海子边去，拣选一段长短适度、宽窄适度的水沟，用锄头在两端各筑起一道泥草混杂的大坝，然后站在下游大坝处往外擢水。筑坝、擢水，都要好体力，更重要的，还要有预估渔获的眼力，不是随便哪段水沟都有鱼的。这些事情，都是阿爸在做，我们只用报以全部的信任就行。我和弟弟帮忙擢水，眼见水降到膝盖以下了，水面开始有鱼跃动，我们急急放下水桶，呼隆呼隆地往水里走，看能不能先抓住几条鱼。阿爸继续擢水，一边擢水，一边忍不住回头看，嘴里感叹着，有鱼有鱼，真不少！能捉得起一桶。妈则拿着笊篱，蹲在田埂上，目光在水面瞥来瞥去，很不相信似的，说么着（意为"想得美"）！阿爸继续擢水，说你阿信？说不定一桶都不止。妈继续否定着，不时探出笊篱往水里一抄，几条小鱼在笊篱中碎银子一般蹦跶着。

这样的情景实在有太多次，我不记得每一次都有多少收获了。

记得有几次，只收获了十来条小鱼，小拳头大的田螺倒是抓了一大桶。我们对付田螺，似乎没有很好的办法，烹制出来，总是硬邦邦的。

收获颇丰的，自然也有很多次。

记得有一次，去秧田里挖荸荠，刚挖了没几锄头，我发现水沟里一群黑黑的小白鱼游过。我忙去喊阿爸。阿爸二话不说，放下锄头就跑到水沟边来了。那天妈不在，我们三父子堵住一段水沟，开始擢水。还好，我们随身带着水桶。也可能并没带着，是我和弟弟临时跑回家拿的？记不清楚了。记得清楚的是，荸荠没挖成，鱼倒是抓到不少，不单有小白鱼、田螺，还有好看的美人鱼（鳑鲏）。美人鱼扁扁的，身上淡绿浅红，真是好看，可惜命脆，离开水不久，即会一命呜呼。

收获最丰的，要数我读六年级那次。许多年后，妈还经常说起这次捉鱼，说她用笊篱都抓到满满一桶小鱼，说小鱼间还有不少虾，弟弟伸手碰到虾，虾弓曲的身子一弹，吓得他慌忙缩手。

天气起初是好的，后来，云朵从西山顶涌来，渐渐堆积在头顶。我们管不得这么多，只是埋头抓鱼。已经足足抓了三四桶鱼，还有许多鱼在浅水里若隐若现。然而，雨落下来了。白而大的雨点打在脸上、身上。不远处的荷叶被打得噼里啪啦响，不时出现一声空洞的声音，是荷叶被打破了。转眼之间，往四面的田野望去，一片茫茫无尽。房子、树木、田亩，都看不见了。我们仿佛被困在世界中心。然而，我们怎么舍得走呢？仍然继续在泥水里搜寻着鱼。一条，两条，还有很多条。雨水打湿头发，从发梢哗哗流下，几道水帘遮住眼睛。水面上到处是密密麻麻的雨脚，更让我们看不清鱼在哪儿。突然，只听得一声"轰——"回头一看，下游的泥坝坍了，阿爸呼隆呼隆蹚水过去堵，哪里堵得住。突然，又一声"轰——"上游的泥坝也坍了。前后水流漫灌，我们置身的地方转眼被填满了。

我们看着越来越高的水面，叹息一声。转而又高兴起来，已经捉了那么多鱼啊！人人拎着一两桶鱼，冒着大雨，挥霍谈笑，小跑着回家去。刚进家门，雨停了。妈对着天笑骂两声，开始和阿爸坐在小板凳上收拾鱼。

大鱼须刮掉鳞片，剖开肚子掏出内脏，小鱼太多了，只能放在筛子里揉搓几遍，大略去除鳞片即可。收拾好了，开始下锅煎。那时候家里还没冰箱，只有将鱼用油煎了，才能存储久一些。妈经常感慨，每次抓鱼回来，都好费油啊！这一次更是不用说了，灶头那满满的一小盆猪板油看来都不够了。油融化开，热热地有小半锅，等油热了，再让鱼顺着锅边溜下去。嚓啦一声响，无数油点溅起，我们猛往后退，又趋近前去，看鱼在油锅里翻腾。渐渐炸至金黄，鱼浮上来了，才用漏勺捞起，控干油，放进锑盆，在最上面稍稍撒一层细盐。如此动作，重复了整个黄昏。香气四溢，一家人晕晕乎乎的，仿佛被这浓得化不开的肉香灌醉了。

从灶房窗洞望出去，夕阳在土坯墙上慢慢挪动，最后牵住竹梢，微微地晃动着。暮色沉沉，夜晚很快到来了。一盏昏昏的白炽灯亮在我们头顶。全部的鱼，总算处理完毕。一张小桌子上，摆了几道菜，都是和鱼有关的。麻辣鱼、竹笋烩鱼，还有干煸小鱼，而我们已经吃不下多少了，刚才在灶边，早已吃饱了。

夜风从窗洞吹进来，有些冷了，时令已是初冬。

那阵子，我和弟弟去上横沟小学读书，每天都要带上几条油炸小鱼，用纸包着，塞进衣兜里。我穿一件蓝色牛仔外套，很快发现口袋外面有一片颜色变暗了，是油浸出来了。赶紧掏出剩下的鱼，看看包鱼的纸，经我一次次伸手进口袋掏摸，已经皱巴巴的，湿到挤得出油来了。

又落了几场雨，天气越来越冷了。晚上在堂屋看电视，得穿上毛衣，还要烧一盆火。我们围着火塘，翻来覆去地烘烤两只手。我说，我有些饿了。那时候，一般是没夜宵吃的。听我这么说，妈一下子猜到我的意思了。妈说，灶房里还有鱼呢。我穿过黑暗的廊道，摸到灶房，从碗橱里端出最后一盆鱼，都是四指宽的白鱼。猪油没控干，白白地凝在盆底，鱼们瞪着眼，仿佛深陷在云南从未有过的雪地里。我拔出四五条来，两手捧着，回到堂屋。

火塘正旺，红红地映照着每个人的脸。屋外冬雨连绵，风一阵阵从门缝吹进来。妈找来一根细铁丝，让我用铁丝穿过鱼嘴，拎着在火塘上烤。须臾，冷硬的鱼滋滋滋响，鱼身起了一层细小的油泡，香味渐渐弥散开。屋里暖融融的，人人脸上浮动着半明半暗的火光。又等了一会儿，热乎乎的烤鱼终于分到每个人手中。雨声稠密，夜色正浓，我们一点儿一点儿撕吃着鱼肉，连骨头也没剩下。

　　这是我最后一次到小河沟里抓鱼，也是最后一次吃到这样的鱼。上初中后，那些熟悉的河沟离我日益遥远，河沟里的鱼再不用担心被我捉到了。而我也再没尝过那夜的好味道。

（原载《美文》2023 年第 2 期）

我的所来之路

郑小驴

　　沿华溪逆流而上，经前华村，再往上游走，约一箭之地，便是我就读的华溪小学。华溪小学在上华村，坐落在扯旗寨山脚下，沿华溪而建。这一带都姓罗，学校是罗姓老祠堂改建的。百余年的老祠堂，历经风雨，早已颓败不堪，但依然能一窥昔日恢宏。穿石拱门、天井，再跨三五级石阶，便进了祠堂。祠堂为砖木结构，青砖黑瓦，斗拱、梁、枋、檩异常粗实，八根台柱，两人方可合抱，底部垫以石磉，托起房梁。这样的木料如今早已绝迹了，据说伐自扯旗寨的深山老林。祠堂牌匾、牌位均已拆毁，里面空无一物，墙根处长满青苔，二十年前刷的政治标语依稀可辨，猩红色的惊叹号尤其引人注目。即使夏日炎炎，祠堂依旧凉气袭人。我们在祠堂西侧红砖楼上课，在祠堂滚铁环、弹玻璃球、抽陀螺，声震屋瓦。

　　二楼走廊尽头梁上悬挂一口生锈的铜钟。罗孝本老师从办公室出来，一身洗得发白的中山装，裤管卷起，露出泥鳅般的小腿肚儿，上面沾着星星点点的褐色泥浆；脚踏一双橡胶凉鞋。车轮材质，草鞋状，异常牢实，穿几年都不坏。他摸出砖缝里的小铁锤，叮叮叮，开始敲钟。听见钟声，学童们哗啦啦冲出祠堂，穿过天井，潮水般涌向各自的教室。

　　罗孝本是我的启蒙老师，五短身材，厚嘴唇，紫棠肤色，短寸头，教我们语文。他家紧挨学校，有薄田两亩、老黄牛一头，下午放学，他不回家，径直赶往田间，拾起田埂上的锄头，继续忙活；遇上农忙时节，风风火火从田间赶来上课，身上携带一股泥土气息，上完课又大踏步赶去田间，俨然一介农夫。他不苟言笑，额头几道横纹，刀斧砍凿似的，一副苦大仇深样；爱揪学生耳朵，顺时针转，像扭韶峰牌黑白电视机频道。极少表扬学生。有回我将"临"字偏旁多写一点，耳朵被扭成根麻花。虽然如此，我们倒也不怎么怕他，大概是由于罗老师的农夫打扮，再加上他那憨厚朴实的长相。

四年级开始写作文，题目是《我的学校》，大家平生第一次写作文，大眼瞪小眼，不知作文为何物，无从下笔。我胡乱写了一气，交上去了。第二天上课，罗老师拿着作文本，清了清嗓子说，我给大家念篇郑同学写的作文。罗老师不会普通话，一口本地土话，念声颇有几分诙谐滑稽。也不说好，也不说坏，只顾着一头读下去。大家都不晓得他葫芦里卖的什么药，左顾右盼，羞得我两耳赤红，面颊滚烫。当念到"学校门前那座石拱桥，就像一弯新月"时，他有意在"新月"二字上加重语气，停顿了几秒，满堂呆静，忽而爆发出一阵响亮的嘲笑声。罗老师拍了拍桌子，双目圆睁，说，你们笑什么？这是一句很生动形象的比喻句，作文就该这么写。一时教室又鸦雀无声，一双双眼睛瞥过来，臊得我满脸通红。那是我头回得到罗老师表扬，只觉得心里异常轻盈、自在。从此便不再惧怕作文，懂得了比喻句的力量。每次都想方设法将作文写得漂亮，博得罗老师表扬。

操场临溪，外围种了一排洋槐。初夏季节，槐花绽放，风中飘溢着一股槐花的清香。我们在浓荫下嬉戏、追逐，槐树叶青绿、细嫩，清风中像双双婴儿舞动的小手。含在嘴里，能吹出嘹亮的声响。有时我们也去溪里摸鱼、捉螃蟹。溪水清澈见底，水草摇曳，受惊吓的小鱼儿甩着尾，四散窜逃。我们掀开一块块鹅卵石，寻找藏在底下的小红蟹。听说生吃红蟹的腿不流鼻血，也不知真假，大家都信以为真。对岸是青翠的稻田，风荡起层层涟漪，一波紧接一波，隐约闻到禾苗抽穗时的清香。调皮的家伙会趁人不注意偷偷拔出孕穗，嗖的一支穿云箭，划破长空，朝远处梯田飞去。一层一层的梯田，一直延伸至扯旗寨脚下。扯旗寨是我们这一带最高的山，巍峨挺拔，像只静伏的大乌龟，挡住半边天，方圆几十里抬头都看得见。

我从没动过爬上去的念头。据说上面有庵堂，有和尚和尼姑。二十多年前还有老虎和野猪。我爷爷就是和尚，所以我对这个不感兴趣。我们这一带，和尚和道士都是一样的叫法，都叫师父，集道、佛、巫于一体。他们平时当得逍遥自在。遇到哪家老人过世，孝家自会遣人前来邀请，"劳烦师父去行个香火"，自然满口应承下来，收拾好行当，前去做一场两天一夜的道场。讲究点的人家，也做三天两夜，甚至更长的。一个道场下来，按照这一带的规矩，能赚到一只雄鸡、一尾草鱼、一块刀头肉、十余斤白米再加上百二十块钱，和种田比起来，倒是门不错的营生。碰见认得的人，都会毕恭毕敬叫声"师傅"，也有些脸面。小时候，爷爷常带我去赶集，沿路常听见人叫爷爷"七师傅"。爷爷光头，呵呵应答，红光满面，很快活的样子。为什么叫七师傅，因为爷爷一共七兄弟，他是满崽，排行老七。有时他们也叫他七公公。

记忆中，爷爷是个风流快活的人，爱洁净，浑身上下收拾得利利索索，的确良白衬衫、灰裤子、黑布鞋，太阳天还打伞。现在回想，乡干部还未必有他那么会打扮。做完道场回家，爷爷会泡一大杯浓茶，再美美抽上一筒老旱烟，呼呼大睡，翌日中午方醒。醒来就读书。读《隋唐演义》《说岳全传》《聊斋》，这些书平日锁进箱里，落了铜锁，已翻得残破不堪。我大字不识，问他上面讲的什么呀？央求他讲给我听听。爷爷呵呵笑，三言两语，讲不清咧，等你长大了自己读。

他不爱讲书上的，爱讲鬼故事。1990年代初，我们那一带还未通上电，漫漫冬夜，围炉夜话，大家靠鬼故事来打发这寂长的冬夜。难产鬼、倒路鬼、露水鬼、吊死鬼……火光映照着一张张模糊的脸盘。偶尔几个火星子蹿上房梁，黑暗中划出一道诡异的红线。窗外或寒风肆虐，或大雪纷飞，房梁上家鼠奔窜，窸窣之声不绝于耳。外边不时传来积雪压断毛竹的啪啪清亮脆响，如同爆竹，让人心头一震。

这一带都是讲鬼故事的高手，每人都有一肚子鬼故事，"我在娘家当闺女时，曾听说这么一个白话""那道路鬼张五郎嘛，我倒是亲自碰见过一回"……如亲眼所见，或亲耳所闻，加上活灵活现的描述，听之无不令人毛骨悚然。我只觉背后凉飕飕的，感觉墙角、房梁、窗外、床底四处影影绰绰，都是鬼的影子。我紧紧挨着爷爷，一个劲往他怀里钻，生怕一不小心就被鬼拽走。大人纷纷笑，怕成这副样还听？当然要听。竖起耳朵，生怕漏过任何一个精彩的细节。越恐惧，越刺激，欲罢不能。没多久，我也成了有名的故事大王。上下学路上，身边常簇拥着一群小伙伴，有人替我背书包，有人给我打伞，都竖起耳朵来听我讲，生怕漏过一句话。

我家独门独户，地势开阔，能望百十余里开外。但见梯田、丘陵、山梁层峦叠嶂，一波波往外蔓延，满眼绿意，直至天际。一条透迤的山脊线，如少女的脊背，由南及北，约百十公里的跨度。傍晚火烧云燃烧，红透半边天，蝉声四起，落日浮沉，群山尽染，一片金黄色。夏日午后，暴雨停歇，天高地阔，上下洗濯一新，团团湍流，漫过梯田，白练似的，一级级往下奔泻，轰鸣之声不绝于耳。水流兀自訇然作响，却觉四周寂静异常。一团白雾，自山脚萦绕而起，缠住扯旗寨山腰，天边悄然露出一抹清亮的山脊来。

那样的时刻，我便觉得自己的家乡最美，也常情不自禁想象，山那边是什么？也听得懂我们这边的话吗？穿什么样式衣服？我问哥，山那边是哪里？他有时说新化县，有时回答是溆浦县。他虽然大我八岁，也未必搞得清楚。那时，我去过最远的地方不过镇上。新化、溆浦是想象中最遥远的地方了。

夕阳偶尔会在堂屋的神龛上投上一抹金黄的浮影。足有脸盆大，金灿灿的，每次看见我都兴奋。管它叫"放电影"，能持续好一会儿，直到太阳落山方才息影。外边夏蝉烦杂，声浪一浪高过一浪，我家屋前有棵椿树，蝉声最为响亮，密集的蝉声中，树冠在微微颤抖，我能感受那棵椿树不堪其扰的愤怒。此时，远方的群山倒是愈发肃穆、静寂了。晚霞褪去绚丽的色彩，一抹忧郁的孔雀蓝覆盖了世间万物。暮霭中，苍凉的群山只看得清一线模糊的轮廓。不用多久，天暗沉下来，鸡进埘，倦鸟归巢，红黄色的月亮从屋后升起，煤油灯点燃，白天散场了。

小时候，我喜欢在屋前的坪上写作业。长凳为桌，板凳为座，面朝群山，见证太阳下山前的辉煌、盛大，看动物形状的云团在群山之巅狼奔豕突。我在心里一一为其命名，斑马、大象、鲸鱼、飞龙、老虎……云团总是变幻莫测，那么易逝，那么不可捉摸，我心里泛起一丝淡淡的愁绪。我试图在纸上画出群山、落日、霞光的影子，却总是心力不逮，只能将这些深深刻在记忆里。

记得老家有一种鸟，会模仿人的声音呼唤我名字，"郑朋！郑朋！"声音清脆，惟妙惟肖，就像有人在呼唤我。无数次听见呼喊，我兴冲冲跑出堂屋，发觉又一次被鸟捉弄。我从没见过这只鸟。我不知道它长什么样子。我也不知道它为何要叫我的名字。我一次次抓起土块，掷向晚霞翻涌的天空。它永远不知道我的愤怒，正如我也不知道它为何锲而不舍地呼唤我。这么多年，我只在老家听过这种鸟声，这近乎一则生命的隐喻。

很小的时候我就学会了独处。我喜欢这种感觉。多年后我曾写道：独处是一个人的狂欢。哥哥大我八岁，他上学了，大人忙活，陪伴我的始终是蚂蚁、蚂蚱、芦花鸡、黑狗、鼠尾草、兔子、饭蝇、青蛙、蜻蜓、萤火虫。那些天地间的精灵，在阡陌草丛竹林，在堂屋墙根地坪，总能看到它们轻盈的身影。

蚂蚁迁徙的队伍最壮观，绵延数十米，黑漆漆的一条长线，麻绳般粗，看了让人发怵。那时候我总是掏出小家伙对着长长的队伍一顿猛烈地扫射，热浪滔天，蚂蚁们如遭天灾，乱作一团。但用不了多久，溃散的队伍又会汇成长队。蚂蚁虽小，纪律性最强，作风强悍，让人心生敬意。有时逮到蜻蜓，用细线绑住蜻蜓尾巴，牵着它奔跑。黑子一路尾随其后，我跑哪儿，它跟到哪儿，和我寸步不离。

我们家管黑狗叫黑子。"黑子！黑子！"我喊一声，它从狗窝一跃而起，以最快的速度冲到我跟前。吐着长舌，摇头摆尾，拼命抖落粘在身上的草籽。它是我最好的玩伴。有时它卧在坪上晒太阳，露出半边白色肚皮。我常拔狗尾巴草挠它痒痒，将毛茸茸的草尖塞进它的耳洞，黑子怕痒，半眯着眼，龇牙咧嘴，终于翻过身来，将受扰的耳朵压在地面，气呼呼地斜睨我。

我从幼儿园放学，它隔着老远就闻到我的气息，汪汪汪！几个箭步冲到跟前，一跃而起，把前爪搭在我肩上。我个头还没它高，一个趔趄，被它绊倒在地。黑子高兴极了，将我压在身下，伸出舌头舔我脸。我嫌弃它吃屎，大声咒骂，叫它赶紧滚，一番激烈挣扎，无济于事，狗的力气比我大。

黑子活了几岁，最后被人毒死。毒性发作，它在山野四处狂奔，最后死在妈妈怀里。妈妈说，狗死时流了泪。我们都哭。我再也不吃狗肉了。

孤独能激发人的想象力。每天醒来，我总会发半天呆。被窝上的花纹、墙上的斑点、挂在梁上的蛛网都能激起我无穷的幻想。母亲大声责骂，赖床鬼，还在发什么蒙呢，太阳都要晒屁股了！催促我赶紧起床。她显然体验不到我的快乐。墙上的斑点瞬息万变。在想象的王国中，我正在指挥一支威风凛凛的军队，跨过河流，攀越高山，正攻克一个个险峻的要塞。一路所向披靡，攻无不克，战无不胜。直到母亲挥舞着荆条，一把掀开被子，勒令我马上下床，否则有皮开肉绽的危险。我只好怏怏地爬起来。一切回归现实。想象的王国崩溃，墙上的斑点死去。

母亲不识字，是个文盲。没通电的年月，家里靠一盏煤油灯照明。我在板凳上写作业，母亲就着微暗的光剁猪草。空气中弥漫着一股青草汁的青涩气味。有时母亲干完活，也掇条小板凳坐一旁，看我写作业，神色肃穆。她敬畏文字，但凡写了字的纸，都要先拿给我们看了，再作处理。写了字的废纸不会轻易扔掉，装进竹篓，待满了烧掉，生怕弄污。母亲总是不厌其烦地叮嘱，崽，要发狠读书，将来要握笔杆，不然回田间握锄头把。父亲常年在外地做工，家中全靠母亲一人操持，很是辛苦。她希望我和哥哥不要再吃他们这辈的苦。她认死理，认为所有课外书都是闲书，会耽误学习。她虽不识字，但能一眼从一堆课本中识别哪本是"闲书"。闲书是母亲眼中的"禁书"，统统被她没收，悄悄藏在家中各个不起眼的旮旯儿。甚至连报纸她也觉得不读最好。"放着现成的课本不读，偏爱看闲书，怪不得成绩差。"她把我成绩不好怪罪于闲书。她激起了我的誓死抵抗，我总是瞒着她，想尽各种办法进行阅读。有很长时间，我们像在玩藏宝游戏，她将课外书藏在一些她认为安全的地方，然后我不费吹灰之力盗取，瞒着她读完再重归原处。这种紧张刺激的氛围也激起了我的阅读欲。

我和哥哥睡阁楼，上面堆放着哥哥的课本和一些杂书。有几年，阁楼是我惬意的安乐窝。大人们忙活去了，我躲在阁楼上，就着窗户透进来的微暗天光，忘乎所以地阅读。看哥哥的语文、历史课本，从翻了无数遍的课本中试图发现几则有趣的新故事。欧·亨利的《警察与赞美诗》最先便是哥哥推荐的，是他语文课本上的一篇文章。我还记得那是一个秋夜，灯已熄灭，我久久沉浸在这篇小说中，对陌生的大洋彼岸那个可怜的倒霉蛋给予了无限同情。

哥哥也爱阅读，也是"闲书"的受害者，直到读大学，母亲才不再多加管束。他每个假期都会去图书馆借一些书回来。小学六年级，哥哥向我推荐了《简·爱》《包法利夫人》，那是我第一次阅读国外长篇小说，还不能理解福楼拜的精妙，对《简·爱》倒爱不释手，罗切斯特失明后与简重逢的那一幕，使我心潮澎湃。那时还不知道什么是爱情，但觉爱情便应该是简与罗切斯特那样，不离不弃，无论生死。后来又读了哥推荐的《围城》《红与黑》《三国演义》等书。还有一本日本小说，里面描写的爱情极其凄美，给我留下深刻印象，只可惜忘了是川端康成还是渡边淳一的了，这些小说都是囫囵吞枣，也不管看不看得懂，时间宝贵，先读完再说。20世纪90年代末期，哥哥爱上了科幻小说，订阅了两三年的《科幻世界》，我从上面读到了阿西莫夫和阿瑟·查尔斯·克拉克以及王晋康、刘慈欣等科幻作家的作品，推开另一扇想象的大门。

我们镇上有一个新华书店，就在镇中隔壁。二层楼，贴了白瓷砖，淡绿色门窗，里面摆满书籍。博尔赫斯曾说"我想象的天堂，便是图书馆的模样"。镇中的新华书店一度也是我心中天堂的模样。每次上学都会经过书店，里面几乎看不到什么人，只有一个中年女人，常站在玻璃柜台后面，神色肃然，让人不可亲近。我犹豫了很长时间，某天终于下定决心，要进去看一眼。我看见书架上的"四大名著"，甚是夺目，于是指着《水浒全传》，怯生生问能不能看一眼。女人从书架上抽下来，瞅着我说，只能买，不能翻阅。我双手接过，沉甸甸的，淡绿色封皮，精装本，岳麓书社，定价17.5元。我果然没敢翻阅，只用心记住17.5元，便把书还给那女人，跑出了新华书店。

那时我住寄宿学校，一周的生活费10元。显然我一时没办法凑齐这笔钱，这需要两个礼拜不吃不喝。尽管暂时买不起，倒也更加坚定了我购买此书的决心。每次从新华书店路过，都会不由自主地偷望一眼，"四大名著"安然在列，便觉得内心踏实。我暗暗攒钱，想方设法省吃俭用。一月有余，终于凑足这笔钱，紧攥纸钞，一阵小跑，风也似的朝新华书店跑去。手心全是汗，心里莫名激动，跳得厉害。还是那个女人，像早就等着我来，我刚伸手，她便从书架上取下书来。我将汗津津的钱递给她。她清点好，将书交到我手上。大概镇上像我这样独自买书的实属罕见，她终于忍不住问我道："你是镇中的吧？"我点点头，她似乎还想说什么，我只觉得莫名羞赧，抱着书慌忙跑了。那是我第一次花钱买"闲书"，花了这么多钱，担心被老师没收，担心父母责罚，有种犯罪的感觉，心中忐忑了一段时间。好在那一年父母外出打工，我成了留守儿童，家中只有外祖父，他不怎么管束我，我倒是落个自由自在。

厚厚的《水浒全传》，闻起来还带着一股油墨清香。我将书摊开，放在方桌上。桌上摆着一盘柴火腊肉、一碟油炸花生米、一碗烧酒。菜是我炒的。酒是父母自酿的，用一只大陶瓷酒缸盛了，足有三四十斤。父母不在，我便无法无天，大胆用碗来斟了，一边读《水浒全传》，一边喝酒。看到绿林好汉们大碗喝酒大块吃肉的快活章节，只恨桌上少了两斤熟牛肉。外公不喝酒，我饮一大口酒，啧啧有声，他只顾摇头叹气。

　　初一下学期，语文老师有事，从外面请来一位老师代课。是位年轻的女老师，长得漂亮，身材高挑，米色风衣，高跟鞋，洒了香水，举手投足都透着股大地方来的时髦气息。女老师叫谭晶，住镇上，曾在北京、深圳待过。她不光讲课本上的文章，也讲她在外面这些年的所见所闻。我喜欢她的课。那是20世纪90年代末期，她给我们讲亚洲金融危机，此时大批农村信用社倒闭，信贷危机此起彼伏，物价飞涨，即使闭塞的湘西南小镇，也是暗流涌动，人心惶惶。她让我们知晓，人不仅是独立的个体，也是庞大社会的组成部分。多年后，看到网上那句"雪崩时每片雪花都不是无辜的"，我便想起她那时说的话来。她也讲明星八卦，讲追星往事，那些只在电视上见过的明星人物，经她近距离描述，倒也不觉得那么神秘发光了。我想她是喜欢我的，我作文写得好，常被她当范文朗诵，字写得也工整，她便让我负责出黑板报，或在黑板上抄写诗句。我把它看作是对一个内向沉默的男孩一种隐秘的鼓励。

　　记得有回，我害了感冒，鼻涕不止。乡下孩子，都习惯了将鼻涕一把撸掉，揩在课桌腿上。她见了皱眉，从衣兜里掏出她的手绢递给我。我背后传来一阵轻微骚动，我能想象同学们的惊愕之情，所有的目光都扫向我。教室一片死寂，我如坐针毡，脸颊通红滚烫。只听得讲台上轻声说道，感冒了要吃药。之后便继续讲她的课了，我如释重负，只觉得全身都暖和起来。这么多年过去，手绢早已不在，她肯定也不记得有这么一个细节了。但她当时递给我的手绢，那种不经意间传递出来的善意，我接住了。尤其当我也成为老师，我自明白这种"不经意间"透出的分量。

　　那时班上大多数学生都是留守儿童，父母南下广东进厂，留下老人和孩子。班上有名叫胡满花的女生，因长期营养不良，面黄肌瘦，发质枯黄，那件灯芯绒外套不知穿了多久，早已油渍斑斑，也不见她脱下换洗，隔老远就能闻到一股馊臭味。并不是只有她这样，班上其他孩子也好不到哪去。好几回我亲眼看到肥胖的跳蚤从前桌同学的头上蹦下来，吓出一声尖叫。胡同学和我同桌，我们都喜欢作文，她作文写得好，字也工整漂亮。她不爱说话，和我一样内向，不像其他同学，下课铃响起，纷纷拥出教室疯耍。她依旧坐在座位上，课本收拾得很整齐，安静得像道影子。我只知道她家和我家是一个方向，但距离有十来公里。她说跟奶奶一块过活，底下还有个弟弟，小她几岁。五月的某个周日，我们从家纷纷返校，晚自习时，老师清点人数，唯独她缺席了。没人知道她为何没来。她学习一向用功，从未迟到早退。她的位置无故空在那，让我莫名不安。直到第二天下午，一个裤管卷起的农民跑进教室，我们才获知她的死讯。周日下午她背了书包准备去学校，临行前被奶奶叫住，责问她为何要偷她的钱。她奶奶丢了十块钱，咬定是她偷的。弟弟在一旁起哄，做了证人。她百口莫辩，转身跑进房间喝下大半瓶农药，出来对奶奶说，钱不是我偷的，我以死来证明给你看。事后弟弟承认是他偷的钱，他不该赖在姐姐身上，他害死了姐姐。这个消息让全班震惊，我望着左边空荡荡的座位，死亡的寒意近在咫尺，浸透身心。

谭老师那天没有上课，她站在讲台前，神色穆然，轻声说道，同学们，我们都知道胡满花同学走了，今天这节课不讲课，我教你们一首歌吧，让我们用歌声来纪念这位早逝的朋友。那首歌便是周华健的《朋友》。谭老师让我去黑板前抄写了歌词。"……朋友不曾孤单过，一声朋友你会懂，还有伤，还有痛，还要走，还有我……"老师唱一句，我们跟唱一句，那是我在音乐课之外第一次唱歌，那时还不明白什么是孤单，什么是伤和痛，却每一句都刻在心里。时隔多年，我不知道班上还有多少人记得那位早逝的同学，谭老师的那堂课却让我永生难忘，盖因她教会一群懵懂的孩子，要珍惜友情和敬畏生命。多年后，回想我接受过的教育，我自会想起这一幕，它是那么朴素，微不足道，却是那么具有人情味，透着一丝人性的光亮。

可惜的是，谭老师只教了我们一学期就走了。或许她在学生间大受欢迎，风头盖过其他正式老师？我想是有这样的缘故。她只是一位临时代课老师，却比很多别的老师对我影响更为深远。人生如此摇曳多姿，缘分如此奇妙，阔别二十年，早已断了联系，一切均已物是人非，谁也没想到我们竟然会在北京重逢。那是我的新书分享会，在北京的单向街书店，她听闻讯息，特意从京郊赶过来。我才知道她早已全家定居北京，栖身一家研究机构。那天给我站台的有我就读于人大创意写作专业的老师、著名作家梁鸿，以及阿乙、季亚娅、文珍等一干好友，他们共同见证了这动容的一幕。我当年的语文老师抱了束"冰箱般大的花束"（阿乙语），迎面向我走来。那短短的十几米，跨越二十年的光阴和相隔千里的乡音与记忆，最终拥抱在一起。时间改变了太多东西，我不再是那个流着鼻涕瘦弱不堪的男孩，她也不再是那个穿着米色风衣、众人眼中焦点的年轻女老师，未曾改变的是那份共同的记忆和情感。

我是 2005 年离开故乡的。十八岁第一次出门远行，走的时候我怒气冲冲，家里鸡飞狗跳，所有人都被我吓了一跳。我背着包，拖着一只笨重的大箱子，书籍、衣物、鞋子和洗漱用品，塞得满满当当。我几乎将所能带的全部东西一股脑塞了进去。箱子就是我的家。我发誓再也不会回来了。箱子膨胀得变了形，一副随时摊牌的样子。

夏日酷热的正午，红日当头，我还没走出他们的视野，就大汗淋漓，阳光要将我烤化了。箱子很沉重，拖轮一路发出尖锐的摩擦声。我感到了向前的阻力，仿佛是箱子拖拽着我，而不是我拖着箱子。拐弯的时候，我情不自禁朝老家回望了一眼。门口站着父亲、母亲、舅舅。八十岁的外公拄着拐杖，颤颤巍巍站在地坪上。我听见外公呼喊我的小名，文文，快回来……声音很飘、很慢，好一会儿才传入我耳朵。我抹掉泪，假装没听见，扭头继续朝前走。

还没走到多远，箱子的滑轮就不堪重负断裂了。这只与我命运紧密相关的箱子，关键时刻也背叛了我。想象一下我当时暴怒的样子，我重重地踢啊踹的，箱子毫无反应，它沉默地回应着我的盛怒。我感觉脚指头都快踢断了。我倍感沮丧，一屁股坐在地上。酷热，锐痛，一丝风也没有。此起彼伏的蝉鸣，听起来不是告别，更像是嘲弄。我咬紧牙关，扛起箱子继续向前走。尚未走出村口，我便再次瘫倒在地。我坐在箱子上大口喘气，想哭又哭不出来。远方遥不可及，尚未出村，我就已溃败。

那时我正处青春叛逆期，不惜与整个世界为敌，满腔的怒火恨不得写在脸上。这注定是一场毫无体面可言的远行，与其说是与故乡踉跄地告别，不如说是狼狈地逃离。或许逃离家人的视野，远离眼前熟悉的一切，就能获得片刻的解脱和自在？兴许当时我就是这么认为的。一个朋友说过一句话，一个男孩反抗世界首先是从反抗父亲开始的。我想他说的"父亲"，想必是"家"的意思。十八岁，除了暴脾气和忧郁的气质，我两手空空。我想反抗的东西很多，能反抗的东西很少。这是我愤怒的根源。我记得十七岁那年，在县城的一家音像店，我从众多花里胡哨的盗版 CD 中，抽出崔健、朴树、许巍的专辑。听《一块红布》《浮躁》《青鸟》，我从没听人提起过这些人的名字。直觉告诉我，他们是我的同类。无数惆怅的黑夜，我听着他们的歌声入眠，内心泛起层层涟漪，仿佛有许多话想说却无处释放。记得班上有位女生说，将来没准你会成为一名作家。我以为她是开玩笑，问她为何如此臆断，她说这是她的预感。她的回答让我感到愕然，我从没想过要当一名作家。

但我确信，没有什么比沉浸地坐在图书馆读小说更美好的事了。进入大学，再没人管束，阅读获得空前自由。我每周都从图书馆抱来一摞书。读阿城、韩少功、残雪、余华、苏童、格非、林白、北村；海明威、福克纳、川端康成、马尔克斯、博尔赫斯……那时我有一个雄心，要将图书馆文学类的书籍看个遍。当时借书还需在借书卡上填写个人信息，有些书躺在书架上，距上次借阅已经快二十年了，有些甚至在我出生前就没有人再去翻阅。我在一张张借阅卡上写上新鲜的字迹，让一本本书死灰复燃，重获新生。这是一种隐秘的快感，独属于我的骄傲。

看多了后，不免也手痒难耐，有种想写小说的冲动。2006 年暑假的某个夜晚，我在中南大学铁道学院的自习室里摊开练习簿，开始了第一篇小说的创作。那是个溽热的夏夜，自习室没有空调，只有吊扇单调的声音。写完小说已经夜深，自习室早已空无一人。我踩着路灯投下的斑驳光影，一个人在静谧的校园慢慢走着，每一步都觉得异常轻盈曼妙。这是小说带给我的快乐。这份快乐如此纯粹和简单，不含任何杂质。第一篇写完，还没写过瘾，心里已经盘算下一篇了。每到周末，其他人都去网吧或逛街，图书馆显得比往常清静，我便带着稿纸和水笔，坐在角落，开始写小说。写完初稿，再回宿舍，逐字逐句地输入电脑。那真是一段美好的时光，没有人知道我在写什么，我也不想让人发觉我的秘密。我对打牌、网络游戏、逛街都不感兴趣，反之亦然，我感兴趣的他们通通不感兴趣。我尽量让自己表现得正常一点，不让人发现我在写小说。仿佛存在两个宇宙，我独自沉浸在自己的小宇宙中，这个小宇宙里群星闪耀，每个名字都如此熟悉又陌生、高贵又遥远，唯有阅读与写作，方能靠近他们，聆听大师们的声音。那些年我依靠这份笃定和执拗，坚持了下来。

我天性敏感、沉默、木讷，不善与人打交道，很多人看来轻而易举的小事，在我看来却是天大的难事。做事也缺乏耐心，如果不写作。我不知道还能干什么。唯有写作，我才能静下心来。写小说是我唯一有把握能干好的事。我尽量把这活儿干得漂亮完美。在这件事上，我是完美主义者，倾我所能，尽量不留遗憾。

2007年夏天，一个偶然机会，我获得在一家文学期刊实习的机会，我从南昌去了昆明。和作家海男在同间办公室，她坐我右前方。她不常来办公室，一周来一两次，通常来得很早，一大早就坐在办公桌前，拆邮件，写回信，有时也写小说或和我们聊天。她坚持手写，写在绿色方格的稿纸上。那是我第一次与作家近距离相处。之前就在《花城》等刊物上读过她的小说。见到本尊，还有些激动。她喜欢穿裙子，戴宽大帽檐的圆顶毡帽。每次来都像一阵风，带来淡淡香水味和文学的气息。她得知我在写小说，让我打印出来给她看看。我很是忐忑，期待她能说点什么，但她什么都没说。后来《十月》杂志"新干线"要推我的专号，我要她帮我写篇评论，她非常爽快地答应了。依然是手写稿，题目是《他应该写小说》，她在文中写道："……他深怀着写作的一腔抱负，那种抱负我曾经在逝去的青春年代经历过的，它充满了温柔的幻想，可以沉入泥浆，可以在泥浆中种植松柏和紫薇。拂过他文字中潜藏的人性的秘密，我的手触摸着滇西的紫薇，那一棵棵在大理洱海深处植入泥巴的紫薇，是我最初在文字中反复吟唱的一种绚丽和香气。"

我们偶尔会聊文学，聊她写的新作。聊尤瑟纳尔、博尔赫斯，她语速很慢，偶尔还有些吞吐，脸上荡漾着灿烂的笑容，像昆明永不缺席的阳光。

我那时实习工资五六百块，除去食宿，常所剩无几，囊中羞涩。她了解到我的情况，在清晨无人的办公室，将装有钞票的信封迅速塞到我手里。不容置喙地让我收下。也会在某些日子的中午，叫我去她家楼下的小饭馆吃饭。昆明的阳光穿透法国梧桐的叶隙，斑驳而温暖。她远远地看到我，向我招手，依然是圆顶毡帽、长裙。我们每人要一瓶啤酒，在这闲适的中午，可以安稳地坐上一两个小时，聊文学，聊生活和见闻。饭后她会选择去街上散步。她不停示意我多吃点，补身体，点很多的菜。那时我还单瘦，穿最小码的裤子还得系皮带。这个常年在云南高原游走的女人，此刻不再是诗人、小说家、编辑，而是一位大姐或母亲。

我最早的一批小说，大多诞生于昆明西坝路云南白药厂附近的城中村，离杂志社不远，步行十分钟左右路程。关键房租便宜，最便宜的单间只需150元，很小，小到只能塞下一张单人床，连书桌都摆不下，上厕所得跑去楼下的公厕。那时下班后，我背上笔记本电脑，慢悠悠沿着环城西路走回家，在楼下的快餐店吃份花溪米线或大理饵粉，然后上楼，关上门，与世隔绝，开始写小说。那是一段足够简单而纯粹的时光，在陌生的城市，穿梭于陌生的人群，没有任何干扰写作的因素。每天除了上班就是写作，周而复始。如果勉强谈得上干扰的东西，那就是城中村鱼龙混杂的居住环境，这里住着各种身份暧昧的人，打工仔、理发师、小混混，也许还有社会关系更为复杂的人员。房间隔音很差，从早到晚各个角落都在响。凌晨上早班的人与喝得醉醺醺嬉闹而归的人迎面相逢，年轻的脚步在楼梯间发出惊天动地的声响。各种噪音都有，环城公路上嘈杂的车流声，年轻肉体在床上激烈的撞击声，隔三岔五，还会爆发几场斗殴。咒骂和呻吟、拳头与哭泣彼此交织，汇成一曲城中村欢快的奏鸣曲。

有时不堪其扰，我会将棉絮当窗帘挂起来，试图抵挡来自外界的侵扰，效果甚微。总有声音想方设法传递至耳膜。唯有写作进入状态，外界才安静下来。像按下暂停键，喧闹声悄无声息退场，整个世界一片静默，唯有心跳和手指敲击键盘的声响。心静了，噪音便会消失，那是一种无我状态。多年后，我常怀念昆明城中村的那段生活，怀念那种执着、痴迷、忘我的状态，像蜜一样，焕发着金黄的光泽，那时我笃信写小说是世界上最纯粹的快乐，任何打扰写作的东西都是不可原谅的。

实习期间负责带我的师傅叫韩旭，昆明人，满族，祖籍北京，讲一口标准的普通话，个头瘦长，留长发，仙风道骨模样。他是个酒鬼，隔着三米远也能闻到身上的酒味。几乎每回必醉，醉了酒常丢手机，隔几天就换个新的，换手机比换衣服还勤快。好在那时诺基亚便宜，两三百块一台。他上班的时间也和别人不一样，通常大家准备下班了，他老人家才晃晃悠悠来到办公室，刚一坐下，冷不丁从口袋里掏出小瓶二锅头或劲酒，一边看稿一边小口啜饮，深夜醺醺然回家。

我们能聊到一块，不光都爱杯中物，还有佐酒的文学。他很爱巴尔加斯·略萨。20 世纪 90 年代中期，云南人民出版社有套拉丁美洲文学文丛，那套书曾让我垂涎三尺，收集了众多我喜爱的拉美作家。我们常坐在小酒馆，小杯对酌，从略萨开始，翻越安第斯山脉到潘帕斯草原，从地中海穿越大西洋，从德州到巴黎，从沈从文到汪曾祺，从香椿树街到高密东北乡，天南地北，推杯换盏间，开始了一场环球文学之旅。饮至深夜，酒意上涌，摇摇晃晃起身，碰倒一堆空酒瓶。有时也会为各自喜欢的作家争执不下，在伟大和狗屎之间争得面红耳赤。那真是属于酒徒的文学时光。多少个深夜，两人相互搀扶着，在云南高原红黄月色沐浴下大醉而归。

　　2014 年 10 月份，我利用国庆假期，开了一整天的车，从长沙一路南下，目的地是海口。不是去度假，而是工作。那是一个比较大的决定，意味着要离开生活多年的长沙。我人生最美好的青春和最不堪的时光无疑多数是在长沙度过的。那时我二十八岁，未婚，精神倦怠，但早早确立了写作就是一生的追求。这点无论漂泊到哪里，始终没变。很多事情我都半途而废，写作是为数不多还在坚持的事情。虽产量不高，也没甚名声，但每个字都是自己想写的，这就很满足了。那时我在长沙的生活也基本稳定下来，有了自己的居所，不大，但摆得下所有的书籍。但我已经厌倦了在长沙的生活，我决定逃离。去远方，去陌生之地，与一个个陌生人擦肩而过，没人会在我身上停留一秒钟。我喜欢那种状态。或者，我享受这种孤独的感觉。

　　把行李安顿好，坐在还不熟悉的客厅，刚想喘口气，手机响了，是个北京的陌生号码。我记得那天是 10 月 3 日，是个大晴天，阳光穿透客厅的落地窗，毫无保留地倾泻进来，我站在窗前接电话。电话那头问道，你愿不愿意来上中国人民大学的创意写作？我有些发蒙。"中国人民大学"这几个神圣的字眼，瞬间构成一股巨大的冲击力。我努力调整呼吸，试图让自己尽快平静下来。这个电话如此魔幻，不真实，就像一个虚构的小说。我站在落地窗前，海南十月的阳光灼在皮肤上微微发烫，窗外的椰树和小叶榄在清风中轻微摇摆，热带葳蕤的景观如梦如幻。挂完电话，我沉默地抽完一支烟，我想这真是生活朝我做的甜蜜的恶作剧。即使是恶作剧，我相信也是甜蜜的。没太多犹豫，我就做出了去北京上学的决定。这个决定带着文学的属性。这些年漂泊不定的生活，就像一个个破折号，一如我始终坚信的，生活在报复你，文学在补偿你。回望所来之路，注定孤寂，正是怀揣着写作的小小火苗，如独自行走于漆黑郊野，因了这份微弱的光，不至于迷失自我。一路也总能感受到那一双双善意的目光，像暗夜中的萤火虫，不断给我指引方向。很多事情我不喜欢深谋远虑，想得太多难免让人倦怠，清醒的头脑要留给写作。这是一条永无尽头的道路。草木山河，冷暖自知，无须多想，只需默默坚持走下去即可，走得越远越好。我是这么想的。

（原载《青年作家》2023 年第 4 期）

望炊烟

洪　水

刘亮程

一

一大早我妈喊"发大水了"。我推开门，轰隆隆的水声传过来，我第一次听见这条小河的声音如此可怕，洪水挟裹沉重的石头滚过河底，岸边的房子和树都被震动。我妈住的房子离河岸近，她说一晚上听见石头在河底下滚动。我妈不让我到河边去，她有早年被洪水淹过的记忆。我打开院门，门口就是河，石拱桥湿漉漉地悬在半河洪水上，岸边有大水漫过冲刷的痕迹，说明灌满河沟的洪水在昨夜我睡着时经过了村子。尽管河底还有大石头在滚动，它更大的轰隆声已经远去。

二

昨夜我被牧羊犬的狂叫吵醒，起身掀开窗帘，看见下午停在书院水塘边的大铲车发动着了，大雨中车灯直照到深入夜空的白杨树梢。接着铲车开始掉头，高高的白杨树和松树被转动的车灯挨个照亮又送入黑暗。当它转过身往书院外行驶时，车灯穿透北边那排老教室的前后窗户，整栋房子像突然张开眼睛。

那时洪水应该还没下来，我没听见河底石头滚动的声音，也没细想夜里开走的大铲车去干什么。连下了三天三夜雨，听说县上已经动员所有力量防洪，主要防护县城南边的水库。

我们入住这个院子的头一年，沟里发大水，洪水漫出河道，从前面的果园斜冲过来，又从院门口灌入河道，将北边的青砖门墩冲歪。我们把洪水冲刷出的沟槽推平压实，冲歪的门墩却一直没顾上扶正。我们在这个歪门墩挂着的铁门里进进出出，铁门扇的碰撞里似有那场我们没有经历的大洪水的声音。

三

东镇发大水淹死人的微信是在黄昏时收到的。天依然下着雨，乌云阴沉地积在天上，像有无尽的雨还没下完。梨花雨的微信来了，她每天给我发好几个微信，告知县上的雨情。我从她发的信息得知，两个警察在洪水中失踪了。

昨天半夜，东镇派出所接到山里养蜂人被困的电话，三个警察开车出警。翻滚的山洪沿路旁河沟往下泄，警车冒雨往山里行驶。这个时间，我们院子的大铲车应该开出门了，那里离东镇有二十公里，隔着五六条沟，开铲车的年轻司机，也和警察一样在大雨中驱车向前。

这个季节每个山沟都有外来的养蜂人，我们沟里放蜂的是一家内地人，夫妻俩，每年五月山花开时，用汽车运载蜂箱到沟里头住下来。一坡一坡的花儿，从最早的野山花，到田里的油菜花、红豆草花、葵花、家家户户菜园里的蔬菜花，一茬茬地开。采到秋天，罐子装满蜜，在一个早晨悄悄走掉。

养蜂人的报警地点在沟里头。他的蜂箱被洪水冲走，漂在河道里，他喊叫着沿河奔跑，边跑边打110。他的蜜蜂惊叫着飞出蜂箱。

在离他几公里远处，一辆警车正向他驶来，若不是下大雨，他应该看见照向夜空的车灯了。也许看不见，山梁把灯光挡住，厚厚的雨幕把车灯隔绝在另一个世界。漫上公路的洪水使路面变得汪洋一片，司机认不准方向。路边的警戒桩早被淹没了，电线杆也被水拉倒。熟悉的道路变得完全陌生。最危险的桥涵到了，路在这里突然变窄。平时车开到这里司机都会减速，但洪水把路和两边的沟拉平，司机辨不出来，警车一歪身掉下去，瞬间被湍流卷进桥涵。车里三个警察，一个爬车窗逃出来，另两个随警车被洪水卷走。

四

我在微信上看见东镇发洪水的视频，一个村庄被淹没水中，村民站在高处看自己家泡在水中的房子。视频里一片尖叫。新闻播报说两个乡被淹。传到我手机上的微信说，除了失踪的警察，还有两个学生失踪。晚上12点又有信息说，两个学生找到了，是一对中学生恋人，手机关了躲在未完工的楼房中，想雨停了再回去。后来女生说听见她妈在大雨中尖叫，男孩说没听见，全是雨声。女孩挣脱男生跑进雨里，男生也跟着跑进雨里。街道上全是水，不知道在往哪儿流。

发信息的梨花雨在县教育局工作，晚饭没吃，一直守在办公室等两个失踪学生的消息。放学后孩子没回家，家长打手机，关机。家长给学校报告。学校给公安局报案。紧接着，所有中学、小学的班主任被要求联系自己班的孩子，看有无没回家的。数字迅速报到教育局，教育局又报到县政府。县政府办公室只留了一个值班的副主任。主任和秘书跟着县领导一起守在水库大坝上。那是整个洪水中最危险的地方。

五

我在临睡前得到消息，从我们院子开走的大铲车，行到半路坏掉了。那是我们雇来清理院子的铲车，半夜被征去抗洪，听说什么轴断了。我想也许是司机胆小，把车扔路上跑回去了。我了解那个年轻司机，他是个生手，开着大铲车在我们院子高高低低地乱铲了一通。老板说雇不上好铲车司机，这阵子人手太缺，好的铲车司机都被调到水库大坝上去了。那样的夜晚，山里黑咕隆咚，天上下着大雨，到处是洪水的声音，他一个年轻驾驶员，敢往抗洪一线的河道里开吗？这是我猜想的。我打电话给包工头老赵，他说铲车坏在路上，等洪水过了，车修好再来给我们干活。我问那个年轻司机没事吧，他说被洪水吓傻了，跑回家不来了。

雨依旧在下，我打开院门，站在石拱桥上。我一直担心的石拱桥，抗住了这场大洪水。在其后我们修建房子时，它还承受住了上百吨重的卡车过往。

我妈让我别站在桥上。我说没事，桥结实得很。我妈说，她担心了一晚上，想桥冲断了我们咋出去。天黑下来，我感觉桥在颤动。手电照下去，河水比白天涨了一些，不知道今夜会不会有更大的洪水。

我锁院门时，听见我妈喊，不要到河边去。我说没事，妈你快睡觉吧，洪水退了。

六

一早得到消息，搜救的人昨晚在一个河湾找到淹在水中的警车，主驾驶位的车窗玻璃碎了，里面浮着牺牲的警察。敞开的后车门处停着一个蜂箱。在手电光里，成群的蜜蜂盘旋在蜂箱上头。有人拿一个长杆捣了几下，蜂箱在水里晃晃悠悠往前漂走了，一群蜜蜂飞旋在漂浮的蜂箱上面。可能蜂箱漂入水中时，蜜蜂全飞出来，在汹涌的洪水上面追着自己的巢，一直追到一辆陷在水中的汽车旁，蜂箱被拦住。

上百人连夜寻找另一位警察，逃生出来的警察也在其中。据他说，车子翻入水中时，他迅速降下车窗玻璃，手扣住车顶爬了出来。在主驾驶位的武警没有机会逃出，方向盘挡住了他。后座的警察应该也爬出了车窗，但是，坠水的警车很快被吸入涵洞。不知过了多长时间，警车从涵洞另一头钻出来。这个时间，对于淹没水中的人来说，简直太漫长了，漫长到再没有呼吸。

几辆警车沿河道来回寻找，已经是深夜，下着雨，黑漆漆的只听见河水翻滚的声音。河道两岸亮着警灯，不时有警笛鸣响，替代人的喊声。

警车在主河道里找到了，但失踪的另一位警察不一定在主河道。人的身体小，随便一股分叉的洪水都会把他带走。洪水退了，留下一条条水冲刷过的大沟小沟，寻找的人也分成好几拨，沿着洪水流过的沟壑往下游找。

七

洪水过去后的第四天，那个年轻司机开着铲车进了院子。这场大雨把地下透了，地上泥泞，干不成活。我问起那个晚上他去抗洪的事，年轻司机说，老板叫他开铲车去坝上抗洪，说是县上通知的，不去不行，全县的铲车都在那个下大雨的晚上往坝上开。他开到一半不敢往前走了，路两边都是水，有些路段淹在水里。一路上他只见到一辆车，闪着警灯，超过他时鸣了几声警笛，开始他想警车或许是给他引路的。可是，只一会儿工夫，闪着的警灯突然不见了，路面上全是水。他一脚刹住车，把车往旁边的山坡开，估计水上不到这里，才把车停住。然后，他冒雨爬上山坡，突然听见一大片喊叫声。借助微明的夜光，他看见山沟里的村庄淹在大水中，村民往两旁的山坡上跑，拖拉机突突突往山坡上开，牛羊被往山坡上赶。

他看见一棵大树，像一艘船在水中移动。

雇他开车的老板家就在这个村子。他赶紧打电话。电话通了，老板喊，你在哪儿？司机说，我在河对面。问铲车呢，答坏了，停在山坡上。问啥坏了，答不知道。电话那边老板停顿了一下，然后说，坏了好。

此时，老板一家正在对面的山坡上。他的房子被冲了，羊圈被冲了，唯一值钱的铲车却保住了。司机的家在另一个村庄，所有路都被洪水阻断，他回到铲车上，在驾驶室避雨，后来睡着了。

醒来时河边到处是人，说两个警察牺牲了。他想起昨晚在前面消失的警车，心里一阵紧张。过来一个干警，说赶快发动车，跟着他们沿河岸找牺牲的武警。他说车坏了，开不动。武警说，坏了怎么会开到山坡上？赶快发动，不然抓人了。他想给老板打个电话说一下，手指颤抖按不出数字。干警又催。他踩住刹车，拧启动钥匙，竟然没动静。车果真坏了。他正庆幸，被干警抓住领口，一把拉下来。干警自己上去，踩刹车，拧钥匙，轰的发动着了。

他看干警挂挡开动了铲车，拔腿就跑，没跑几步滑倒在地，连滚带爬滑到沟边的土堆旁，那里有四五个人，手里拿着长杆，杆头绑着铁钩，朝水里试探。

八

我在这天下午开车出去，沟里的路畅通无阻。洪水从路边的小河流走。小河宽、深都是三四米，水小的时候清澈见底。河岸长满大小榆树，纵横交错的树根把两岸河堤牢牢护住。

整个山梁和坡地都湿漉漉的，这场雨，把土地彻底浇透了。

车行到东镇沟口，没再往前开。我不想看见那个吞没了警车和两条人命的桥涵。它现在一定露了出来。水退了，该露的都会露出来。

我朝北拐到那个淹掉的村子，看见一半房子被水冲毁，好在路已经修通。我把车开到被洪水分开的另半个村子。

灾后损失不断在微信中报道出来，全县共冲倒房屋178间，牛圈羊圈猪圈203间，淹死牛羊28只。后来一则消息引起我的兴趣，两棵挂了牌的百年老树被大水冲走，一棵在洪水退后的第二天找到了，它被连根拔起，往北冲了两公里，斜躺在隔壁村庄一户人家被水冲垮一半的院子里。这户人说，都怪这棵大树，挡住了河道，让水聚起来，冲毁了他家。乡上干部说，怪你家院子占了河道，你看河道到你家这里变窄了。

河道确实在这里变窄，一棵漂来的大树横在河面，洪水被挡住，越聚越高，淹没了岸上这户人家。接着后面汹涌而来的更大洪水，从这家院子冲开一条大口子，大树被水卷到一边，河道重又开阔。在后来更大的洪水中，另一棵大树摇摇晃晃经过了这里，漂入村外的荒野。

这棵树是马有树家的。挂了牌子，属于古树。

九

我打听到树的主人马有树家，在冲剩下半边院墙的台地上，马有树站在那里发愁。马有树说他损失太大了，冲毁的房子是五年前在老底子上新盖的砖房，花了六万，都没了。现在，花十万都盖不起来。你看，他指着水冲出的深沟说，光填这个沟，就得花好几万。

我说，你还要在这里盖房子？这是老河床，你不怕洪水再来？

他说，不在这盖去哪儿，这是我的宅基地。

我问那棵冲走的树长在哪儿。他指着深沟边沿说，就那里，以前是我们家靠路的门楼，树就长在门楼旁。

我问树有多少岁了。

他说牌子上写的三百岁。树原来长在河边，后来河干了多少年，河床上规划起村庄，他家就挨着树盖了房子。

洪水留下的深沟宽展地劈开村庄。它冲倒院墙、房子和树，在层层泥沙下找到很久前被人埋掉的老河床。然后，洪水挟裹着被它冲毁的木头、被褥、家电出村了，沿着村外的老河道奔流而下。河流靠山的地方，水被渠道引走，被麦田吸收，被穿过村庄的小渠接纳。平常时候，村外戈壁上的老河道是干的，只有乱石，只有风刮过掀起的沙土。

突然大洪水来了。大洪水几十年前来过一次，那时候村里的河道还在，水一泻而下，直接灌进戈壁尽头的沙漠里。第二年那片沙漠绿了，第三年又枯黄一片。

水的记忆是如此准确。它直接冲垮围墙、房子、羊圈和沥青路面，在半个村庄底下，把它几十年前、几百年前流经的老河道翻腾出来。

十

我在马有树那里得知，失踪的警察在昨天上午就找到了。当时，成队的人寻遍附近的水沟，无果，就沿主河道往远处找。河道已经见底了，所有洪水涌入的大沟小沟也都没水了，天上的雨水下完了，地上的渠沟也干了。昨天还在全力抗洪，今天已经着手抗旱了。

寻找警察的人沿河边往戈壁上走，马有树跟在后面，在一段满是淤泥和石头的河湾处，找寻的人停住，围成一堆，说是找到了。在一处不起眼的小水湾里，一个漂浮的生命靠了岸，几根浮木一起靠在岸边。

马有树站一旁看了会儿，接着往前走，大水冲过的河道宽阔地躺在戈壁上，不断有木头、散架的门窗、被褥、衣物遗留在石头间。马有树往前走了不远，就看见他的大榆树斜长在河道上，尽管被洪水冲掉了许多枝叶，显得光秃秃，但还活着，而且在这几天里它又发出了新叶。

我问，这么大的古树怎么会被水冲那么远？

马有树说，大树一半空了，成了独木舟。

十一

后来我听说，那一夜真正的危险在县城上头的龙王庙水库。四套班子主要领导聚集在水库大坝上，炸坝的炸药都运到坝上，从武装部调来的两挺机枪架在坝上，征用来的几十台铲车排在坝体旁。最后的决策要集体通过，由县长下达命令：炸坝，还是不炸。制定的方案是力保大坝，不到万不得已绝不放弃。一旦大坝抗不住，绝不能让坝从正面溃塌。大坝下面是县城，为保住县城，唯一的选择就是炸开北边河道上方的坝体。让洪水泻入河道，往下排洪。若炸开口子后出现淤堵，便用机枪扫射疏通。

一个副县长被派到泄洪河道下游的乡安排转移，一旦水库有险情，决定炸开泄洪道，坝上的电话会先打过来。

乡领导被派到各村等候消息，村主任用喇叭喊，让所有村民不要睡觉，拖拉机发动着等着，一旦上游水库炸开，立马跑人。不要担心家里的粮食家具，洪水退了国家会赔偿。

往哪儿跑？沙漠里。这个乡所在地一马平川，没有高处，那只有往远处跑，跑过水就安全了。水库离该乡有40公里，下山水快，顶多半小时洪水就会流到这里。洪水的速度比拖拉机快，比摩托车慢，但人有半个小时的时间先跑，能跑多远跑多远，跑到沙漠就没事了。

根据往年发洪水的经验，水流进沙漠速度就慢了，沙漠渗水，一部分水很快会被沙漠吸收。沙丘也会拦挡水头，让水七拐八拐，放慢速度。而人会爬上沙包躲水，也会沿沙漠里的路跑得更远。往年的洪水，最远也就流到沙漠深处的盐泽地，那是准噶尔盆地的中心，再大的洪水，到这里也到头了，再往前就是盆地的北沿，上坡了。

村里家家有拖拉机、摩托车，跑过洪水应该没有问题。问题是拖拉机里装不下一家的牛羊鸡。人若赶着羊跑，肯定会被洪水追上。尽管村里乡里的喇叭不断喊，让人发动着拖拉机，不要携带太多东西，洪水来了开拖拉机跑，保命要紧。但是，谁能舍下家里的牲畜，马和牛可以跟拖拉机跑，但是羊跑不动，鸡鸭猪也跑不动，都会拖人的后腿。

十二

后来我听县上一位领导说，当时洪水离坝顶只有30厘米了，整个坝都在晃，观察水位的房子在坝中间的水闸处，值班领导分成几批，三个人一组值守，半小时一换岗。

这位领导说，当时确实很难决断，水库下面是县城，一旦溃坝，县城首先被淹没，水库离县城两三公里，根本来不及撤离。但是，一旦炸坝朝下泄洪，下游乡村的居民转移时间也有限，人员伤亡也不可预知。

炸与不炸，在考验决策者。如果真的炸了，事后又会有该不该炸的疑问。最后关头，那个集体研究决定的不到万不得已，坚持到最后才可炸坝的"最后"，成了一个难以把握的问题。也是这个"最后"，拯救了大坝和下游的人们。当然，也拯救了坝上的决策者。后来大家议论，一旦炸坝，不论后果如何，决策者或都难逃追责。

雨一直在下，岸上的人听见的全是大雨落在水库里的声音。

洪水已经离坝顶只有20厘米了。二十世纪修的老坝，一直在颤抖、摇晃，它很可能从底部突然溃塌，谁也说不出最后时刻是啥时候。决定炸坝的权力最后落在县长身上。

有一刻，县长就要按下那个爆破的按钮了，但又犹豫了一下。

犹豫也是在等待。

天上倾盆大雨往逐渐涨高的水库里泼，上游一条条河沟的洪水往水库里汇聚，泄洪主渠的闸门已经开到了顶。一切不利的因素都在加剧，几乎没有一丝有利的因素给守坝者带来希望。每一秒都在熬。

坝上的值班时间由半小时调短到一刻钟。每次值班时间一到，换班的领导跑步过来，值班到点的领导跑步撤离。

县长刚离开坝上的值班点，电话响了，是公安局局长打来的，说一辆警车在东镇落水，失踪两人。

赶快组织警力搜救。县长只说了一句，就把电话挂断了。

就在县长决定要下达炸坝命令的瞬间，他已经湿漉漉的头伸到外面的雨里，雨把他决定炸坝的念头浇灭了。后来我问过县长，那一刻到底发生了什么。

县长说，他感到落在头顶的雨点稍微小了一些。

也就在这时，水位线停住了，然后缓缓开始下降。山里降雨小了，或者说山里该来的水都来了，也就这么多了。

十三

剩下都是不重要的事了。

洪水过去一个月后，州水利局专家来到沟里，在我书房喝茶，说要拨款修门口这条河道，他们下来考察。

我问怎么修。

技术人员说，只能修成水泥河道。

我说，那河边的这些树呢？

技术员说，都得挖了。

我说，那些树在河边长了多少年，一棵挨一棵，已经跟河岸长成一体，多大的洪水都没把它们冲垮过。

我说，修成水泥渠，这条自然形态的小河就彻底消失了。

我说，我们选择在这个山沟生活，就是因为有一条没有改造过的小河，还有河边这些大榆树。你们饶了这条小河吧。

后来听说那条冲走蜂箱也让两名警察牺牲的小河，修成了水泥防渗渠。我去过那条沟，比我们住的山沟宽，地也平展，小河两旁长着护岸榆树，低洼处的草滩上有牛羊放牧，养蜂人的蜂箱放在河边草地上。

我还听说，在下游乡的地盘上找到被洪水冲走的古树的马有树，给乡林业站报了案，因为家门口这棵大树，他爹给他起名马有树。

乡林业站的干部说，你们家门口的大榆树属于古树，有备案，虽然树被水冲走了，但树在下游乡的戈壁上找到，还活着。这就等于异地栽植，按林业上的规定补办个手续，那棵树就归下游乡林业站管，跟你跟我们乡都没关系了。

（原载《万松浦》2023 年第 1 期）

望炊烟

羌人六

一

在断裂带，天神木比塔的女儿木姐珠为爱下嫁凡间斗安珠的故事妇孺皆知。

传说，木姐珠出嫁前母亲准备了丰厚的陪嫁，其中有圣洁无瑕的白石、各种粮种菜种、八种禽畜及百余种飞禽走兽。"临别时一定要面带微笑，不能频频回头望家里。"然而，出嫁的木姐珠没有牢记母亲的嘱咐，半道上恋恋不舍的她"不由自主回头望故居"，使得百余种飞禽走兽受到惊吓，从此永远逃入深山老林。至今保留在民间的姑娘出嫁不许回头的婚嫁风俗，即是由此而来。不久前，因工作正式调离家乡，虽说不是出嫁，但木姐珠出嫁时那种复杂的心情，我却能够感同身受，也体味颇深。其实，无论身在何处，人在生活的很多方面都是类似的，我想，这个"类似"就像勤劳的母亲每天打开鸡圈时必然见到的情形——遍地鸡毛。对我而言，唯一的区别就是此处或彼处罢了。

"这世界就像一片荒野，我们的确能够改变在其中的位置，但也不过是从其中一个荒野小站到另一个罢了。"加拿大小说家艾丽丝·门罗在其小说《荒野小站》里对人在当下的生存图景和生活状态有过如此形象生动的阐述，某种程度而言，世界便是命运共同体本身，类似于我们脚下这颗在浩瀚宇宙里自行运转的古老星球。稍稍延伸或者深入思考一下，其实，作为个体的人，无论置身隐喻的荒野还是现实世界本身，自由都从来不是琥珀里面早已僵死的昆虫或植物，因而在世界上，在空气的裂缝里，人总是四处流淌，总是在岁月的岩层中不断改变位置。层层撕开的命运或者生活也不会永远保持其初始状态，原封不动。人，总是在大地上流淌。"人挪活，树挪死"，正是这种状态的鲜明写照。

于刚刚离开家乡来到成都这座城市的我而言，心中的景致似乎还没有完全替代我到来之前的地方，仍是家乡的山山水水、乡亲父老，仍是断裂带——我的血脉之地，人生之初的根据地，给予我许多成长和人生教诲的那个"荒野小站"。五月，带着正式的调离手续，开车从平武县城出发，顺着涪江蜿蜒而下，随季节辗转的日月星辰、花草树木、鸟兽虫鱼、青山绿水在车窗外飞速滑向身后的场景，仍然历历在目，想起依然和土地紧紧拴在一起的乡亲父老、往事点滴，我不可避免地陷入感伤，顾影自怜。

此去经年，在岁月的洗礼和剥蚀下，家乡的面孔早已不再是最初的样子。隔着时光，填充着过往的人事不断被氧化和锈蚀，有时甚至模糊不清，难以分辨。形如儿时，那扑面而来的贫穷与饥饿总是不时在那小小的四口之家亮出它们狰狞的嘴脸，模糊羞耻和尊严的界限。有时，我想，对血肉之躯已然远离的断裂带而言，在岁月走廊上辗转奔波的我，像是一缕挣脱土地枷锁独自飘远的炊烟。

从大山深处出发的我，今后的人生，转向城市，转向未知。人生苦短，时间飞逝，自带着那要在时间的墙根下待完一辈子的躯壳呱呱坠地，带着那星光般响亮的啼哭、葡萄串似的眼泪投入父母亲人的臂弯，两手空空来到这缤纷璀璨的人世间，来到仅仅是"到此一游""生不带来死不带去"的天地间，遑论个体的成长、蜕变、成形的过程，遑论循环往复的白天黑夜，穿针引线般活在日子里的人，终其一生大部分时间都活在一小块天地间的人，也都万变不离其宗，无一例外、在所难免地要走向皱纹、回忆、病痛、不甘和眷顾层层堆积的衰老，直至终点。人人都要变老，人人都会变老，人人都在变老。所谓的老，就像断裂带家门前的河流，并非静止状态，它是动态的、流动的、醒着的。老，用它的耐心，滋补、喂养和荒废着时间。在身体年轮倍增的多年以后，我渐渐洞悉，在衰老的途中、衰老的后面，死亡从来都不是一个否定句，而是一个过程，一种随着血脉不断延伸的过程。

三十五岁，脑袋才稍稍明白一些道理，活人的难处，世事的无常，内心越发柔软、坚韧、通透。人生，就是减法，就是要不断在别离中自己成长、成熟。四月，清明节，在断裂带，在那些遍地生长的梅林中间，我看见死去的亲人们都拥有这样那样一块小小的坟地：死于肺病的祖父，死于意外的父亲，死于耄耋之年的外公，还有死于一瓶老白干和一截棕绳的大伯。在死亡之后，他们都不约而同地获得这样那样一块小小的坟地，他们并非两手空空地撤退，这样那样一块小小的坟地仿佛就是他们最后的财富。我死去的亲人们都在断裂带上，在曾经属于他们自己的庄稼地里。逢年过节，探望死去的亲人是一件颇为重要的事情，香蜡纸钱是必不可少的慰问品，一个人坟前这些慰问品的多寡，代表着他在我们心头的分量，也象征着逝者的尊严和体面。地球照样转，太阳照常升起，我死去的亲人们就这样在沉默中继续活着。

每次回断裂带，回到我从小长大的那个村子，望着城里不见踪迹而仍在家乡的天空生机勃勃的炊烟，想到它们日复一日年复一年地陪伴着这片土地，忠心耿耿地扎根这片土地，我总是为之动容、为之感慨。

毫无疑问，炊烟是扎根在断裂带上的一道护身符，断裂带人祖祖辈辈的血脉在炊烟下生长、延续、轮回，命运在那些角角落落的屋檐下潜伏，似曾相识的日子在生活的手心里循环往复。

是城市拒绝了炊烟，还是炊烟避开了城市？置身于早年影子洒满角角落落而今彼此一年见不了几次面的家乡大地，目望炊烟，感觉自己就像被她遗忘的一片小小的叶子，自生自灭的叶子，无依无靠的叶子。唯一可以信任的是炊烟的活力与生机，是这片土地的活力与生机。基于焕然一新的感受，麻木已久的身心会在炊烟的引领下变得舒缓，它引领我归于熟悉的生活，归于自己的内心。人，永远到不了的地方就是过去。

于我而言，偶尔眺望一下炊烟与炊烟下的亲人和风景，已经足够。

二

"望炊烟"的念头和行为实际上并不存在诗意，或许只有一言难尽的象征意义，类似于一个美国作家的比喻：你站在牧场的外面看牧场，兴许会感到风光无限好，然而，当你走入其中，就会发现里面等级森严，层次分明。

"在那件事到来之前，每天早中晚，三顿饭的前后，是我一天中最煎熬最担心的时刻，心神不宁、慌里慌张，脑袋无可避免地陷入一种紧绷得难以克制的焦虑状态，双腿就像地震来了一样，就像长着自己的脑袋一样，总是不由自主地奔向屋外，然后稻草人似的站在院里，隔着公路望你大伯家的门是否开着，烟囱在不在冒烟。如果门开着，如果屋顶上有炊烟升起，说明你大伯还好好的，一切如常，至此，我心里那块石头才会落到地上。"这番文采飞扬且思维缜密的话语源自我父亲的姐姐，断裂带上，那个被我喊作大姑的人之口，提及已经过世的大伯生命最后那段时光，年过花甲依然精力旺盛的大姑，哀其不幸、怒其不争的惋惜怜悯之情仍然溢于言表。她眉头紧锁，表情凝重，娓娓道来的同时，为缓冲自己沉重的讲述，还辅以轻盈的肢体动作来减轻语言的负重——她先是一只手轻轻地捂住隔着厚厚外套的胸口，仿佛是在捂着心里呼之欲出的剧痛，继而手搭凉棚望着远处，重温自己几年前烂熟于心的这个动作，眼底射出的光线化作一只无形的手，似乎真的在哪里摸索到了似曾相识的一扇门、一缕炊烟。

大姑，父亲的姐姐，亦是我大伯的姐姐。加上我父亲，他们以及其他几个兄弟姊妹，都在断裂带紧挨河畔的那个姓刘的屋檐下长大，度过艰难的童年，又在岁月的长河中化作一盘散沙。按常理，有着一样血脉的亲人，属于世界上最亲最铁的人。然而，事实并非如此，就像断裂带其他兄弟姊妹众多的家庭一样，在长大成人、各自成家立业生儿育女之后，所谓亲情，也是人心隔肚皮，貌合神离，大多时候，不过是精神或言语上的摆设。如此直言不讳，并非混淆视听，也没有丝毫恶意，只是摆出事实。造就这种局面的原因形形色色，很难归一。大姑在生活之余，对众叛亲离、茕茕孑立的大伯有如此的关心与守望，已经实属不易、难能可贵了。

二〇一九年夏天的一个夜晚，大伯在家里将一瓶散装白酒喝得底朝天之后，用一截棕绳套住自己的脖子，去了另外一个世界。这件事震动了村里所有的乡亲父老，不过，在熟人们看来，大伯的死，不过是早晚的事，是预料之中的事。那段时间，大伯已然病入膏肓，身边又没个亲人照看，灰烬里的火苗，无人吹燃，众叛亲离的大伯，死于内心的孤独，死于生前尤其是年轻时对妻子（伯娘）、儿女（堂哥堂妹）的家庭暴力。据说，大伯生命的最后几天，有天半夜，他汗水淋漓、惊魂未定地跑到大姑家敲门喊"救命"。大姑和姑父开门，大伯脸色煞白地说，听到河边有人在喊他的名字。隔天，他又跑到我们家门口，跟我兄弟说："侄儿，帮我去河里问问那几个人，为啥子事在那里骂我？喊他们不要骂了！再骂，老子要收拾他们！"然而，事实上，除了几只聒噪的乌鸦在那里，河边上没有一个人影。死亡，是一些黑色的鸟。生命的最后几天，大伯已经精神失常了。

　　最先预知大伯"出事"的人，就是他的姐姐、住马路对面整天都会望炊烟的大姑。大伯出事的那一整天，她的心都是悬着的。直到黄昏降临断裂带，大伯家的门一直关得死死的，也没有望见他家房子上挂起炊烟。"去看看吧！"大姑对自己的丈夫说。"去看看吧！"大姑的丈夫对自己的一个侄儿（我弟弟）说。两人花了很大力气终于推开大伯家的门，堂屋里、卧室里都不见人影。弟弟后来描述当时的场景说，屋外，落在断裂带的阳光依然强烈而耀眼，屋内却是一片昏暗、死寂和冷清的感觉。两人一无所获，正在纳闷之际，陡然望见昏暗的楼梯间坐着一个模糊的人形。走近一看，大伯一动不动坐在那里，睡着了似的，脑袋耷拉着，一个空空的酒瓶搁在身边，一截棕绳缠绕在脖子上，像他早年在家里打死的一条家蛇。

　　大姑的担心尘埃落定，大伯家房子上没有炊烟，是因为大伯已经走了。大伯，用生命的最后一点儿精力，让自己在活了一辈子的断裂带上，拥有了一块小小的坟地。大伯为自己换来一块小小坟地的同时，也用个人的死亡，赢得了许多村里人的同情，更让他的儿子，一直远在上海工作生活的堂哥，远远地收获了逆子的名声、白眼狼的名声、书呆子的名声……写到这里，我想，其实，很多本地人无法真正理解大伯一家人的生活。正如他们忘记了他的另一副模样，酗酒、贪小便宜、好勇斗狠且性格残暴，经常酒后为一点儿芝麻小事就在家里殴打堂哥堂妹，殴打给他生儿育女、洗衣做饭的伯娘，这几乎是我们这些和堂哥堂妹一起长大的晚辈记忆中司空见惯的事情。

　　自以为是并且唯我独尊的大伯的拳头不曾收敛，这个狠人，好像忘记了拳头和人也会随着时间变老这个事实。几年前的一个除夕，忍无可忍的堂哥、伯娘还有堂妹三人一起将酗酒后撒酒疯的大伯摁在家里一顿暴打。"等他死了，我们再回来！"当天，堂哥带着已经不可能在家里继续待下去的伯娘去了上海，临别前丢下这样一句话。从此，陷入众叛亲离境地的大伯开始独自生活，短短几年时间，生命便戛然而止，匆匆画上句号。对于大伯而言，死亡并没有对他动刑，动刑的是他自己。

　　堂哥兑现了他的承诺，大伯死后，逢年过节都回断裂带上待几天，走亲访友，过往的不堪如同他家屋顶上早已不见踪迹的炊烟。今年春节，堂哥一家从上海返回断裂带，刚到自家院子，一个车轮就死死卡进了门前的排水沟。一个亲戚很快将这个确实有点儿诡异的小小事故，改编成一则故事："怕是老大爷给的下马威！"好在事情很快得到解决。原本干瘦如柴、唯唯诺诺的伯娘变化很大，用我母亲的话来说，"就像换了个人似的，长得白白胖胖，手上戴着金镯子，颠得路都走不稳啦"！

堂哥一家归来，炊烟再次升起，家便有了生气。炊烟飘过屋顶独自悬在空中，像死去的大伯。望到大伯家炊烟再次升起的人，不止大姑一个。惭愧的是我不能亲口告诉堂哥，根据我个人的经验和观察，其实，在家乡熟人眼里，他无非是个过客，只是个过客。话说回来，芸芸众生，皆是过客，时间里的过客，他自己的过客。

深夜，窗外，一片灯火通明的成都平原。我在租住的公寓，透过文字的缝隙，想象几年前曾在断裂带上望炊烟的大姑，内心炊烟般升起了忧伤。这种忧伤，和大伯没有丝毫关系，只是因为那些炊烟，那些仍然挂在断裂带的日复一日的炊烟，祖祖辈辈挂在乡亲父老一日三餐之上的炊烟，它挂在我活着的亲人们中间，也挂在我死去的亲人们中间。什么是"生生不息"？这就是了！大地古老而年轻的皮肤上，遍地开花的岁月走廊，命运铁轨一样延伸、交替、重叠、反复，就像理发师剪掉的头发，就像农人用汗水灌溉的一茬茬庄稼，就像草木每年重新长出一遍的叶子。这，是我隐秘的慰藉。在断裂带，潜意识里，我已然将大姑的壳穿在了自己的身上，变成一个望炊烟的人。并且，早已成为过客的我，就像断裂带的炊烟一样，在秘密中，在文字中，观察村庄和村庄里的亲人，观察他们全部的感情和思想。这并不是什么好玩的游戏，只是生命中的一种属性或者宿命，亦是无法挣脱的枷锁。

三

炊烟并不适合在城市生长。在没有炊烟或者看不见炊烟的成都，即便是晴天，我的眼睛和心绪也总是塞满迷雾，总是变得迷迷糊糊，并且杂乱无章。也许是尚未习惯，距离断裂带几百里远的成都，对于这个我个人世界里的新环境而言，我始终有着一种无法言说的陌生。或许，我可以切换视角，把那些高大的建筑想象成家乡秀美的高山，把大街小巷出没的人群想象成自己的亲人。然而我其实没有这种能力，我在喧闹的人群中认识到自己作为一个普通人的局限、可笑和"偏僻"，因为我脚下只有城市，望不见炊烟。

希腊现代诗人卡瓦菲斯在其诗作《城市》中写道："既然你已经在这里，在这个小小的角落里荒废你的生命，那么你就已经在世界上任何地方毁掉了它。"兴许，我已经或者正在毁掉属于过去的某些部分。在成都，我还感受到一种前所未有的孤独，这种孤独有着形形色色的衣服、声音和天南海北的脸孔，很直白地游荡、穿梭在大街小巷。

目光越过喧嚣，回望自己的过往与改变，一些话也会炊烟般浮现在脑海。

唤醒那些沉睡的句子，让它们再次穿过脑海，就像炊烟再次升起。断裂带，尔玛人流传至今的口头文学内容丰富、博大精深，这些非物质文化遗产，以声音的形式，储存着一个古老民族珍贵而生动的生活记忆、文化记忆。在如同断裂带群山般绵延、河水般流淌的字句中间，有这样一句无论说起、写下或者想起时总会心头一亮的箴言："古花古谢，今花今开。"无数春夏秋冬的冲刷洗礼，经由祖祖辈辈斟词酌句才如此简洁明了的话语，很容易就记入脑海。古花古谢，今花今开。毫无疑问，看似毫不起眼实则通透至极的箴言，早已在不断生长的岁月中抹掉了祖先在日子中有过的艰辛与磨难，穿过当下时已经没有半点儿赘肉，没有半点儿多余的水分。人们不会雾里看花，只要细细咀嚼一番便心领神会，"当下"这个蕴藏在句子间隙的清晰指向立刻呼之欲出，而"活在当下"这种生存的智慧或者生活的真谛，也就更容易理解了。话语的意义充满终极色彩，但属于个体的生活并非如此，它们只是死死地缠绕在这个句子的内部，缠绕在人们具体生活的内部。与这句古话类似的，还有一句辗转于断裂带乡亲父老们日常生活中的口头禅："活鱼是要在水中看的。"

当下，人类尚未发明任何能够阻止时光飞逝的方式，因此在我理解，"古花古谢，今花今开"，这句话所契合的只能是个体的命运、心态、胸怀、境界，而"活鱼是要在水中看的"，则在指向当下的同时，还多了一层审视的目光。"活鱼是要在水中看的"，我也经常以这个句子里夹杂的目光来审视自己，审视自己"充满折腾"的生活，审视这些年来一直渐行渐远的家乡——那一处在我粗笨、愚钝的文字里，一直呼作"断裂带"的家园。活鱼是要在水中看的。

炎炎夏日刚刚拉开序幕的六月，搭乘绵阳通往成都的高铁，我来到久违的成都平原，除了简单的行李，还有奥尔罕·帕慕克的长篇小说《新人生》。不出意外，我接下来的生活，是在这里工作到退休。一切才刚刚开始，这也许就是我的"新人生"吧！"即使听了同样的故事，每个人的体验，也都大为不同。"帕慕克在《新人生》的题记中引用过这样一句话，它真正的主人是德国浪漫派诗人诺瓦利斯。故事开头，帕慕克如此写道："某天，我读了一本书，我的一生从此改变。即使才展开第一页，它的强烈冲击就深深打动了我。"与小说人物截然不同的是，我从未想过，自己的命运某一天会因为我写下的那些文字而蜕变。断裂带果梅成熟的六月，乡亲父老们仍在那片土地上为丰收而汗流浃背的六月，经过两个月的奔波，我顺利办完调动手续，正式到省城的单位报到。

临时租住的公寓就在春熙路附近，省城的心脏位置，上班只需五分钟路程。每天在人流中穿梭，父亲当年说我的话再次响起，他说："菜籽落了海！"只不过，在当时，这可不是一句什么好话。"菜籽落了海"，始终刻在我脑海里的这个句子，始于二十一世纪初的某年夏天，那时，我的脸孔还是少年的脸孔，血管里涌动着青春的激情与梦幻。此去经年，句子并没有因为风尘仆仆的岁月变得尘埃累累，它和我如影随形。奇怪的是，每次想起这句话，我都会不由自主地想起父亲，我再也爱不动什么的父亲。

二十一世纪初的某年夏天，已然琥珀般冻结在岁月岩层里边的夏天，翻过无数白天夜晚款款而来又翩然而去的夏天，滑过断裂带的皮肤也滑过这片天地苍生万物的夏天，阳光把草木的叶子、花朵和知了声晒得焦干，而遍地形形色色的石头、蛛网、姓氏、墓碑、村庄、河流、乡亲父老的脸颊以及我的皮肤因为长久暴晒而隐隐作痛的夏天，就像撕破土壤的种子那样撕开记忆、撕开岁月，满载着过往的片段与细节，赶集似的慢慢回到我的身边。恍惚中，我仿佛再次看见一张青涩的脸。断裂带漫山遍野的果梅，这是走向成熟走向收获的季节。空气中，果梅被炕干的酸涩气味弥散在我和父亲沉默的呼吸之间，而苍蝇翅膀拍打的声音与聒噪的知了声铺天盖地般响彻耳膜。在我家青瓦房的堂屋中间，父亲威风凛凛地坐在破旧不堪的单人沙发上，嘴里叼着烟，面无表情地望着穿过屋顶的亮瓦透进堂屋的一小块阳光。在家里，在屋外，父亲的表情永远是枯燥的。二十世纪八十年代挣脱农民身份在东北服役数年最后乘坐绿皮火车回到断裂带，回到家乡，回到我们身边继续在庄稼、农事中摸爬滚打的父亲，额头上的皱纹诉说着他的辛劳，正如一种贫寒的气息环绕着我们这个四口之家。黝黑的父亲用他武断粗暴的肢体动作配合着他的不耐烦，兴许还有鄙夷，指着我的脑袋说："菜籽落了海！"

好吧，事与愿违。好吧，期待落空。

本来，我只是想把自己发表在一家刊物上的作品拿出来在父亲面前显摆一下，分享自己的喜悦，同时期待他的认可，我满心以为，自己会得到他热情洋溢的表扬。然而，我迎来的不是期待本身，而是一盆冰凉凉的冷水。"菜籽落了海！"通过一个成年人（父亲）的喉咙并且裹挟着他恨铁不成钢的唾沫与鄙夷，在空气里扯出一道缝隙或者敲了一个洞似的亮出自己的话语，探出臂弯扑向我瘦削、沉默、充满等待和期盼的人形，牢牢植入我似乎永远吹着穿堂风的耳膜，就这样近乎绝情地闯入我不知天高地厚的生命册页。总而言之，父亲就是那样说的。我羞得无地自容，落荒而逃。被父亲泼了冷水，我心里想的却是"鼠目寸光"之类的成语。在我孤独而又贫乏的成长岁月，父亲就是这样的，对我，从来没有一句好话。

"菜籽落了海！"多年以后，父亲的话在我身上得到应验。在成都，在汪洋般的人海中，我唯一能将自己与其他人区别开来的，就是一颗菜籽般的心脏，一种对渺小与落入人海的恐惧。"去看看你爸。"每次回断裂带，母亲都事先准备好香蜡纸钱。父亲去世多年，母亲仍在使用父亲的那个手机号码。事实上，当年，在"菜籽落了海"的脚后跟，我就下定决心、鼓足勇气，要在沉默中以行动反抗父亲，直到他收回自己的冷嘲热讽。

"菜籽落了海！"父亲仿佛仍然在说。

岁月在走，人也在走，这句话与我如影随形至今，仿佛我就是从这句话里边生长出来的一个带着躯壳的魂灵。现在，这句话虽说足以概括我在城市的感受和状态，却于我无损，再也无法伤害我。并且，我不再是那个怯懦的家伙，不再因为别人的话而自卑或者忍气吞声。我也不怨恨父亲，我早已释然。父亲出事的二〇一〇年秋天，我已经在廉价笔记本上写下大量习作。但父亲的离去不是练习。某天傍晚，不知是在一种怎样的心情下，我一把火烧掉了那些作品，就在距离父亲坟地不远的梅子树下。

一切破碎，一切成灰。

古花古谢，今花今开。

我想告诉远在天国的父亲："即便菜籽落了海，也仍然是一颗菜籽。"

我更想告诉父亲："正是你当年的冷嘲热讽，让我走向了今天的自己。"

四

毫耋之年，在断裂带温暖慈悲的泥土下永远睡去的外公，一辈子扎根于地震频发的断裂带、扎根于大山深处那片葱茏天地的外公，整天与庄稼、土地、季节、天气、叶子烟和梦境为伍的外公，儿时的我经常鱼儿咬住鱼钩似的拽着衣角讨要零花钱的外公，在我虫蛀般的记忆深处永远是一副苍老且弱不禁风的形象：胡子拉碴的脸孔，瘦削高挑的身形，大雪般飘着的白头发，以及无比响亮的咳嗽。外公抽烟很厉害，每天三包，等于是当饭吃。早年，外公抽的是本地人喊作叶子烟的那种劣质烟，也可视作雪茄的初级版本，烟味大、力道足。一拃长的老烟斗跟外公常年如影随形。儿时，外公抽烟，我都会主动上前帮忙点火，哧一声划燃火柴，往烟嘴过一下，然后憋了很久的气终于浮出水面似的猛吸一口，呛得眼泪鼻涕一起出来。

回想起来，我现在的烟瘾就是那时打下基础的。为了一家人的嘴，为了一家人的吃喝拉撒，外公一生大部分的时间和精力都花在了劳动上面，他很少有自己的时间。断裂带的乡亲父老大多如此。直到晚年，夕阳余晖下的外公才相对清闲下来。记得有一年，外公和一拨本地老年人报团去香港旅行，带回一枚戒指，花了一百多块钱，据说是纯银铸造而成。便宜是真的便宜，外公喜欢也是真的喜欢。以为捡了便宜的外公喜欢起来像个孩子，时不时把戒指在我们面前亮出来显摆。没心没肺的我们哪会想到一个老人的心情，只一个劲地告诉他，戒指是假的，戒指是假的，戒指绝对是假的！如此三番五次，外公脸上挂不住了，愁得眉毛都快掉在地上，终于，他沉思良久之后用哲学家的口吻意味深长地跟我们说了这样一句话："假如没到过那里，你就不会拥有。"

这些年，写过不少作品，比较而言，都没有外公这句不经意的话有思想、有见地、有分量、有水平。来成都之前，我的内心有过很长时间的纠结，纠结很多问题，家庭、生活、工作如何平衡，全新的工作能否胜任，全新的人事环境能否适应。"假如没到过那里，你就不会拥有。"外公的话，给了我消灭那些纠结的智慧，我不再纠结。

正式来成都工作生活已一个多月，一切都好，最大的苦恼就是不善言辞。奇怪的是，去年借调期间，这种感觉并不明显。跟主编罗伟章先生聊天，提到过眼下对我而言最困难的事情就是说话、如何说话。之前数年，日子只是单纯地写作、看书，这些事情都可以在沉默中开始，在沉默中结束，又有字斟句酌的习惯，因此回到日常生活里，说起话来总是磕磕巴巴，有时也会说着说着就忘记自己真正表述的是什么。

"假如没到过那里，你就不会拥有。"

假如不是现在，假如不是成都，我就不会拥有这些思考、这些体验，包括通过文字回到断裂带去"望炊烟"。毫无疑问，我断裂带的亲人们无须这些费神的行为也会过得很好，已有的经历和文字中，我已然洞悉，断裂带类似于我这样成年后告别家乡的人，菜籽落了海的人，其实必须面对一个事实，那就是无论身在何处，我们这些与家乡渐行渐远的人，也无法在精神上脱离这片土地。就是说，我们仍然和过去、和断裂带连在一起，但很难再次融入其间，因为萦绕在断裂带空气中的家长里短，就像你打开鸡圈时见到的遍地鸡毛，很快会让你疲惫不堪。几个月前，在老家为外婆过生日，饭桌上，一个亲人忽然举起酒杯，面向坐在我身边的弟弟碰杯，还话里有话地说："亲爱的侄儿，敬你一下，现在就你离我们近，今后只能靠你啦！"自始至终，这个亲人没有与我碰杯对饮。

很多时候，断裂带的事，就是这样，此一时彼一时，像随风飘。

我也不会计较，我早已无动于衷。

六月初，我们一家三口从绵阳回了趟断裂带。

果梅成熟的季节，母亲、弟弟还有弟媳几个忙得团团转。之前的一个大清早，我正躺在床上睡觉，弟弟忽然打来电话，告知母亲的手已经不能动弹，准备去医院检查。挂掉电话，我才想起刚刚还在做着的梦里，我和母亲正在散步，旁边，有一家药店正在营业。事情就像头脑中臆造出来的画面，然而千真万确。

街上做批发生意的二娘的女儿——表妹朱瑶也在。"吃苦耐劳，厉害得很！"母亲对前来帮忙的侄女赞不绝口。家庭条件优越，模样漂亮，以前那个飞扬跋扈、娇生惯养的表妹，眼下好像换了个人似的，变得如此勤快、如此成熟。一时间，我有些恍惚。耳畔传来童年就已经再也熟悉不过的流水声，临近中午，炊烟袅袅升起，升向断裂带的天空。

恍惚中，抬起头，望向对岸那巍峨的群山，望向断裂带遍地升起的炊烟。但我的目光没有走远，我看见的是家门前那棵累累果实像星星一样挂在枝叶间隙的核桃树，在父亲当年意外跌落的位置，伤疤一样醒目的豁口处，竟然奇迹般地生长出一株小小的幼苗。单薄瘦弱的身影，不卑不亢，在一棵树的命里顽强地生长着，仿佛，是一颗抹去了姓名重新归来的魂灵。

（原载《人民文学》2022 年第 10 期）

立　冬

葛水平

冬天是一个说闲话的日子

农家院墙上有一排铁钩，上面挂着犁耙锄锹，一年的生计做完了，该挂锄了。庄稼人脸上像牲口卸下挽具似的浮着一层浅浅的轻松，农具挂起来时地收割干净了，阔亮的地面上有鸟起落，一阵风刮来，干黄的树叶唰唰唰往下掉。

入冬，落叶、草屑连同所有轻飘的东西都被风刮得原地打转。

早晨和傍晚，落叶铺满了院子，还有街道，远处重峦叠嶂的山体恰似劈面而立的一幅巨大的水墨画屏，霜打过的红叶还挂在一些干枝梢上，怕冷的人已经裹上了冬装，袖住了手。

秋庄稼入仓，那些留在地里的秸秆和茬头堆积在地当央，火燃起来时，乌鸦在飘浮的灰烬中上下翻飞，它们在抢食最后一季逃飞的蠓虫儿。天气干爽得很，空气就像刚擦洗过的玻璃窗户，乌鸦的叫声，拨动了人敏感的神经，孩子们追逐着乌鸦，他们想把乌鸦驱赶往高处的山上。每个人手里都拿着一把长条竹竿，那些抢食的乌鸦在孩子们的驱赶下飞往远处。谁家的马打着响鼻，河岸上未成年的柳树是挽马的马桩，青草在入冬之前衰败，如一层脱落的马毛，马干嚼着，不时抬头望着热闹的人群，马肚子里装了村庄人所有成长的故事，每个人的故事马想起来都觉得好笑。

要立冬了。一个知道季节的人牵着他的毛驴走在村庄弯月形的桥上，他要翻越山头去有煤的地方驮炭，冬天，雪就要来了。

村庄里的铁匠铺热闹了，家家户户提着农具往铁匠铺子里走，用了一年的农具需要轧钢蘸火。用麻绳串起来的农具扔在铁匠铺的墙角，大锤小锤的击打声此起彼伏。取农具的人不走了，送农具的人也不走了，或蹲或坐，劣质香烟弥漫着铁匠铺。轧好钢的锄头扔进水盆里，一咕嘟热气浪起来。龇着牙的农人开始说秋天的事，秋天的丰收总是按年成来计算，雨多了涝，雨少了旱，不管啥年成，入冬就该歇息了。

冬天是一个说闲话的日子，冬天的闲话把历史都要揪出来晒两轮儿。

村庄里的土狗聚集在铁匠铺，狗打闹着，有公狗抬着没有重量的蹄脚架在另一只母狗身上搭讪，追来追去的，按照自己的意愿去做事。周边围着的狗极骚情，个个都是情场老手的模样，而母狗极享受地接受它们暧昧的挑逗。铁匠铺子里的人望着这些畜生们，极有情意地笑。村庄里的闲话一下又拐到了另一件事上，说土地，说人吃地一生。地吃人一口，土地不动声色年复一年，还是老样子，人都几茬了。

生产队长从门前走过。铁匠铺里的人喊了一嗓子："立冬该唱一场戏了。"

队长站在铁匠铺门口眯着眼望门里，谁说下的立冬就该唱出戏？有人答应说，早几年唱过，自从你当了队长就不唱了，小官也得为民服务对不？生产队长突然意犹未尽在想什么，初冬的太阳再能巧也难把积累了一个夏天和一个秋天的茂盛抚平整了，铁匠铺里的人突然发现队长的脸上皱起了笑，听见他说：咱就重拾庙会给老百姓唱回戏吧。

快乐来得直接，所有铁匠铺子里的人来不及回神，门口就只剩下空荡荡的阳光。

雷霆雨雪皆是恩情

暗夜里下了立冬前第一场雪，没有一丝一缕的风，下雪天真是安静。

透过玻璃窗格看外面，细碎的声音灌入耳膜，天光把人的目光迷幻得很虚，地上有些微的光，雪把村庄里的人心揪了起来。雪可是不能下得太大了，不然剧团进不了山，唱戏的事情就要泡汤了。

"好大的雪啊！"应了这一声喊，左邻右舍，家家户户接连不断哐哐当当把门打开，一时间便有了更多的惊叫和惋惜。一些人开始往大场上走，大场上有一座舞台，舞台前大雪纷飞。

"雪大了。"说话声比往日压得瓷实。

中国乡村，除了那些藏在沟里的山庄窝铺，"村"或"庄"，几乎都修有戏台。因为"娱神"的缘故，村庄都有自己的庙会。民间一直把"神"看得很高，爱着，敬着，怕着，哄着。神不过是无数人的一个不言语，却"娱"得喜怒无常。神住在村庄的寺庙里，戏台大多建于寺庙神祠之内，多是坐南面北，对正殿而建，戏台下一般有高低不等的基座，以方便神平视观赏。神啊，离谁都很远，离谁都很近，和富贵贫穷都有着深刻的沉默关系。

神管不了天，天很有耐性，雪整整下了三天。雪已经铺絮得看不清万物。

队长站在舞台上说，不是小队不舍得出钱，是老天罢工了。

雪看上去有一尺厚。村庄里的人哀巴巴看着雪。雪住时，男人们急不可耐扛着笤帚来扫雪。雪很轻很软，扫起来不费力气。人们一边干活一边高高低低说着话。从舞台上放眼望去，被雪覆盖后的重重叠叠的大山，白花花一片，天地一色。扫雪人身上似乎涨满了力气。雪屑在空中旋转飞舞着，不知哪个提议去扫山路，扫开山路就能唱戏了。山里人的鼻子、耳朵、脸蛋冻得通红通红，头发里冒着热气，看上去每个人头顶都顶着一团白气，如同私属的神降临。

大人和孩子们疯子一样从村口开始往山外清路。不知谁裤口袋里装了一台袖珍收音机，黑壳，大小不过半手掌，收音机里播放着地方台，一开始播放的声音嘈杂不清，大家注意力就不集中扫雪了，盯着收音机等，拧着就出来了地方戏。

有人破喉咙沙嗓子跟着吼："清早起，堂鼓响，王朝马汉站两旁！"

吼戏人额头青筋暴突，脖子伸得很长，嗓音破得苍苍发毛。一个雪团子打过来，正好打在吼戏人的头上，扫雪人们乱作一团，有人觉得这样下去不是扫雪，是打雪仗，建议分段扫。分配到山顶上的人二话不说，呼哧呼哧踩着雪走了。

晚夕时分，路上的雪净了，走回村庄的人们一个个都比往常生动鲜活。女人们端了簸箕拿了笤把领着娃娃们出门碾谷，路一开，就要唱戏了，几年不遇的好事，亲戚朋友都要来看戏了，碾米磨面，那是要坐鏊子炸麻花呀。

乡下的好，明清建筑高门大院是一个好，叽叽打逗呼儿唤女声挑动屋脊也是一个好。有戏唱必然是集会，村庄的石板街道两旁搭满了棚子，卖饭的，卖菜的，卖农具的，卖杂货的，理发刮脸点痦子的，密实实排过去。出日头时，赶会的乡下人面孔绛酡，劳动人的双手满是纵横的纹理，吆喝声结实有力，像练过嗓子的演员，热闹掀翻了以往村庄的寂寞。

几年不见的冬日庙会像捻子一样被点燃了，热闹稠稠的，能让寂寞了大半年的村庄喝饱。

严肃在简单的民间是犯忌的

从小生活在村镇的那一代人，回忆起从前的日子来那是有许多说道在嘴边等着。

每一个节气到来都要先敬神。万物的本源，没有辽阔的土地，人们便会失去生存的根基。我们的上古神话有盘古化生万物，盘古以肌肉化成田土，用血液滋润大地，后来又出现了后土。乡民们开工动土时先要献土，土为"后土"。后土是谁？共工氏有子曰勾龙，为后土。因为共工氏统治天下时，他的儿子能够平治九州的土地。后土有凭尊贵和功劳享受庙宇的资本。乡民院子里的天地疙窑子由专门工匠造就，大户人家的都设在自己正房的门脸前，有的设在进大门处，有石雕和砖雕样式。拜祭地神与拜祭天神是对应的，天地合称为"皇天后土"。

作为司农神的后土神，常和土地的出产物——五谷神合在一起祭祀。谷神最早祭祀的是"稷"。《风俗通义·祀典》说，稷者，五谷之长。五谷众多不可遍祭，故立稷为代表。在交通不便的方国之中，人们对农作物的需求是一致的。敬神是护佑来年风调雨顺，看戏是农民与金钱无关的耳福和眼福。

台下人头攒动，是一张张凝神上望的脸，台上，生旦净末丑，正演绎着一场场沧桑岁月的人生大戏。历史上可真有这样的事啊，那些千真万确的不同寻常，留得住生，留不住死。看戏的人开始为生欢呼雀跃，开始为死悲从中来。

一段哭腔唱得人心人骨疼，唱得好呀，戏到此时不是演了，是唱，是说演员的唱功，五音六律揪扯得人心战栗。一场接一场看，误了吃饭也不能误了看戏。戏在民间才具有一种生命的活性与通达，在庙堂，它永远只有表象审美的愉悦，而不能产生对生命本真的认知与省察。

此刻，台上关公手举大刀追杀华雄，从戏台上踩着锣鼓点一鼓作气追到台下。

两位演员在观看的人群中穿梭，那时节，这个胸前挂着鼓，那个臂弯上挂着锣的乐队跟着他们，有一下没一下地敲打着，关公斩华雄绕场子边打边跑，一时又跑到了场子外的街道上。

鸡们狗们家畜们欢实起来，有老者站在村街的路沿上，下巴颏一翘一翘，嘴张着笑不出声来，笑在肚子里乱窜，搞得他们压腰叠肚难为情。

一群大小娃娃跟在后头，走进村街，关公和华雄沿途随意抓取摊贩的瓜果梨桃，边吃边打，虽看得人几番心惊肉跳，如鲠在喉，却又几番眉舒目展，万险尽释。戏剧喜欢佳人越格，小生逾矩，关公和华雄偶有偷鸡摸狗，摊主反倒笑逐颜开地再扔一些吃食过去。孩子们抢食关公和华雄丢弃在地的果实，抢到手的满面春风叫着喊着兴奋着追逐着。娃娃们横晃着膀子挤着缝隙站在演员前面，两张挂了油彩的脸齐齐对着娃娃们，吓唬他们，要杀人啦！娃娃们呼呼四散，敞亮的空地上，把历史演得玩儿似的轻松。

敲锣敲鼓的，不时加重锣槌吼一声，此时打斗到了戏台下，跑得满头冒汗的关公和华雄重新登上戏台，关公大刀挥舞，斩下华雄首级。

民间剧团就像一个走街串巷，流动的表演群体，演员与观众融为一体，演出气氛高潮迭出。表演者和观看者相互追逐，村子有多大，戏台就有多大。

通看《三国志》（包括裴注），提及"华雄"这个名字的只有一处，出现在《三国志·吴书·孙破虏讨逆传第一》里，确切地说是在孙坚（破虏将军）的传里，只一句话："坚复相收兵。合战于阳人，大破卓军，枭其都督华雄等。"说的是（梁东一战后）孙坚重整旗鼓，在阳人大败董卓军队，杀了董卓的都督华雄等人。显然，华雄是因为被孙坚的军队打败而被杀的，虽然具体是谁下的手不得而知，但绝对不可能是并不在孙坚军中的关羽，甚至极有可能真正的华雄终其一生也与关羽毫无瓜葛。

戏剧对历史的贡献最重要的一点是戏说。民间奔田地，奔日月，奔前程的普通人，能知道多少历史中的事情真相。看戏看热闹，热闹中那些非分之想，闭眼、睁眼、醒着、梦着，黄尘覆盖着村口大道，一出戏明晃晃亮过来，历史中的真真假假对后来人没啥坏处，那就娱乐吧！涂脂抹粉，更换各种鲜亮的戏装，放开喉咙的歌唱和扭动肢体的要弄，民间没有严肃，严肃在简单的民间是犯忌的。

谁见过这样的演出！无论过去还是现在，走至村口的人都要愣愣站站，步子里显出几分怀念，盼一个节气到来，一场戏开始，不光是人，鸡子狗子的，都盼。

把寒冷的冬天过成一个温暖的期许

乡村的戏台经历了完整的嬗变过程，它是热闹的中心，于平淡平常之中系着撕心裂肺、揪肠挂肚的乡情。要说什么地方最能体现乡村的味道，肯定是戏台。只要唱戏了，生活就进入了最饱满最疯癫的时刻。很多人平常想不起来，在你就要忘掉的时候，一转身却和他在戏台下碰面了。天涯海角走远的家乡人，到了过会的节点上，再忙也要找一个借口，回乡看戏去。回乡看戏，啥时候念着了，心吊在腔子里都会咣咣响。

一场戏结束时，冬天真正开始了。

村庄成了灰麻雀的世界，它们把饥饿和焦躁嚷嚷得满世界都知道。冬至将至，"交子"之时的"饺子"家家户户都要吃，这意味着冬天就要开始了。一九二九不出手，三九四九冰上走。北方的乡村在冬天像一场黑白电影，而在生活中交谈的人们，无异于在重复讲起从前每一个立冬时节不一样的戏班子，不一样的演员。乡下人，对戏台真是太热爱了，每每忆起，那些核桃皮般的脸上总会漾出一片十八岁春光。女人们在冬天里看不得男人闲着，日常生活中会施以对他们的一些小惩罚，女人们总喜欢制造一些生活的叽吵打闹，喜欢在冬天里交出眼眶中的泪水和胸腔里的埋怨。

柴烟延续着平常的日子，人们也用柴烟描绘着特殊时光。

立冬过后，旺盛的日子一天胜似一天，一直进入了腊月，腊月里的灶间少有消停，杀猪、宰羊、磨豆腐、买新衣裳，家家都忙乱得很。一个最大的节日在等着，那是一个样样儿不能落下并精心准备的好日子：年。

傍近年根，你到北方的村庄里去闻吧，翻过山头便闻见了肉香。"紧锅粥慢锅肉"，一锅肉从午后开始炖，一直炖到天色模糊。不管孩子们多嘴馋多心急，大人们总是沉得住气，非要等那走外的人回来，非要等年三十晚才要吃那一口香。

人最大的本事就是把寒冷的冬天过成一个温暖的期许。

立冬是反映季节变化的二十四节气之一，我国古代将立冬分为三候：初候，水始冻；二候，地始冻；三候，雉入大水为蜃。蜃，蚌属。意思为立冬之后，北半球获得的太阳辐射量越来越少，由于此时地表夏半年贮存的热量还有一定的剩余，所以一般还不算太冷。

等数了九，北方的地是实冻了，村庄里的娃娃们就开始争抢着在河道里溜冰。有大人们在木板上缠绕了洋铁丝，没有木板坐骑的就从旧戏台上偷拆一块瓦片，厚瓦包着屁股蛋子从河道的高处溜下来，一河道奔逸绝尘的笑声。河道里有时候也会传来哭声，屁股下的瓦片碎了，支疼了屁股蛋子，那泪水不及时擦干就会冻成泪珠子。泪珠流尽玉颜衰，时间就这样走着，不可回溯地走着。山水里的气脉和时光里的表情，让人想起岁月的积累。一场戏把儿时的生活鲜亮地拉到眼前，会生出一种病叫"思乡病"。

得了思乡病的人，面容一下子就会苍老许多。

立冬，一个季节的驿站

一个节气就是一个季节的驿站。

我反复回忆那个冬天的夜晚，我是那个冬天里舞台上的一枚花旦，我甩着长长的水袖，我为我的故乡唱戏，为一个节气唱戏。

我的乡亲们从大地的深处缓缓走入，那样的不约而同，寒凉的空气里有尘屑擦着光照飞翔，暮色斑驳迷幻，一轮明月升到孩子们仰望的高度，远山肃穆，它凝聚着山外的声色犬马。一方戏台，一个腰肢纤细，头戴花冠，袭一件镶边水红绣花长裙，在戏台当中走台的女子吸引了山里人的眼眸。星光与夜鸟的鸣唱在彼此胸腔汹涌。那时间，我们觉得大地上的声音开始乱了，村口的老槐树黑黑地站在夜幕里，横杈上落着一层来看戏的乌鸦。

旧去了，走在灰秃秃的现在，辨不清蛛网密布的老庙内是否还有戏台在演戏，我站在现代文明的中央，四围尽是塌落的旧砖瓦，风物已是比不得昨日。上下八方，村庄都少了人烟，谁还记得老庙内的从前，谁还知道节气！一声老腔，突然在一个什么地方响起，如同放逐的囚徒——咿呀！丝丝寒凉，余音袅袅拖拽得很长，很长。

那一嗓子的余音还缭绕着，我害怕一丝声息都会惊吓那些雕梁画栋上糟烂的木纹和色彩，有鸟扑簌簌直刺天空，巨大的空间，看不见的风在剧烈地运动，羽毛落下来，风是一种力量。

村庄，青砖地面，几代农人走过的脚印重重叠叠，大大小小，生命存活于瞬间真实，有多少节气走过了？我们在时光推攘的路上，谁又能够忍受得了时光的驱赶和道路的驱赶呢！

节气证明着一个古老伦理的世界——一群普通人安身立命的世界观，这种伦理朴素、直观，推己及人，父母乡梓之恩便是天下百姓之恩。思乡病，是中国精神中最珍贵的一脉，古老乡村之生生不息靠的就是它的精英们的这点根本之思。

与故乡同在者有根，根是家国天下。

回忆构造了一个世界，在这个世界里，回忆者是主人，而节气，是乡愁。

立冬，是一个怀心的春梦的开始，也是一个关乎人心的美好转身。

（原载《都市》2023 年第 1 期）

作为反义词的两个人

陈思呈

一个人的终结

我到莲村的时候，主人秀姐让我晚上别出门，说这两天村里有老人去世。

在这个户口人数四百零六人的小村，死了一个人，会成为一个重要话题。果然走到哪都听到有人在说这件事。死者是品福叔的母亲，晾衣服时土墙突然倒了，被一块石砖砸中后脑勺。虽说突然，但她七十多岁了，尚来不及反应就完成了死亡这件事，大家都认为这是老人的福气。

大家帮品福叔总结了心声："七十多了，能出客厅，也算心安。"

"出客厅"在吾乡农村是一件大事，表面意思是，去世后尸体停在大家族的客厅里供子孙亲戚跪拜，深层含义是，"出客厅"才能在死后见祖宗。

占彬奶奶强调"出客厅"这事的重要性：前几年，四十出头的镇锐嫂说头疼，但还是提着一篮脏衣服到池边洗，等到人们发现时，她整个人栽在池塘里，洗一半的衣服还在水面漂。按说四十出头就去世了是不能"出客厅"的，但镇锐嫂生了两个儿子，"有红根"，所以村民还是同意她"出客厅"，算是例外。

不能"出客厅"的都有哪些情况？占彬奶奶和几个老人暧昧地笑，仿佛是个不方便多说的话题。她们打笑低语了几句，决定向我介绍一种方便讲述的情况："在医院里断气的也不能出客厅！前几年义林他爹就是在村口那边办的，临时在路边搭个屋寮，办了七天事。义林他爹就是在医院断气的。"

她们不寒而栗："要是二三十年前就惨了。典义他爹去世前天天喊，拿支枪打死我，拿支枪打死我，就是不肯去医院。"

这下我迅速明白了，肯定是痛得没法忍，但不愿意上医院打止痛针，因为去医院医生必然会让住院，住院则可能会在医院里断气。

那时候的止痛手法很少，到了兴利伯的媳妇，据说生的是和典义伯一样的病，却幸运地知道吃"白药"（其实是鸦片）可以止痛。

兴利伯的媳妇弥留的时间特别久，"不肯走"。有经验的人劝兴利伯，这情况下，床顶不能盖着蚊帐，蚊帐压住了她的魂。兴利伯就去收蚊帐。蚊帐一收，果然他媳妇就停止了呼吸。"真的就有那么神。"兴利伯说，似乎是释然，又似乎是茫然，"早知道这么神，就多盖几天了。"

葬礼仿佛一种细菌，远远路过也很不安。远远瞥见"客厅"里坐着些喝茶的人，长短交错的哀乐盘旋不去。乡间的葬礼不需要有人描述她的一生，七十多年的短促悲欢不值一提。万事不管，只要能"出客厅"。"出客厅"是最好的告别，在这里离开，另有一个热闹的世界在迎待。由于死亡她获得另一个陌生人的敬畏。

晚上，就算秀姐不叮嘱，我也不敢出门。我以为这会是一个肃穆幽静的夜晚，但晚餐还没结束，便有左邻右舍像以往那样，不敲门直接来串门。

占彬奶奶说她的孙女今年四岁，今天第一天上幼儿园。俊生奶奶马上表示反对意见："才四五岁就读书，读到嫁人，要用掉几担钱？"占彬奶奶藐视了俊生奶奶的无知，并指出某某家的孙女也是读过幼儿园的人。俊生奶奶激动地表示绝不可能。她们在一声比一声更高的争执中获得秀姐的公正认证。秀姐说此事属实。占彬奶奶赢了，俊生奶奶讥讽她说："别人家的事你记得那么清。"

然后她们讨论了村口修桥的事。"筹了七十万，还修不了一个桥墩。"她们说。从镇上到莲村，要经过一条河，这河的名字叫得很奇怪，叫"溪里河"，令人陷入民间语文的困境。溪里河其实是有桥的，但这座桥是邻村南村修的，叫南村桥，莲村村民走南村桥时，就要经受南村经年累月的欺负。

南村和莲村两者间那截路，种了南村的竹林。有些竹子倒在路中间，莲村人为了过路收拾一下，南村人马上冠以偷窃之名，"要龙要虎"。如此种种，让莲村人渴望有一条自己的桥。建桥的筹钱和申请经过了漫长的斗争。捐钱的数额是村民自愿，起点一千元，但两千元以上则名字可以刻录在桥头的石碑上。随后进来串门的更昌叔，慷慨地表示，他是"瘦猪拉硬屎，也要捐两千"。因为不能让子孙在石碑上看不到自己的名字，那就输了人。

更昌叔是个木工，莲村地很少，但靠着山，山上能砍柴，不知跟这有没有关系，这里的木工颇多。但更昌叔更觉得做木工实在太惨了，他问我有没有听过一句话："父母不是人，送崽学木工，手生茧，裤破洞。"

他们还帮秀姐分析了家里两只母鸡突然死去的原因。应该是突然淋了大雨着凉之故。说到母鸡的死亡，他们又谈起刚去世的品福叔的母亲。这里他们不再感慨能出客厅的平安，他们讨论葬礼的细节，外出的女儿带回来多少钱，儿子怎么安排，这葬礼的排场在村里属于哪种程度。若不是这个话题，也几乎让人忽略了隐隐传来的哀乐，哀乐在这 7 天里是不停顿的。

晚上村里没有路灯，从窗口望出去什么也没有。客厅里那些主题飘忽的争吵让人眷恋，以至于当夜深了，他们一个个起身离开，似乎比品福叔母亲的去世更让人惆怅。这是我到莲村的第一天晚上。

没有人是孤独的

在莲村，没有一个人是孤独的。

最有可能孤独的一个人是鸡姑。你看这个称呼很奇怪，其实你想多了。鸡姑家有兄妹三个，两个哥哥，一个叫鸭，一个叫鹅，小女儿就是鸡姑（因为鸡体型小，就分配给女儿了）。村里人取名字就是这么随便。至于"姑"字，是因为她收养她哥两个孩子，村里人就随那两个小孩喊她姑。

鸡姑的哥嫂外出打工很多年，两个孩子从出生之后一直由鸡姑带。鸡姑一直没结婚，但倒未必与这事有关。

几年前，两个孩子高中毕业，也外出打工了。一个到珠三角的花木市场卖发财树，一个到潮州的房地产中介公司做中介。鸡姑一个人在村里生活，但没有找个伴的意向。她四十多岁，看起来还不止——在莲村，多数人认为这个年纪的女性找个伴弊大于利。这个年纪成婚多数是"接枝"，即把某个年龄较大的丧偶男性的家庭责任承担过来，用村里人的话说，突然成了火车头。

从利益计，成为"接枝"的好处只是晚年有个伴，但这点好处目前可以忽略。鸡姑显然不作此想。鸡姑不漂亮。干农活的女性很难漂亮。户外劳作令她手脚关节粗大，皮肤黧黑，衣装脏旧。但她怡然爽朗，性格很好。她大嗓门，爱开玩笑。除了冬天，另外三个季节她不穿鞋子，光脚走路使她更有几分豪壮。

光脚的习惯是从她父亲那里传下来的。鸡姑说，她父亲认为穿鞋子容易上火，不利健康。她父亲以身作则地活了八十多岁。他活着的时候，但凡要去别人家做客，就提着鞋子去。不管多远的路，都光着脚走，临到别人家，才把鞋子穿上。

独居的鸡姑完全没有寂寞的痕迹。在莲村，每个人都很忙碌。这是春天，也许是一个村庄最为忙碌的季节。

这个早晨，我一路上首先遇到木工更昌叔。他推着辆全身是泥点的单车，车后座绑着一根长长的、颤颤巍巍的竹子。他说，家里没绳子用了，起早去斩枝竹子，回去破成竹篾，竹篾就是绳子。又遇到某个尚未认识的阿伯，踩着一块木板在建设池塘边的某种设施，木板摇摇晃晃，他努力保持平衡还不忘介绍，他在养牛蛙苗。又看到镇贵大叔在掘地三尺，原是为了种西瓜。又看到占彬奶奶脚步匆匆走来，说她要去养猪的屋寮拿某种工具。

鸡姑也是一样。我早上遇到她时她正在某个水池边用粗棍子捶打衣服，那个水池上面还漂着菜叶子，看起来很脏，为了跟我证明池水没有看起来那么脏，她百忙之中用手掬了一捧又一捧给我近观。一个小时后我再遇到鸡姑，她已经洗完衣服，正高高挽着裤腿在地里布种，用一张木梯打横了放，作用是平整土地。她种了水田还种果树，杨桃都套上了塑料袋以防果蝇。

在莲村我遇到的每个人都很忙，终于看到一个农民背对着我坐在田埂上抽烟，背影看起来有几分悠闲，我赶紧蹿过去期待他有着独特的无所事事。然而他说他早上起来忙着把地整平，准备种花生，忙到现在才坐下来抽根烟，下午还要搭一些稻草人，吓退那些又馋嘴又无知的小鸟。

每个人都很忙，但最忙的人肯定是七娣。七娣当然是女的。她本来和鸡姑一样，也是这个村子里最可能孤独的一个人。但她和鸡姑一样，没空。

　　七娣不是本地人，她是从江西被买来的。被买来的时候不会说本地话，但半年没到她已经完全掌握了这种被人称为"学老话"（要学到老才学得会的话）的本地话。培伟他爸从七娣她爸那里买了七娣，他们也解释为是"聘金"。培伟是个"有一窍没开"的，通俗来讲就是智力缺失。七娣结婚后生了两个孩子，我到莲村时，两个孩子都已经高中毕业了，像所有的年轻人一样外出打工，但大家说起来都表示忧虑，他们认为智障是会遗传的。

　　七娣的能干就像她的不幸一样出名。农忙时候任何人都渴望得到七娣的帮忙。她们说，比如摘茶吧，别人一天能摘五十斤，她一天能摘八十斤。就连邻村也对她的能干和忍耐心服口服。

　　邻村一个做酒的农作坊，酒主人说，他每天要起个大早，又要煮米，又要下酒糟，又要砍柴（因为"激酒"的土灶是烧柴的）。用俗话说，他"又要抬棺材，又要放鞭炮"，实在忙不过来。他雇过几个帮手，都有这样那样的毛病，唯有雇过的七娣是最好的。他形容七娣——"你叫她跳进溪里，她都会跳。"

　　谁都抢着雇七娣干活，没那么容易雇得到。砍树的雇她，别人要休息时她也不停，本是两个人抬的锯子她一个人锯，别人看着都不好意思休息了。做泥水工的雇她，她和男人一起砌墙，通宵不睡能砌三百多块砖。

　　七娣干活不挑。"做风水"的事情她也干。"做风水"其实就是葬礼上抬棺材，连很多男人都不愿意干，七娣不管是力气、观念，还是技术都没有障碍。

　　我常常在黄昏时到七娣的柑园去看她除草剪枝——白天她要去各种工地干活赚钱，只有早晚才能管管自己的柑园。柑是技术含量比较高的果树，容易染上一种本地话叫"黄龙"的病菌。七娣的柑园幸运地躲过"黄龙"。春天时，果实已全部卖出，卖了六万元。现在的修整工作简单得像儿戏。

　　偶尔有一些残留的果实隐藏在叶子之间。七娣看到了就顺手剪下，向我扔过来。有些果实是因为"乌皮"而被剩下的——"乌皮"是被果蝇叮过表皮，这种柑难看但并不难吃。七娣种的柑种叫"老伯号"，皮特别红，我想象它们硕果累累时的情景。

　　七娣持着大剪刀在层层叠叠的绿叶中出没。偶尔从绿叶中传来她不甚标准的本地话。她不健谈，常说的是两句话，一句是："有空就来喝茶。"另一句是："你们是居民，我们是农民，农民累，当然累，谁说不累。"一边说一边笑，看起来全然没有累的样子。

有一次七娣让我去她家吃饭，我就去了。与柑园和熙的气氛截然相反，七娣家光线昏暗，餐具都带着暧昧的痕迹。菜是她婆婆做的，多为深色调。她老公培伟全程沉默，她婆婆不沉默，但是个聋子，不求回馈地和我说着什么，说着说着，培伟就用阴鸷的眼神看她一眼。七娣坐在白米饭的水蒸气后面，若无其事，像在柑园一样自在，她的自在让我感激。

我说过在莲村没有一个人是孤独的，七娣和鸡姑，本来最有可能孤独的人，但她们显然太忙了。即使此时不是忙碌的春天，即使此时是万事寂寥的冬季，我想她们也可以相互陪伴——其实我也不知道她们是不是朋友。在村庄好像任何人都不缺朋友，任何人的家门都是不关的，一天里的任何时间，都会有人直接走进来。

也许世界上所有的村庄都是这样的。有一本书叫《罗西与苹果酒》，读完了我也不知道它写的那个村庄在英国哪个地方。在那个村里有两个老太太，也许她们是英国版的鸡姑和七娣。一个叫特里尔老奶奶，一个叫华伦老奶奶，她们是两个独居的女人，一个住在另一个的楼上。她们互相有敌意，所以彼此有意错开，但她们又能相互察觉——华伦奶奶的酒沸腾时，特里尔奶奶会手脚疼挛；特里尔奶奶吸鼻烟时，华伦奶奶会厉声叫骂。她们在隔绝的距离外追赶对方。

后来，特里尔奶奶死去了，华伦奶奶赢了，她比她的对手活得长一些。只有这时彻底的寂寞才降临了这个独居大半辈子的人。酿酒的炉火熄灭。她终于在两个星期后去世，和她楼上那个去做伴了。

而在莲村，没人会有华伦老奶奶最后那种寂寞。在这里连一只小狗都会以毫无必要的热情，追随你走很远一段路。

作为反义词的两个人

在村里，有人是一对近义词，比如七娣和鸡姑；有人则是一对反义词，比如米筒和四点五。

这对反义词关系很不错。四点五路经米筒家门口总会大声跟他打招呼。

打招呼的内容很奇特，有时说："走，去打头野猪中午吃。"有时说："赶紧穿鞋子，带你去娶个年轻老婆。"其实人家米筒的老婆就在院子里洗菜。

米筒也习惯了四点五的无厘头。他有时朝四点五扔根烟，有时则笑一笑表示听到了。村里人的语言交流，常在我意外的地方省略。他们来串门时很少打招呼，直接走进来坐下。要走的时候也不说"再见"，站起来就走了。也许因为串门是随时发生的事，如果每次都要打招呼和告辞就太忙了。

有次我蹲在米筒家客厅看他做木雕，邻居乌叔走进来，在木沙发上坐下就朝米筒扔根烟。两人默默抽起来。乌叔抽得快，因为他手里空着；米筒抽得慢，因为他一边叼烟一边凿木头。抽完一根，米筒又朝他扔了另一根，两人又默默地抽起来。好像他们就是为了待在一起抽几根烟，又好像那些烟圈代表他们做了一些交流。

总之要听米筒说话很难，以至于我想不起他的声音是什么样的。

所以我对米筒的所有认识都是从四点五那里听来的。

四点五说——几十年前他和米筒都想去当兵，他骑单车搭着米筒去报名。那一路，骑车一个多小时，他只能一个人自言自语，时不时还要用手扫一扫后座那人还在不在。

四点五说——人分两种。一种人是出门都要带块蔗渣（以前蔗渣可以当纸擦，也可揩油用，出门带块蔗渣，你能意会不）。另一种人就是米筒这种，直肠拉直屎。连多抽人家一根烟也不愿意。递给他第一根烟他拿着，第二根要再递给他，他就赶紧摸出自己的。

还是四点五说——米筒太老实，也没用。全村是他第一个有驾驶证，也不晓得开车赚点钱，只会在家里刻木头。他十五岁就学木雕，但他的木雕卖不出高价。他没大师证（注，这一带从事木雕业可以考工艺大师证）。上次有人说出三万元可以买个大师证，他也没买。我怎么知道他为啥不买，让他说话，比求别人拉尿还难。

至于米筒为什么不买大师证，我想，倒未必因为狷介。三万元也不是小数目，虽然有大师证后能卖高价，等于是买鸡来下蛋，但吾乡还有另一句叫"百赊不如五十现"。没有大师证，也能过小日子。

四点五认为米筒干的是世界上最无聊的活。他觉得做木雕的痛苦跟钓鱼不相上下。四点五曾去钓过一次鱼。坐到焦躁一无所获。最后直接把鱼竿扔进水里，再往水里填了块大石头解恨。令我想起《世说新语》里对鸡蛋泄愤的王蓝田。

米筒的沉默，既不是拒绝，也不是谨慎，更像是空白。他不知道有什么好说的。他的每一天都是重复，仿佛连自己也可以省略掉。我有次问他："米筒，你能不能雕个别的东西，雕一只猪试试吧？"因为吾乡木雕，从产生的第一天开始，就是雕蟹篓。一个篓配几只虾，几只蟹，再配一条绳，外面再配一些梅兰菊竹，都是固定标配。不仅村庄，城里也有不少木雕作坊，但也同样只雕蟹篓，作坊里会收学徒，也是雕蟹篓。

米筒只笑不答，意思是这个问题太荒谬了，不值得回答。就算把梅兰菊竹改成桃花栀子，大家看了也会大摇其头，叹息它卖不出去的命运。就像吾乡的西红柿炒鸡蛋是用白糖炒的，如果用盐炒，大家就会嗤之以鼻，仿佛你对生活极缺乏认识并且极不尊重。

所以大家都按套路做，安全地，无欲无求地，从一而终地。这样的蟹篓米筒做了二十几年，无数个，想必会再做无数个。这个情景，其实也可以被表达得很有"情怀"，我都想到可以怎么配图了，特写：米筒粗糙的手和没有表情的侧脸，文字的关键词大概是"乡村最后的手工艺者""恪守祖先技艺的工匠精神""隐居乡间的淡泊""甘于寂寞""岁月静好""古意""乡愁"之类的。

而我在米筒身上感受到一种空茫——每一天都重复同一天的人。劳作但不需要作品的人。不需要署名的人。不需要表达的人。可以"没有"的人——这一切是因为他的过分沉默吗？《华盛顿邮报》专栏作家唐娜布里特曾说，没有无聊的人，只有未被发现的人。所以，也许米筒只是一个未被我发现的人？

而四点五则是一个过度开发的人。他对自己过度开发。

四点五其实快六十了。因为他生命力过于旺盛，也因为他太没正形，总之，直接叫他四点五顺嘴得很，不止是我，村里人都这么叫。

四点五在村里是一个异数。村里绝大多数人，都被生活推着走，但四点五，是要推着生活走。

但他没有惯常思维里的"享受生活"。烟酒茶，他只爱抽个烟。吃饭他也不喜欢。他说，米饭五分钟，喝粥两分钟。早上六七点去山里砍树，下午四点多才回来，和搭档一天能斩一万八千斤，一粒米没吃只喝水，这样的事他是干过的。

他就是热爱工作，当然他也热爱赚钱，但这两者并不是同一回事。我在莲村住在他隔壁，常听见天未亮他就出门去干活，屋里传来他老婆的骂声："抢宝也没这么积极。"然后天蒙蒙黑他回来了，又传来他老婆的骂声："你怕自己命短，想干没命干是不是。"常听人骂老公（或婆）懒，他家倒过来。

在山上，四点五向我展示他种的花生苗和别人种的花生苗多么不同。我犹豫地说："你种的比别人的高一点。"四点五相当不满意："高一点？这叫高一点？我收三斤他才收一斤我告诉你。"我不识趣加了句："是不同品种吧？"这下他简直震惊："不同品种能比吗？这都是航空二号！"他不屑地指着人家的地："它们长得不好是下肥晚了。我都是未发芽就下肥，它们一出世就能吃到。会不会管才是大关键！"

四点五讲起农作物时，仿佛它们是他亲生的。有次我听到他边下肥边自言自语："再不喂肥的话，就太饿了。"农历十二月是苦瓜催芽的时节，天太冷不便催芽，他把几十颗苦瓜种子用布包好，晚上放在被窝里，白天又放在棉袄里，走哪带哪。他还啧啧有声地跟我说，这些苦瓜籽有多贵你猜一猜？未待我猜他又自报答案，五块钱一颗。虽说确实是不便宜，但他的姿态仿佛它们会孵出婴儿。

有次我带他去城里，想让他和我爸交个朋友。谁知道他们见面一个沉默地喝茶一个沉默地抽烟，两个人面面相觑，场面一度有点尴尬。过了一会儿，四点五灵光一闪找到话题，问我爸："你退休金这么高，门路一定很广，这些年有没有听说过什么好的花生种介绍？种了几年的航空二号我种腻了。"

我爸也灵光一闪地找到了话题："你有没有办法弄死一棵树？我屋后长了一棵，把墙都撑裂了。"四点五一听，脸上那种"你找对人了"的兴奋和笃定，我现在想起来都替他高兴。他神秘地说："你要偷偷弄死，你买一种叫'柴王'的药，沾在铁钉上钉上树干，不出几天树干就开始流出白沫，几个月内必死，没人知道它怎么死的……"

我爸连忙表示，树是野种，没主，不需要偷偷弄死，可以光明正大地弄死。他们终于热烈交谈起来了。四点五痛悔我爸没有早点告诉他，早点告诉他，他必定会带个"百草枯"来，或者机油，往上一浇……他用类似于"大腿一拍"的表情："你要是早点告诉我，我带个龙头锯来，几分钟我就把它斩干净。再不然，你家里有没有……（这里没听清）"侃侃而谈的样子显然是找到了归属感。

我最佩服四点五的是他对生活的研发精神。他种植从来没有在这片土地上生活过的植物。他种过洛神花、向日葵、秋葵……这些农作物在他开始种植之前，村子里从没有人尝试过。它们，就像西红柿炒鸡蛋却放盐一样，在吾乡乡下，简直就是大逆不道。

他赋予沉重或者沉闷的农业生活一种天真的魔幻感。他做西瓜酒。在西瓜长到七八分熟的时候，他把西瓜朝上的那一面切开一个小口，在里面填进酒曲，然后封好切口，让西瓜继续成长，酒曲开始发酵，最后，彻底成熟的整个瓜，变成一汪巨大的西瓜酒……他让丝瓜跟葫芦瓜嫁接，认为那样会产生出一种兼具两者优点的新品种，但失败了；他又继续试图让茄子跟某种野生植物"刺茄"嫁接，他信誓旦旦地说某乡某处有人曾经试过并成功了。其实他又用不着对我信誓旦旦，那是他一个人的土地，他爱怎么做怎么做，最多就是让他老婆再继续骂……

与米筒不同，四点五热爱表达。种植也是他的表达。他对每个从外面到村里来的人都充满兴趣。偶尔有朋友到村里找我，四点五热情洋溢地给她们取了各种外号。比如"环保"，这是我某个同学，因为她来的时候特别指出村里人随便扔垃圾很不环保。比如"相机"，这是某个摄影师朋友。"你的相机能给我闻一闻么？"四点五问她，"我看不懂，只能闻一闻。"他嬉皮笑脸地补充解释。

以前他喜欢去很多地方砍柴，一砍就是十几天，在村里找一家借宿，天冷一点就用芭蕉叶和麦秆草塞在席子下当棉絮。有一次，他的牛走丢了，他四乡六里去寻牛，越走越远，越走越远，来到一个陌生村子，看到有家人客厅里挂了一面镜子，镜子里写了一个名字，跟他的学名一模一样。他停下脚步，讨一碗水喝，边喝边攀谈。他的学名不算稀奇，同名同姓也不奇怪。但那一个停留，他交到了人生最好的朋友。

生活本身于他就是盛宴。而"四点五"这个名字是这样来的——他出世时，是家里第六个儿子。他妈听说又是个男孩，就喊他爸去灶头抓把灰，把新生儿闷死。他爸不忍，只对那无知小婴感叹："你这命啊，只值半个狗。"狗在当地发音等于"九"，半个狗（九）也就是四点五。

（原载《美文》2023 年第 7 期）

带到城里的故乡

杪椤

一

要迁徙到另外一座城市里生活了，而且是我一个人。

中国人爱讲"树挪死，人挪活"，人在一个地方生活久了，也像一棵已经扎根的树，不宜轻易挪动。万般无奈下的迁移，往往会带来精神的创伤，甚至累及身体。

我父亲就是一个例证。当年我把他和母亲从唐县县城接来保定安家，在路上，父亲不停流泪，仿佛不是跟我来城里过好日子，倒是要陪我去什么莫测的战场。我为二老安置了一个小两居，在老护城河的拐角处，两个大公园环绕，超市、医院皆可步行而至，可谓黄金地段。父亲嘴上夸了又夸，但每天都会给县城的亲友和老同事打电话，聊些陈年往事家长里短；周末我休息，他便要我开车送他回去看看；听说县里谁来了市里，也总想跟着回去。父亲脾性耿直，这也导致他必然固执，他试图在新地方建立起新的生活秩序，但他社交圈子有限，仅有几位熟悉的老乡和同学，而除了母亲，谁又有大把时间陪他呢？他的融入便全然地失败了。

就这样，他县城生活养成的习惯完全错乱了，但又久久不能适应新环境，不过十年便撒手人寰。临终前，我把父亲送回乡下的老家，那年他还不满六十五岁。

中国人安土重迁，根源在于骨子里对生活贫苦、生存艰难和生命不易的恐惧。这使得我们倍加珍惜已经耕熟的土地、建在土地上的房子、亲情化的邻里，以及在此基础上建立起来的生活方式。因此，安家向来是一件大事，需要庄重的仪式感来寄托希望、表达喜悦和营造气氛，比如需要看一个黄道吉日，做一顿特殊的饭食，等等。我老家在冀西太行山区，搬家的乡俗是要在家里开火蒸一锅馒头，邀亲朋好友前来吃饭，寓意着今后的生活会蒸蒸日上、团团圆圆；如果是新房子，正式入住前的一晚，还要请老人来住，既表达对长辈的尊重，也表示年轻人"不改父之道"，会在老人的指点下稳妥地生活，不断圆满人生。

当然，各地的风俗并不相同，作家李浩跟我一样是河北人，他曾同我聊起他老家沧州盐山，是个靠海的地方，搬家时乔迁宴上要有鱼、要有烙饼，是取其"连年有余"和"翻身"的象征。而无论哪一种仪式，其实都饱含着人们对生活的美好期待。

于是，当我独自在距离"老家"一百五十公里外的另一座城市里安家，我试图省略一些仪式，却发现这想法并不现实。

未来的生活毕竟不可见，在乡下，这些仪式除了可以让人吃一顿美食，它们隐没在山石草木缠杂着鸡鸣狗吠的日子里，变得波澜不惊。而现在，想到我要从租住的地方搬到产权证上写着自己名字的房子里，这些仪式先是挥之不去，进而成了必须考虑的环节。首先是母亲、妻子和姐姐的提醒，她们早早看好了"吉日吉时"，然后就在电话中一遍遍重复：蒸馒头的面怎么和，和好后多长时间就能发起来，揉面时放多少碱面，几点到几点间要上锅蒸；一定要叫上几个好朋友前来"稳锅"，开火炒菜做饭动动烟火。这些叮嘱犹如代表故乡的先贤在耳提面命，我只有遵守的义务而毫无反抗的理由和能力。又想到，在知悉我工作调动之后，我的恩师和被我称作二姐的师母就先转来一大笔钱，让我在买房付首付款时救急——但当时我并没有说过要买房的事；已经退休、亲如家人的老同事五哥和五嫂夫妇，细致到买好一应床品和厨具差遣女儿送来；不善言谈的郭哥郭嫂更是随时应急……能主动借钱给你且不问期限和利息，竭尽所能为你做好一切他们所能做的事，连一句表达感谢的话都会让他们觉得生分的亲情，浸透着传统乡村文明的道德和价值观，感动之余不断勾起我对故乡的记忆。

在一座总高有三十四层之多的城市楼房里，我一个人遵从乡俗在朋友们的帮助下完成了入住仪式，这些仪式与楼外的环境格格不入，甚至充满违和感，但我分明从每一个细节中看到了故乡的注视。因为在两座城之间的迁徙，故乡找到了重新回到我生命里的契机。尽管已经在城市里生活了近三十年，我仍然没有能力遗忘她，更没有办法逃离她——俗话说离开家乡的人才有故乡，但在乡下长大的人，所谓对家乡的逃离只是身体上的，灵魂和精神早已扎根在那里，永远无法搬离。

二

有些东西不能带了，比如一张写字台。

师范毕业后我留在城里工作，当时正是房改过渡期，资历太浅分不到房子，家境贫寒也买不起房子，只能住到三人一间的办公室里。直到结婚之后，妻子所在的学校提供了单身教工宿舍，我们才算是有了一个被称作"家"的地方。可以安顿一些物件了，父亲就让我把老家的一张写字台拉来，这件家具成了我的小家最早的"固定资产"。由于材质是槐木板，宽大的写字台分量极重，两个人都无法抬动；在以后的历次搬家中，如何将它搬到楼上都是一个大难题。而这些槐木板的"前世"，是曾经生长在老家院子里的一棵大槐树，它曾经见证过我的成长，听到过我和弟弟、妹妹们的欢声笑语，我的肚皮上至今还留有攀爬它时划伤的疤痕……由于院子要改造，父亲和叔叔商量后将它刨掉，又请村子里的老木匠解成板材，才有了这张写字台。由于时间久远加之使用频率高，透明的漆面上已有包浆的质感，但趴伏在上面写字读书，仿佛每次都能在年轮的纹路中看到我幼年的身影。

那位打写字台的老木匠，差点成了我师父。

木匠是村子里辈分最大的人，连我父母辈的人都喊他爷爷。乡下有一个说法叫"穷大辈"，意思是说辈分大的家族有可能过去是穷苦人家，因为穷人总是结婚成家晚，自然孩子也生得晚，子女跟别人家的同龄人就会差出代际来，久而久之，便熬到了大辈的位置上。这位老木匠祖上是否穷苦我是不敢问的，只知道想打家具的人把木头送到他家里，盖房子的人会请他去"砍房架"——过去乡下盖房子要先请木匠用木柱支撑起檩条、顶梁和椽栿搭成房架，再请泥瓦匠在四周砌砖石、在顶棚铺上苇箔和灰土压成房顶。常言说"大木匠的斧，小木匠的锯"，意思是说干"砍房架"这种粗活的木匠会用斧头就行了，而做家具这种细致活需要擅使锯子的木匠才能做好，而这位老木匠是粗细活计都能干的全才。不仅如此，他还带出了自己的小儿子跟他一起做活，因为那时锛凿斧锯这些木工工具全是手动，诸如解板拉锯之类的重活一个人是做不成的。后来他的小儿子继承了他的手艺，现在也已经由小木匠变成了老木匠。尽管我没有做过调查，但在计划经济时代，我估摸全村所有人家的柜橱、桌椅、高凳矮凳都出自他们父子俩之手，因为在村子里，只有他们是木匠。

少年时我顽劣成性，放学后天天与伙伴们在山间和河边来无影去无踪。父母十分担心我考不上学，就想让我提前学些手艺，以免成人后不能养活自己。有一年放麦假（麦收季节放的农忙假），我被打发到老木匠家里当学徒。入门第一课是学拉锯，老木匠先是演示了一遍，然后就将位置让给我。那是一段很厚的方木，需要解成薄木板。方木被架在架子上，他的儿子在架上，我则在地上站着，我们只有使出浑身的力气才能拉得动那把锯齿如狗牙般尖宽的大锯——都说"千日斧子百日锛，大锯只用一早晨"，我却没有这个本事，大概当时只起到了扶锯的作用，主要是木匠的儿子在用力。尽管这样，我却没少受罪：拉扯之间锯条变得发烫，锯末向下飘落，落到我脸上又掉进满是汗水的衣领里……我只干了这一天，第二天胳膊再也无法抬起来了，无论母亲怎样劝说，我坚决不再去学木匠。也许就是被这次学徒经历刺激了，我的学习成绩突飞猛进，最终在师范招生预选中胜出。老木匠到了晚年腿脚不灵便，经常赶着驴车从我家门前经过，每次看到我都要问问我在哪里工作、挣多少钱，不管我怎样回答，他都会说这总是比当木匠强，可见他始终没有忘记这个临阵脱逃的赖徒弟。如今老木匠已经故去了，他的儿子早已由做木工改成了做室内装潢。我家那张沉重的写字台，仍旧摆在父母住过的房子里，它是辗转四次之后才被安放到那里的。

这张写字台不能再随着我搬迁了。一是它太重了，桌身好像不是木质的，而是用故乡的泥土和沙石铸成的；桌斗里仿佛装满了这些年来我所经历的所有悲欢，才使得它如此沉重。二是它陈旧的款式与现在居所的装修风格完全不搭，假如把它放进更时尚、现代的新房里，我担心它会因为自己的简陋而哀伤，就像我站在繁华的城市街头，时常反躬自身不合时宜的存在一样。我已经想好了它的去处：在某个适当的时候，将它送回老家的祖屋里，让它与那些旧式的八仙桌、长条凳们站在一起，找回它自己的尊严。

三

除了日常生活中的应用之物，我还是要把一些老物件带进新居里，以便它们代替能"压重"但又不能前来住第一晚的老人，让我未来的生活变得安稳。

我选定的是两只木头盒子。一只是父母结婚后父亲给母亲买的"梳头匣子"，匣子有三块砖头摞在一起那样大，表面没有任何雕饰，髹着暗紫色的大漆——或许最初是鲜艳的红色，只是时间让它变得黯淡无光；内里则是原木表面，看得出来是硬度并不高的松木，至今散发着一股松脂的香味。据母亲讲，说是梳头匣子，非但劳动人家并无脂粉钗环可供存放，而且就连梳头的基本功能也不具备：梳头匣子顶盖的内侧应该是一面镜子，掀开盖后便可"对镜帖花黄"，而父亲买的这只匣子却没有镶嵌那面最有用的镜子！因此，它并没有被母亲当作梳头匣子用，而是一直用来存放针头线脑，也放过我的泥模、瓷鸡口哨等小玩具。乡下人的情感内敛而羞涩，每次说起这只匣子，母亲脸上都会有一种幸福的光芒。我相信，里面曾经装过母亲与父亲的感情，也许那就是他们的爱。

与母亲的梳头匣子一起被我带进新房的，还有一只上下两分的长方形套盒，形状与二十世纪七八十年代装过两块"上海牌"香皂的盒子相仿。上面一只口径略小，正好嵌套进下面的盒子中，犹如现在的俄罗斯套娃；下面部分中间有竖挡板一分为二，挡板也正好撑住上面的一只；上面一只也被一片竖挡板分为两部分。尽管结构精巧，但实在是一只做工粗糙、相貌丑陋的盒子，表面连漆都没有涂，白茬软松木已经被时间浸染成了褐灰色；底部有脱落过的痕迹，四周被细钢钉重新钉住，钉帽布满铁锈。这只盒子是父亲从县城带回来的，它的原初用途已不得而知，从我记事起，就用来盛放自行车上的小螺丝、小螺母和气门芯。父亲最早在县交通局工作，后来转到县政府办公室，一辆飞鸽牌二八加重自行车是他的"坐骑"。他骑着它出入工地，也与骑车的县长一道下乡调研，甚至每周末骑着它从县城往返乡下的家里一趟。当时山区路况差，上坡下岭不说，沙石路面更是能把人颠簸得散了架，因此自行车常常损坏，父亲到家后的第一件事就是给自行车"体检"。我常蹲在旁边，看他用螺丝刀或钳子拧紧松动的地方，遇有挡泥板或链盒上的螺丝缺失或者气门芯失去弹性，就从这只小盒子里翻找出新件换上。在我眼里，这只模样难看的盒子就像一只百宝箱，里面装着父亲想要的任何零件，大概也装着父亲的人生信念和生活憧憬。

当我将两只盒子拿给母亲看，告诉她这是我将要带到新房子里的"宝物"时，母亲哈哈大笑着说，你这是从哪翻出来的？都快朽烂的东西了，扔到灶膛里恐怕连火都烧不旺，还是什么宝物？！母亲不识字，她在乡下生活了五十年，直到我师范毕业那年才过起了"两栖"生活：天暖时自己在乡下，天冷了到城里过冬，如今年届八旬依然如此。长期的辛劳虽然使她养成了吃苦耐劳、坚韧刚强的性格，但她考虑问题也多从实用角度出发。况且她又不善言辞，虽然明白所有的道理但说不出来，我也就不去跟她讨论这两只盒子的意义。

新居整面墙的书柜是一款知名品牌产品，有着明亮的色泽，虽然简洁却有着鲜明的设计感，看上去很是高级的样子。而我从乡下带来的这两只简陋到有些丑的旧盒子，被放在书橱里最显眼的位置。这种混乱的搭配完全出自我的情感偏好，虽然没有丝毫的美学根据，我却觉得这是世间最和谐的画面。我站在书橱前凝目注视，它们就像乡俗中的某种圣物，供我膜拜，令我敬畏，我的从前和将来的命运仿佛都投射在它们暗淡的光泽中——尽管盒子里只装了些文具、硬币和小徽章等零零碎碎的东西。

四

就像农民种庄稼，我爱种绿植。刚参加工作那几年居无定所，但到哪里都要在屋子里种绿植，仿佛这样就能在那里扎根，但我终究没能把故乡种在城里。

这次搬进新房子，最早种的是两盆绿萝。植物是人类的朋友，也在远古时代为人类族群提供了最早的安全庇佑，独特的生长习性更使其成为直观的生命象征。当它们中的一些被驯化后，人类才拥有了稳定的粮食来源。农民珍视庄稼，除了那是他们的生计所系，也包含着他们对生命和自然的敬重。在北方，冬去春来，哪怕是一些草芥的幼芽在满目荒寒的田野中破土而出，也会给人带来强烈的内心震撼。

城里人爱美，小区附近的花店生意兴隆；每到傍晚，院门口也会有卖花人摆摊。我喜欢的则是有生命的绿植，尽管它们不一定都开花，哪怕是最普通的绿萝，也被我待若琼花；它们并不需要精心侍弄，就能枝繁叶茂，葳蕤生长。后来我又种了球兰，藤蔓顺着窗框向上攀爬，将一扇玻璃窗装点成了一幅风景画。我总觉得，屋子里有了绿植就有了生机，因为有会呼吸、会生长或许还能开花的植物做伴；哪怕是花盆里会生出一些不知名的小飞虫飞来飞去，但它们像微尘一样小的身体对世界并不构成任何伤害，反倒展示出一种生命的灵动，不是也可以愉悦心情吗？我常对在城市里长大的朋友们讲养花种草的好，但她们还是喜欢去花店或街边买鲜切花，等到花束失了水分与新鲜便被当作垃圾扔掉。起先对此十分不解，后来我终于明白，因为没有过耕种的经历，植物并没有在她们的生命成长中扮演过角色。

我相信，我对植物的亲近来自童年，乡村像植物的种子一样在我的身上生根、发芽。俗话说"生活是最好的老师"，乡村显然是最有亲和力的，因为那里的一切讲究的都是"天人合一"，久在其中会是"物我两忘"，润物无声地影响着生命的成长。

老家的院子里有一棵桃树，长出来的果实是未经嫁接的毛桃，味道甜中带酸。按照母亲的说法，这种桃子的味道才是真正的"桃味"，不像嫁接成"久保"之类的水蜜桃以后的"水味"。这棵桃树是我的儿子小鱼栽的。小鱼虽然在城里出生，却是在"两栖"生活中长大的：从入幼儿园到高中毕业，每年的暑假都是跟着爷爷奶奶在乡下度过，因此从小就比城里大部分同龄的孩子多了关于乡村的知识和体验。例如每次给奶奶打电话，都能迅速地从普通话转换成一口流利的家乡方言；回到村子里，早晨还没起床就有乡下的小伙伴在床头等着。春天周末回乡下，少不得要去田间走走。当时他读小学一年级，像小鸟出笼一般在山野间跑来跑去。在好奇心的驱使下，他时而采野花，时而又捉蚂蚱，仿佛对萌发着春天气息的万物都抱有兴趣。在一片解冻后翻耕过的地块上，他发现了一株刚刚从土里探出头、只顶着两片叶子的幼苗。我告诉他这是一株小桃苗，移栽到院子里也能成活。于是他小心翼翼地将它挖出，像捧着珍宝一样带回家来，栽在西南角靠院墙的空地上。寒来暑往，三年之后，昔日的桃苗开始开花结果。十五年后的今天，这株桃树已是一棵枝干粗壮、冠盖阔大的大树，春天桃花灼灼，夏末则果实累累。

不记得是哪一年了，我曾问爬到树上的小鱼，还记不记得这棵树是你栽的？他早已忘记了——男孩子都是猴子脾性，对于喜好的东西向来朝三暮四，回城就把小桃苗忘得一干二净了——但这并不妨碍他用浓重的家乡话去和奶奶讨论，最甜的桃子为什么都是鸟儿先发现。

今年中元节回村里上坟，桃子虽未熟软但已有很高的甜度，我摘了许多，本打算送给城里的朋友，但看着比乒乓球大不了多少的个头，终究是没好意思拿出手。我将它们封装进塑料袋放在冰箱里，不承想一直吃了两个月都汁水饱满、酸甜味美。开冰箱的时候看到这些红中带着些许绿色的毛桃子，每次我都会想到那棵树，以及它还是一株娇嫩的幼苗时被小鱼捧在手中的样子。

五

带到城里的还有两块只有鹌鹑蛋大小的卵石，常常被我当作镇纸。它们是我从故乡的河滩上捡来的。

在城市里对故乡心心念念，归根结底还是因为人，父母双亲，乡亲邻里，以及睡在坟茔里的祖先们，甚至一切有着相同脾性的人。但在"形而上"的乡愁里，他们已经幻化成故乡的一花一草、一事一物、一山一石。借助这些符号，人仿佛能踏进一条还乡河，可以游回故乡，游回自己的童年时代。

唐河自山西浑源县发源后一路向东，穿越崇山峻岭后流入华北平原，并最终汇入白洋淀。狭窄的河道在唐县和曲阳县的交界处流经两山间的开阔地带，太行山东麓最后的余脉又在河口处围拢起天然的屏障，使这里成为修水库的绝佳地带。新中国成立后，在二十世纪五十年代"一定要根治海河"的伟大壮举中，党和政府发动四县十万民工在这里修起一座库容近十二亿立方米的大型水库。我的故乡，就在这座水库的东南角上。多山的地形使水库周边交通不便，人均耕地少且土地贫瘠，长期以来，这里的人民都挣扎在贫困线上。计划经济时代，尽管因为属于库区移民村而免交农业税，但每年也只能靠国家调拨返销粮维持基本的口粮。我的头脑中存留的最早关于远方的记忆，就是小时候随母亲和叔叔去公社粮库里买返销粮的经历。其实，从家到粮站驻地只有三公里多，在当时却感觉要走到天边去。我上初中时已是二十世纪八十年代初，但在学校里从未吃过纯白面的馒头，要么是玉米面窝头，要么是玉米面、红薯面和白面掺在一起的三合面馒头。因为是定量供应，食量如虎的少年吃不饱肚子的感受，一直铭刻到今天。

这个三面环山、一面濒水的小山村，制造和承载了我少年时喜怒与哀乐的全部情绪。村东和村南的坡地上长满了枣树，因为红枣是当时唯一可以"变现"的林果，所以每家每户都看得极重，好像每一颗果实上都挂着一枚金币。尽管凭借这点红枣换钱致富是天方夜谭，但"打枣"仍然是整个秋天最令人兴奋的事。农谚说"七月十五红圈，八月十五落竿"，每到七月下旬以后红枣将熟季节，家家户户都要派人去地里"看枣"，以防止经过的路人伸手摘食影响收成——说来惭愧，能从这里路过的不过是同村或三里五乡的乡邻，却被当"贼"防着，实在是特殊年月里才有的尴尬。现在想来，即便真有人摘几个枣子，也远与道德牵扯不上，只不过是在饥苦岁月里想尝一口鲜味罢了。

正值秋忙，专门抽出一个人在枣林下看住"可能有"的"贼"，对于劳力少的人家来说是一个沉重的负担，于是老弱病残和像我这样的半大男孩子成为首选——其实我们起到的不过是一个稻草人的作用，假如真有人摘枣了，恐怕我连喊一声的勇气都没有。但我从未因为害怕而拒绝过这件差使，只把那里当作玩耍的天堂——毛毛躁躁的年纪哪里肯守规矩待在自家地块上？常常呼朋唤友跑到山顶又下到谷涧，又转眼消失在树林里……也许那时我就知道，即便只有一个人影在，任谁也不会再"偷"枣，因为在乡下，人都是要脸面的。

这几年秋天回乡，偶尔也到枣林里走走，但从前的情景早已不见。过去枣树下会间作谷子和红豆、绿豆、芝麻之类的庄稼，如今却只有没膝的荒草，靠近河沟的地方草比人还高。枣树枝头上稀稀落落的几颗果实多是瘦小干瘪，缺乏修剪的枝杈横逸斜出，稍密一点的地方都架着乌鸦或喜鹊的窝；更有一些树患上一种"枣疯病"，只疯长叶子不开花结果，搞得枣林有点原始森林的味道了。缘何曾经的经济支柱落到了被遗弃的下场？与乡亲们攀谈得知，由于物流快捷，邻近如阜平县、远如新疆和田等地的优质红枣哪里都可以买到，本地红枣已经无人问津了。况且管理枣树费工费力，再加上对病虫害的防治使成本增加，经营枣树早已是个赔本的买卖。

再说了，如今老人们的养老保险金按月发放，看病吃药有合作医疗保障；青壮年去外地打工，留在村里的也办起养殖场、加工厂，哪家也不缺红枣换的那几个钱了！

我家院墙外有两棵枣树，母亲虽未对它们加以特意照料，但因有人气就少了虫害，仍然结了不少果子，中秋节时收获了，吃在嘴里仍然脆甜可口。

（原载《广西文学》2023 年第 6 期）

横断浪途

莫格德哇行记

阿 来

在黄河源盘桓了一周多时间。

该离开了。7 月 15 日，原计划出玛多县城上高速直奔下一个目的地同德县。送行的县长强烈建议绕一个弯，花半天时间去看一个地方：莫格德哇。并叫陪同我的当地乡土志专家华尔丹继续导游。华尔丹本在巴颜喀拉山上扎帐观察野生动物，被县里叫下山来陪同我走黄河源已经两天时间。要在计划外继续耽误他的时间，我怀有歉意，他却兴奋起来，说那地方确实值得一去。

早上出发，驶向西去河源鄂陵湖和札陵湖的公路，几公里后，道路分岔，右转向北，驶向一条未铺装柏油的土石路。汽车摇晃着碾过一个个雨后映着天光的明亮水洼。天在快速转晴，灰度不同的雨云在天际线上迅疾奔走，并被东升的太阳镶上耀眼的金边。鹰敛翅在傍路的电线杆顶，在后视镜里越来越远。夏牧场稀疏的帐篷顶上飘着淡蓝的炊烟。牦牛抬头张望，两只牧羊犬冲着我们疾驰的车吠叫。这是黄河源草甸上最寻常的景象。

路蜿蜒向前，一边是浑圆的山丘，一边是低洼的沼泽。视野里山峦起伏，映着天光的溪流在宽谷中随意蜿蜒。远远看见了一片黄色花，亮丽照眼，在低处的沼泽中央。我以为是水毛茛，便叫车停下。踩着松软的沼泽，水从脚下的草丛间不断泛起，还好，登山靴防水功能不错。走到花海前，却发现是非常熟悉的长花马先蒿。它们挺着娇嫩的长梗，顶上的花朵前端伸出如鸟的长喙，模仿出水禽伸长脖子四处张望的姿态。虽然不是期待中的水毛茛，但我还是兴味盎然，一边观察那些涉水的鸟，一边看这些模仿了水鸟形象与姿态的成丛成片的嫩黄的花朵。

在松软多水的沼泽中行走一阵，想着就是这些水潴积汇流，最终形成从西向东奔腾着贯穿中国的大河，心中不禁生出些激荡的情绪。元朝皇帝曾派专人上探河源，其报告称"水沮如散涣，方可七八十里""且泥淖溺，不胜人迹"。现在的我们，手提相机行走在这河源区的沼泽之中，脚踩过这么柔软的草与泥与水，真的是地阔天低，思接万里。

我此时身处在孕育黄河的西部高地的宽谷中间，巴颜喀拉山蜿蜒在东南，绵延起伏的北面的山脉叫布青山。

太阳突破了云层的遮蔽，瞬息之间，所有水洼都在闪烁，映射耀眼的阳光。不只是水，所有的青草也都在闪闪发光：禾本科的草，蒿草属的草。光吸引人去草原的更深处。抬起脚，刚踩倒的蒿草韧劲十足，迅速挺起了腰身。踏陷的地面也立即回弹，迅速抹平了我刚踩出的脚迹。云雀起起落落，对着闯入者聒噪不已。

洪堡在南美做地理探寻时说："任何地方的自然都用同一种声音向人类诉说，我的灵魂对此并不陌生。"走出这片沼泽时，我回身向鸟微笑，向花微笑。

继续上路，山谷变深，山脉耸起，在高处裸露出赭红色的岩石，纹理或竖，或斜，却层次分明。在一个山口停车瞭望时，我伸手触摸这些岩石。赭红色调的砂砾岩，构成却很丰富。这些岩石是已经成为碎屑的岩石重新压实而成，互相之间，紧紧粘连。有些岩石上，有水草的印迹。曾经的岩层破碎，沉在多少千万年前的水底，重新凝结，所以里面有螺有蚌和其他水生物的化石，其间还夹杂着多孔的黑色火山石。这些岩石来自远古的水底，伴随喜马拉雅造山运动渐渐隆起，在海拔四千到五千米的地方，裸露在了蓝色的天空下面。山下，宽广的谷地中绿草蔓延，蜿蜒着明亮的水流。在避风的山弯里，倚靠着稀疏的村落。黄河源地区，地理尺度大，这个稀疏，不是相距十里八里，而是间距几十公里。

近期的考古发掘证实，早在旧石器时代，这些宽谷中就有游牧部落生存其中。只因未立文字，时间邈远，曾经的游牧部落面目不清，古籍中概以"诸羌"名之。后来，在七八世纪时，被东向的吐蕃一统天下，被藏传佛教文化层层覆盖，就更难考究其确切的踪迹了。

车下到另一道宽谷中，依然是溪河漫流，到低洼处，便潴积成湖，满溢了，便继续蜿蜒向前。宽谷更宽时，华尔丹指着前方一座三角形的、高出谷地两百多米的孤山，对我说：莫格德哇。离开公路，在草滩上，摇摇晃晃的，车行到那座山前用了十多分钟。孤山背后，隔着河谷，错落着岩石裸露的赭红山脉。现在，一道蜿蜒的水流在我们的右边，左边是这一带最大片的平地。不像是自然形成，似乎是人工平整过的，足有几平方公里的地面。围绕着这块平地，有很长的残墙痕迹隐约凸起。这道长墙围出了什么？一座曾经的城池？长墙范围内却不见任何建筑的痕迹。里面什么都没有，只有比其他自然草滩上更茂盛、更碧绿的青草。有些残墙根上，一丛丛叶片巨大的大黄挺着一人高半人高的粗壮花茎，高擎着有数千朵蓼科植物特有的密集小花的塔状花序。此时已经是七月中旬了，花期已近尾声，被风摇动时，细小的籽实就密集地向着地面坠落。

走到孤山脚前，面前立着一块高大的碑。碑前的浅草地上，委陵菜开着五出花瓣的稀疏黄花。间或还有一两株有着头盔状花瓣的开蓝色花的露蕊乌头。

碑上面用藏汉两种文字写着这地方的名字：莫格德哇。

莫格德哇？什么意思？我问。答，莫格是地名，德哇是中心。问，那就是莫格地方的中心？答，不是。应该是说莫格这个地方曾是个中心。什么的中心？华尔丹第一次答不上来，说，就是不知道是什么的中心。

至少在一千多年前，比唐代还早的以前，在这偏远荒寒之地，应该有过一座城，是个中心，但是哪个族群所建，史籍无载。那时，在当地，不同族群来来去去，兴起又湮灭；湮灭又兴起，因此，民间传说中也没有关于此地的遥远记忆。忽然听见有含混的嗓音念诵藏传佛教的祈颂经文。此行除了华尔丹没有人会念，但他正站在旁边为我四处指点，指点隐约蜿蜒的墙，指点碑，指点那座耸峙在面前的金字塔形的孤山。发现了一个装置，巴掌大一块太阳能板，用莲叶状的布做了镶边，背后是发音装置。阳光照耀，太阳能板转换了能量，发音装置便自动开始念诵经文。嗓音低沉，吐字含糊，与其说是祝祷，不如说是来自那些踪迹渺茫的古人留在时空中的遥远回声。

乌云又迅疾地布满了天空，天阴欲雨。这是高原上最平常的气候现象。早晨的阳光造成强烈的蒸发，这些蒸发的水汽在空中遇冷气流凝结成云雾，用短暂的降雨把一部分水还给这片浩莽荒原。

我不在意这倏忽而至的雨，知道头顶上的这些云彩并不含多少水分，这降雨最多十多分钟就会止歇。我在意的是，莫格德哇，这个曾经的某个族群在一千多年前的中心，就留下这么片平地，和一道残墙。说是不止，有墓葬群，就在面前这座孤山上。我当即就要上山。华尔丹说，不从这里上山，从后面。车又启行，摇摇晃晃在无路的草滩上绕行到山的背面。

　　从山背后看上去，山形一变，不是正面看去的正三角的金字塔形了，而是一道分成若干台阶的斜升的山脊。两个大台阶，若干小台阶，一路升上山顶，下面的部分，如一只象鼻探入了绕山漫流的河水。

　　此地海拔四千米出头，大家一鼓作气，攀向高度百余米的第一个台阶。四处都有红色的砂岩出露。岩石间是牛，或者野兽踩出的隐约路径：盘曲、斜升。岩石间有稀薄的土，供顽强的草扎根生长。丛生的蒿草都很柔韧，可供攀引。还有开花的草，现在却无暇顾及，一心想看到已湮灭于历史深处的无名族群的古墓群。

　　上到了第一个台阶。

　　没有看到古墓，只看到密集分布的一个又一个深坑，深坑里外，一块块红色砂岩石堆积裸露，坑壁坑底，也是累累乱石。这些深坑就是曾经的古墓，早已被人盗掘一空了。一个接一个三四米、五六米见方的深坑裸露在蓝天下。山上，风很强劲，凌空有声。面前的墓葬却空空如也。一个深坑紧挨着一个深坑。除了偶尔见到一点破碎的陶片，连墓葬里曾经有过的木质棺椁的碎片都未留下一星半点。可见这些墓被盗掘得多么干净。

　　在高海拔地带，不超过五千米高度，我向来不觉得呼吸困难，现在，海拔四千多米，我却感到喘不上气，有窒息之感。找一块平整点的岩石坐下。我确定屁股下是一块天然出露的岩石，而不是从墓地里翻掘出来的石头。我只伸手抚摸面前出自墓葬的石头。这些石头风化得很厉害，手指滑过时，能感觉到有棱角尖利的砂粒粘在了指尖。下意识用力，是想让尖利的砂粒扎破手指引起一点真切的痛感吗？但砂粒在我的指尖粉碎了。

　　世界无声，山峙水环。

　　看见了一只狐狸。不是幻觉，是一只沙狐，从什么地方钻出来，站在一块凸出的裸岩上，逆光勾勒出它毛茸茸的身体轮廓，一圈银光。也是因为逆光，我看不清它脸上的表情。世界又有了声音，白云飘在蓝天深处。云雀在飞，在鸣叫。那只狐狸跃下了山冈。

继续向上攀登，向第二个台阶。沿途被盗掘的墓坑依然密集，但坑洞在变小。最宽阔的台阶上墓坑大，上方狭窄台地上的墓坑小，体现的也是一种秩序一种等级？据说，文物保护部门清点过这些盗洞，没有找到任何有价值的遗留物，只有一个被盗掘的墓葬的统计数字，似乎是一百多个。

就这样直上峰顶。也是盗坑满目。山的顶尖有一堆石头，那是后来的人垒砌的，蒙古语叫敖包，藏语叫日辞。是奉祀山神之所在。石堆上两根竖立的柏木上挂着经幡，被风撕扯、被雨雪侵蚀的残片颜色黯淡。山神佑护大地众生的职责中，大概不包括对前人墓葬的保护，所以，在二十多年三十年前，这样规模的墓葬才被盗掘得空空如也。

黄河源广阔的区域，在秦汉，以至更早以前，是"诸羌"活动的地域。有些遥远的部族或国名，称"苏毗""白兰""迷桑"，称"多迷"，称"党项"。后来，鲜卑族的吐谷浑来，雅砻族的吐蕃人来，蒙古人再来。我坐在山顶，却只见荒原依然，除了藏人还在此游牧，其他族群尽皆不见。视野里山河无尽，没有一棵树，只有草绵延，无边无际。也不知道，这些草要过多少年，才能将这满山盗洞，这人类造成的丑陋创伤尽数遮掩。

草，植物学的定义，是对高等植物中除树木、庄稼以外的茎秆柔软植物的统称。中国古籍里有我更喜欢的说法："生曰草。"

人的历史湮灭无迹处，草生生不息。我年轻时在草原上游走时写过这样的诗句："无边的绿草劫尽了荒凉。"

现在，我的身边，我的四周，就有十数种草，在这座岩石裸露的山上四处寻隙生长。其中几种正在开花，棘豆、风花菊、香青。这样的时候，我总是会不自觉地俯身观察它们。

一丛镰叶韭。是的，一种韭。叶片肥厚狭长，镰刀一样弯曲，因此得名。我品尝它的叶子，有韭类辛辣的味道。这丛镰叶韭一共开出了五朵浅黄色的花。更准确地说，是许多小花密集攒聚构成的五个直径两三厘米的花球。我伏地拍摄的时候，从广角镜头里，看见了远景中河与山。河水西来，如这里的任何一条河流，恣意在平旷的宽谷中漫流成许多条，交织又分离，分离又相汇，犹如妇人松散的发辫。地理学上因此有一个专门的名词：辫状河流。在藏语里也有一个专门的词："玛"。是"玛约"，即孔雀的词根，意思是这种河流的形状如孔雀开屏一般。

自由流淌的河流是美的，能流动时，就成溪成河；不能流动时，就汇集成洼，成泊，成湖。眼前这条河就这样，一直漫流到我们所在的这座山脚下，被岩壁阻挡后，又慢慢转出一个自然的弧形，继续向东流淌，继续在太阳下闪闪发光。

　　我望着河水，嗅着镰叶韭强烈的花香。我见过牧民们在野外大块煮肉时，揪一大把野韭的花球投入翻沸的肉汤中。也曾和他们一起盘腿坐在草地上，以刀为箸，大吃五六分熟的鲜肉，满口皆是肉香与韭香。此时我想的是，那些生活于一千多年前甚至更早的墓葬中人，也用同样的方法烹煮享用肥美的牛羊吧。

　　不用起身，只需要稍微移动视线，又看见了羽状叶的豆科的草。在这样的高度上，部分植物改变了生长策略，不是挺身向上，而是为了规避风寒，贴着地匍匐生长。开蓝花的是黑蕊棘豆，开黄花的就叫黄花棘豆。现在，它们仍在开花，而一多半的花已经凋谢，生成了正在成熟的饱满豆荚。

　　还有长在石缝中的一两枝隐蕊蝇子草。它们把花蕊藏起来，包裹在球状的闭合花瓣中，目的也是一样，不使娇嫩的生殖系统受到风寒的伤害。

　　拍摄它们。

　　细细地拍摄它们。镜头中，它们呈现形状各不相同的叶与花，呈现不可思议的色彩，呈现演化之力造就的精巧构造。

　　拍摄时屏气久了，在本就缺氧的地方免不了头晕眼花。我仰身躺在山坡上大口呼吸。眼前蓝空由虚幻而变得真切，静默如渊，其深如海。

　　以前，古生物学家认为草在地球上的出现不会早于六千五百万年前的白垩纪，但近年的研究表明，植物界的草早在八千万年前就已经出现在地球上了。之前，称霸地球的植食性恐龙是以蕨类植物为主食的。恐龙灭绝后，哺乳动物才有了巨大的生存空间。以开花结籽为标志的两性方式繁殖的草，大部分哺乳动物赖以生存的草，才真正绿满天涯。哺乳动物的进化造就了人类的出现。人类出现的历史短暂，从东非大裂谷发现的第一枚人类头骨算起，不过两百多万年。从人类学会制作石器、陶器的文明算起，时间就更加短暂。即便如此，我们的历史也有很多空白，很多遗忘。比如，眼下四周这些被盗掘殆尽的墓葬的主人是谁，我们就一无所知。这些坟墓被大规模盗掘的年代不很确切，但却很近，"应该是在二十世纪九十年代"。二十世纪九十年代，穷怕了的中国人大量涌入黄河源长江源，疯狂采挖黄金，疯狂猎杀藏羚羊、野牦牛等野生动物，还加上对前人墓葬的疯狂盗掘。

下山是从山的正面。

我们又来到了石墙环绕的空阔的地面。阳光强烈，太阳能支持的放音装置仍在不倦地念诵祷文。残墙遗迹仍然沉默无语。我转到碑的后边，并用相机拍下碑文：

> 莫格德哇遗址初步分析为唐代吐蕃墓葬，也有学者认为是古代白兰国的遗迹。是我省重点文物保护单位。古墓遗址面积约 2000 平方米，墓址地面显露出少部分残墙、封土堆、壕沟等，地面散落着碎小玛瑙、陶片等。

就这么多吗？就这么多。

在山上，残墙未见，封土堆未见，见过一点壕沟的残迹。这是否是说，这碑立起来后，此处还继续遭到盗掘？

怀着复杂的心绪继续上路，基本上是沿着河流的走向。当然公路不会去绕那样多的弯，我们离开河流，越过了一道山脊。从山口下去，已经是另外一个世界。依然是宽谷，但越往北走，每越过一道山口，眼前的山谷便显得更干燥一些。这一地区，一百多年前的俄国探险家普热瓦尔斯基，于 1872 年冬天曾经走过。读过他的书：《蒙古与唐古特地区》。书的副标题是"1870—1873 年中国高原纪行"。他的行程从蒙古穿河西走廊越青海湖进柴达木盆地，再越过布尔汗布达山进入黄河源头的广阔地区。此时，布青山已经在南边，我们来到了布尔汗布达山系跟前。与普氏当年的由北向南的行程相反，我们是从南往北。

普氏写道："总的来说，山脉的南坡比北坡略为肥沃：这里的溪流更多，周围有些水草，形成类似草滩的样貌。"

"再往南，是黄河与长江源头地区的分水岭，巴颜喀拉山。"

这一周多时间，我都在溯黄河而上，位置就在这些山系之间。普氏还说到了一个大湖，托索湖。他写道："托索湖就在这两者之间。"

我不知道，此时我们已经出了黄河源区，眼前出现的那个蓝得深沉的浩渺大湖就是托索湖。因为路牌上标着的名字是冬格措那湖。好在随身带着讨要来的《玛多县志》，稍一翻阅即知道，托索，是蒙古人在这里频繁活动的几百年里用蒙语给湖的命名。后来，藏族的游牧部落回返故地，又带来了藏语的名字：冬格措那。语言不同，意思却一样，黑海。

　　湖边横亘着裸露的赭红岩山，地理学上说这样的岩石是湖相沉积。几千万年前，这里是大片古湖。如今这些历经冰川打磨和风雨侵蚀的奇峰造型千姿百态。走近山体，还是构成复杂的砾岩，破碎了又在水底重新凝结的那一种，依然保留着水下生物的痕迹——红色砾石中有许多贝类化石造成的钙质洇成的种种白色图案。冬格措那湖水色深沉，平缓的湖岸上开着耐旱的黄花。大片无树攀援的甘青铁线莲平铺在砂石滩上，都在努力抽茎，好把那倒扣的钟形花朵举得更高一点。更细的砂地中，补血草也贴地开着黄花，成丛成团。水中的花也是黄色的，那是密集的水毛茛成片铺展在水面，在波浪推动下微微鼓涌。其间有水鸟游荡，棕头鸥和赤麻鸭。它们悠游在水面，即便带着两百的变焦镜头，想要拍几张清晰的照片也不能够，你稍靠近一点，它们也不惊飞，只是从容地游向湖的更深处，始终和人保持着三百米以上的距离。

　　从莫格德哇，到冬格措那，我们已经出了黄河源区，是在内流河柴达木河的上游了。从冬格措那湖流出的河流向西北，汇入柴达木河，最终消失在柴达木盆地的戈壁滩中。

　　再半个小时，就回到早上没走的西宁至玉树的高速公路上，再十多分钟，下高速，我们就已经坐在花石峡镇政府的食堂，享受一碗清凉酥滑的牦牛酸奶了。花石峡镇，海拔四千五百米，面积八千多平方公里，人口四千多不到五千。莫格德哇，就在其辖境之内。

　　饭间，我又提起莫格德哇。因为这个地方，正是该镇所辖，我想听听当地人的意见。镇上干部，一些人倾向于那些墓葬是吐蕃人遗迹，一些人倾向是白兰。但都是推测而已，都没有证据。我也没有证据，心里却响着两个字：白兰，白兰。

　　我这么想，不是有什么学术理由。杜佑《通典》说："白兰，羌之别种，周时兴焉。"我的理由就是，这样一个曾经古老的族群，不应该只是典籍中间出现一下的缥缈名字，总该在这个世界上留下一点真实的遗存吧。即便就今天作为当地主体居民的藏族而言，其先民也不全是越唐古拉山而来的雅砻族群，身体中应该也有被吐蕃征服的包括白兰人在内的众多族群的复杂基因吧。

《新唐书》中说："又有白兰羌，吐蕃谓之丁零。左属党项，右与多弥接。胜兵万人，勇战斗，善作兵，俗与党项同。"

《新唐书》还载："龙朔后，白兰、春桑及白狗羌为吐蕃所臣，籍其兵为前驱。"龙朔是唐高宗年号，前后用三年，即公元661年至663年。那时吐蕃胜兵所向，在今青海境内先后击破前述诸国后，又在公元663年破更强大的吐谷浑。《新唐书》也有载："吐谷浑自晋永嘉时有国，至龙朔三年吐蕃取其地，凡三百五十年。"

饭毕，和三天来伴我河源行的华尔丹分手。他回玛多县，八十公里，明天继续上喀尔巴阡山跟踪野生动物。我向北，去同德县，二百七十公里。一路疾驰，地势北倾，海拔从四千多米往三千多米迅速下降。面前出现一座叫鄂拉的山，但高速路没有盘山而上，而是迅速穿越一孔隧道。如果上山，就可以从山口俯瞰一片草原。公元670年，吐蕃破白兰、吐谷浑后没几年，便与唐王朝直接对峙争雄了。唐朝名将薛仁贵率二十万大军远征，先胜后败，在此全军覆没，造成唐与吐蕃间攻守易势。那时，这片古战场名叫大非川。那时，四围而来的吐蕃大军中定有不少是已经臣服的白兰和吐谷浑勇士吧。

莽原无言，视野里，裸露的岩石山消失不见。草掩没一切，只有起伏的丘冈，只有漫布的牧帐和一群群牦牛。

草原上出现了树，立在低洼处的溪流边，树荫团团。有柳，有沙棘，有柏。黄河源地区平均海拔都在四千米以上，不适合树木生长。有故事说，那些去果洛黄河源区长期工作的内地人，下到这个高度，已经有两三年没见过树了。有人会抱着树木放声痛哭。我也有十多天没看见树了，也想在树荫下小坐片刻。当然，只是想想，并没有叫车停下。

这片草原如以黄河源为坐标，是在河北。但黄河从玛多县东去后，沿阿尼玛卿山南，经玛沁、达日县，东入甘肃省玛曲县和四川省若尔盖县，又沿阿尼玛卿山脉北麓转身西流，直到共和县龙羊峡才又调头东去，如此，这兴海县境内的大非川又处在了折返向西的黄河南岸。

当年的古战场，如今草色弥天，牛羊蔽野。车行数十公里，就是同德县地界。草原尽头，河流深切，深峡出现在面前：厚积的赭红色厚土裸露成高岸层层堆积，狭窄处峡壁陡立；宽阔处，深切的黄河造成了若干宜于农耕的台地。有引水渠道，沿渠生长着茂盛的杨树与柳树。阶梯状沿山而起的庄稼地里，小麦和青稞正近熟黄。黄河水也变成了与两岸的厚土同样的赤铜色，在峡底沉沉流淌。

下午五点多了，阳光还很强烈。

穿过大片麦地，穿过很多杨树，我们来到了一处考古工地。靠着一个泥坯房的村庄，考古发掘现场就在麦田和成排的杨树的中间。一队考古专家正拿着刷子和小铲小心翼翼地工作。

二十多年来，考古工作者在这片黄河台地上几个村子中不断发掘，终于呈现出古籍中所称"赐支"之地的一种先民文化遗存。以发掘地命名，称之为"宗日文化"。

考古现场也是一块黄河台地上的麦田。表面的熟土被细心移开，再揭开几十厘米厚的土层，一座房屋的地基显现出来：柱洞，早前的夯土。旁边还有一座躺着一具完整人骨的敞开墓葬。三位专家依次热心为我做了现场讲解，讲发掘的意义与成果；讲为什么冲沟能证明彼时的水文情况；讲这种居址发现对先民文化考据的重要性；讲灰坑，讲灰坑里的发现，讲如何用这些坑中弃物完成宗日人生产生活的部分拼图；更讲清楚了宗日文化与马家窑文化和齐家文化的相互渗透与影响。旁边的展板上还有宗日出土的造成全国影响的夹砂陶器与骨器。

四天后，到西宁，去青海省博物馆看了宗日陶器中号称"国宝"的两件实物：两只陶盆，泥胎橙红，用黑色描出纹饰和鲜明的人物形象。一只叫"舞蹈纹彩陶盆"，盆内上部，靠近沿口，两组人牵手联臂舞蹈，一组十一人，一组十三人，体态修长，大头和宽臀略有夸张，使得形象生动而有节律。另一只叫"双人抬物纹彩陶盆"，也在盆腹内部，靠近沿口处，一圈纵列的鲜明纹饰中，是两个立人面对面合力抬起圆石，并用弯曲的腰身表现出了圆石的重量。沿盆一周，一共四组。专家说，那舞蹈可能是娱神，那这抬石图就是劳动了。

最称奇的是，宗日文化出土的一组骨制餐具，刀、叉、勺，活脱脱的西餐三件套。在筷子文化的中国，另起一端，似乎间接说明那时肉食占比高，和处理食材的方法。

这个新石器时代的文化被定位于五千七百至四千三百年前。

这是一支联合考古队，由青海省考古所、河北师范大学和南京大学协同组建。我为宗日文化的细心发掘与考证欣喜，眼前却又浮现上午所见被盗掘殆尽，以至于连墓主的族属都难以确定的莫格德哇。心中又响起悲声：白兰，白兰。当今之世，总有别有用心的人，或者被所谓民族情感蒙蔽的人，把某一族群的血缘描绘得过于单一以表纯粹。但基本的人类学知识告诉我们，民族与文化形成的历程并不如此简单。越是生生不息的族群与文化，越是基因驳杂。宗日人是我们的祖先，白兰人也是我们的祖先。可不同族群的文化遗存再见天日时，命运却如此天差地别。我也不相信莫格德哇所有的东西都被盗掘殆尽，如果对那些墓葬再行科学发掘，一定还有许多文明的线索，更不要说山下残墙包围着的地方了。

这一天最后的行程是去黄河边上。

黄河从玛多县西去绕阿尼玛卿山大半圈，流程上千公里，此时又以东而来，在同德县境和与其阔别一个白天的我再次相会。站在台地高处辟出的观景台上，面向东方，看流量丰沛了许多倍的黄河迎面而来，水面宽阔，流动沉缓，穿过红土深峡中的宽阔滩地，穿过滩地上茂盛的柽柳林，映着西下的夕阳，亮光闪闪。

下到河滩上，植被景观大变，都是中国西北耐旱的砂生植物。结满红果的白刺，和花期已过的砂生槐，还有大丛大丛已木质化的中亚紫菀，盛开着淡紫色的繁密花朵。更多柽柳。柽柳是西北荒漠中的常见植物，但在这黄河滩上，一株株、一丛丛长得如此繁茂。印象中柽柳是灌木，在这里却长成了高大的乔木，没挺拔的白杨高，却比杨树粗壮许多。这些老柽柳分枝众多，每一株都制造出一大片阴凉。同德县的人说，好多树岁数都在千年以上；还介绍说，当年黄河上修梯级电站，这片河滩本要被淹没。就为保护这些特别的柽柳，而改了坝高，这些植物"活化石"才得以继续生存繁衍。

面河的杨树和柽柳下搭着好些帐篷，是沿河农耕村庄里的人们出了土屋，在庄稼收获前的农闲时间，以家族或村庄为单位出来露营欢聚。这是全中国已经定居农耕的藏族人一个普遍的习惯，总要在当地最美好的季节，走出石头和泥坯垒成的居所，来到野外，在帐幕中歌舞饮宴，想必是血液中精神上游牧基因的顽强苏醒吧。主人安排我们也在一座面河的帐篷里面对夕阳映照的河流晚餐：手抓羊肉、牛肉包子、黄河鱼、乳酪、青稞酒。征得主人同意，我请了几位考古专家从工地上下来，共享肉酪，共饮酒，共话先民文化。

酒喝多了。随和的我开始固执，强人所难，不让他们再说越来越熟悉的宗日文化，也不要谈我的书，我要谈白兰。考古学家态度谨严，有一分证据说一分话。迄今为止，曾经的白兰国仍只是古籍里一点草蛇灰线。夜深酒尽时，面对沉沉西流的黄河，我眼前始终还浮现着莫格德哇那座山上墓葬尽毁的凄凉景象，我还在叨咕：白兰，白兰。

第二天，同行人学我的醉态。我只能解嘲，说那是被白兰附体了，在布青山下的莫格德哇。

（原载《收获》2022 年第 6 期）

邦尼布古河

贾志红

一

涨水了，现在它看起来终于像一条河了。旷野湿漉漉，邦尼布古原野的雨来势汹汹，天上的水正源源不断助长着地上的水，天地苍茫，它们合谋在大地上创造河流或者复活河流。河水湍急，狠狠地拍打着乱石滩，大口大口吞噬着沿途的灌木和杂草。它曾经在这里被蒸干、败走，现在，复仇者终于等到机会卷土重来，要狠狠地撒一口气，或许因为等得太久，它显得急不可耐，莽撞又狂妄。河水浊黄，掀起的浪却是白花花的，像复仇者狂妄叫嚣时喷出的唾沫。

老张站在河岸上望着这条似乎是从天而降的河。真的是从天而降呢，一周前这里还是一片乱石岗，看不到河水的一点儿踪迹，而现在，河面已经很有些宽度了，如果此时有一条船漂来荡去，那么它看上去就更像一条真正的河了。

老张有几分得意，当初发现这条如河道一样的低地时，他还不能确认它到底是不是一条河道，那时候雨还没有降临邦尼布古原野，大地一片干涸。不仅仅是邦尼布古，整个西非大地都是焦渴的，从撒哈拉吹来的干风一阵阵掠过原野，伸手当空一抓，仿佛就能攥住一把沙子。那天，老张就那么一抓，不过不是当空一抓，而是在干得透透的河道上一抓，将一把沙土握在掌心，攥了攥，又送到鼻子下闻了闻，他判断，这是一条河道，他的鼻子如非洲大象的鼻子般能嗅到水的遥远讯息。现在，水拍打河岸的声音印证了他的判断，一层一层的浪，被水送上水的尖端，又被水一把拽下来，一起一伏，煞是壮观。老张看着眼前的河，满脸欣慰，仿佛他是这条河流的缔造者。

那会儿我也站在河边，我知道这是一条季节河，水因暴雨而来，泥沙俱下，不过对于一条荒野上的河流而言，水是它的全部意义，管它是清还是浊。老张想起当初找到它时，河道底朝天的模样，干涸的河床上裂缝纵横，风卷起沙子扑打在他的脸上，让他一度怀疑自己的判断，沟地到底是不是一条季节性河流的河道？几分钟后他果断地相信了自己的预判，这一刻，他的心脏急速跳了几下，紧张、激动、盼望、兴奋，诸多情绪交替着或者说混合着袭击他的心，好在他心脏健康，经得起敲打。他的心口住着一只神奇的小兽，当小兽发出有力而节奏渐快的敲击声时，老张便知道这是个好兆头。老张的心从来不会无缘由地快跳，每次快跳后都会有好事情发生，比如一年前拿到这项由中国政府援建的西非高等级公路的一百公里施工标段任务时，他的心就是这样怦怦怦地快跳了一阵。又比如，他快速组建了一支五十人的施工队伍，从北京起飞，经亚的斯亚贝巴到巴马科，在走下飞机舷梯之后，他的心也是这么怦怦怦了几下。那天，北纬十二度的阳光灼热得让他汗流浃背，围着他讨要小费的机场搬运工聒噪、纠缠不休，体味和汗味呛得他头发蒙。他定了定神，他的心在被汗水湿透的衬衫下嘭嘭嘭地敲了几下鼓，这熟悉的感觉使他顿时神清气爽，从口袋里掏小费的那只手便多捏了一张零钞，惹得同行的另一家中国公司的同胞直嚷嚷："张总，你不能用欧元支付小费，你破坏了机场的付费规矩。"兴奋中的老张哪里管什么规矩不规矩的，再说了，他口袋里没有西郎的小钞，欧元就欧元吧，只要有个好兆头。搬运工极少收到欧元小费，他攥住钞票，用肥厚的嘴唇亲吻钞票，开心得一个劲儿地祝福老张："谢服，你会交好运的，你会交好运的。"非洲口音的法语，与国内培训时老师教的法语听起来有很大不同，老张听得很吃力，但他明白"谢服"是长官、老板的意思，也听懂了"好运"这个词。有这个词就值了，这是他到达非洲后收到的第一句祝福，几乎可以说是用欧元买来的，初来乍到异国他乡，他变得敏感又迷信，此时的祝福使他安心、愉悦。后来，果然就有了好的开端，驻地基建出奇地顺利，就连水泥和铁皮瓦也出乎意料地在几家铺子里被凑齐。要知道，在邦尼布古，几乎所有的建筑材料都是稀缺物资，在国内按吨卖的水泥，在邦尼布古像面粉似的被零卖，老张甚至做好了在海运材料到达前住茅草土坯房的准备。随后，招聘本地技术工人的事项也有了着落，有几个会操作工程车的工人竟然是从邻国布基纳法索赶过来的，开挖掘机的小伙子则从另一个邻国科特迪瓦赶来。其实也不太远，西非经济联盟成员国之间的国境线在本地人眼里不过就是地图上的一条线而已，不翻山、不越岭、不涉河，像去邻居家串个门，抬脚就走。这条线对他们几乎没有约束和限制，他们来往自由便捷，只要货币和语言是通用的，国境线不就是一条线吗？更让老张兴奋的是，海运设备的清关手续一再被简化，就像有一只手，不，不仅仅是一只手，就像有很多只手在暗中帮着他、帮着我们。从此，老张奇怪的心跳，在工地成为传奇，有好事者展开联想：看见美丽又性感的非洲姑娘，老张的心是不是得经常这么敲非洲鼓似的快速跳动了？

　　河流的复活或者说被发现，对老张而言，除了与风景风情有关，还有更大的意义。此时，大地上壮观的河流在他脑子里，被快速换算成赤裸裸的数字，那是工程施工用水的成本预算。现在老张终于把悬着的心放进了肚子里，他琢磨着得把河岸筑高一些，再在下游修一道拦水石坝。这样，如果降水充足，河流继续生长的话，拦水大坝就能控制下游的水量，不让季节河成为一条任性泛滥的河；而如果降水量不足，那么，一个简易的蓄水水库也能在旱季的时候解决工程用水问题。旱季找水，那可是太艰难了，而旱季恰恰又是施工的旺季，土方路段需要大量的工程用水。他计划着在雨季再找几个这样的低地，再建几个这样的蓄水水库，那么整个旱季的施工用水就能妥妥的有了着落。

　　他在雨中兴奋地搓着双手，全然不顾自己已经是一只落汤鸡，翻译小李也成了落汤鸡，我们三个人都成了落汤鸡，雨衣雨帽在这样的大雨中不堪一击。老张的眼镜片被水汽蒙上了一层雾，他索性摘了眼镜，仰着头，让雨痛痛快快地淋湿脸。就在这时候，河中心有个影子晃了一下。那是什么？他问了一声，边问边急急地戴上眼镜，可是眼镜片依然是模糊的。他转身走回吉普车，打开驾驶室的门，把头伸进去，在副驾驶的座位上摸到一块干布，迅速地擦了擦眼镜片。这时，翻译小李大喊了一声，张总！快来看，河里好像有个人。我顺着小李的手指望过去，河中心的确有个移动的黑影，时而倒下去，时而又立起来，像是树干或树枝，也像其他的什么物件，还像是一个正在挣扎的人。天地一片混沌、灰蒙，没有边际，在天和地没有差别的时候，黑影便是我能够想象出来的任何物件。

老张哆嗦了一下，会是人吗？在这偏僻之地，又是暴雨之下，怎么会有人？我们今天开车找到这里的时候，沿途没有看见一个人。一周前也是如此，空旷的原野几乎没有任何参照物供我们记路，老张是凭着一个地质队员的脑子和鼻子记住这个地方的——都说地质队员的脑袋里安装着罗盘，鼻子里自带探测仪。提起脑子里的罗盘，老张有一箩筐的故事要往外倾倒。在秦岭的大山里，在工作装备掉下悬崖后，他硬是凭着脑子里无形的罗盘而没有迷失方向；还有在武夷山，他与队友失联，也是他的罗盘救了他。这些他当年找矿的故事，在邦尼布古原野的一个个黄昏，收工了、吃罢了晚饭、无事可做、网络故障、离睡觉还早的寂寥时刻，被他一件件讲起。他的狗大乔是最忠实的听众，总是最后一个离开老张的故事会现场，大乔从头听到尾，听得都快会讲了，如果大乔会说话的话。至于地质队员的鼻子，老张的故事更是被说成了传奇，以至于他儿子小时候在小朋友圈里吹牛说，秦岭的大金矿就是他老爸凭着鼻子闻出来的，急得老张一巴掌扇在儿子的小屁股上，终止了小家伙的童话编织。小家伙没有哭，他跑回家，翻箱倒柜找出老张的那枚金质奖章，上面刻有"功勋地质队员"几个字。小家伙把奖章举起来，眼神咄咄逼人。老张的妻子笑得岔了气，她边揉肚子边说，儿子，你爸不是狗，他的鼻子没有那么厉害。

老张带着他的传奇故事来到西非修公路，在野外勘查路线时，我们领教过他非凡的方向感和敏锐的嗅觉。他翕动鼻翼，说，这阵风是从撒哈拉沙漠刮来的，那阵风是从几内亚海湾吹来的，还夸张地做出撩动风的手势，那会儿，如果他穿着基地大门保安穆萨的蓝布长袍，又像穆萨一样干瘦的话，就真的像个巫师了。我说，老张，我已经快相信你儿子讲的故事了，秦岭的大金矿说不定真是你的鼻子闻出来的。我是全队唯一敢和老张开玩笑的人，谁让我是全队唯一的女同胞呢！不过，眼下，不能提脑子，也不能提罗盘，自从发生了测量偏离事件后，老张就不再讲故事了，更是闭口不提罗盘这个词，仿佛这个与他交往了半生的物件突然变得面目可疑。他再也不想提起它，提起来老张就觉得羞愧，邦尼布古原野的红土和沙丘、猴面包树和乳油树、烈日和干风，以及杧果树下被沙土埋了半截的土坯房，好像都在嘲笑他。他依然习惯随手抓一把沙土送到鼻子前闻，他细细地闻那把沙土，恨不得变成一只蚂蚁，钻进去，让沙土把自己埋起来。不，不，他没有资格做一只蚂蚁，蚂蚁是不会迷失自己的，不管走多远的路，蚂蚁也不会把自己走丢了。可是，我们的测量小分队，不知怎么的就把自己弄丢了，把我们的路引偏了。

　　这事儿说起来有些蹊跷，怎么就偏了方向呢？见过大风大浪的老张怎么就在小河沟里翻了船呢？那阵子，老张把会议室的桌子都拍散架了，他愤怒的唾沫星子像子弹，射向一帮测量工程师：你们，你们，是白吃饭的吗？坐标错误，测量放错线，复核竟然也错误，一偏就是几十公里，你们怎么不直接偏回国去、偏到你家炕头上去啊！老张的大手啪啪啪地拍着摇摇欲坠的桌子，惊得苍蝇无处落脚，惊得他的狗大乔卧在墙角大气儿不敢出。就连隔壁厨房里正在切菜的黑厨娘阿娃也被吓得不敢哼歌，不敢随着切菜的动作扭动晃悠，只低着头闷闷切菜和慢慢剁肉，间或吐吐惊诧的舌头。往常她做饭是不会安静的，她的手和嘴以及腰肢和臀部从来就是活泼的、联动的，她举着菜刀剁肉就像拿着鼓槌敲鼓，有花哨的架势和变化的节奏，咚咚咚、嘭嘭嘭，她的凹腰和翘臀更是不会闲着，像安装了弹簧，腰扭动、臀摇摆，高压锅咝咝咝地喷着蒸汽配合她，厨房里总是像小音乐会般热闹。

　　阿娃听不懂汉语，她不知道老张发怒的原因。谢服为什么发火？她问翻译小李。小李懒得回答她，盯着她满头花里胡哨的小辫子，心想，工程上的事情能说给你听吗？再说了，这个事情又不是什么光彩的事。小李不仅不回答，还瞪了她一眼。小李不知道，就是这一瞪眼，让阿娃一夜未眠。她在院角的小屋里忐忑不安，心想，一定是她偷偷拿回家的羊肉被谢服发现了。她浑身抖了一下，抽抽泣泣地哭，这可怎么办呢？她不想丢了工作，她想多挣钱，挣很多很多钱，然后去巴马科，去锡加索也行，或者去布古尼，反正她不想回到村子里嫁给那个好吃懒做的穷家伙。阿娃哭得动容，泪水顺着鼻翼翻过她饱满的嘴唇，又爬过她漂亮的下巴，而后滴落在她高耸的胸脯上。她伤心的样子就好像她已深陷不堪的日子，重复走在她的祖母、母亲走过的路上。她多爱这份工作啊，每月四万西郎的工资是她父母向村人炫耀的资本，况且食宿也不用花自己的钱，天天有羊肉吃、天天有鸡肉吃、天天有牛奶喝、天天有可乐喝，这简直就是天堂里的日子啊。姑娘的腰和臀在我们基地丰富的肉类与白花花的米饭的滋养下，迅速圆润成邦尼布古女人们羡慕的样子，只有有钱人家的女人、不愁吃喝的女人才能丰满成这个样子。她不仅是家人的骄傲，简直就是全村人的骄傲。

老张的愤怒持续了一个月，他几乎天天拍桌子，这件事太窝囊了，将成为他职业生涯的笑话。怎么就发生了偏离事故呢？他怎么就摔在"路"上了呢？老张是多么在意他的"路"啊，自从他由地质工程师改行成为道路建造师，他便总是写一些与"路"有关的好词好句什么的来装饰自己的微博或QQ空间，就像他以前热衷于赞美山峦与岩石一样。现在，他的整个身心都与"路"有关。比如他写下"每一条道路都有终点"这样废话式的句子，这句话至今依然是他的QQ签名。每每登录QQ，与国内总公司工程部的同事传完文件或报表，他都会盯着这个签名看，如今读来，真是巨大的嘲讽。我们的路没有办法抵达预定的终点，除非绕道重修，那将是巨大的人力物力的浪费。他心里的那股子气化作巴掌，啪啪啪地拍在桌子上，拍来了总公司的处分通报，名誉与金钱的双重损失一度令他怀疑自己的人生和选择，他觉得自己不该放弃找矿的老本行而大老远跑到西非来修公路。他的心情跌落到谷底，不仅仅是谷底，还把谷底砸穿了，他的人生高度瞬间成了负数，而不是归于零。

老张啪啪啪的大巴掌也拍来了天上的云朵。云朵越来越稠密，颜色也越来越深重，就像我们越来越阴郁的心情。一朵一朵的云连成一片一片，一片一片的云又滚成一堆一堆，等到云完全变了脸色，怒气冲冲地在天空横冲直撞时，邦尼布古原野的雨季如期到来。站在河道上的老张，他的心又急剧地快跳了几下，这次跳得格外激烈，若不是嗓子眼儿过于狭窄，那颗心怕是要从喉咙里直接蹦出来吧。老张却觉得格外畅快，这种畅快感似乎是久违了，五脏六腑被荡涤了的感觉，它能带来老张的好运气、带来我们工地的好运气吗？或许，会的，凡事低到足够低的时候，就会有转机出现。这不，已经有了一些端倪，在邦尼布古原野的第一场雨降落之前，总公司下发了一个文件，老张忐忑地点开文档，细细读完，陷入沉思。他的右手握着鼠标，左手在大乔的脊背上缓缓地抚摸，大乔扬起脸，讨好地望着主人，它很久没有享受主人这么安静的爱抚了。

我们于次日知晓总公司的文件内容，其实，我们已经从老张安静的表情中猜测到消息不会太坏。偏离了方向的路被要求继续修下去，路将通向一个叫作邦尼布古的村庄，那里有一个热带农业科学院玉米研究所的玉米种植示范中心，是国际组织教授当地人种植技术的援助机构。进出村子的路况太差，邦尼布古村通往外界唯一的红土路因为年久失修已经不能承受车辆和农用机械的碾压，有些路段只能供驴车行驶。我们接受的不仅仅是把新路继续修下去的命令，还有维修旧路以及在雨季过水路面修筑漫水桥的任务。看来总公司经过多方联络，终于为这条路找到了它的归宿，既避免了损失，也使我们的错误有了一块遮羞布。老张念文件的时候，声音低缓，目光始终低垂，一直不抬眼看任何人，仿佛面对的是一份悼词。在他心里，这或许就是一份体面的悼词吧，在遮蔽中葬送不堪的往事是悼词的功能之一。我们内心五味杂陈，羞耻感并没有因此而减少，我们不过是领取了一件漂亮的新衣裳，用以遮挡不雅的伤口。我们都不说话，风把破了一个洞的门吹开又关上。散会的时候老张说，他要把大家被扣掉的绩效工资和奖金再争取回来。会议室更安静了，隔壁厨房炉子上老式的高压锅发出咝咝咝的喷气声，让人替它捏着一把汗，仿佛它会随时爆炸似的。老张最后用一句口号结束了会议，他握着拳头，说，好好加油干。

那些天，院子里总有暗香浮动，气味类似于国内的梅花。我循着气味找了很久，才在一丛灌木中看见一棵正在开花的小树，白色的小花朵藏在叶子底下，像羞于见人的小姑娘，如果不是花香泄露了秘密，谁也不知道小树正悄悄谋划着繁殖大业。几只非洲白凤蝶在树枝间萦萦绕绕，白色的翅膀边缘饰有黑色斑纹，它们寂寞开放也寂寞舞蹈，互相依存也互为需要。即将到达的雨送来万物离不开的水，花的暗香以及蝴蝶翅膀无声的颤动，是生命对季节的呼应，这些都是好事情即将到来的预兆吧。

大门保安穆萨在乌云翻滚的天空下预言，今年邦尼布古的原野将迎来丰沛的雨。他干瘦的脸上皱纹舒展，他说，已经连续两个雨季，上天没有赐予邦尼布古足够的雨水，今年，神睁开了眼睛，神不忍邦尼布古遭遇荒凉和饥馑。穆萨的蓝布长袍在风中一抖一抖，像一面招展的旗。

在暴雨如注的河边，那个一闪一闪的黑影被老张判断为一个人。他说，宁可相信那是一个人。万一真是一个人呢。老张脑子里有一根兴奋的神经被挑起，他心想，天啊，终于要在这异国他乡一展自己的游泳技能去见义勇为了吗？这一身的好本事还从来没有救过人呢。老张当机立断，迅速脱雨衣、脱T恤衫、脱外裤，又把眼镜摘下来交给我，然后向混浊的河水走去，向那个模模糊糊的黑影走去。河水由浅渐深，不过最深处也才刚刚到他的肩部，完全无法让他一展身手，这个深度也符合老张对这条刚刚复苏的河流的判断，它终究是一条因暴雨而生的季节河，也只能是这个深度了。那个闪动的黑影在浊浪中一起一伏，老张快要接近黑影时，他的近视眼判断出那确实是一个人。他的大手迅速抓住了那人的胳膊，落水者遇到了救命的稻草，拼命抓住老张的手，继而整个身体贴了过来，紧紧地坠在老张的那条胳膊上。老张喊，站起来，水不深，站起来呀！情急之下他喊的是中文，但他根本没有意识到，等到他觉察到这是在异国他乡，正打算用法语再喊一遍时，那人却已经站了起来，并大声叫着，同胞、同胞。两个人在齐肩的水中互相望着对方，果然是同胞，不仅有相同的肤色，就连身高也差不多。惊愕过后，老张大笑，那人也大笑。热带农业科学院玉米研究所的中国专家陈博士以这种方式和老张见了面。陈博士是怎么掉到季节河里的？他说他在寻找水，为邦尼布古村的玉米地寻找水。

二

　　我于一个雨后复晴的下午在邦尼布古的原野勘测并记录数据。这场雨并不猛烈，只是稀稀落落地洒了一层水，若有若无。雨季初始的暴雨场面再也没有重现，尽管天空依然做足了前戏，云、风、雷攒足了劲联袂上场，但是最重要的主角——雨，它像耍大牌的明星嫌弃欢迎的场面不够隆重，就是不肯露出真容。云、风、雷只好把刚刚表演过的节目又卖力地演了一遍，雨才蜻蜓点水似的飘飘洒洒，那么漫不经心。可就是这星星点点的雨，依然在每一滴水珠上折射出太阳的光彩，而更大的一抹光彩正悬在我的眼前，那是雨后必然出现的彩虹，近得触手可及，像用蜡笔画上去般不真实。彩虹这个没心没肺的傻丫头，它怎么就不在乎雨的怠慢呢？那么傲慢的雨，敷衍似的，彩虹却依然如此慷慨、如此真诚。也难怪，彩虹是阳光和雨相恋后诞下的孩子，只是这孩子的生命注定短暂，如同它父母之间一闪而逝的恋情。我望着这条宽大的彩虹手舞足蹈、大声呼喊，好像只有如此才能感受到彩虹的真实存在。农妇普拉卡看着我，她发出嘎嘎嘎的笑声，那声音极其洪亮，与她宽阔高大的身材十分相称。她的头简直石头般坚硬，顶着一大桶玉米种子，腰板坚挺、肩膀平衡、脖子笔直，头上那只蓝色塑料桶底部的直径大于她头部的直径，像一顶阔檐帽子，厚而重地压在她的头顶。在如此的负重下，她并非僵硬得目不斜视，她的眼睛还能灵巧地观六路，耳朵也捕捉着八方的动静。她能毫不费力地转身，当然连同她头上纹丝不动的大桶，她的负重不单单是头上的大桶，她的腰里还系着个娃娃呢。一块长方形的头巾牢牢地兜着娃娃，娃娃像藏在她的腰部似的，但终究藏得不严实，露出了圆溜溜的小脑袋，又在她的腰两侧各探出一只长着小蒜瓣般脚指头的小脚丫。普拉卡喊我一声 Madam 贾，便扭着她健壮的腰身走到我的全站仪前，她的小儿子在她的腰里，乖巧，不哭不闹，稳稳当当像是长在那里。普拉卡嘴里嘟囔着"复杜达、复杜达"，让我给她拍照片，她把我的全站仪当成了照相机。不仅仅是她，放羊放牛的孩子，遇见我的全站仪架在原野，也会叽叽喳喳地在全站仪的测距镜前扭捏一番。我往往假戏真做，边喊"复杜达、复杜达"，边用手指做出按快门的动作，而后看着他们哄笑着跑开。

坐在杧果树的大树枝上挑一个最中意的杧果吃，是我经常做的事情。我吃得很浪费，有时候几乎是吃一半扔一半。守着成堆的杧果，我像不认识"珍惜"这两个字似的，只挑果肉中最可口的部分下嘴，根本不会在果皮或果核附近精耕细作。非洲杧果个大、汁多、香味浓郁，一颗大杧果填饱肚子绰绰有余，难怪农妇普拉卡在附近的农田里干活的时候，既不带午饭，也不带水，有了杧果就什么都有了。她坐在树下吃杧果，几乎不需要使用牙齿，吮吸和吞咽这两个动作便足以对付一颗成熟的杧果。小儿子在她的怀里噙着她的乳头，母子俩各顾各的嘴，腮帮子做着相同的运动。我盯着普拉卡几乎垂到腰际的乳房，心想，她的乳汁也一定是杧果香型的。她的另一个大一些的儿子在附近放羊，放羊娃常常赤脚飞奔过来，一屁股坐在母亲膝前，噙住母亲的另一只乳头，猛吸几口。弟弟便用小脚丫去蹬哥哥的头，蹬一下，小哥哥不走，蹬两下，小哥哥还不走，蹬三下，小哥哥终于放开了乳头，却照着弟弟的小屁股响亮地拍一巴掌。

我经常做的另一件事情是不得不吃掉一颗因为熟透了而落下来砸中我肩膀的杧果，我总能敏捷地在杧果滑落地面前稳稳地截住它，像完成一个游戏的规定动作。我犹豫着是扔掉它还是吃掉它，普拉卡常常能看出我的犹豫，她说，Madam 贾，你不能扔掉它，那是上天送给你的。她连说带比画，指指天又拍拍嘴。

普拉卡在她家的地里播种玉米。她握着锄头，抬脚时锄头高高举起，落脚时锄头锄在地上，走一步留下一个坑。然后她弯下腰肢，臀向天、脸朝地，身体仿佛折叠起来似的，让我惊叹健壮的腰也能如此柔软。她往每个坑里撒一把种子，再用土壤把坑覆盖住。撒种子前她先把握着种子的那只手举过头顶，口中念念有词，她是在和种子说话吧，嘱咐它们要好好发芽，又或许这是播种的仪式。普拉卡锄地和播种的样子像舞蹈，这使我更加相信舞蹈源于劳动。我一直在旁边看她劳动般的舞蹈或者说舞蹈般的劳动，她的土地是她的舞台。

　　普拉卡牢记着中国专家陈博士的话，坑与坑的间距要小一些，种植的密度要大一些。她知道，听陈博士的话，才能有更多的收获，她和她的两个孩子才不会饿肚子。而村子里愿意听陈博士话的人并不是很多。比如说陈博士让村人们播种前先平整土地并且铲除杂草，就没有多少人照做，他们散漫惯了，什么间距、犁地、锄草、培土，他们才听不进去呢。他们种地完全是听天由命，把种子往地里一撒、一埋，就找一棵树荫浓密的杧果树，在树下燃起小炭炉，煮茶或是煮咖啡，然后铺开席子跪拜祷告，祈祷风调雨顺、粮食丰收。玉米的整个成长期，有些人甚至都不会去地里看一眼，他们不知道种玉米其实事情多着呢，并非种子一撒，单靠祈祷就能收获大玉米棒子，除草、补苗、除虫、施肥，每一个环节偷的懒、省的劲，都是在喂养日后噬咬肠胃的饥饿之虫。普拉卡和村人们不一样，她近乎虔诚地相信陈博士，她黑溜溜的大眼睛一眨不眨地盯着陈博士的嘴唇，记住他说的每一句话。陈博士熟稔的班巴拉语使他们的交流毫无障碍，她愿意按照陈博士的要求在她那片不算太大的土地上使用她这辈子没有见过的种地的新方法。其实种地这件事，在我这个外行看来，所有的新方法都抵不过"勤劳"这两个字，普拉卡做到了，她勤劳，总能见到她在她的土地上劳作，早出晚归，腰里揣着娃娃。她说若是她的丈夫还活着，他们就能开垦更多的土地，就能在玉米地旁边再种一些花生。说这话时她有些伤心，用一只手抚着胸口，叹着气。

　　那天傍晚我结束工作回到基地，看见厨娘阿娃端着一大盘子什么东西往餐厅走。这姑娘端盘子的姿势像一位礼仪小姐端着奖牌，仪态万方，令人想到盘中食物的不同凡响。也的确不同凡响，这是一盘饺子，非洲厨娘包的中国饺子。我经常能从阿娃走路的姿态上判断当天的饭菜是否令人满意，若是她昂首挺胸、意气风发地上菜，这顿饭的菜品便是成功的，反之，若是她蔫头蔫脑、脚步拖拉，那菜可能就既不好看又不好吃。今天的这盘饺子与往日的饺子大不一样，它们不再是残次品，而是一个个有模有样、身姿端正、边角整齐，已经完全能被称为饺子。此前阿娃包的饺子，是一团团包裹着馅料的歪歪扭扭的可疑面团。阿娃终于学会了中餐中最能俘获人心的饺子的做法，看来以后纵使她偷拿了老张柜子里的法国红酒，老张大概也不会解雇她。

餐桌旁站着一位外人，不用介绍，我知道他是陈博士。陈博士这个称谓早就被我们熟知，他以及他供职的玉米种植示范中心是我们的救星，若不是有玉米种植示范中心的存在，我们的路或许就真的沦为一条半途而废的路，我们的奖金和绩效工资就会像天边的滚雷似的，轰隆隆地炸响着远去。我在季节河边见过陈博士一面，那次他落水，被老张拉上岸后，我远远地望过他一眼。那时他狼狈不堪，我是一只落汤鸡，天地一片水蒙蒙，我们便省略了自我介绍环节，只互相看了一眼，就匆匆告别，我没有看清他的模样，他呢，估计连我是男是女都没有看清楚吧。

那天的晚餐桌上有两瓶法国红酒，还有高脚酒杯，它们和饺子摆在一起，是为了实现"饺子就酒，越喝越有"的愿望。只是遗憾没有中国白酒，不过有酒就行，法国红酒配中国饺子，也算是中西合璧吧。我在心里默念了一下老张教我的、每次喝红酒必然要说的几句法语祝福。老张是个讲究仪式的人，不过也或许他是在借机号召大家学习法语，每次喝红酒他都会考我们法语，尽管他的法语发音像老乡们学说汉语似的，舌头有些僵直，但是他自认为他的发音很准确。我们便乐得奉承他，碰着高脚酒杯，在轻微的叮叮当当声中说着干杯、祝你健康之类的法语。法语和法国红酒是法国留在这片曾经的殖民地的印记。我们文雅地小口啜酒，却在吃饺子时暴露了我们的粗放，这饺子啊，一口一个，让腮帮子鼓鼓囊囊的，才是正确吃法，才能馅不外露、香不外溢。

陈博士品红酒时是个地道的绅士，吃起饺子来也属于豪放派。他的肤色和我们近似，一看就是户外工作者，热带的阳光把他的脸烤得发黑发暗，却又不是黑种人的那种均匀细腻的黑，而是像因为火力太猛、太不均匀而呈现的黄中泛黑的粗粮面包色，被帽檐遮挡得较严实的额头，则像面包的边缘似的露出火力不够时的黄种人的本色。陈博士看着我，像看见饺子一样惊喜，他终于看清楚了我是一位女士。他的眼光立刻就柔软了，也荡漾了，想必他很长时间没有看见女性同胞了。这么看了一会儿，他的眼睛竟然有一些潮湿，便掩饰似的和我握手，对站在旁边的老张说，老张，你倒是早说呀，早说你们基地有女同志呀，我不就早来了嘛。他呵呵地笑着，牙齿白晃晃。他的手粗糙、有力，握着我的手，好久不愿放开。翻译小李起哄似的也过来和我握手，我闪开身，打趣说，咱俩又不是第一次见，也不是很久不见，握什么手啊。我们哈哈哈笑着，都像看见久违的亲人似的，老张的脸上是得意扬扬的神色，就连他的狗大乔的尾巴也翘得更高了。当然，老张配有这样的神色，大乔也配翘尾巴，你看，我们的路在顺利延伸，几乎化为泡影的绩效工资和奖金将如期兑现，餐桌上日后会隔三岔五出现地地道道的饺子，美厨娘阿娃每天挖空心思学做中国菜。哎，这些事情，件件令人愉悦，像邦尼布古原野的风，不论是从撒哈拉沙漠吹来还是从几内亚海湾吹来，都吹得我们的心舒舒坦坦。只是，这个雨季的雨，除了开初的时候在原野耍了几场威风后，就慢慢气势见弱，直至后来只见乌云不见雨，眼见我们想多找几条季节河的愿望化为泡影。邦尼布古原野的雨，它们在等待什么或是在酝酿什么吗？

吃罢那顿饺子后，陈博士成为我们基地的常客。他每次来都说，这真是太好了，终于见到自己的同胞了，还有女同胞。然后他呵呵呵地笑，像一个农人看见了一地的好庄稼。今年是陈博士在邦尼布古村工作的第三个年头，也是最后一年，过了玉米收获季节，他将卸任回国。玉米种植示范中心只有陈博士一位中国人，他的两位助手都是本地人。老张问陈博士怎么解决吃饭问题，这一问才知道，陈博士正为吃饭问题而烦恼着呢。一个人，不做饭没有吃的，做了饭又准会剩下；一个人，雇个厨娘太浪费，不雇厨娘吧，又要天天操心做饭。陈博士还没有说完，老张抢过他的话头，他拍拍陈博士的肩膀，说，一个人的确是没法吃饭，老陈，来我们这里搭伙吧，大锅饭吃着才香，你看我们厨娘包的饺子，比我老婆包得还正宗呢。就这样，他们一拍即合，我们的餐桌上便有了陈博士的碗筷，不过，陈博士坚持要交伙食费，说是不收伙食费他就不搭伙。不就是添一双筷子的事情嘛，老张坚决不收，陈博士坚持要交，他们声音渐高、拉拉扯扯，急得大乔左看看、右望望，它一时无法判断它的主人是遭遇了敌人还是与朋友亲昵过度。

普拉卡家的玉米小苗在一周以后钻出地面，阳光迅速捉住了探头探脑的小家伙们，并在两天之后就给它们换上了浅绿色的衣裳，而后是更深一些的绿色外衣。陈博士常常在普拉卡家的玉米地里，他打量一株玉米苗的眼光就像老张端详一条路。不同的是，筑路者老张在盯着一段路看的时候，并不抬头看天，一条路对阳光雨露的依赖不像庄稼那么强烈。陈博士却需要时时抬头望天，天空中住着一位君王，它把控着阳光雨露的分配大权，大地上所有的农人都仰望它、敬畏它，所谓的新技术、新方法在它的首肯下才能发挥作用。看地与望天，这也是普拉卡常有的姿势，是她劳动舞蹈的必做动作，是自古以来耕种者必有的姿势，不论在中国还是在外国，也不论是博士还是目不识丁者。

普拉卡家的玉米地是陈博士在邦尼布古村推广新技术的第一块土地，那时普拉卡的丈夫还活着。普拉卡的丈夫是邦尼布古村见过世面的人，他在外面闯荡过，据说他交代过普拉卡，要听中国专家的话才不会饿肚子。当然了，不想饿肚子，还需要勤劳。勤劳是陈博士教给普拉卡的。

陈博士和他的两位助手在邦尼布古村，调查土壤，选种，调整株距、行距，几乎手把手教农户们除草、补苗、灌溉。邦尼布古村土壤自然肥力的供给算是充足的，但是近两年降水不足，尤其是玉米的拔节期、抽穗期和灌浆期的降水不足，影响了使用新技术农户的产量，这些农户摇摆不定，若是今年的产量再不提高，他们将回归至昔日广种薄收、听天由命的状态。普拉卡家的玉米地是陈博士手里的一面旗帜，村人们都盯着它呢。

"普拉卡、普拉卡，我一定让你的玉米结出最壮硕的穗，穗上有最密集、最结实的粒。"玉米种植专家陈博士在我们的餐桌上发出了他的誓言。他一口一个饺子，鼓动腮帮子，大口咀嚼，深深吞咽，像是把自己的誓言嚼碎、吞下并牢牢记住。他说，普拉卡是邦尼布古村最勤劳的农人，如果连普拉卡都没有好的收获，那么邦尼布古村以后就再也不会有人相信勤劳。说这话时，他的牙齿依旧闪着白光，像一颗颗饱满的白玉米粒。

有一段时间，筑路工程队餐桌上的谈话主题一直被玉米占领着。我们都相信陈博士一定能实现他的誓言，他是玉米种植专家，普拉卡是勤劳的农人，不就是种一块玉米地嘛，能比修路更复杂吗？播种、施肥、除草能比测量、土建、摊铺更难对付吗？我心里对种地是有一些轻视的，老张或许和我有相同的看法，看他那张挂着满不在乎表情的脸就知道。在他心里，筑路才是最艰难也最神圣的，当然此前他心目中最了不起的职业是找矿，作为他的同事和下属，我理解他并与他观念一致。不过，陈博士的誓言听起来那么美，像读一首诗歌，在餐桌上谈论玉米比谈论红土更令人愉快，我乐得鼓励陈博士并把他的誓言像读诗一样念叨出来。我说，你一定行，陈博士，邦尼布古村最勤劳的农人普拉卡家的玉米一定能结出最壮硕的穗，穗上有最密集、最结实的粒。

陈博士呵呵呵地笑着离开餐桌，站到院子里，看着夜色中的天空，脸色开始变得忧虑。几盏路灯发出昏昏黄黄的光，像他此时黯然的心境。他说，今年的雨季怎么雷声大雨点儿小呢？怎么就在开头的时候来了几场暴雨然后就没有后劲了呢？眼看玉米就到拔节期了，需要水呀。老张也说，是啊是啊，头几场雨，天河决堤似的，后来就星星点点，浇花一样，穆萨的预言怎么就不灵了呢。他们正说着话，恰巧夜班保安穆萨蓝袍一闪，从大门口飘过来。老张喊住他，穆萨、穆萨，说好的今年的丰沛雨水呢？那质问的口气，倒像是穆萨偷偷藏起了什么，而穆萨则神色歉疚，好像他真的把雨藏进了蓝布大袍，又莫名其妙地弄丢了它。

这番关于雨的谈话，使得老张迅速想起了那条季节河。他早已派人加固了河堤，也在下游筑了一道大坝，这样，季节河就成了一个水库。若是今年的雨季依然没有充沛的降水，那么季节河里储存的水该是多么珍贵。老张琢磨着该给季节河取个名字了，不能总叫它小河，它得有属于自己的名字。老张乐于给一切事物命名，比如不知名的村庄、不知名的大树、不知名的红土路，当然都是不知名的，知道名字就不必再费心命名了，它们本该有的名字一定总是最贴切的，只是那字如走失的孩子，一时没有被找到。老张想，河流属于邦尼布古原野，邦尼布古村又给我们的路带来了转机，那么这条河就叫邦尼布古河吧。

三

邦尼布古村的猴面包树，远远望去好像是两棵，走近细看，仍然是一棵，树干的下半部分轻微相触，上半部分完全相拥。或许原本是两棵树，天长日久，它们慢慢合体，盘根错节、骨肉相连、枝叶交会，再也分不出彼此，一棵树吸纳了另一棵树的肉体和灵魂，它们合二为一，因而具有更大的力量、更强的神性。树在村口，俯视全村，没有谁能躲过猴面包树的眼睛。树身的截面像宽阔的墙，十个人，哦，不，二十个成年人拉着手也不能合抱住它。它有多少岁了？巫师似的穆萨不知道，普拉卡也不知道，反正很多年了，猴面包树比邦尼布古村还要老。邦尼布古村的祖先赶着牛羊经过这片土地，看见了枝繁叶茂的猴面包树，决定在此安家。这是生命之树，也是长寿之树，活百年千年是寻常的事情。如今，它依然树叶葱茏，仿佛正把一堆厚厚的绿云送上天空。绿云的怀中，尚未成熟的椭圆形果子坠在一根根如脐带般的藤条上，像淘气的荡着秋千的顽童，而花事并没有结束，第二茬花蕾正在孕育，在某一个暗夜，白色的大花朵将盛开如树间的月亮。

村人们称猴面包树为"宝宝树"，这个叫法很奇特，我用我的汉语思维联想到的是他们对猴面包树的珍惜、热爱，后来我才知道完全是发音的缘故，猴面包树也叫波巴布树，本地人读起来就成了"包波布"，我们听起来可不就是"宝宝树"了嘛。不过，不管它的叫法是什么，对猴面包树的膜拜心理早就根植于他们的灵魂，不仅是因为树的古老和葱茏成为村民们精神的寄托，也因为它的的确确具有博大的用途而被人们热爱。比如说它的果实吧，在庄稼没有好的收成时，椭圆形的、外壳坚硬的猴面包果能够帮助乡亲们抵御灾年。砸开果皮，一粒粒果肉酸酸的，虽然味道不是很好，它的营养却很丰富，一点儿也不逊色于正儿八经的粮食，若是用于泡水，只要加足够多的糖，那就甜爽得像一杯真正的饮料了。再比如说它的树叶，还能当作治疗疟疾的药物呢，虽然效果不是很强，但是在缺医少药的非洲，这也是上天对乡亲们的恩泽。在中国医疗队来到非洲之前的漫长时间中，在治疗疟疾的特效药青蒿素被中国人研制出来之前，猴面包树叶和金鸡纳树皮是非洲人治疗疟疾的药物。这样一种树，它不是神树还能是什么？

老张和陈博士的正式相见是在猴面包树下，河里的那次不算，那次太狼狈，他们在树下正式地握了握手。那时，猴面包树正俯视着村庄周围大片大片的玉米地，它大概也望见了正在往这里延伸的公路吧，那是一条误打误撞闯进邦尼布古村的公路。

去邦尼布古村挨家挨户通知爆破的事情是老张交给我的任务，我需要向村民们说明一个情况：如果他们听到巨大的爆炸声，不要害怕、不要逃跑，那不是战乱和恐怖分子的袭击，而是我们公司的爆破队在爆破附近的一座石山，我们需要足够的石料来修建公路。这么复杂的意思用班巴拉语来表达，对我来说有难度。村民们大多没有上过学，他们不会这个国家的官方语言，他们有自己的班巴拉语。我在一张纸上写下这个任务的中文，陈博士用汉字的谐音帮助我标注了班巴拉语的读音，我握着这张纸走向巨大的猴面包树覆盖的村庄。

村庄周围的农田，玉米苗即将进入拔节期，有三三两两的农人在田间除草。玉米叶子被太阳晒得无精打采，像人面露病容。

那天，猴面包树下，人声鼎沸，弹琴的、敲鼓的、唱歌的、跳舞的，男人、女人，大人、孩子，几乎全村的人都集中在这里，像过节一样。邦尼布古村的人就是这样，他们能把每一件事情都弄得像音乐会，不论快乐或是忧伤，快乐的时候就唱快乐的歌，忧伤的时候就唱忧伤的歌，反正就是要唱出来、舞起来。这棵猴面包树见证了邦尼布古村无数的歌舞，它洞悉每一个人的喜怒哀乐，它看着活着的人们在它巨大的树冠下载歌载舞，它也收藏死去的人的灵魂，比如穆萨的爸爸、穆萨的爷爷，以及邦尼布古村很多人的爷爷。这些爷爷们的子孙将一块石头放入猴面包树巨大的树洞内，就像安放爷爷们的灵魂，这样，当子孙们唱歌跳舞的时候，这些累积起来的石头，这些爷爷们的灵魂，就在树洞内和猴面包树一起听着子孙们的歌声。

穆萨在跳舞的人群中，他依然穿着蓝布袍子，头上顶着羽毛帽子，手里握着木质长矛。村人们都围着穆萨转圈，他俨然是活动的中心人物。穆萨挥舞手中的长矛，指向天，指向地，指向猴面包树。音乐声越来越激昂，敲非洲鼓的小伙子细长的手指控制着歌舞的节奏，当他完成一段令人发狂的敲击之后，猛然将双手停住，音乐声戛然而止，舞蹈的人们停止旋转，齐刷刷地面向猴面包树，双手合十并低头闭目，然后男人们依次进入树洞，又依次出来，祖先们大概已将神秘的力量赋予这些男人。我猜想这是一场祈福仪式，因为有穆萨在场领导着整个仪式，我便几乎能肯定地判断他们是在祈雨。其实，穆萨已经多次悄悄地在我们基地的院子里向上天祈求过，夜班保安穆萨在发电机停止运转后的一些夜深人静时刻，所有的灯都灭了，只有星光和月光，有时候连星月都没有，他披挂着这身行头，向着天空和大地做过类似的动作。他的长袍在夜幕中失去神秘之蓝，只剩一团黑影，而他本人被这团黑影裹挟着，仿佛正在与一种神秘的力量对峙或交流。

然而，依然没有雨。这个雨季的雨大概是走到半路被神奇的力量劫持了吧，它没有跟随在风或者云的后面来到邦尼布古原野。玉米刚刚长出的叶片被毒辣的太阳烤得卷曲，就连耐旱的野燕麦也像枯草般失去光泽。猴面包树下祈雨的那个夜晚，刮了一场大风，邦尼布古村的每一个人都竖起耳朵听着这场风。风呼啸着穿过普拉卡家的院子，穿过很多人家的院子，杧果树被风势压弯了腰，院子外的乳油树被狂风卸掉了一条臂膀，咔嚓咔嚓断裂的声音把普拉卡的小儿子吓得缩在母亲怀里，蜷成一团，恨不得重新躲回到妈妈的肚子里。她的大儿子也被吓得紧闭双眼，普拉卡则睁着忧心忡忡的眼睛看着自家的茅草屋顶，担心狂风把屋顶掀翻。她想，她要用猴面包树皮搓很多很多绳子来加固茅草屋顶，这件事天亮以后就要抓紧干。不过，这会儿，她盼着狂风过后有大雨倾盆，她的玉米苗正等待着一场降雨。一想到她的玉米苗将在雨后嗖嗖嗖地往上拔节，叶片也将舒展、油绿，她的心就止不住地激动。可是，雨还是没有下来，风在邦尼布古原野肆虐够了后，只有薄薄的雨应付似的洒落了一层，风便驾着云去了另一个地方。

　　天空依然无动于衷，季节河成为邦尼布古村人关注的目标。季节河，哦，不，邦尼布古河，现在它的名字是邦尼布古河，老张为它命了名。自从它有了名字，它的水量便小了很多，日渐萎缩，仿佛名字是它的负担，一条原野上忽然出现也必将消失的季节河，是不是无法承受正式命名的重载？它失去了自由也失去了野性，其实我知道失去野性和它是否有名字之间不存在任何关联，也明白造成水量急剧减少的原因是再也没有像样的大雨来补充它。雨季初始时，它几乎就是一条真正的河，如果大雨持续，它将有更大的水量，而如果它具备足够的耐心沿着直线奔腾的话，它就能在邦尼布古村后面的那片原野留下足迹。可是，季节河就是充满不确定性的，它不遵守原野的规矩，它由着性子随意更改行程，它绕过了邦尼布古村，它只忠实于季节。雨季和旱季交替着统治河流，时而泛滥，时而干涸。泛滥的时候它诱惑寻水者进入它的身体并预谋扣留活蹦乱跳的生命；干涸的时候，风沙弥漫，令人怀疑撒哈拉沙漠不声不响疾行几百公里南迁至此。

　　这个雨季，河水瘦弱，但烈日并不会放过瘦弱的水，日渐蒸发使邦尼布古河将要失去一条河流的形态。邦尼布古村人没有更多、更大的取水工具,一桶桶取水,再走好几公里路往返于自家的玉米地,不过是杯水车薪。

陈博士也把他的眼光投向了邦尼布古河。自从知道我们的工程物资中有炸药和雷管后,他便建议老张炸掉邦尼布古河的河坝,让河水顺着西高东低的地势奔流而出,去浇灌邦尼布古村的玉米地。老张拒绝得很坚决。老张指指河、指指大坝,又指指邦尼布古村的方向,他认为玉米种植专家陈博士虽然能让邦尼布古村的玉米产量由每亩四十多公斤增长到每亩两百多公斤,但是他在水文、水利工程方面的建议简直就是幼稚,好不容易修建的拦水大坝,怎么能说拆就拆呢?竟然还用了"炸"字,这位书呆子真是不知道我们的炸药库管理得有多严格,每一公斤炸药和每一根雷管都登记在册,使用在哪里、使用多少不仅要在国内总公司报备,还要在当地政府机构报备,陈博士竟然用一个轻飘飘的"炸"字,就完成了他天真的设想。再说了,万一大雨再次袭击邦尼布古原野呢?失去控制的邦尼布古河岂不是要泛滥成灾,尽管它原本就是一条不受控制和制约的季节河,但是既然已经把老虎关在了笼子里,岂有再放出来让它为所欲为的道理。

穆萨领着全村的男女老幼把祈雨仪式在我们基地的大门口又表演了一次。木质长矛在他手里被舞得虎虎生风,他的蓝布长袍也像一股蓝色的旋风,吓得我们院子门口那棵乳油树上鸟巢里的鸟妈妈,睁着惊恐的眼睛把雏鸟紧紧地护在翅膀下。随后穆萨唱歌般吟出了祈语,我们是听不懂的,除了陈博士,我们都听不懂。不过猜也能猜出来,无非就是请求老张派人员、派水车帮忙把邦尼布古河水运送进邦尼布古村干渴的玉米地。全村人默默地望着老张。男人们站在前排,女人们站在后排,他们右手抚在心口,腰身微微前倾,就那么站了很久。

这个场景我们并不陌生,不是第一次见识,几个月前,邦尼布古村的人曾经在我们的大门口做过类似的表演,那是他们知道我们的路最终将通向他们的村庄,他们来表达感谢,更重要的是想让村庄的年轻人来我们工地干活。领头的穆萨就为自己寻了个夜班保安的美差。

这一次,老张却有些吃惊也有些愠怒。我们只有一台水泵和一辆水车,每天马不停蹄地奔走在邦尼布古河与土场之间,哪里顾得上往玉米地送水?老陈啊老陈,你这不是道德绑架嘛。老张认为准是陈博士策划和导演了这场演出,不是策划和导演的话,至少也是引导或怂恿。

我是理解老张的，老张也有老张的难处，老张是有错误"前科"的人，他若是不能按期把这条路修好，将无颜向总公司交代。他以当初那个耻辱的错误为挡箭牌来拒绝陈博士的建议，老张痛心地回顾自己犯下的"方向性"错误，把不愿意提及的往事又翻出来陈述一遍，像揭开将要愈合的伤疤。他说，老陈，邦尼布古河水对我们的路很重要，若是没有河水，我们现有的土场会因为土质太干燥而无法施工，而寻找新的干湿度合适的红土场会造成更大的成本支出，也可能造成工期的延误。那样的话，以前的全部努力或许就会化为泡影。

　　那些天，陈博士精神萎靡，起初我们都以为造成他茶饭不思的原因是他没有能够说服老张，后来才知道，陈博士是病了，他得疟疾了。这个雨季，邦尼布古原野虽然没有预期的丰沛雨水，却依然迎来了预期的蚊子，星星点点的雨或许更适应蚊子的繁殖，它们身大而敏捷，翅膀闪烁，长腿收缩自如，像一架架战斗机从各个方向包围我们。偷吸我们血也就罢了，留下奇痒无比的包块也罢了，这两点，我们都能饶了它们，只是它们不该把可恶的疟原虫种植在我们的血液中，这顽强的寄生虫喜欢居住在人类的肝脏中并发展壮大，而后进入我们的红细胞兴风作浪。

　　老张那会儿不知道陈博士病了，据说他们在邦尼布古河畔争论得很激烈，老张磨破了嘴皮子，书呆子陈博士依然固执己见。陈博士再次念起了他的碎碎念，那句诗歌一样美的话被他读诗般又一次说起。他越讲越激动，他说，他用了两年的时间来转变邦尼布古村人广种薄收的观念，教他们运用中国的新技术和新方法，可是，干旱能让他所有的努力毁于一季，农户们种地的积极性将遭受打击，如果勤劳的人与懒惰的人收获一样少的玉米，谁还会相信勤劳呢？谁还会坚持使用费时费力的新技术和新方法呢？陈博士越说越激动，他被阳光烤得像粗粮面包似的脸颊上竟然浮出了两朵黑红色的云。那时我们都不知道高烧正在炙烤他，疟原虫正让他的红细胞成批地破裂，轰轰隆隆的声音或许正在他的血液中如雷声响彻原野。

　　陈博士的话有没有打动老张，我不知道，但他的话或许打动了上天吧，那天的天空飘洒了一阵太阳雨。随后，彩虹现身。彩虹从不缺席于雨后的天空。

　　这是老张和陈博士之间第一次发生激烈的争吵，大乔完全蒙了，它不知道该站在谁的立场上，它早已经把陈博士当成了另一个主人。直到老张答应先用我们的水车拉几车水浇灌普拉卡家的玉米地以及她家周边几户最焦渴的土地，陈博士的情绪才恢复正常。平静后他立刻感觉到了剧烈的头痛，摸摸自己的额头，竟然烫手，身体像根软面条似的，只想往墙上靠。他打摆子了，也就是得了疟疾，我们沿用着国内古老的叫法，把得疟疾叫作打摆子。以后的几天，高烧和腹泻折磨得他连说话的力气都没有，发抖、浑身像蚂蚁噬咬般痛苦。老张说，老陈，去锡加索的中国医疗队住几天院吧？我派车送你去。陈博士虚弱地一笑，说，哪里有那么娇气，又不是没有打过摆子，锡加索离这里一百多公里，太不方便。陈博士便住在了我们基地，附近没有医院，好在我们库房有治疗疟疾的特效药青蒿素，整箱整箱的，从国内海运过来，像宝贝似的锁着，还有静脉输液、肌肉注射的一次性针头针管，这些医疗物资比什么都重要，老张亲自掌管。老张还学会了扎静脉针，他粗笨的手指在陈博士的手背上揉、搓、拍，把那条最粗的静脉血管给折腾出来，然后，牙一咬、心一狠，针头戳了进去。一针见血肯定是做不到的，往往需要三针四针才能成功，但是陈博士没有喊疼，陈博士甚至还喊了一声"痛快"，他说这叫疼痛转移法，手背上的疼痛转移了浑身骨头的噬咬痛、头部的炸裂痛以及肚子的坠胀痛。老张听了，苦笑一声，他抬眼瞥见了倚靠着门框的我，我正锁着眉、咬着牙在替陈博士疼痛呢。老张瞪我一眼，说，你个女同志，心细手轻，你就不能学学扎静脉针吗？他的口气充斥着无奈、委屈、不满、恼怒、责怪，他把最近这段时间遇到的麻烦迁怒于我，就连他的狗大乔也用类似于它主人的眼神瞪着我，倒像我是造成这一切麻烦的起源似的。我飞起一脚，把心中的怨气撒在大乔身上，它嗷地叫了一声，低着头、耷拉着尾巴，往大门口逃去。

依然烈日高照，没有雨的迹象，任凭云飘来飘去地诱惑，雨连装样子这样的事情也懒得敷衍。挂着输液吊瓶的陈博士坐在一面朝南的墙壁前，披着毯子，他说屋里太冷，他想晒晒全非洲最热的太阳。四十多度的气温也不能阻止他缩在毯子下的身体发出一阵一阵剧烈的寒战。

四天过去了，陈博士依然高烧不退。在这四天中，与他同时感染疟疾的小李已经痊愈。小李的痊愈让陈博士看到了希望，小李痊愈的次日，陈博士的精气神果然就好了一点儿，他便让我给他扎针。他说，来，女同志，在我手上练练你的手，要不然等我好了，你就没有机会练了。说完他勉强地一笑，我才想起，我已经很久没有看见陈博士笑了，很久没有看见他露出白玉米粒似的牙齿了。

我们都相信再过一两天他就会好的，谁也没有太把疟疾当回事，同事们人人都反复感染过疟疾，尽管疟疾是当地的主要致死疾病，但是，我们有特效药青蒿素啊。有青蒿素就死不了人，无非就是高烧几天、腹泻几天、寒战几天、生不如死几天，青蒿素最终总能把疟原虫打败。与得疟疾相比，被老张扎针似乎更令人恐惧。

可是，第七天的上午，陈博士在那面全非洲最热的墙壁前狂躁地一把拔下老张好不容易才给他扎上的静脉针，老张惊愕地大喊一声，不好，快，去锡加索。

我们都不是医生，但我们都知道这是个不好的兆头，陈博士这两天一改往日的做派，他的神情时而呆滞，时而焦躁，甚至谵妄，这都是可怕的脑疟的迹象。该不是那该死的疟原虫没有被青蒿素镇压住，它们在陈博士的血液中繁殖到了足够的浓度后，开始猖狂地向陈博士的中枢神经系统进攻了吧？我们在心里忐忑地这样猜测，却又不敢说出来，害怕那担忧一旦出口，就会一语成谶。

汽车在公路上奔驰，窗外几朵云一直跟着我们的车飞跑。这条毗邻科特迪瓦的公路，由于邻国动乱、边境关闭而车辆稀少。近乎昏迷的陈博士躺在放倒的车座上，胳膊软软地搭着扶手，我一手扶着吊在车厢顶上摇晃不定的输液瓶，一手轻轻地按着陈博士的另一只手，以防止他狂躁发作去拔静脉输液针头。老张开着车，一言不发，我努力地去听药液一滴一滴地流进陈博士血管的声音，希望这个虚构的声音能冲淡我内心的焦虑和恐慌。

原野枯黄，虚妄的、没有雨的雨季与旱季实在是没有什么区别，它是天空布下的骗局，它骗了陈博士、骗了穆萨、骗了普拉卡，还骗了玉米，骗了原野上一切需要水的生命。

有那么一刻，我仿佛陷入虚幻，我看见天空那一大朵白云越来越黑，直到黑如墨汁，而后，又眼见它撕开了一道口子，一道闪电像一把刀劈向原野，接着，大雨滂沱，河流滚滚，陈博士在河流上健步如飞，像神话中的身怀异术之人。

直到一个高分贝的声音向我砸过来，我才逃脱恍惚。

那个声音在我耳边炸响，像雷一样。那声音来自一位清秀的女医生，若不是亲耳所听，我怎么也不会相信那么响亮的声音出自文弱的女性。是惋惜和愤怒让中国医疗队的女医生驱动了仿佛她的柔弱身材无法驾驭的大音量嗓门。她把我们训了个体无完肤。她说，愚蠢啊愚蠢，得了疟疾为什么不来医疗队化验？你们知不知道先要排除脑疟？只有间日疟和三日疟才能自行治疗，恶性疟引发的脑疟病死率高达百分之三十啊，你们知不知道？

　　她痛心疾首的样子像是陈博士的亲人，像是陈博士的姐妹或是妻子。可是，她不是陈博士的什么人，她根本就不认识陈博士。

　　我又何尝真正认识陈博士呢？我一口一个陈博士地喊着，却连他的全名是什么都不知道。倒是问过他，他说了两个生僻的字，他的广东口音又把这两个字引向了歧途，我便没有记住他的名字到底是哪两个字，心想，反正眼下只有他一个陈博士，又没有与他同姓的另一个博士，那就权当陈博士这三个字就是他的名字吧。就那么陈博士、陈博士地喊着，喊了好几个月。

　　然而，谁又能说我不认识陈博士呢？他和我们同桌吃了那么久的饭，他的誓言、他的希望、他的失望，我都懂。而最后，最后，他是握着我的手离开这个世界的，像初次见我时那样，他握着我的手，一直不舍得放开呢。

　　他也握着老张的手，像第一次在邦尼布古河里，也是紧紧地，如抓住一根救命的稻草。

　　老张的嘴巴一直闭着，他用身体代替嘴巴说话，他的身体一直在颤抖。

　　几天以后下了一场大雨，就像那天我陷入恍惚中看到的大雨一样。我们都说那是天哭了。上天把积攒了几个月的雨痛痛快快地倾倒在邦尼布古的原野上，这场雨被天空孕育得太久，以至于当黑墨似的乌云终于扯开一道大口子，雨像婴孩般落地时，带着浓烈的腥味。老张说那是血的气味，我相信老张灵敏的嗅觉，他说是那就是。

　　屹立在邦尼布古村口的猴面包树喜欢这样的雨，它抖抖身子，全身的每一个毛孔都张开，用力地储备水。它巨大的树洞中又多了一块石头，是穆萨捧着送进去的，穆萨说邦尼布古村要珍藏陈博士的灵魂。

邦尼布古河在暴雨中又一次浊浪滚滚，如一条真正的河，狂野的浪冲击着堤坝，堤坝束缚了它打算任性的冲动。

老张已经做出决定，若是这场雨之后再没有新的降水，而玉米又到了抽穗期和灌浆期的话，他将让我们的工人们加班修一条灌溉渠，引导邦尼布古河水流向邦尼布古村的玉米地。做出这个决定的时候，老张心口的小兽强烈地撞击了一下他的心脏。

（原载《人民文学》2023 年第 1 期）

横断浪途

七堇年

序幕

1

折多山。

上坡时，海拔渐高，每台发动机都燃烧不足，动力迟滞。满荷运载的大卡车喘着粗气，以自行车的速度慢慢爬行，后面积压着一大串小轿车，跃跃欲试探出一寸车头，想超又不敢超；只有老司机才敢抓住时机，一脚地板油，有惊无险地飙过去。

到了下坡时，大卡车的鼓刹不断被淋水冷却，蒸发滚滚白烟。它们挂着一挡，惊心动魄地一步一挪，像一群非洲大象试着下楼梯。无尽的发夹弯过后，突然间，一城灯火，恍如火山爆发后的滚烫岩浆，壅积在狭窄黑暗的山谷：那就是康定城了。我更喜欢它过去的名字：打箭炉。

如果用手遮住视野的下半，你将只看到巍峨的五色山系，峭拔耸峙，云雾横陈；山巅似一座座黑色金字塔，海市蜃楼般飘浮在雾中，一切看上去无关人间。可是，一旦放开遮挡的手，康定城灯火烂漫，红尘熙攘，人间就在脚下，在眼前。难以想象在这样逼仄的深山中，一千零一夜似的，坐落着一座古老的城市：传教士、探险家、殖民者、商人、土司、各个民族的人们……走马灯般随时间沉浮，历史上的打箭炉无愧于一座传奇的熔炉。

折多山是从川西盆地向高原攀升的第一道关头。已经记不清有多少次来来回回翻过这座山，但每次的天气、季节、方向不同，每次都如初见。穿过折多山这道结界，川西大地豁然开朗的那一刻，我总会在心底对自己说：这个世界很大，你的心也要这样。

2

"你还好吗？看起来不舒服？"我问小伊。她坐在副驾驶座位上，至少沉默了半小时，一声不吭。

"头痛，不过没事。"她摸了摸自己额头的温度，又试了试我的，"应该没发烧，就是特别冷。"

大概是白天她在雪山上顶着大风拍素材，受了寒。此刻她双手冰冷，沉默地坐着，凝视窗外连绵山景，时不时低头查看卫星地图，分辨着一座座山峰的名字，以此转移注意力，默默克服不适。我帮她调高了暖风温度。

有时候希望疼痛能像背包那样，轮流互相分担。可惜世界上有很多无法分担的负重：病痛首当其冲，爱恨或许也是。是否能成为最好的旅伴，不仅是取决于壮丽和酣畅的时刻能否同甘，更取决于这些不适、不顺、不如意的时刻，能否共苦。毕竟一旦踏上旅途，人与人之间 7×24 的相处密度，将是一种严峻的考验，如果不能互为天堂，那么就会变成一座字面意义上的"他人即地狱"。

3

抵达康定，我们汇入晚高峰的堵车大军。这座古城的街道太窄了，当年的建城者大概无法想到，一百年后车辆会拥挤到这个地步。在小巷里七弯八绕，终于找到了那家排名第一的羊肉粉小馆子。

店面狭小，但是干净；在二楼角落，我们狼吞虎咽干掉了两大碗热乎乎的羊肉粉。小伊像是喝了回魂汤一般，终于浑身热乎起来了——好多了，她说。

"您真是羊肉汤治百病。"我笑道。

借着一晚羊肉汤的温暖，我们乘着夜色继续赶路回城。车内空间是一座微型的电影院。在那个封闭的小盒子里，我们如同仅有的观众，固定在并排的座位上，动辄长达四五个小时的交谈，配上音乐、流动的风景：仿佛身处一沓尚未被剪辑的影像素材之中。过去两年来，许多最深刻的对话，都发生在长途行车中。那些争论、疑惑、独白……成为旅途中的另一层风景，与山川湖海同样壮丽。

因此我想写下这本书，记录这些珍贵的旅程。愿因此，这些双重风景能与日常生活互嵌，大理石纹路般隐秘交织。

4

疫情以来，不论封闭还是出门，都更需要额外的意志和勇气，直面额外的不确定性。每一次计划都不确定能不能真的出发；出发了又会不会突然被拦在半路，拦在半路了到底什么时候能回家。

更有意思的是，我们经常被路人问到，"就你们两个吗？"或者，"就你自己吗？"

在我们回答"是的"之后，对方的回应则含混不清，"可以啊……你们两个姑娘家……"

这听起来似乎是赞许，又似乎不是。我常常会想：如果我们是两位小伙子，他们还会问同样的话吗？难道路途、探索、风景、偏远之地，只能属于某种性别、某种族群？如今人们对"姑娘家"的刻板印象，仍然是乖乖待在家里？

所以，这也是关于勇气、信任与陪伴的旅程。有句谚语是，"如果你希望走得快，你就一个人走；如果你希望走得远，那你就需要和他人一起走"，无比感激小伊这位最好的"领航员"，感激我们并肩出发，一步步探索更远的天地。若不是有这样难得的同伴，我恐怕仍对壮美绝伦的西南山地知之甚少。

5

和小伊的第一次见面，是在 2019 年秋天。因为一见如故，我们聊到凌晨三点仍然话头正旺。店员明显焦虑，又不好说什么，反复擦拭杯子，收拾周围的桌椅，传达关门打烊的意思。

她用伤感的口吻，提起 2018 年瑞士驻留项目的记忆：一个人住在小镇上，过着最简单的生活。偶然在一次爬山的时候，她看见了树林中一块巨大的冰川漂砾，深深为此着迷。后来她特意选择在晨曦或暮色的微光中，一次次爬山，一次次去拍摄这块漂砾，创作出了一系列作品。

她说，这是"时间的容器，阿尔卑斯冰川的纪念碑"。

我非常喜欢那组作品：展厅的光线按照呼吸的节奏，明暗起伏。那块漂砾安睡在一片幽暗的森林中，似乎暗藏着一个坚固的梦。它也许是宇宙中，第一块梦见了另一块石头的漂砾。在它周围，树叶以几乎不可见的尺度轻微颤抖，一种临界的静态：时间被抽取一空。文明是尚未开始，还是已走到了尽头？此刻是黎明，还是黄昏？那幅影像传达的永恒感，让我联想到某种毁灭性的寂静。人类似乎已经藏到了地下深处去，地表上的物质都被放射性尘埃覆盖。铀-238 的半衰期——45 亿年，与地球的年龄大致相同；钍-232 的半衰期——140 亿年，或许可与宇宙的年龄比肩。亿年以计，却要一秒一秒、一代一代地蛰伏等待……我甚至联想到位于极北之地的世界种子库，号称能抵挡核武器打击，为地球末日保存生命的火种；但因气候变暖导致永久冻土融化，种子库的建筑结构在巨大应力下，产生变形，已经有渗水的迹象……

人类建造永恒坚固之物，足以抵挡核武器打击，却无法抵挡时间的拥抱，水滴的亲吻。但这些漂砾，在我们全都消失之后，或许依然存在如初。它们是时间的骸骨，呼吸着，吞吐着，流动着——只不过，以人类看不见的幅度，或尺度。

正是因为凝视这些作品，我猜想和它背后的创作者会成为很好的旅伴：相处起来会像空气那样自在，又不可或缺。我们大概都会热衷于小路、岩石、山川、星空。会热衷于人间之外的宇宙，某些亘古所在。

但未承想，这个猜想要足足等到一年之后，才能被验证。毕竟，与小伊第一次见面之后，疫情就来临了。如同正在高考现场，苦苦思索"应当如何正当地生活"这道压轴大题的时候，监考老师忽然一把抽走试卷，说，不用想了，考试取消了，都回去吧。

从此，一轮又一轮的疫情反复打乱计划，不仅出行受限，连日常琐事都成了问题。有人用 Globalization 一词来形容这种"全球地区化"逆势。静默或隔离的状态下，天亮了又黑，黑了又亮，我游魂般穿梭在冰箱、书桌和床之间，彻底成了没有影子的人。消化不良，缺乏运动，总是因为莫名的焦虑而迫切想往嘴里塞点什么，又不敢多吃，于是只能蹲在阳台上啃指甲，傻盯着洗衣机滚筒旋转，出神；偶尔茫然地刷刷手机，半小时就过去了。

一天，一个月，一个季节，就这么过去了。

6

与小伊再次见面，已是 2020 年 4 月。我们像蛰居的小鼠般探出头，瞄一眼春天匆匆而过的脚踝。没有任何店面开门，我们躲在城市公园的角落，望着风和日丽、花草树木，感觉一切仿佛《楚门的世界》电影布景，几乎怀疑其真实性。就连每一口呼吸，似乎都是偷来的。

那一刻我想：从前年少的时候，远方这个词自带诗意，远方的意义大于风景本身。而近在身边的事物，仿佛就因为切近，而失去某种诱惑力——好比住在北京，从来没去过北海公园；住在成都，从来没有去过武侯祠。

某种意义上，要感谢被上帝关上了一扇门，我们才试着去打开那扇从没注意过的窗。三年来，每当时机允许，我们就敦促彼此抓紧窗口期，进山、上路，一步步深入横断山脉。每次出发、归来，都接近一种重生。我对壮美的西南山地产生了无比的眷恋，渐渐意识到，家乡与远方，也可以是一组镜像。而诗意，与远方无关，是境由心生的。

7

"横断山"概念最早出现在京师学堂邹代钧于 1900—1901 年编写的《中国地理讲义》中："……迤南为岷山、为雪岭、为云岭，皆成自北而南之山脉，是谓横断山脉。"

到了当代，横断山脉又有了广义和狭义的区分，按照维基百科的介绍：

广义的横断山脉位于青藏高原东南部（介于北纬 22°~32°05′，东经 97°~103°之间），为四川省西部、云南省西北部和西藏自治区东部南北向山脉的总称，是青藏高原的边缘山系。

它东起邛崃山，西抵伯舒拉岭—高黎贡山，北达昌都、甘孜至马尔康一线，南抵中缅边境的山区，面积 60 余万平方公里，是中国最长、最宽和最典型的南北向山系。

狭义的横断山脉指三江并流地区的四条山脉，即沙鲁里山、芒康山—云岭、他念他翁山—怒山及伯舒拉岭—高黎贡山。

这些山系水系的名字，咒语般令人神往。而小伊的家乡，恰好位于横断山脉的北段东缘，是华西雨屏的核心地带。

就以这里为起点，我们的旅途像地图那样徐徐展开。

结界之桥

1

"不觉得我们很幸运吗？"她摇下车窗，风吹乱刘海，"几百公里之外，就是另一重天，另一个世界。"

"是啊，世界上没有几个城市能像成都这样，几个小时之外，就是壮丽的山野。"

因为雅康高速的贯通，从成都到康定如今只需三个多小时。这是一条桥隧比高达 82% 的高速公路，一条通往异世界的时空隧道。行车其中，隧道和音乐包裹我们，漫过闲谈，漫过时间，不知不觉，华西雨屏就被抛在了身后。

很难想象，仅仅不到一百年前，这里还是茶马古道的核心路段，往来雅安与拉萨的背夫们，用脚步将石板路摩擦得如同皮革般光滑。背夫中最强壮的，一次能背 200 斤重的茶叶，几乎是两匹骡马的负重量。除了茶包，他们还自带十几天的干粮，和一小块盐，用来拌在豆花饭里。背夫胸前通常挂着一个圆形的竹篾圈，用于刮汗水。茶包太重，无法轻易卸下，休息时，背夫就将茶包下面的那根拐棍往地上一杵，原地站着喘息；天长日久，石板路上竟被杵出许多坑洞。

1939年，俄国人顾·彼得（PoteGullard）为了避开沦陷区的战乱，探索"伟大的中国西部"，从上海绕香港、海防、昆明、重庆，抵达康定。在藏彝地区，他写下一系列见闻记录，我读过其中《彝人首领》一书，其中有一段，描写从雅安到打箭炉（今康定）的背夫——

> 他们十分可怜，褴褛的衣服遮不住身体，焦黄的面孔有些发青，茫然无神的眼睛和消瘦的身躯好像行尸走肉一般。做这种没完没了的工作，他们的动力完全来源于鸦片烟，没有鸦片烟他们简直没法活下去。他们每到一个正规一点的驿站——肮脏的小吃店便开始用餐，一般是一碗清清的白菜汤或是蔓茎的汤，一点豆腐或是大量的红辣椒，然后退到卧房，躺到脏兮兮的草席上掏出一根烟枪或是借一根烟枪来抽大烟，我常常听到小店幽暗的房间里连续不断地传出的抽吸声，并伴随着一股甜甜的树脂味。
>
> 他们悠然自得、忘却一切地躺在那里，羊皮纸一样的脸在黑暗中闪现。如果有月光的话，他们又继续上路，沉闷的脚步声在寂静的空气中上下回响，不管阴雨绵绵还是阳光灿烂，风霜雪冻，成百上千的背茶者就这样日复一日，年复一年地来往于雅安和打箭炉之间。
>
> 当死亡来临之时，他们只是往路边一躺，然后悲惨地死去，没有人会关心他们的死活，这样的事周而复始，没有人会因此而掉泪。由于过度的疲劳，他们在休息时已经累得说不出话来，沿途的一切景物对于他们来说都毫无兴趣，他们像机器人一样机械地拖着步伐从一块石板迈向另外一块石板，他们仿佛是些异类，你无法安慰或是帮助他们，他们似乎已经脱离了人类的情感，比骡子和马匹还更加沉默。当背负着重重的货物行走时，他们唯一能发出的声音便是粗重的呼吸声。

2

历史上，大渡河两岸的物资转运全靠渡船或溜索，穿梭其中的惊险，"同时身在天堂与地狱之间"。公元1705年，清康熙皇帝下令在大渡河上修建一座铁索桥，取名泸定桥，举全国之力推进这项工程。据说当时的西南并不产铁，每一块建桥的铁，是从陕西等地千里迢迢运来的。桥身 13 条铁链，总重 40 吨，12164 个环环相扣的铁环上，刻着铸环工匠的标记，保证任何一个铁环出现问题，都有迹可循，有责可追。

如此沉重的铁链，是如何从此岸架上彼岸的？我想象着当时的工匠们用溜索、竹筒，一块一块将铁材从二郎山一岸运到海子山一岸，喊着震天的号子反反复复拉起……血汗如雨滴那样坠入奔腾的大河。

3

仅仅一百年过去，世界完全变了。历史仿佛有了加速度。道路轻快平滑似某种轨道，人们的感知也被这种加速度彻底改变。

我们不约而同地把手放在了车窗的按钮上，悬着，准备着什么。快了，快了——某一刻，摇下车窗，调大音乐，莫西子诗的《越过群山》歌声被一阵横风突然吹散，飘过二郎山的重峦，大渡河的清涛，我们放肆地随风呼喊起来，感受轮胎碾压钢板的声音和震动，像是驶上了一块巨大的甲板——标志性的"兴康大桥"到了：鲜红色的双塔桥墩刺向天空，挑起钢缆，酷似几架巨大的竖琴，横陈峡谷。

这阵剧烈的横风穿桥而过，几乎能感觉到车身都被摇动，窗缝发出啸叫：峡谷的瞬间风速可达 32.6 米每秒，相当于 12 级台风。这一带是高烈度地震区，两岸陡峭的边坡结构和复杂的风环境，对任何工程来说都是巨大挑战。兴康特大桥因其出色的设计，获得过 2019 年国际桥梁大会（IBC）Gustav Lindenthal 金奖。

在所有的人类建筑中，我最喜欢塔与桥。若说"建筑是凝固的音乐"，那么垂直的塔是复调音乐的极致；而水平的桥则是主调音乐的极致。

在一篇关于桥梁设计史的资料中，我第一次了解到"预应力钢筋混凝土"这一术语，当即被这个迷人的设计所折服——简单说，将钢筋充分拉伸，就像一根拉伸后的橡皮筋那样，埋入混凝土中，使整个结构自带收缩性，能有效地抵消外荷载所引起的拉应力，推迟混凝土开裂。兴康特大桥的引桥部分，也采用了类似的设计。

在足够大的尺度上，钢筋也不过是一条橡皮筋。山脉、岩石，也不过像一块蛋糕。兴康特大桥则像是一座结界之桥，时间与空间，城市与自然，因这座桥而贯通。

桥，不仅是凝固的音乐，也是凝固的血汗、智慧，凝固的眺望与穿行。

4

在西班牙语中，"桥"是阳性单词；而在德语中，"桥"是阴性单词。斯坦福大学认知心理学科学家 Lera Boroditsky 研究发现，西班牙语使用者更容易将桥与壮观、雄伟等形容词相联系；而德语使用者，则以美丽、优雅等女性化的感觉来描述桥梁。她在一次 Ted 演讲中说："每天世界上的 70 多亿人说着 7000 多种不同的语言，这意味着每天有 7000 多种不同的思维方式在涌动。"

中文词汇没有阳性单词和阴性单词区别，因此桥梁在我心中，既优雅，又雄伟，是双性同体的。人类是一个被自己的语言系统所塑造的物种——就连方言，也能折射不同的人格。一位能讲多种方言的老友就曾感慨，说广东话的时候，感觉自己犀利、务实；说成都话的时候，幽默、松弛；说上海话的时候，绵里藏刀；说普通话的时候，则是一种完全中立、中性的工作状态。

有谚语说，"学一门新语言，获得一个新灵魂"，语言的边界有多大，你的世界便有多大。语言，即人类的桥梁。

视线穿过鲜红色的钢缆，望着桥下奔涌的大渡河，我想起刚读完的那本《彝人首领》，对小伊说："顾·彼得有一句神来之笔，形容大渡河'像一条青色的巨蟒，在峡谷底下缓缓蠕动'。"

她听了，轻声惊叹着，转头看向大渡河，拍下了从桥上俯瞰河谷的照片。大渡河、金沙江、澜沧江、怒江……这些优美的名字，银河般引人神往。行过了这座桥，康定的阳光在等待我们，真正的川西大地也将徐徐展开。

时间之碑

1

不可能被错过：远远地就能看见那一对耸立的双碉楼，棕色的双子塔，像在山腰上插了两把刀。那是一个明亮的傍晚，还有一个多小时就将抵达新都桥，行车之困被它的身姿一把抹去，我们突然都精神起来。还没等我发问，小伊已经在卫星地图上锁定了它的位置："这是在朋布西乡……噢！肯定就是那对碉楼了！就在前面，过桥，上山，进村，应该就能到了。"说着，她已经重新规划了导航，放在手机架上。我常常会为这种默契感激涕零——因为方向感极差，我不喜欢找路；恰好小伊擅长做领航员，总是对路线和方向有着极好的直觉。

这一带的古碉楼始建于元代，已有上千年历史，是冷兵器时代的防御建筑，得以完整保留下来的并不多见。多年前在爱尔兰的乡间旅行，沿途也有不少城堡，大都坍圮得所剩无几，只是废墟。每每路过那些城堡，我总是想起川西大地的碉楼，想起某些人类共通的集体无意识。世界各地的祖先们都曾建高塔，用以和天空对话，在大地上战斗，或献祭神圣，或镇压鬼怪。它们都是时间凝冻而成的塔，一想到那些活生生的人们——在此生活、战斗、饮食、祈福的人们——都已化为尘土，就仿佛看到了一张张历史的负片，故事只剩轮廓，与真相的色彩互补。这些高高的碉楼是时间的无字碑，默默伫立，一言不发，只引发想象。

村落安静得几乎没有人。大约因为松茸季，所有人都上山去了。在一棵大槐树下，两头牛在半推半就地搏斗，犄角勾连，像筋疲力尽的拳击手那样纠缠在一起。为了不惊动它们，我们远远停下车，绕道步行，爬梯，朝着双碉而去。

近了，近了。我能用手触摸那黑色的砖石，看见塔身上错落有致的瞭望孔、射击孔。它们简直就是两截垂直竖置的长城，至少十五层楼那么高。陡峭的压迫感，让人感觉自己像一只蚂蚁趴在纪念碑下面。当我试着用广角来拍摄它们的时候，沮丧地发现，双碉太高了……画面出现了严重的镜头畸变：垂直的陡壁，就像鱼眼的视觉效果那样，完全弯曲。

站在双碉的中间，抬头一仰望，帽子就掉了。整片天空都被那一对八角顶切割成完美对称的两半，像正在裂变的万花筒，又像《指环王》中的神界守护塔，跨过它就是另一重时空。几只乌鸦突然从碉楼高处蹿出来，发出凄厉叫声，惊得我们面面相觑，又扑哧笑出声来。"太美了……"小伊说。

我不由得想象着，到了夜晚，在川西高原的漫天银华之下，双碉与月色相吻的画面。希望时间能立刻跳跃到那黑暗中去，现在，马上。

但浓稠的黄昏久久没有散去，像倾了一杯浓茶，漫在桌上。在张亚东《雾》的单曲循环中，我们下山，离开。来时缠斗的两头牛，不知何时已不见了。只留下老槐树独自站在那里，树干上的红绸子，在晚风中彼此轻轻擦拭。

2

抵达高尔寺垭口，已经没有信号。达明放下手机，摇下车窗，感受了一下外面的温度。这一趟，他专程飞来加入我们的旅行，一路有点高反，隐隐头疼。我们按照提前下载好的路书，左拐，继续上山，行至铺装路面尽头。草甸上散布着混乱交织的车辙印。一道水土流失造成的巨大沟壑，迫使我们下车步行。

刚刚下车没走几步，小伊就一脚踩进稀泥里，再拔出来的时候，已经没有鞋。达明见了，哈哈大笑，第一时间掏出手机拍照留念。小伊自己也哭笑不得，捡起鞋来说要擦一擦，让我们先走着，不用等她。

天空怅然地晴着，细雨在低空织了一张网，兜住摇摇欲坠的云朵。它们一坨坨沉得好像随时都会破网而落。

海拔不低了，我和达明喘着气，走得很慢，打着伞。他的伞歪在一边，似乎也没有真的遮住雨，或者太阳。他只是喜欢这把伞，绿色的伞。我们终于来到垭口边缘，再往前就没路了。目及之处，贡嘎群峰在厚厚的乌云层下，浪花般泛起一条白色波浪线。

那段时间刚刚重映了《情书》，达明和小伊都去看过了，说是哭到不行。结尾处，博子对着雪山大喊的场景，我当然记得：

お元気ですか?
私は元気です。①

　达明就这样大声喊着，对着遥远的雪山。那段时间他好像心事很重，有些低落。和我一样，他的月亮落在天秤座，饱受犹豫之苦：人如何才能做到，站在河畔，凝视水中的月影，却不纵身一跃呢。

　小伊迟迟没有跟上来，我有些担心，对达明说一起回去看看。往回走没多久，远远地见她换好了鞋，正朝我们走来。因为彻底的逆光，她的身影完全化作了一个字面意义上的焦点。在那焦平面前后，天空出奇地、出奇地高远……形成一种洪荒般的景深：仿佛是人间的天空之外，还叠加了万物的天空，众神的天空。一个人，就自那洪荒般的天空中走来，渺小得……走了很久仿佛仍在原地。"天若有情天亦老"说的就是这样的瞬间吧，一种旷阔的感伤击中了我，难以言喻。

　最终，我们三个人并肩坐在垭口，沉默不语地眺望那连绵雪山。如果云朵也有上帝视角，它们应该能俯瞰到三个渺小的人类，在地球的这个角落，此时此刻，坐在一起。各怀心事，各有过去和未来。

3

　"黑石城"是一片遗迹，坐落在附近的山顶上。为了赶在落日时刻前去看看，我们又回到车上，沿着繁乱的车辙印四处寻找，可一直没有找到。高山灌丛如此脆弱，我不想碾压草地；而那些已有的车辙，并没有把我们带到正确的方向。黑石城仿佛仍藏在传说中，故意不对我们现身。天色渐晚，达明有些焦虑。为了安全起见，我们只好下山了。

　下次吧。小伊说。

　我也没有犹豫，掉头下山。已经很习惯于这种遗憾，它甚至让我感到安心：旅行和生活一样，从来不该心想事成。太顺利的时候，反而会令我不安。常常是因为有遗憾，才会始终念念不忘，也因此更加记得那里。

---

① 日语：你好吗？我很好。

下山的路上，再次经过高尔寺垭口。谁也没想到，不经意间回头一看，赤橙色的光芒几乎要将一对后视镜点燃了：上帝啊，火烧云。

只有 Derek Walcott 的诗能描述那一幕——

> 在这个橙色时刻
> 光读起来像但丁
> 三行一节，对称的张力
> 从《天堂篇》漾出的安静的节拍
> 像一条无篷小船用它的桨划出
> 韵律稀疏的诗行，我们，如此
> 着迷，几乎不能说话，此刻

此刻：天空陷入一片熊熊火海。那光芒烧毁了所有的云，连同"一生中后悔的事"，都付之一炬。奇迹般的是，那光芒底部还显现一道彩虹，从熊熊火海底下探出了一段七彩金刚之身……仿佛是天空的舍利子，炼自宇宙的焰温。

眼前是康德所定义的壮美（sublime），我们被这种力量钉在了那里，仿佛化成了几块石头，等着被雕刻成像，殉葬给这个时刻。一定是命运在奖赏我们对遗憾的拥抱：若非及时下山，都不知道自己将错过什么。

因为这一刻，确信神是爱着我们的。

时间零

1

卡尔维诺有个"时间零"的理论：想象一个猎人在森林中遭遇一头狮子，猎人弯弓放箭，狮子也一跃而起的那一瞬间——让剪辑师把这一帧画面暂停，目光悬置在这里——接下来会有什么结果呢？中箭的狮子狂怒，一口咬死了猎人；又或者猎人射中要害，再补上几箭，把狮子干掉了。

但无论结果如何，都是时间零以后的事，是时间一、时间二、时间三……就像小学数学课上的线段那样，以那个悬置的瞬间为零，往前是时间负一、负二、负三……

卡尔维诺认为，古往今来的叙事都忽略了这个时间零，太注重从时间负三、负二、负一，到描述时间一、时间二、时间三……但真正重要的是这个时间零。在这个时间零上，所有的可能性都没有展开，所有的想象都还是胚胎。那是一个由于可能性无限，而绚丽无比的瞬间。

对我来说，这瞬间属于 2021 年 8 月的某天，属于我们在雅江县一个偏僻村落里遇到的那个藏族小男孩，他的名字叫土敦。

2

正值晴朗无云的夏日，天空毫无心事，一览无余的蓝与白。我们前往格西沟保护区，拜访几位巡护员。其中有一位年轻人叫丁真，汉语很好，对我们的每个提问都耐心回答。我很快注意到，他在每句话的开头和结尾频繁说"噢呀，噢呀"，我猜那是"对啊，是的"的意思——好听极了：噢呀。噢呀。

"噢呀，这峡谷，看到了吗？左边，我们小时候夏天在这儿游泳，天天游，噢呀！""这条路，小时候过年走亲戚的时候，要走一整天……"

"一整天？"

"噢呀，早上五点走到天黑。噢呀。"

"丁真这个名字很普遍吗？怎么来的？"

"活佛取的名字，我们这片的都叫丁真，相当于一个姓；那个网红帅哥理塘丁真，你们知道他的吧？差不多也是一样的意思。"

"那你就是雅江丁真。"

"噢呀！"

丁真大笑不止，看得出心情愉快。他指着每一个拐弯、每一片河滩，为我们细数童年记忆，说到兴起，决定带我们走访他的老家：一座古老的藏族村寨——并不特别顺路，但他坚持要去。

在村口的大槐树下，我们停车。进村的小路很窄，丁真走在前面，低头穿过一棵大树浓郁的阴凉，又路过了一口井。"这就是我小时候每天早上牵马来喝水的井，小时候我特别特别爱我那匹小马，早上起来了，第一件事不是刷牙洗脸，而是先牵马喝水，回去才是刷牙洗脸，吃饭。"

"那你的小马叫什么名字？"

"呃……没有名字……"

我们都笑了。或许与城市里的人不同，他们爱一匹马，但也并不给它取名。马不是他们的宠物，也不是什么家庭成员，马就是马，一个生命对另一个生命的，朴素而平等的喜欢。

丁真有种衣锦还乡的骄傲，跟路上遇见的每一个老邻居大声打招呼。我听见他打完招呼后，一个人低声喃喃自语："全是回忆，全是回忆，全是回忆……"

他家的老房子曾是整个村落里最壮观的豪宅。废弃20年后，粗壮的房梁色黑如炭，土夯石墙明显倾斜。人去楼空，黑暗中散落着积灰的旧物件：柜子，硬如铁色的牛皮袋，一条猎装腰带，一份命令搬迁的文件。

我们攀上二楼，眺望青翠的山谷。河边有一棵巨大的核桃树，亭亭如盖，让人一眼就可以联想到夏日在树下嬉戏、河边玩耍的童年。河流绕山谷淙淙作响，阳光在河面洒下碎金。丁真叹了一口气，说，好多年没有回来了。

这时我们才知道，这个房子本身，也是有名字的。藏族人一般没有姓氏，但有些人会拥有类似姓氏的家族名——也就是祖屋、庄园或房子的名字（房名）。

离开老宅子，丁真带我们去隔壁亲戚家喝茶，等他哥哥采松茸菌回来，顺路捎回县城。百无聊赖中，土敦就这样出现了——一双黑曜石般的大眼睛，一身被太阳深吻过的光洁皮肤。他黝黑，健康，漂亮得像一只小金丝猴；前额正中央有小一撮儿纯白色的头发，像是最时髦的挑染，非常醒目。

丁真告诉我们，家里无比宠爱这个孩子，出生时，特意把母子送去西南最好的华西医院妇产科住院生产。"这小撮儿白发，是华西（医院）的标志呢。"

土敦在家门口玩耍，抱着他心爱的小牛，像是逗一条大狗。他的弟弟也来了，但十分害羞。见到我们，兄弟俩露出羞涩的笑容，踢着一只瘪了气的皮球，从我们跟前绕过，又跑掉。

我们到屋顶上闲坐，吃冰棒。主人家料想我们喝不惯酥油茶，体贴地给我们倒了绿茶。屋顶上阳光刚烈，在地上切出一块块边界分明的阴影。我已经很久没有这么惬意地对待一场漫长的、无所事事的等待。谁都不知丁真的哥哥什么时候才能回来，但谁都不着急。在这个被世界遗忘的山谷里，我感觉自己跌入了某条平行世界的"时间零"，整个人都被悬置了。时间负三、负二、负一……已不知去向；未来的时间一和时间二也迷了路，暂时不会降临。箭就这么凝固在空气中，狮子如雕塑般停滞在跃起的姿势……在时间零的刻度上，在这个古老的村子里，我们就这么坐在屋顶，吃着冰棍，喝着茶，晒着太阳，看着土敦和他弟弟玩耍。

屋顶的大梁上有两条粗绳子系成的简易秋千，小小两兄弟活泼如幼猿，踩在绳子上摇来荡去，有惊无险地上上下下。换作在城市里，家长恐怕早就惊恐地扑过去大叫"危险！快下来！"了。但这里不会。一切都是这么自然、舒缓、不慌不忙，没有任何要紧的事。在这里，童年就是童年，活着就是活着，老去就是老去。

土敦和弟弟在秋千上攀荡，俩兄弟笑得咯咯作响，那是来自遥远的童年下午的声响，令我突然间泪如雨至，陷入猝不及防的感伤。这是两张真真正正的白纸，没有折痕，没有污点，没有任何笔迹：白纸般的童年。这是他们人生的"时间零"。从此往后，无数的时间一、时间二、时间三……将在命运的线段上等着他们。多年以后，长大成人、结婚生子的土敦，是否会记得，在某个遥远的无所事事的下午，他曾经这样纯洁、简单、开心过——那是命运线段上，时间负二十，或者负二十三的那一刻。

卡尔维诺当然是叙事炫技的大师，时间零的概念也绝妙无比，但除非是在文学里……现实中的时间零，不曾有任何一丝耐心等着我们享用。

箭就在弦断的那一刻射出，猎人就在狮子跃起的那一刻倒下，人间的一切都太快了。这是为何我们需要文学和艺术。它们是成年人的滑梯，顺着它，溜去遥远的童年，去寻找一只弹弓，击中一个梦。

3

正值繁忙的松茸季，整个雅江的男女老少都进山挖菌子了。"今年的松茸特别少，干旱，没什么雨……松茸少了，特别贵。"老巡护员李八斤一边说，一边点了牛肉汤锅，坚持要加一盘最新鲜的松茸菌，"你们必须尝尝鲜。"

我的确从来没有吃过松茸，只知道这东西很贵，非常过意不去。盛情难却，只能一遍又一遍说谢谢。丁真打断我们的客套，撅起一片雪白的生松茸片，蘸了辣椒，放进嘴里，说："像这样，生吃是最好的。"

我和小伊学着他的吃法，也撅起一片生松茸，刚刚凑到鼻尖，就闻见清香。放进嘴里，口感清爽，像与森林接吻。但说实在的，松茸对我来说就像葡萄酒，只要不是味道太跳脱的，其实都差不多，纯属暴殄天物。我放下了筷子。与松茸相比，我更愿意听李八斤讲他的故事。

山水自然保护中心与雅江格西沟保护区有着十多年的合作历史。来这里之前，山水的前辈就告诉我："你一定要见见八斤哥，藏族人，出生的时候八斤重，得名李八斤。喜欢唱歌跳舞，做事儿也踏实，人特好。"

1998 年以前，八斤哥是雅江县林场工人，工作就是伐木。那一年的特大洪水带来全国性的惨痛损失，催生了长江中上游天然林保护禁伐令，史称"天保"。1998 年后，雅江的林场纷纷转产。李八斤不再是林场工人，转而担任雅江县第一支专业扑火队队长，主要从事森林扑火和植被恢复工作。

"现在的条件，太好了……有了吉普车。想当年，我们每人每天，不停在山上巡逻，全靠走路，徒步。扑火的时候，是人一趟一趟背水上山的……喝了水，包在嘴里，喷出来……"李八斤说起当年做扑火队长的记忆，一直在摇头，"你一个人陷在密密匝匝的林子里，根本看不见自己在哪里，也看不见火在哪里，有时候火都逼近这边了，距离只有几公里了，你都根本不知道……大火在你面前爆燃，真的，那种恐怖……"

爆炸性燃烧，是所有消防队员的噩梦。在天然森林中，地面植被和林下堆积的腐殖层——比如落叶残渣等，薄则没入脚踝，厚则深及大腿。雨季，它们会像海绵那样吸收大量水分，阻挡水土流失，发挥森林涵养水源的作用。但一枚硬币总有两面：这些腐殖层会因为堆积、腐烂，变成易燃物，产生大量可燃气体——活生生的火药桶。一旦天气干燥，温度升高，很容易被点燃，甚至自燃。

当火灾发生，这些林下可燃物很有可能会突然间爆炸性燃烧，轰然形成巨大的火球，蘑菇云，同时产生极高的温度。如果加上特殊的地形条件——比如鞍部、单口山谷、沟壑等较为封闭的环境——情况就更糟了：蔓延而至的林火使这些地形中的可燃物获得预热，会加剧燃烧，很难扑灭。

在扑火的过程中，指挥尤其关键。瞭望员会始终保持在高处，以便指挥救火队员保持在上风向；但是一旦风向改变，灾难就降临了。2019 年 3 月末的一个傍晚，木里县雅砻江镇立尔村一处海拔 3800 米的山坡发生森林火灾，689 名消防员前去灭火，因为风向突然改变，烈火转向了他们所在的方位……在那场灾难中，30 人牺牲。其中 27 名为消防队员，还有 3 名地方干部群众。

身为扑火队长，每年 10 月至次年 5 月，都是李八斤神经紧张的日子。日常巡逻的任务之一，就是不断清理林下堆积物，防止堆积太多。但偌大的森林，岂是一小队人员能清理得干净的，这简直让我联想到"抵挡太平洋的堤坝"。李八斤说："所以挖松茸也是有好处的，相当于夏天很多人上山，清了一遍林子。"

李八斤和他的队员们，不过是平凡普通人，在山水的角落里，过着植物般清爽宁静的日子。很难想象这样平静的一生中，有过如此壮烈往事：2000 年 2 月 25 日，一场山火蔓延多时，逼近了村庄附近的林区。李八斤召集 800 人上山扑火。前线队员们被困在高大密实的森林中，视野低矮，无法判断自己的方向，完全依赖指挥员的瞭望和指令。李八斤负责的山头位于北面，凌晨 5 点，他们跨过峡谷，切入火场，扑救了 5 个小时，筋疲力尽。然而不知何时风向已大变，大火随之转向，像"城墙一样"正朝着他们这边倾倒而来……对讲机里的指令大叫：不到 1 公里了！快撤快撤！

这一公里的距离对于森林烈火来说，简直就是一步之遥，李八斤下令所有人赶紧撤，大伙儿根本来不及用脚跑下坡，一个个直接沿着七八十度的陡峭山坡，连滚带爬，翻下来，总算撤回安全地带……在那种生死情急之下，皮伤肉破根本不足为意，一回望刚才的山脊，早已陷入烟林火海。

逃过一劫，众人惊魂未定。李八斤赶紧清点人数，赫然发现原本800人的队伍，只有764人，足足少了36人。他当时"眼前一黑"，简直站不稳。整整36人，几乎每个弟兄和他们的家人都是熟面孔，无法想象这要如何交代……李八斤跌跌撞撞又往回跑，不停呼喊队友们的名字，没有任何回应。他感觉心脏被卷进了绞肉机。没有办法，只能原地等待奇迹发生。漫长的煎熬开始了，每一分钟过去，绞肉机的利齿就把五脏六腑搅拌上一圈：在那一个世纪般漫长的等待里，李八斤体验到一种几乎要呕吐的紧张，他几乎宁愿没回来的是自己。

终于，终于，奇迹般地，开始听到隐约人声，6个队员累得没了人形，互相搀扶着慢慢出现。李八斤扑过去迎接，追问剩下的人如何了，这才得知，都在后面，应该不远了。

很幸运，30位落下的队员们全部安全返回，无人牺牲。他们的迷彩服磨得褴褛，浑身是伤，是炭，是泥，是血，面庞已经糊得黢黑，所有人抱头痛哭。

"根本没办法，那种热气噢……呼啦一下……"李八斤朝着天上比画了一个蘑菇云一样的姿势，"烫得噢……"他说着，一直摇头。我努力想象着一座摩天大厦般的火炉，燃烧着，轰然倒塌的情形；浓烟如滚烫的棺盖那样，扣下来。

这样的记忆本该就着一碗烈酒一口干掉，但李八斤显得平静而克制，只是举起一小杯啤酒，非常客气地对我们说："随意啊随意，不用勉强。"

4

在格西沟保护区的第二天，李八斤专门拨出时间，和丁真一起，带我们上山。沿着废弃的老国道登上剪子弯垭口，一条壮观的经幡横挂在路中央，猎猎作响，似在呐喊着什么。

荒荒油云，寥寥长风。山的那边，就是理塘了。而山的这边，我望见雅江的"三区两园"：格西沟国家级自然保护区、神仙山省级自然保护区、亿比措湿地省级自然保护区；庆达沟省级森林公园和那溪措省级湿地公园。正是眼前这些山山林林，耗费了这个男人的大半生。

天然林禁伐令后，政府号召补植种树。拨款给雅江保护区购买种子的经费是 800 元，等于那时候李八斤四个月的工资。第一批种下去，全都没有存活，李八斤深感挫败，心有不甘。他很清楚，问题的原因是缺乏专业知识。为此，他开始努力邀请国内外环保机构和专家们来做科研，给大家做技术培训。"白天上班，晚上去听专家讲座，回来，还要把自己学到的再普及给村民。"种种努力过后，人工补植的存活率达到 80% 以上。当年那些被剃光的山头，渐渐又葱葱郁郁起来。

也许是时间太久远，李八斤说起这些的时候，各种周折辛苦总是一笔带过，轻描淡写。又或许，他是那种真正的实干家，做得多，说得少。

下山后，李八斤和丁真带着我们走进一处保护区的科研基地，迎面而来是座巨大的暖棚苗圃，建设经费是他上下奔走好不容易才筹来的。一位工人正在浇水，看见李八斤来了，彼此用藏语寒暄起来。

李八斤指着几块试验田，对我们说，这是高山杜鹃。

可是一眼望去，我几乎怀疑自己瞎了——地上完全看不见有任何绿苗。

走近，蹲下，仔细看，才发现有比绿豆还小的小嫩苗，战战兢兢生长着，简直让人担心它们能不能熬过下个冬天。"这里寒冷，海拔高，它们长得很慢，很慢。"李八斤指着旁边的几块试验田，对我们介绍，"这块田里的，是三年的；这些，是六年的……"

我得蹲下来仔细看，才能从一片土色中分辨出那些"幼儿园"的小杜鹃：两片小叶子还不及小指甲盖那么大，茎干似两根棉签，脆弱得经不起任何人踩上一脚。而"小学一年级"的杜鹃，也不到一肘高。难以想象还要经过多么漫长的时间，它们才能长大成林。我蹲在那里，抬起头，仰视李八斤的面容，为这真正的"长期主义者"而震惊。

走出暖棚，路过家属区。有位老同志坐在坝子里清理松茸，见到李八斤，彼此随意寒暄。这是一个松弛的时刻，我们停下来喝了一杯水，问起李八斤退休后的愿望。他说："退休后，想和爱人一起去旅行，多去看看山……去西藏再看看……"

小伊追问："石渠你去过吗？"

"去过啊，太美了，遍地都是野生动物，不像我们这里，林子太密了，看不见，你们要去吗？"

"要去，下次就去。"

短暂地休息之后，李八斤带着我们走向另一片露天试验田。角落里，有一株一人多高的小树，叶红如火，丰姿摇曳。"这是五小叶槭，濒危树种，整个雅江野生的也就只有 260 多株了，我们收集了种子来培育，现在有上万株存活了。"他凝视着五小叶槭，像看着自己的孩子。接着李八斤又走向旁边另一株矮矮的小针叶树，像介绍另一个孩子似的，对我们说："这是康定云杉。之前，整个雅江恐怕就只剩这最后一棵康定云杉了；我们采集了它的种子，育苗，现在存活了三百多株了。"

我们在这一株小小的康定云杉前合了影。照片上，李八斤表情很放松，没有笑，也没有不笑。他亲切地站在他精心培育的植物前，像站在自己的亲人旁边。已识乾坤大，犹怜草木青，说的就是这样一位跋山涉水、火海逃生的英雄吧。

回去的路要经过一大段国道，李八斤突然让我们停车。下车后他翻过围栏，走进一片不起眼的空地，招手示意我们过来。他说："这些也是杜鹃，从基地育苗存活后，就移栽到这里来。等它们慢慢长大。"

我看那些匍匐在地上，毫不起眼的小杜鹃苗，几乎叹了口气。这一小片地就在国道旁边，车来车往，无人驻足，除了李八斤他们自己，有谁知道这些小小的苗子意味着什么呢。

人们对哺乳动物有明显的偏爱：红外相机里的雪豹、小熊猫、川金丝猴……可爱的，萌萌的，毛茸茸的，好像才值得我们"保护"，甚至被冠以"明星物种""伞物种"的称呼。而植物，从来都是最被忽视的生命。当你去山里游玩，你从来不知道你脚下踩坏的那一株植物，那一片苔藓，多么脆弱，生长了多少年，凝聚了多少人的心血。

离开雅江的那天早晨，我们在镇上偶然碰到李八斤和他的爱人。一对朴素、平凡的夫妻，手上拎着塑料袋，肩并肩靠得很紧。我记得他爱人身体并不好，在李八斤拼命工作，经常无法回家的那几年，她有一阵子病得很重，全身浮肿，也不敢告诉丈夫。在纪录片访谈里，李八斤数次提到"最对不起的就是家人，该多陪陪他们"。现在终于快退休了，夫妻大概终于能弥补一些相处与陪伴的缺失。匆匆错肩过后，夫妻俩对我们挥手道别："再见啊，再见，下次再来啊。"我们来不及回答什么，就看不见他们了。

有那么一刻，想起瑞典作家雷德里克·巴克曼的《熊镇》，中译本封面有句话是："你即你所守护的。"

5

在雅江的最后一个下午，小伊提议顺路去看看日库寺。这是一座建于1270年的古老寺庙，属萨迦教派，相当有名。我们按照导航，很快从大路上切下来，拐上小径。道旁不时可见玛尼堆，薄薄的页岩石片大小不一，布满精美的雕刻。一个多小时后，周围越来越静，入山越来越深，人世已显得无比遥远。终于望见寺庙金色的屋顶，我们提前停车，步行前往日库寺。

有少年喇嘛从小卖部里走出来，好奇地打量我们。耳畔传来隐约的法会声音，本以为是广播，没想到刚走上寺庙的前广场，乐声大作，法号齐鸣，我们目瞪口呆地发现，意外走进了一场金刚舞的排练现场。

大殿前的阶梯上有一块平台，几位高僧高高盘坐，中间的两位敲着铙、钹，金属感的高亢、激奋，控制着整场节奏；高台最边上的那位，举着细长的鼓槌，敲打一面巨大的双面柄鼓；鼓声低沉、黯淡，像从很远的地方传来。甲铃的声音类似唢呐，仓皇凄切，像刀片切割天空。伴着奏乐，喇嘛们变换队形，舞动长袍，挥洒彩带和刀盾、法器，除了没有戴面具，其余装束已经与正式的金刚舞不相上下。

广场周围坐着附近的居民，正襟危坐，手里摇着转经筒。我和小伊摸索到一个角落悄悄坐下，观赏他们排练。一个多小时过去了，落日跌跌撞撞从金色的屋顶坠下，排练也刚好接近尾声。幽深的山谷回荡着宗教之声，宛如一场海市蜃楼。我看着那些面带笑容的少年喇嘛们，不由得想到他们的一生……草木般安宁、纯然，也许从来都没有走出这个村庄。他们看起来不需要也不在意外面的世界。

此时此刻，外面的世界在做什么呢？上班族带着倦容走进地铁，安安静静低头刷起手机；放学的孩子被家长接走，钻进汽车，把头靠在玻璃上，怅然地看着拥堵的车流；股民为连日大跌而微微焦虑，走到便利店角落，独自点了一根烟；改了排气的跑车肆意炸街，噪音像炮弹滚过马路。

与此同时，千里之外的山中，回荡着一场无人知晓的金刚舞。落日是缓缓流动的蜂蜜，红墙寂静，法乐怆然，人们面带笑容，平静而耐心地围在一起，缓慢跳着、舞着，或者仅仅是坐着、看着……没有歌词，没有旋律，超越悲喜、遗憾或梦想。他们活着。只是活着。没有人纠结此生枉然，或担心一事无成。一山之隔，好像就有许多个完全不同的世界。而我，常常觉得自己像个走错了教室的孩子。想起土敦、丁真、李八斤，就想起诗人韩东说的那句，"剥离了目的的人生，剩下的就是一个有所作为的过程"。

6

金刚舞的排练结束后，众僧纷纷散去。我们舍不得离开，徘徊在寺庙周围参观。僧舍附近，少年喇嘛们抱着零食，用吸管吮着牛奶，像下课后的少年，与我们错肩而过。

瞻仰了一座幽暗而倾颓的钟塔。与画壁画的师父交谈。接着，一位堪布带着我们走进寺庙的内部。在大殿的一个角落，发现一枚白海螺摆放在高处：镶着黄铜，缀着银边，精美至极，是一只"镶翅法螺"。白海螺是西藏各教派寺院中广为使用的乐器，螺号象征佛法之音，通常在法会及仪式活动中使用。因为深深痴迷于这种古老的法器，小伊后来又专门单独去了一次日库寺，去录下法会的奏乐，和白海螺的声音。

一次偶然的机会，小伊用收音器为我播放那段原始音频。当时我们正在一座废弃的矿山深处勘景，眼前一片浓雾，像《寂静岭》。戴上耳机的一瞬间，寺庙的法乐丰沛，饱满，轰鸣，一场声音的海啸，拔地而起。我闭上眼，幻见经幡飘扬，金色的寺庙屋顶上，落日正垂垂而下。白海螺的微弱声音在轰鸣中被完全湮没，但我能感觉到它在轻轻提醒我，亿万年前，人间也不过是一片海底。

也许再过亿万年，地球第六次灭绝后才能证明，我们整个人类，作为一个宇宙间曾经存在的物种，最终也不过"落了片白茫茫大地真干净"。尽管当时看起来，我们的存在曾经那么盛大，那么眼花缭乱，像一场金刚舞。

宇宙的水手

1

"流雪回风……"我轻声自言自语，小伊没有听清。

"什么？"

"古人所说的，流雪回风。原来是这样的。"

这是4月的一个深夜，山路一片黑暗，恍觉自己已经被一头蓝鲸吞食了，正窒息地攀爬在它的肠道内，秉烛摸索出路。

车灯扫去，挡风玻璃前是一簇簇扑面而来的风雪，正在组成一种神秘的文字，汹涌地朝我倾诉着什么，仿佛一场永不天明的葬礼，冥纸铺天盖地；又宛如在深海潜水时，突然闯入了一团 jack fish storm——银色细小的鲹科鱼群将你完全包裹，紧紧缠绕你的轮廓，如此切近，又变幻迅捷：一寸之遥，但你休想触到任何一枚鳞片。

那情景令人想起华裔作家特德·姜的小说《你一生的故事》：外星种族七肢桶使用一种非线性的语言。如果它们也有小说，那就不是一字一行地写成的，也不是一字一行读完的，而是一幅巨图，像层次丰富的汉堡，一口咬下，每个横截面的味道都在其中了。据此小说改编的电影是《降临》，在一个七肢桶与人类对话的场景里，它们的语言，像一幅幅喷洒的墨汁，或罗夏墨迹测验——那图景扩大亿万倍，就恰如眼前所见。

也许是因为山路漫长，眼前的风雪让我浮想联翩：从葬礼、鱼群，蔓延至紫翅椋鸟群……迁徙季，椋鸟群出现在天空中，就像一座幻化流动的巨大雕塑。我握着方向盘，盯着前方，脑中努力回忆那个单词——"无标度行为关联（scale-free behavioral correlation）"——欧洲椋鸟的视野几乎可以延伸到身体周围；群起而飞时，每只椋鸟将自己定位于周围最近的七只鸟身旁，协调自己与同伴的行动，保持几乎精确的距离和一致性，因此显现壮观的流体队形。而当鸟群最终降落到树冠的栖息处时，几十万对翅膀拍打形成一阵阵斑斓的交响，这种声音是一个美妙的术语：a murmuration of starlings.

雪花与雪花之间，也有着无标度行为关联吗？它们是有意识的吗？它们看起来确如一群活物：一群鸟、一群鱼，或者是一种特殊的语言。眼前大雪如涛，我感觉自己像置身暴风雨中的水手，徒劳地掌着舵，心里清楚一切只能仰赖上天的仁慈了——在这样偏远的无依之地，深夜大雪，路面因为结冰而一片银白，碾上去发出某种咬牙切齿的声响，如同死神就静静坐在我们旁边，不紧不慢地磨着刀。

路旁立着限速极低的警示牌，写着："医院很远，生命很贵"。

2

小伊一直沉默，整个人身体前倾，警觉地凝视着前方的虚空与黑暗，好像那深处藏着什么怪兽，一不留神就要从黑暗中猛然蹿出，扑向我们。

一种诡异的感觉笼罩了我。"你有没有发现……"我的声音颤抖起来，"一种错觉，我们是静止的……"

"靠……真的……还以为是我的幻觉，原来你也这么觉得……"她的声音比我更轻了。

我确信车正在缓慢行驶，同时又怀疑自己到底有没有在前进——雪花迎面扑来，抵消了我们的速度，创造出一种完全静止的相对运动，令人恍惚自己坐在一艘失去动力的飞船中，正迎着纷飞星尘，悬停，静止，滑向真空的黑暗。

"现在，我们是宇宙的水手。"

3

那夜恰是小伊三十岁生日前夕。这场雪几乎就是为我们而上演的——不是"下雪"，而是"上演"。就在我们沉迷于眼前的危险与壮观之时，一辆大货车停在前面，似乎是堵了。迫于不良的预感，我停车，打算下去询问出了什么事。

道路上的雪将化未化，被车轮碾成一片泥泞，很滑。我一辆一辆往前走。毫无疑问：堵车了。前方的车辆不再亮起尾灯，这是堵了很久的征兆。脚下太滑太泥泞，我无法再往前走了。车龙看不到尽头，我停下来，问旁边一辆大货车司机：发生什么了？

"前面有辆大卡车好像没带雪链还是怎么的，停着，走不了了。"

"堵死了？"

"堵死了。"

我看了一眼前方。黑暗中，长长的车流安安静静停着，车灯都熄了，不知已经堵了多久。一位藏族男人从远处走过来，对卡车司机说："你前面的这段很宽，可以往前错一错车。"

"可只要我一动，后面的车就会立马跟上，然后大家彻底堵死在这儿。你得让后面的车别动，这儿才能错开。"

"嗯……"藏族男人点点头，未置可否。

"有人打电话给路政了吗？报警了吗？"我问。

"报警没用的啦，等着吧。"

"完蛋了，"我回到车上，苦笑着告诉小伊，"我们可能要在车上过夜了。"

她伸了个懒腰，神情很放松。一路经历太多不确定性，我们的心态正越发松弛，时常自我调侃：习惯了被命运霸凌的人，暗暗期盼着，第二只拖鞋什么时候砸下来。

曾有一个社会心理学案例，大概是说美国某个街区发生了枪击案，许多人都听见了，但每人都默认"一定有人报过警了"，于是无人主动报警，受害者因得不到任何救助而死去——"旁观者效应"因此而来。

为了避免这种可能性，我们试着拨打路政122，接通了。说明状况后，对方回答："没有人报告堵车，你们具体在哪儿？"

"我们现在是在——"小伊抓过手机放在膝盖上，点击地图，"317国道，江达县往德格方向，矮拉山隧道出口出来不远。"

我补充道："前面可能有大卡车出了故障，近百辆车堵在这里，请求派人援助，疏通。最好有铲雪车什么的。"

直到对方确认说收到地址，"安排当地警方联络"，小伊才挂下电话，和我相视而笑：果然啊……

深夜十二点，前方没有一丝挪动的迹象。我们也并不饿，但还是分享着吃完了剩下的薯片，接着再次陷入无所事事。我回头看了看车后座的睡袋、方便面、开水：再撑个两三天没有问题。如果把窗外的黑夜大雪也看成风景，一切就不算太坏。

打开车内音乐，搜索了"生日快乐"的主题，一首一首往下放。听到金玫岐的那首《生日快乐》中出现烟花一词，小伊说："要是现在能放烟花就好了！"

"我真带了，"我说，在小伊惊讶的表情面前，我径直下了车，"走，放烟花。"

砰的一声，雪地被染成了红色。砰，金色，砰，绿色。我们绽开大笑，笑声洒在雪地，如同山影在水中轻轻颤抖。火光熄后，黑暗恢复浓郁，不知不觉间，雪已经停了。

我无法解释为什么这么喜欢红磷燃烧的味道。火柴划过后的气味，烟花的气味。我深深呼吸空气中带磷味儿的冰冷，在雪后的寂静里。

想到三十岁这个数字，诗人多多那首《它们》就跳了出来。是纪念作家 Sylvia Plath 的，写于 1993 年。后面几句是：

> ……
> 是航行，让大海变为灰色
> 像伦敦，一把撑开的黑伞
> 在你的死亡里存留着
> 是雪花，盲文，一些数字
>
> 但不会是回忆
> 让孤独，转变为召唤
>
> 让最孤独的彻夜搬动桌椅

让他们用吸尘器

把你留在人间的气味
全部吸光，已满三十年了

1963 年 2 月 11 日，三十一岁的 Sylvia Plath 在凌晨时分，走进厨房，关紧门窗，并且在门缝下面塞上了湿毛巾——为了不殃及卧室里沉睡的孩子。接着，她打开煤气自尽，就此变成了天上的星星。

不知她站在厨房的那最后一刻，看见的是什么？如果当时她的窗外有一场烟花，她会不会被那些光芒所挽留？就像阿巴斯的名作《樱桃的滋味》里那个标本制作师那样，年轻时也曾想过一了百了，把自己吊死在树上，结果却因此发现了树上甜美的樱桃；他尝了一个，又一个，好吃极了……直到太阳照常升起，世界明亮，翠绿，于是他从树上下来，把剩下的樱桃都捡起来，带回家和妻子儿女一起分享。

生活的低谷，也许酷似一场深夜大雪里的堵车。再绝望的拥堵，也总有疏散的时刻。只是需要多一些耐心。

就在这时，小伊的电话响了起来。一个本地号码。是警察的回访，他正在上山途中，打来电话说："我的车没有防滑链，好滑，上不来呀……"

"……上不来是什么意思？意思是您不来了吗？"小伊一边说，一边看向我，神情困惑，"噢……噢，好的，那您小心点，慢慢来。"

挂了电话，她有些哭笑不得："这是……让我下去救援他吗？"

4

终于，一个身穿荧光背心的年轻警察出现了。他手里拎着一把铁铲，在雪地中来来回回走动。又过了一阵，车龙渐渐有了动静。很快又停了——再过了一会儿，又动了起来。生日快乐好像一句咒语，每次随着歌声唱起，或者我们说起的时候，车流就往前动一点。但只动一点点。

过了一会儿，那位警察拎着铁铲，来到我们的车窗前，敲了敲："是你们报的警吗？"

"是的。通了吗，现在？"

"差不多了，前面两辆大货车擦上了，我让他们错开了，现在大家就慢慢错着试一试吧。"

"辛苦你了，太感谢了！"

"应该的。"

"你们这里经常这样堵吗？"

"不啊，很少啊。今年的雪很大，很奇怪。"

这是一个星期六周末的凌晨，他或许刚好轮到值班，或者本来也不该他值班。他被工作电话叫醒，穿上制服，戴上帽子，拎上铁铲，发动警车，冒着雪，上了山。

车龙彻底流动起来了。我最后一次经过警察身边的时候，他杵着铁铲，站在路旁，目送我们离开。在对面来向的车龙里，我看见了他的那辆警车，红蓝警灯闪着，没有雪链。来的路上他应该心里也没有底，但他还是做到了。

我摇下车窗：您的警号是多少？

我没戴。他摸了摸胸口，很羞涩地说。

那您贵姓？

他郑重地说，江达县交通大队，我叫扎西子旺。

扎西子旺。我记住了，谢谢你。谢谢你。辛苦你了。

应该的。

5

在做好了最悲观的准备之后，一切就再也不会比意料之中更坏了。我有种被判流刑，又突然释放的庆幸——虽然时间已晚，但下山路十分顺利，随着海拔渐低，雪变成了雨。

过去，我只见过白昼下的群山，从未有机会看看，莽莽群山在深夜中会是什么情形。此刻是凌晨两点，雨雪中的群山安静、柔软，如匍匐沉睡的巨兽。我们行车其中，如同一把剪刀，在丝滑的轻响中，裁剪那黑暗。

凌晨三点，不知不觉已经跨越了川藏省界，抵达德格。忽然间我发现，前半夜坐在我们身边静静磨刀的死神，不知不觉早已下了车，消失远去。

信仰的长城

1

像一道雪白的城墙，忽然间被画在车窗上——不愧是雀儿山：视野臣服于它的肃穆，被迫仰视它，甚至致歉，怀疑自己误闯了某位君王的领土。都说雀儿山的意思是"鸟都飞不过去的山"，但近年来登山爱好者趋之若鹜，已将此地变成技术型山峰的最佳训练场。最顶尖的速攀者，能在7个小时内完成登顶和下撤。

美国人曾山居住在中国多年，曾以开辟了雀儿山的数条攀登路线而闻名，是一名优秀的登山家。在成都的某一次现场演讲中，他沉痛地说："我几乎很后悔，因为雀儿山后来的攀登者太多，游客也越来越多，在山上留下了大量垃圾……我几乎觉得这是我的错。"短暂的停顿后，他将话题引向了"无痕山林"这一理念——带走你的一切垃圾，包括你的排泄物——要么正确掩埋，要么装在密封袋里，带下山。

听到这里，我想起一队日本的洞穴探险者，他们在地下河探索的时候，连小便也要装在瓶子里，带回地面。

在雪山之巅，在海底深处，在太空中，人类给这颗星球留下的印记，未免太多了一些。印象最深刻的是麦克法伦在《深时之旅》中所写的，在钾盐开采中，矿层深处的巨型开采器械工作时长极大，损耗很快，往往用不了几年就报废了；而要运出这些巨型机器不仅花费昂贵，还会占用矿石运输的时间和通道，于是人们总是将它们遗弃在废弃的矿道深处。

很难想象几千年后的考古学家，发掘到这台地心深处的机器，发掘到我们这个时代留下的痕迹时，会做怎样的论断——如果几千年后，仍有传统意义上的考古学存在的话。

此刻，我们就正穿梭在雀儿山的腹中：隧道长达7公里，限速仅40公里/小时。单调的黑暗，令车行速度更加显慢，几乎难以忍受，简直幻觉隧道尽头不是天地，而是另一个宇宙时空。好几首歌都放完了，隧道尽头的强烈光线忽然像洪水那样涌入，我们终于驶过了雀儿山。

这里属于沙鲁里山脉，从地形图上看，众多皑皑雪山纵横交错，像极了大脑的沟回。食指在地图上向北拂去，能轻易触及青海，再往西一寸，已是可可西里。顺着巴颜喀拉山的余脉往南，抚向青海与四川交界处，那里有块空白：仿佛制图者忘了给这块地方上色，仅草草标了几个藏译地名，权当初稿。

这就是石渠县。

2

在小伊一再强烈要求去石渠之前，我甚至从未听说过这个县的名字，更不知道它是四川省面积最大的县，位于川、青、藏三省区接合部，是雅砻江源头。石渠与成都相距 1070 公里，同在一个省份，却宛如完全不同的星球。这里的冬季，曾有四川最低温纪录——零下 40 度。

苦寒，偏远，平均海拔 4520 米，百度百科上甚至有"不适宜人类生存"这样的字眼。但我怀疑，种种不适是对内地人而言的。在当地，这里被描述为丰饶之地，冠以"太阳部落"之名：传说在很久很久以前，一头神牦牛被冰雪禁锢在格拉丹冬雪山上，一群勇敢的康巴汉子爬上雪峰，从太阳引来了火种，使冰雪融化，从神牦牛的鼻孔中喷涌而出，从此这里有了溪、草、牛、羊……一派欣欣向荣。太阳和火，成了这里的图腾。

3

抵达巴格玛尼石经墙的那个傍晚，我们已经赶了一整天的长途，有点累，也没有报以太多的期待——我们都不是那种事先就去阅读许多文献和资料，在去某个地方之前就充分了解此地的人。我希望为想象留有余地和空白，保持感知敏锐、自发，不受预设影响；用小伊的话说，"不会带着强烈的目的性前往"。

事实证明，没有比在一个黄昏抵达巴格玛尼石经墙更美妙的时机了。高原的太阳在热闹了一整天之后终于疲倦下来，光线温顺、松弛，人们也是。他们头戴擦夏藏帽，身披藏袍，摇着转经筒，口中念念有词，从我们身旁经过。整座石经墙安静得仿佛正要入梦。它简直像是一只搁浅千年、成为化石的巨鲸。我们走进了它的口腔，它的喉部，路过了它的每一根肋骨……其体内的每一块石板仿若活物，都有生命，都有声音，细胞一般聚集成一座信仰之躯。

我们就这样活生生地走进了时间与历史，走进了一座宗教文明的遗体之内，走回了人类的童年。一种肉眼可见的永恒感："尘世间，红尘外"的孤哀，钟声般平静的忧郁。那是风卷尘沙之声，修道院抄经者的落笔声，也是朝圣者们三步一叩的跪拜声。

"传说一世巴格活佛桑登彭措在麻木河与雅砻江交汇处碰到一个叫玛尼泽仁的刻经者。活佛非常喜欢此人刻下的一块六字真言玛尼石，就用一匹白骡做了交换。而这块石头，就成了整座石经墙的奠基石"，小伊走在我身后，读起这里的传说，"此后的人们不断在此堆垒更多的祈福与感愿，一块孤独的石头由此变成玛尼堆，再后来，变成玛尼墙……"

三百多年来，石经墙就这样层层生长，至今已绵延三公里，成为一段信仰的长城。它已历经三次大规模整改，与最初的状貌不甚相同。"以最坚固不朽的，隐喻最虚无幻灭的"，我暗暗这么想着，用脚步丈量此地的寂静。

"旧时，巴格玛尼石经墙有善墙和恶墙之分，如今已不再……"读到这一句的时候，小伊停下脚步，"善墙！与恶墙！"我们都为这一意象惊呼不已，停下脚步，一转身，更惊讶的一幕发生了——

一轮辉煌的圆月，正从一百零八座佛塔之间升起……宛如夜间升起的太阳，某种神迹。那一刻，黑夜与白塔相间相衬，令夜空化作一排黑白琴键，月与疏星在演奏着什么，也许是一曲德彪西。我们被施了咒语般，怔怔定在原地，目送月神路过人间。

月与星，流动着；善墙，与恶墙，转经的人们，静静旋转的转经筒，都在眼前流动着。"顶果钦哲仁波切说：'我们心的本质是自然的流动，但是一遇到内在和外在的事物，它就开始抓取，然后发生漩涡。它认为自己是那个漩涡，忘记了自己是整条溪流。'"白朗文章里的这句引用，让我们回味不止。一路上就这样读着，走着，绕着石经墙散步，直到夜深人静，月盈星疏。

夜深了，仍有许多藏族信众在绕着石经墙转经。大人带着孩子，沉默，坚定，从容，一圈，又一圈。没有人计较从墙头到墙尾来回多少次，是多少公里，他们只是用这样的方式度过漫漫长夜。

在善墙与恶墙，此岸与彼岸，日与夜之间，生活流动着。远方放羊的人们依然放羊，近处种花的人们依然种花，转山的人们依旧转山，耕种的人们依旧耕种。一想到这人生海海，每种活法都自有出路，我感到痛苦也是有浮力的。一个人即使陷入《荒原狼》式的困境，被孤独的瀑布打入漩涡之底，也能在结局之处，抵达和解与松弛，被漩涡的离心力托起，回归生活的长流。

4

多年后，将如何回忆在石渠度过的那个中秋节呢。

是夜归时，路过石桥：只见天心一月，灿如夜阳。银辉下，清溪四叠，映月四重。佛家所言"一月映千江"，不过如此了。

站在桥上赏月，默默无言，心事委婉。瑞典语中有一个极为美丽的词，叫 mångata，字面意思是"月光在水面照耀出的路"。måne 是月亮，gata 是路。望着月光之路，想起夏目漱石的名译，"月が绮丽ですね"①，浅怅深惆，不知所言。

那一刻，我已化身千江之底的一枚沙砾，任由月色涟漪一遍遍刷洗。

5

长沙贡玛保护区，是石渠中的石渠——西北以北，偏远之远。听巡护员李八斤说那里"遍地都是野生动物"，为此我们专门带上了望远镜。

刚刚离开石渠县中心，铺装水泥路还没有结束，眼角余光中就闪过了一个什么影子——藏酋狐——我压低声音惊叹，拽着小伊的肩膀要她往左边看。"哪儿？哪儿？"她几乎是弹坐起来，四处寻找——就在马路左侧的草坡上，一只棕灰色皮毛的小家伙，方脸，小眼儿，滑稽又可爱，大大方方与我们错肩而过，不时回头看我们。

小伊放下望远镜，又端起相机对焦，一时间手忙脚乱，只恨眼睛不够，手也不够。那只藏酋狐似乎见过不少世面，十分从容地在草间小跑，迎面一辆摩托车驶来，也没有慌张。

---

① 据说流传于夏目漱石，在与学生讨论如何翻译"I love you"时，他认为日本人婉转含蓄，说"今晚月色真美"就足够了。

等它的身影终于消失在草海，小伊才深深呼出一口气，放下了相机。就在刚才，她长久地憋住呼吸，稳住镜头，对焦，几乎缺氧得头晕了。

海拔4500米，驶过"长沙贡玛自然保护区"大门，高原草甸地貌扑面而来。车辙印横七竖八，像是巨幅抽象画的笔触，通向牧民的帐篷。曾几何时，牧民早上骑马穿过草地，回来之后鞋面都会湿透。如今即便人不骑马，走在草地上，也不能将鞋打湿了。退化的牧场，露水没有了，摩托车代替了马匹，土地板结，荒漠化十分严重。

2003年，石渠县开始了退牧还草项目，同时在电线杆上架设人工巢穴，吸引老鹰筑巢繁衍、捕鼠。但眼下所见，恐怕治理速度跟不上恶化速度：遍地都是高原鼠兔、喜马拉雅旱獭、青海田鼠、长尾仓鼠。它们快速地窜来窜去，无影小腿似昆虫般敏捷，从一个鼠洞到另一个鼠洞，密密匝匝。据统计，石渠县3200多万亩草地，平均每亩草地有鼠8.3只，最高的达每亩28只，密度堪忧。

所谓"遍地都是野生动物"，该不会说的是鼠类吧……我们忧心忡忡地，沿着土路继续朝深处而去。

6

第一群藏野驴出现在视野的时候，我们简直不敢相信如此走运。它们的身体健美，优雅而挺拔；毛色与草地十分接近，就像这片大地的孩子。它们紧紧靠在一起，警觉地望着我们，雕塑般站着一动不动。

我们也一动不动，悄悄地远远停下来。我举着望远镜，为了防抖而屏住呼吸；谁都没再说话，耳边只有小伊摁下的快门声，咔嚓，咔嚓，咔嚓。

不经意间，往马路的对面一看，这才发现右边的山坡上还站着更大一群藏野驴。左边这一小群，是想穿过马路去跟它们会合的。穿过这条马路，对它们来说似乎是个艰巨的挑战。这里频繁有摩托车来往，并不清静；据说马路——尤其是柏油马路——在偶蹄类野生动物的视觉里，有时候看上去像河。它们会像涉水似的，小心翼翼，高高迈起蹄子，跨出步伐，试探着摸索过马路。

很长时间过去了，见我们迟迟没有动静，这几只落单的藏野驴终于鼓足勇气，开始过马路，去另一边。我们拍到了它们从我们前方跑过去的情形，姿态匆忙，似乎带着巨大决心。也正是这时候才发现，藏野驴奔跑的姿态不像马那样四蹄分驰，而是两只前蹄同时扬起，后蹄同时落下，像同手同脚蹦跶的小孩，滑稽可爱，令人几乎想要拥抱它们。直到它们彻底远去，我们才依依不舍，继续前行。

本以为今日的运气到此为止，接下来再也看不见什么了，没想到李八斤前辈说的"石渠遍地都是野生动物"所言不虚。那短短一天，我似乎把前半生所能遇见的野生动物都遇尽了——成群结队的藏野驴、藏原羚、藏羚羊：它们三三两两，或坐，或卧，有时甚至就在家畜羊群的旁边，静静吃草；偶尔还能抓拍到藏酋狐与它们同框的照片，足以令我们兴奋好久。永远都不能忘记藏原羚那白色的心形小屁股，可爱得像一团不小心粘上的奶油蛋糕；而藏羚羊那对细细长长的犄角，优雅如京剧演员头冠上的翎毛。

最后的一段回程中，我们甚至在很远很远的山头上，发现了一只穿山甲。它那么孤独地爬行着，像一只蚂蚁在翻越沙丘。举起望远镜，久久凝视它爬行：它有着怎样的父母，怎样的一生？它疼痛吗？孤独吗？快乐吗？我与这只穿山甲同为这颗星球上的碳基生物，但它之于我，犹如一切动物之于人类，是彻头彻尾的"他者"——恰如女性与男性，互为他者；东方与西方，互为他者。

我们都不能真正地，切肤地，理解他者，如同我并不能真正理解一只穿山甲的一生。但只有当我们相遇，深情、平等地凝视他者，抛开占有、操纵，仅作深情的互相凝视，爱才会发生。爱是平等的互相凝视。

7

在石渠，我无数次眺望没有人烟的茫茫荒原，野生动物的身影在长长的天空之下，那么小，那么静，一动不动，像是草木一般安宁。这种原始的美好带来一种原始的痛苦，如同用某种快进的速度眺望历史：石器。青铜器。长城。神殿。城堡。火枪。教堂。壁画。蒸汽机。艺术。工业革命。世界大战——第一次第二次。数字化。虚拟化。元宇宙。一切都有过了，但也都消失了。

消失成一张彻底过曝的白照片。一组白噪声。

眼前回归寂静的童年。一只穿山甲的童年。一只藏原羚的童年。一个人类的童年，或者这颗星球还年轻的时候。在那样荒凉的眺望中，会感觉自己成了这颗星球上最后的人类，最后两个，之一。这种熟悉的感觉又出现了：文明要么还未诞生，要么就是一切已经结束。我们终于成了真正的局外者，末日就在眼前，洪荒惊雷滚滚而来，该惩罚的已被惩罚；该幸存的尚未幸存，但一定不是我——不该是我们。

不要再搭乘方舟了。方舟属于旷野上的它们，属于眼前这只美丽的藏原羚。

回去的路上，斜阳镶嵌在地平线，光芒万丈。大地一片赤色，万古时空生了锈。远处，帐篷、房屋和车辆已经依稀可见了……我们告别了最后一群藏原羚，即将回到俗世。它们的身影已经化为了逆光的幻影，连同这伤痕累累的草原，都消失在落日中。那一刻我仿佛亲眼看到了宇宙的红移：一切都在膨胀，一切都在远离，光在远离，恒星在远离，行星，尘埃，时空……坛城灰飞烟灭，也在远离。

为一种永别般的痛苦，我热泪盈眶。

8

"要磕长头吗，要磕长头吗……"一个稚嫩的声音传来，似乎是针对我的。四顾无人，低下头，才发现是个小姑娘。她的鼻涕皴了皮肤，唇角干裂；外套单薄脏旧，细细裤腿露出脚踝，看上去很冷的样子。在她身旁，还有一个小弟弟。

见我没有接话，她继续重复着："要磕长头吗？我可以帮你磕长头，十五块钱一个。"

十五块钱一个的长头——我惊呆了——真的会有人雇一个孩子，以十五元一个的价格，代磕长头吗？这里可是松格玛尼石经城，朝圣之地，传说格萨尔史诗时代纪念阵亡将士的寄魂城，我没有办法把这么震撼、苍古的人间坛城，与"十五块钱一个的长头"联系起来。小姑娘眼睛那么清澈，不知道为什么她在人群中选中了我们——但放眼四周，确实也几乎没有别的游客了。本地藏族人穿戴郑重，一圈，一圈……围绕着石经城转经。他们步伐坚定、从容；口中诵经，手摇转经筒。在他们头顶上，天空无风，无云，飘着一只鹰。阳光如此坦然，他们，和那只鹰，一样坦然。

我走向旁边的长椅，坐了下来。小姑娘和弟弟也跟上来了，她的汉语非常好。她说："我爷爷在成都。我去过成都。"那份骄傲的语气，仿佛是在谈论上海、巴黎或纽约。

她的名字叫卓玛，十岁了，没有上学。汉语是姐姐教的，家里还有七八个兄弟姐妹。最大的，二十多岁了。

"那你身边这个弟弟就是最小的吗？"我问。

"不是。家里还有个这么小的。"她比画了一个小猫那么大的形状。

"那你的家在哪里？"

她朝着公路入口处的棚屋区指了指：就在那里。

传说中的寄魂城被迫与后现代语境尴尬相遇：原本遗世孑立的石经城，如今被一层层棚屋和帐篷围绕着，信众们就驻扎在这圣地的旁边。他们大都以贩卖石刻或旅游纪念品为生。

我从来没想到，过去只在纪录片里见识过的情景，能在这里被亲眼所见。棚屋一个个灰头土脸，挤挤挨挨地凑在一起，门口坑坑洼洼，想必雨天泥泞不堪，旱日又尘土飞扬。孩子们的头发蓬乱如枯草，一张张晒黑的小花脸，面貌模糊，衣着简陋，一目了然的赤贫。

赤贫，但是人们习以为常，泰然处之，他们的余光瞟向外来游客的时候，甚至带有一种中立的傲慢。世俗世界的林林总总，好像不被他们放在眼里。如同古代苦修的托钵僧般：来这里生活的人们，就是为了靠近这座石经城而已。

卓玛说，他们家没有牛羊。

那你们用什么谋生呢？我问完才意识到，她这么小，也许还不能理解谋生这个词的含义。

她说，卖东西。

一个身材壮硕的男游客，在公路入口处停下车，掏出了无人机，开始放飞。看来是想飞过去，从空中俯拍整座石经城。小姑娘却并没有走上前靠近他，去问要不要磕长头。她也没有继续缠着我们。她从石经城某一块神龛中，刮出一些五彩斑斓、如糖果般的小石头送给我们。我们收下了，然后犹豫着该如何回馈她：不是舍不得付钱，而是某种圣洁的语境下，我们都不想用钞票这种简单粗暴的东西打发她。

但是看着小姑娘走开，我突然于心不忍，想到车上有些食物可以赠送，便又追上去问：你喜欢吃什么东西？我以为她要说巧克力、饼干、糖果什么的。

没想到她说：苹果、香蕉……橘子。

我心下一紧：好的，一会儿你就在出口，等等我。

卓玛没有点头也没有摇头，似乎对这种空荡荡的许诺司空见惯，不抱有期待。她牵着弟弟走开了。我和小伊起身，重新围绕石经城，顺时针慢慢走完九圈。阳光普照。我们谁也没有再说话。

临走前，我终于在人群中找到了卓玛，将苹果和橙子，还有其他所有食物都送给了她。她开心得甚至忘了说话，只是牵着弟弟的手，一直对我们挥手、告别。

石经城在后视镜里退去。我们即将回到纯粹的世俗语境里去：那里繁华又残酷。在那里：你拥有什么，你便是什么。你是你所拥有的。

而在松格玛尼石经城，我看见了一无所有。看见自在、遥远。看见对无常的无所谓与无畏。你不是你所拥有的。你只是你。

9

细雨纷扬，国道无车，我们犹如滑行在黑色的绸缎上。松格玛尼城在我们身后消逝。我感到空气凝固着，中立而复杂的沉默，就像刚刚看完一场震撼的电影，从黑暗影厅里走出，一时间没有办法回过神来。后来的某一瞬间，车里的音乐自动跳到了陈奕迅的《十年》，我与小伊谁也没有说话，安安静静听着，忽然两个人都泪如雨下，怎么也止不住。很多年没有听到过这首歌了，而此时此地，离那个灯红酒绿、伤情苦意的世界如此遥远，却有什么无形之手，从那逝去的十年中散逸出来，密捕了我们。

如果每个人都因爱而痛苦，为什么不试着让它变成一件纯粹快乐的事呢。问题大约出在人之爱本身吧。人性的褶皱，容不下爱这么复杂的海洋。

世上因此有了宗教。

英国作家、神学家 C. S. Lewist 在《痛苦的奥秘》中探讨信仰的起源："……当快乐存在时，人因担心失去快乐而痛苦，一旦失去快乐，人又会因为回忆快乐而痛苦……我们天天感知这个苦难世界，却要相信一个美好的确据：最终，现实将充满公义和仁慈，正因为如此，痛苦才成为问题。"

但通过信仰解决问题的努力太过漫长、艰巨，人又总是倾向于寻求捷径，比如十五块钱一个的长头。

10

回到县城的时间是下午。阳光剧烈，扬尘四起，坏掉的路灯，没有井盖的下水孔，积着污水的路边坑。我们仿佛紧紧攥着坛城幻灭的最后一抹尘埃，不肯回到现实；心血来潮决定买上啤酒，藏藏掖掖地装进背包，登上色须寺后面的山坡。

转经的本地人大概极少见到外地游客跑到这里来，纷纷把目光投向我们。那些目光总是看人发直。没有善意，也没有恶意。不恐惧，也无意攻击，或取悦。只是凝望着你。在森林中与俊美的野兽相遇时，也见过这种眼神。

在高处俯瞰：寺庙的屋顶，像电影结束前的最后一幕静帧，停在那里，等待字幕渐渐浮现。一座县城，棋盘一般静置云下，远处溪水蜿蜒，野餐的人们，正收拾地毯离开……更远处，依稀人居亮起几豆昏灯，每一扇窗都正发生着一些生活场景：劈柴喂马，粮食，蔬菜；点灯，祈祷，生火做饭。这是没有剧情、无始无终的生活电影。世界任何角落，都发生着。

傍晚不知不觉就降临了。一道彩虹降临在寺庙屋顶上，俨然神迹。我们怔怔站着，守着彩虹散去，直到夜色降临，还舍不得离开。在那个山坡上，从下午待到了深夜，就着一轮在云中游弋、时隐时现的月亮，我们一人点一首歌，连续不断地播放下去，直到所有的酒都喝完了，雨绝，风停，热泪也终于平息了。

那天的每一首歌，都映射着某块记忆碎片。曾记得在城市的深夜，酒酣耳热之际，老朋友 M 问我：知道爱是什么吗？

"我不知道。"我回答，"你呢？"

"我太他妈知道了。"M 放下杯子，笑了起来。

"那你说。"

"爱是把他人放到自己之前。"

"你觉得呢？"此刻我问小伊同样的问题。

"爱是……"小伊停顿良久，说，"知道了，便知道了。"

"什么？"

"爱就是：一旦知道了，便知道了。"她又重复了一遍。

眼前的意境恰如废名的诗句，"一天好月照澈一溪哀意"。那是今生不再的夜晚。我知道我不会忘记。

将地图刺穿

1

严格说来，班戈已经不再属于大横断。我们终于刺穿了地图，走到了褶皱的尽头。大地成了一张无边无际的毛毡，被太古时空反复熨烫，没有皱褶，没有起伏。到了下雪的时刻，道路看起来会像浮桥一般，漂在地上。行驶的感觉，像是正沿着笔直的跑道起飞。

数不清的藏原羚、藏羚羊、藏野驴。它们和家畜一起共享着草地，优雅地坐卧，闲庭信步，像是等着画家来写生。一地甜美的蹄印，糖果般活泼，却令我想起可可西里的盗猎大屠杀。是什么恶魔，才会操起猎枪，在繁殖季到来的时候，扫射这群无辜的精灵？怀孕的藏羚羊被子弹追赶着，仓皇逃跑直至流产而死。

我正陷入这样的联想，为人类犯下的罪恶倍感折磨，忽然间，荒原上出现一只巨大的、巨大的钻蓝色瓷盘；一颗坦然的心，完全敞开，心口盛着亿万年来被露水渐渐稀释的星夜的……那种蓝。

巴木措到了。

2

初见那一刻，觉得这……无疑是海。是天空掉落下来的一块，嵌在旷野。我终于理解为什么在藏北高原，这样的湖泊会被称作"海子"：那样的平静、仁慈，像德格印经院的壁画，佛的垂目，慈坐于墙，七百五十年了。人间所有的贪嗔痴、怨憎会、爱别离，独生独死，独去独来，终汇成这片陆地深处的海。

无法控制自己不靠近那片海蓝，尽受塞壬之歌召唤，不加抵抗。径直走向那海子，沙地横加阻拦，起伏不断，一道道拱起，一道道遮挡视野，直至最后的沙丘尽头，遮挡消失的瞬间，如栅栏倒下，我们一头撞进那蓝色，"漫山遍野都是今天"。

海的最浅处，蓝是一片被阳光漂白的床单。最深处，蓝是幽静的死亡，一片心事之冢。风叠加着风，滚滚而来，吹出一座德里克·贾曼的花园：牛舌草、鼠尾草、风信子的蓝。三色堇的花语之蓝：沉默不语、无条件的爱。也是杉本博司的海：无色的平静，无辜而痛彻地活着，无眠的海。

远远地，看见一群藏原羚在山脊线上警觉地望着我们，只停了一瞬，就飞奔而去。在这茫茫旷野上，忽然就再也、再也寻不到它们的身影。

有那么一瞬间，感觉自己孤独得就像一头野兽，叼着自己的影子，慢慢走回饥饿之夜的洞穴。

3

青山七惠说，创作要有"想去绕一绕远路的心情"，我觉得生活也是如此。

始终执着于小路。无论人生，还是旅途中。小伊规划从班戈到那曲的路线，选了一条只有卫星地图上才能隐约辨认的县道。普通导航软件不提供这条路，路上也没有信号，我们要以中途的村落作为坐标，提前记住每一个转弯。

沿着一条车辙印，牵针走线般穿过好几个海子：达如措，江措，蓬措，懂措。她在车里忽然笑起来："这是一错再错之旅。"

忽然间一场浅雪，淡如粉末，极为耐心地为大地染色。眼前成了 Mark Rothko 的抽象油画作品：大地是平涂的钛白，边缘模糊不清，钛白之上有一层锌白。那锌白的就是"江措"，海拔 4545 米。在格萨尔史诗中，这里是魔岭战役的发生地，魔王的头颅被抛于海中。

史诗已然散去了，留下一片雪的挽歌。春天快要过去了，这里依然寒冷。牧羊人和他的羊群，变成白纸上的几粒黑芝麻，点缀在昏沉的湖岸，似静若动。最活泼的那一粒，是牧羊犬。

他们都那么冷静，人，羊，狗——那么冷，那么静。若无信仰，怎能容忍那么庞大的、空白的时间。牧羊人一定是海边的卡夫卡。这片锌白或许就是他的信仰之海，如何生活这种问题对他而言不存在，他就像个天赋型选手，生来就会。

他与羊、狗、牛、海子、细雪之间，有一种伟大而自由的爱。

如果有另一种版本的人生，你想成为什么？

从那天起，小伊就开始用"做牧羊人"对付我这个问题。她说她想成为牧羊人。对滚滚雷声、暴雨、风雪，从容以对；对丢失的羊羔从容以对。努力寻找，但如果真的丢失，她也从容以对。她守着古老的海子、白芝麻雪，与羊群对话，或压根不对话。

牧羊人分明与我们处于同一个时空，却好像与我们不属于同一个时代。

西班牙语翻译家范晔《诗人的迟缓》一书的结尾处，写：

> 乌拉圭作家加莱亚诺讲过一个关于"同代人"的故事：
> 胡安说他时常与身上散发恐惧气息的人相遇，在布宜诺斯艾利斯、巴黎或是其他地方，他觉得这些人不是自己的同代人。但有一个中国人，在几千年前写过一首诗，诗中的牧羊人与自己心爱的女子相

距遥远，但却能在雪夜，听到她发梳经过发间的微声。读到这首异域古诗的时候，胡安·赫尔曼认定，他们才是，那位诗人，那位牧羊人和那女子，才是他的同代人。

未竟的路途

一个最近发现的细节：手机相册时不时会呈现一组记忆流，提醒某时某刻，曾在哪里哪里。我总是猝不及防，被那些突如其来的画面击中，感到自己曾经像透明的隐形人那样，曾经飘浮在那里，曾经真真切切，而现在只留下影像。

2021年结束后，小伊剪了一个短片，在大年初一发给我，作为新年礼物。短片中的每一帧我都能认得出是在哪里，看到最后，眼泪几乎夺眶而出：壮丽的山景，搓衣板似的烂路；也有滑稽场景：俄尔则俄的路边，一个牧民死死揪着绵羊乱蹭不止的后蹄，在我们路过的瞬间，人和羊一起扭过头，定住，看着我们，尴尬地笑着。

视频用的配乐是"秘密行动"乐队的 Drown with me，我们路上经常单曲循环的一首歌。只要那声音一响起，"在路上"的记忆就如暴雨袭来，淋湿我。

小伊说，这是到现在为止，人生中最好的一年。

细想之下，我们都曾去过世界上那么多地方，一定也有曾经让我们产生类似感受的旅途，但时间是一场大雾，不知不觉间，抹去种种细节。所以我写下这些，希望多年以后，当我们都忘记了横断浪途的细枝末节，至少能记认，这是多么美好的一扇窗——在疫情最艰苦的几年里。

两千多年前的春秋时代，秦穆公与子车三兄弟宴饮，酒酣耳热之际，说"生共此乐，死共此哀"①。我以一个悲观主义者的自觉，将这八个字理

---

① 秦穆公死后，殉葬177人，包括子车三兄弟，即子车奄息、子车仲行、子车鍼虎。《左传》《史记》痛惜三位忠良，批秦穆公残暴；但应劭《汉书注》中，认为子车三人是因"死共此哀"之誓而自愿赴死，后世文学家如曹植、陶渊明等认同此观点。

解为一种极乐之后的落寞，如同登顶：没有更高的地方了，此刻往后，都是下撤。

旅行也是流动的盛筵，一种反日常的突围。从踏上旅途的那一刻我就明白：生活不会放过我们，回到城市后，茫然和无趣的日子将接踵而来。我们仍然要回答"该如何正当地生活"，要鼓起勇气直面"伟大的作品与生活之间，古老的敌意"。

正因为连这敌意都不会是永远，正因为这旅途的短暂、无常，不可复得，我努力铭记每一片刻。每每回想途中涟漪，如鲠在喉，像"一头公牛站在自己的舌尖上"：旅行，是一种切肤的在场。

所以我书写。

与写作相比，做影像艺术也许是更幸福的，一切都仿佛有迹可循，直观而清晰。通过影像，"刺点"被当场捕捉、凝固、扣押，从时间的高速列车上脱轨，掉落下来，被接住、摘取、装裱。在好的影像作品中，记忆与想象变成了同一首诗。我努力用文字对刺点进行雕刻。文字作为媒介，有巨大局限，但也另有其魅力。我尽力了。

原本想要覆盖横断山脉的全部主要旅途，却发现它太广阔了，我哪怕耗尽一生也没法穷尽每一条山谷、每一座雪峰。而在横断山脉之外，地球上还有那么多角落，那么多高山、荒野，是无法穷尽的。一想到此，就被自身的无能和渺小给伤到了。

长途旅行，也像另一种飞行——纵身跃入所有的不确定性，虽然在驾驶自己的车，但我们都只是命运的乘客。避开了细写四姑娘山等知名景点（翻开任何一本有关横断山脉的游记，你都能读到太多相关描写），一是因为在景区感受不深，二是我取舍的是对自己而言，深刻的瞬间，往往来自不知名的角落。甚至在记录的同时，它就已经成了某种虚构。

记忆也像谎言，从建构的第一瞬间，自己就生出脚，迈出第一步就会自动迈出第二步，最终长大成人……成为另一个独立的主体。

最终，换作是我们，渐渐成为记忆的客体，甚至连这个客体，也会彻底消散。尽管舍不得，但我知道我还会回来。此念坚定，总在城市生活的绝望时刻，予我安慰。

衷心感谢小伊，还有每位路上的伙伴们。感谢山水自然保护中心，感谢芯锐、鲁茸叔、李八斤……还有那些路上的陌生人。感谢默默、郭宝婷、林十之，每次向他们寻求建议，总是热心帮助我。感谢台湾作家朱和之对书稿做了细致的建议与修改。他对我说："山脉即波折，你即为峡谷。这一座座山峰，亦即跨越一次次自己。板块挤压，岁月隆起，皱褶也就是生命的往复周旋。"

　　感谢世上所有的星、雪、火。愿山风吹拂我们走向荒野，走到人生深处去。

　　一起。

（原载《人民文学》2023 年第 4 期）

迁徙的鸟

李达伟

一

那时，天是湛蓝的，蓝色堕入谷底。出现在眼前的是怒江。众多支流从高黎贡山深处流出来，穿过一些甘蔗田，穿过一些芒果林，那些支流的声息与一些鸟鸣交杂在一起，一些支流独自流入怒江，一些支流交汇后流入怒江。河流弯曲奔流，河流的名字不停地变化着，怒江流到我面前时叫"潞江"。

雨季，在雨水的漫漶下，高黎贡山下的那几条大河变得浑浊，一直清澈的是在高黎贡山中流淌着的那些溪流。怒江是浑浊的，盈江（多好的名字，可以发生多少的断章取义，也可以发生多少的由河流的名字衍生的想象，一条丰盈的河流，一个丰盈的世界。我出现的季节我所出现的河段，与河流的命名是平衡的，闭上眼睛想想——盈江，睁开眼睛看看——盈江）是混浊的，瑞丽江（碧波荡漾的季节似乎不是这个季节，雨季过后，瑞丽江水依然碧波荡漾，那样的荡漾是可以发生爱情与依恋的）是混浊的。我知道这几条河流，只是在雨季暂时变得浑浊而已，当雨季结束，它们又将恢复清澈和幽蓝。特别是在冬日，在开得火红的攀枝花的映照下，它们清澈得发蓝。

我们所在的怒江边，熟悉的清澈透蓝，河面宽阔，河流貌似缓慢地流淌着，我从河流偶尔裹挟着的一点点泥沙中，意识到了一条河流将要涨起。我们在惊慌中逃离，毫发无损。我们抵达一个山坡，我以为看到的是自己所熟悉的世界，那个我们偶遇的人却说那并不是我所熟悉的世界，即

189

便我看到了闪烁的灯火，但那里依然很原始落后，我感到恐怖。我猛然惊醒，我旁边睡着的是让我变得柔软、轻易就把我融化的女儿。有一会儿，她咯咯地笑着，我不知道她梦见了什么。她会不会梦见那条我既在现实中遇见，又在梦中不断看到的河流。

梦境中不只出现河流，还出现了在河流边漫游的诗人、漫游的僧侣、漫游的民间艺人，还有那些土生土长的人，以及其他众多的生命。所有生命的目光，在某一刻都朝着河流的方向，似乎河流便是我们的一切。我们只知道，我们的幸福与苦痛都在那河流边发生着。

现实中，我们出现在河流边，既看着河流的流淌，同时让自己与不只是河流的世界之间发生碰撞。即便我也深知那些河流，已经与过往有了一些变化，但由于在雨季河水流量大，让我总觉得那些河流一如往常地流淌着，不竭地流淌着，不需要担心枯竭。这像极了高黎贡山中的那些生命，至少是一个世界在整体上呈现出的生命力的旺盛与不竭。我也深知很多时候，我们已经无暇顾及它的某些细部。在高黎贡山生活与漫游的时间里，我进入了它的某些细部，一些人的命运以各种各样的方式被我目睹或者耳闻。一些人的命运，并不会因地域的不同而不同。

在高黎贡山中，河流一开始的出现就已经让人诧异。我看到了怒江，于我而言它是真正意义的大河。一条大河对我的冲击太大了。我的童年时期，安抚我的只是一条很小的河流。在高黎贡山下，一些人的童年因为怒江而与我不同，一条大河的流淌安抚着他们的童年。我喜欢河流，很难清晰地说出是为什么。我既喜欢河流的隐喻，也喜欢河流的现实。河流以各种姿态在流淌，或汹涌，或平静，或是涓涓细流，或是滔滔江河。它们从源头开始，或者只是从其中一段开始，它们最终汇入大海。我出现在河流边的很多时间里，变得静默异常，那是我的静默，河流却不是静默的，而是流动的、诉说的、澎湃的、低回的，诉说着生命的完整与残缺。我听到的是一条河流在流淌（以一种应该是恒久的姿态，我们希望河流能一直那样流动着），我感受着与河流有关的对于生老病死的态度，我似乎渐渐看淡了生老病死。

我正在阅读《沿河行》，还随笔写下了这样的阅读笔记：

沿河行。奥利维亚·莱恩。原来读的是她的《孤独的城市》，城市越大人越小，一些孤独的艺术家，一些孤独的个人在城市的喧闹庞杂与堕落不齿中孤独地活着，有些人会被吞没，有些人也在清醒、努力和不屈地活着。《沿河行》中，作家沿着乌斯河行走，在还没有遭到很大破坏的自然中，她陶醉于沿河的那些美丽自然之中，爱情带来的沮丧也被河流慢慢治愈，她在寻求治愈的同时，也在思考着自然世界对于整个人类的影响。《沿河行》中，在对个人感觉与情绪不断抒发和记录的同时，还出现了一些与乌斯河有关的人，特别是因精神崩溃而自沉乌斯河的伍尔夫。疾病不是很严重时，作为写作者的伍尔夫，经常出现在乌斯河边，写下的文字是湿润的，是可以滋润万物的，处在崩溃边缘的伍尔夫的文字却是干涸的。一起染上了"鄙俗膜拜症"的约翰·贝利和艾丽丝·默多克夫妇，在河流边渴望回归作为自身起源的黏稠污泥，回归孩童时代的泥巴和肮脏。现实是艾丽丝被阿尔兹海默病慢慢吞噬着记忆，一切已经很难回去。这时的河流是忧郁的感伤的。河流于我而言，有忧郁有感伤，但同时还有其他，那些其他的东西让我不会一味地往深渊坠落。我在它的美景中不停地遨游着，但同时因为河流不只是河流，我所面对的又不只是河流，而是一段又一段的时间，以及时间背后的那些普通的人，或者是那些艺术家。我还要面对自己内心的那些因现实情感的挫败等带来的沮丧，这本书里透露着不安与焦虑，但同时又不只是不安与焦虑，还有着其他在一条河流所流经的某些段落的风景给我带来的窃喜。

我带着这本书出现在梦中的河流边。现实与梦中，我往往是不一样的，我甚至怀疑梦境中的自己是另一个"我"（是一个我从未想象过和感知到的自己，是另外一个世界另外一个维度中的自己），是另一个"我"在面对另外一种真实。我说不清楚自己为何会对河流如此痴迷。在一些时间里，我不断回溯着，不断思考着，最终唯一能给出的解释是，我长时间生活在这些河流边，同时，我的思想我的个性不断被这些河流重塑着。河流在我的世界中占据很重要的位置。

二

　　一些在这之前我们从未发现的动物，突然出现在了高黎贡山。我们暗自激动。世界深邃庞杂，我们深知很多生命早就已经存在其中，只是我们暂时或者永远都无法发现而已。对于高黎贡山中的那些生命，就像我们对这个世界本身一样，一直处于不断认识的过程中。令我们感到高兴的是不断有新的生命被认识，我们也知道还有一些生命已经从那个世界离开，或者消失。进入高黎贡山，在高黎贡山自然保护所中，我们遇见了一些人。我们才意识到是有那么一些人，真正热爱着这个世界之中的一切生命，他们的工作日常就是关注新的生命的出现，以及一些一直存在的生命的变化。有新的动物或植物出现时，他们近乎狂喜。

　　云豹被发现，我们通过红外线看到了踽踽独行的云豹的身影。云豹出现在晨昏之间，它们栖身于某些古木之上。一个人进入高黎贡山深处，是危险的，我们真有可能会遇到云豹，但没有人遇到云豹，它们远远就嗅到了人的气息，它们生活在那些茂密的丛林之中。我们也可能会遇见别的动物，我们很可能会遇到熊。一些人遇到了熊，熊攻击人、攻击羊群的事情偶有发生。

　　我们在高黎贡山中生活着，就必然要忍受并适应这里关于生存的矛盾。其实我们与动植物之间的矛盾，在高黎贡山并没有我说的那么突出，更多时候，我们与那些动植物相安无事地生活着。当听到一些人提到发现云豹，或者发现了其他的动植物时，我们很多人往往只会轻描淡写地"哦"一声。在一些时候，我们也可能会抑制不住自己的好奇想知道那些动植物的样子，就像现在我特别想知道高黎贡山中的云豹真实的模样。红外线中的云豹，多少已经发生了一些变形，我们只看到了模糊的影子。

　　诗人说要把自己的内心真正打开，要让自己真正放松下来，这是进入"高黎贡"必须要做的准备。诗人说，如果你做不到这点的话，你就暂时不要进入"高黎贡"。诗人还说，你还要跟他们喝酒，他们才会真正向你敞开。诗人一说，我就明白了。对于诗人的说法，我特别赞同，其实那时诗人一定发现了我饱受莫名的恐慌与紧张的折磨，诗人一定觉得我在进入"高黎贡"的时候依然这样。

我们来到高黎贡山深处的那些村寨时，往往要喝酒，喝酒是我们交流的一种手段，边喝酒边谈论着他们对于世界的认识。那些被讲述的认识里有着太多幻境般的因子，似乎只有魔幻得不可思议的视觉才能穿透那些密林，才能穿透那些绵延不绝的山脉以及落差很大的海拔。那时，在高黎贡山深处的那个村寨里正下着小雨，弥漫的雾气就在离我们不远处飘荡着。那样的雾气特别适合那时的讲述，讲述萦绕着迷幻的色彩。在讲述中，人们见到了在某个悬崖上生活着一只餐风饮露的豹子，它有时会来到悬崖边上看着悬崖之下的世界，其中一个老人信誓旦旦地跟我们说，他曾在悬崖之下感受到了豹子目光的灼烧。我特别想问他那是不是云豹，我总觉得云豹也很有可能会出现在那里。云豹是怎么上去的？是谜。那里是否真正生活着云豹？依然是谜。我朝那个悬崖望了一眼，在雾气的遮掩下，我什么也看不到，在雾气之下，似乎我又真的看到了一只豹子的影子。影子瞬间出现，又瞬间消失，我被酒呛了一口，我发现自己已经喝得有点头晕了。

　　在火塘边，人们第一次跟我说起云豹时，我总感觉自己陷入的是一个既魔幻又现实的世界。我们很多人在提到高黎贡山时，总会这样感叹，魔幻得有些让人觉得不可思议。众多的民族，相对偏居一隅的世界，一些原始的气息的氤氲缠绕，同时现代文明的渗入，众多的文化，众多的异质，众多的迥异，同时又是迥异的和谐，我们看到了让人最为惊叹的杂糅与交融。在那个世界之内长时间生活之后，我们又会觉得出现在眼前的现实就应该是这个样子。

　　我们一伙人就在高黎贡山的某条美丽的河流边，可能是瑞丽江，可能是盈江，可能是怒江，也可能是那些大河的某条支流边，看着湛蓝的天在河流中流淌，看着一些人正在砍着成片的甘蔗林，看着一些人正在采摘着咖啡豆，便有了强烈的魔幻现实主义感。我们也知道自己只是再次强调，在我们之前早就有人意识到这是一个魔幻现实主义之地。我们把那些魔幻现实主义文学作品打开，这些作品都出现了鬼怪、巫术、神奇人物和超自然现象，带有印第安神话传说和土著传统观念的奇异、神秘、怪诞的色彩。眼前的高黎贡山，只要我们真正进入其中，我们也会发现这些元素。即便到现在，有些元素依然是人们认识那个世界所无法缺少的部分。我们同样看到了现代文明与当地原始文明之间的碰撞交融。一些浓厚的原始气息依然浓厚，那些现代文明也在快速地融入其中，我们看到的不只是现代文明，我们还看到了另外一些衍生的杂糅的新的东西，我们无法肯定新的东西就一定是好的，但我们至少可以肯定，一些交融的必然与可贵。

魔幻现实主义作品的沃土，有时我们会这样感叹，我们感叹并行走于其中，最终也成为魔幻现实主义的一部分。我们在读一些魔幻现实主义作品时，有时会惊叹，作品中的那个世界与眼前的世界的某些东西实在是太像了。我们也知道魔幻现实主义，只是方便我们定义世界的一部分，除了魔幻现实主义的东西外，这个世界还有其他。我们似乎也该思考一下该如何面对可能会出现在面前的云豹，细想之后又觉得没有任何那样的担忧，毕竟直到现在，在高黎贡山，我们只是通过红外线才发现了它们的踪影。许多生命的嗅觉异常灵敏，云豹的嗅觉亦如此，它能嗅到空气中飘荡着的陌生的生命气息，特别是人的气息，当它嗅到人的气息之时，便立刻离开了，而我们人类（至少是我）那钝拙麻木的感觉是无法轻易察觉附近隐藏在丛林中的生命的。

三

几条河流在高黎贡山的密林深处流淌，一些大河在高黎贡山与别的山之间的横切面里奔涌流淌。河流在切割着那些地理。河流在切割地理的同时，也在无意间制造了不同地理背后不同的文化。在高黎贡山上寻找河流的影子，那时河流成了我判断方向最为重要的标尺。

在高黎贡山上看到怒江或者别的河流的流淌时，河流变得很平静，那是看。出现在河流边，我们更多是在听一条河流。有时在高黎贡山上看不到怒江，只能见到山谷中的河流，哗哗地流淌着，清澈，与山谷中的那些石头之间碰撞出白色的水花，有时像极了燃烧的白色。密林底下由各种草木的根须交织或者差不多要碰触着的网，真的很像那些在高黎贡山中流淌然后交汇，或者从未交汇的河流。我依然无法避开的是把根须比喻成血管，有时一些受伤的根须就像被切开的血管，太像了，像得让我们在这样的比喻面前，无法再找到更适合的比喻。比喻在高黎贡山深处繁衍生长。比喻让高黎贡山的诸多物事相互交错。这并不是一个充满比喻的世界，却是一个可以让比喻无处不在的世界。

由于季节的原因，那是冬日，蜿蜒曲折的河流，异常清澈，而蜿蜒曲折的山的绿，可以说与季节无关，毕竟上面有着一些常年泛着绿意的植物。在这个世界之内，对自然的敬畏，一直被人们秉持着，那是一种已经渗透到日常生活之内的对于自然的认识。我们可以在那些特殊日子里遇见一些祭祀活动，祭祀的对象有时就是一棵榕树。当进入高黎贡山深处，森林散发出让人觉得好闻的原始气息。

我一直觉得无论是怒江还是高黎贡山，都能让我的表达进入一个广阔自由的境地。我有意让"高黎贡"和"高黎贡山"这样的表述，在这个文本里能有所区别，但在很多时间里，它们交错在了一起。"高黎贡"的意义可能有些宽泛，"高黎贡山"又显得多少有些具象化。我在用"高黎贡"时所面对的往往是人，而用"高黎贡山"时面对的往往是山，当然也并不是绝对的。有时，我更愿意生活在"高黎贡"这样的语境之中。"高黎贡"也意味着一种表达的自由，一种更为宽广的自由。"高黎贡山"这样的表达竟被我有些狭隘化了，在面对着这样的表达时，我的自由有了一些限度。我意识到"高黎贡山"这样的表达里面，同样有着太丰富的东西。在高黎贡山中行走时，我又希望自己一直处在"高黎贡山"的语境中。

一个世界有一个世界的语境。就像此刻，即便已经离开了潞江坝好几年，每次说起潞江坝，我依然很顺利就把自己带入那个熟悉的语境之中。一条大河在奔涌或平静之中不断冲刷着两岸。我们出现在傣族、傈僳族或德昂族的村寨，我们在那些村寨里喝着酒，谈论理想与自由，谈论我们的来处以及可能的去处。由于有着那么多民族的存在，以及高黎贡山本身的丰富，我们会有强烈的进入各种让人目不暇接的语境之中的渴望，让我们很激动的是这些语境并没有拒斥我们。那是会让我们感到惊讶的一些语境。堕入那些傈僳族的语境之中，我才发现他们从山中相对贫瘠的坡地上搬了下来，他们的搬迁是一次海拔的降低，而在那些古老的语境中，这个每次去狩猎都要进行一次隆重祭祀仪式的民族，往往生活在那些高地之上，那些地方是容易与阳光相遇的，太阳也慈善地把阳光洒落在那些地方。在他们的语境中，他们经常狩猎，却没有过度狩猎，他们在相对贫瘠的坡地上种植适合生长的庄稼。现在，我所出现的村寨，早已不是建在那些贫瘠的坡地之上。在高黎贡山深处，有好些被废弃的建筑，以及被抛却的生活日常。他们必须有所改变。还有另一些人搬到了高黎贡山下，他们都需要出现在那个丰饶的世界之内。那是属于高黎贡山下的丰饶，从一个寒冷的高山上出现在那个热带河谷，世界给人的感觉就是丰饶。植物在丰饶地生长着，有许多的水果，一些庄稼还可以种两季，这些在我还未出现在高黎贡山下时，想都不敢想。

在某个语境中，我们暂时把教堂和民族放在一边，那时我们只是关心人的命运。人的命运在那些迁徙面前所呈现出来的不一样，人的命运会被那些迁徙所改变，我们唯一能担心的是环境改变之后，人们的适应能力，毕竟我们看到了一些空落的房子。在怒江边上的空落房子里，只剩下一些寥落的狗，我们是隔着江望见了那些颜色，有些泛黄的房子，据说那里没有人居住，人们纷纷回到了山上原来的村寨。这样的村寨只是少数，人们无法适应河谷的闷热，就像那些狗同样还没有真正适应一样，我们隔着江望见了它们伸长的舌头。与那些空落的搬迁点不一样的，还有着很多从别处搬迁到这个世界的人，他们慢慢适应了在高黎贡山下的生活。我们曾回到过他们原来的居住地，那是澜沧江边的平坡，但其中还是有一些人偷偷跑回去种植一些庄稼，有些土地还没有被大坝的水淹没。我真希望那些人像我一样，来到高黎贡山下那一刻开始就为世界的丰饶感到惊诧，然后慢慢真正适应了这个世界。

四

古老的歌谣响起，我们在歌谣里寻觅着高黎贡山过往的样子。歌谣唱的是四时里的高黎贡山。"冬时欲归来，高黎贡山雪。秋夏欲归来，无那穷赊热。春时欲归来，囊中络赂绝。"高黎贡山的雪，高黎贡山下的瘴气，路途的艰难与生活的困顿都影响着那些翻越高黎贡山的人。现在瘴气早已消失，据说当时只有傣族人有对付瘴气的办法，他们便生活在坝子里，现在大部分潞江坝的傣族依然生活在坝子里。

在古老的时间里，高黎贡山之下是一个瘴气浓烈的世界，那时环境封闭，人烟稀少。瘴气消散的背后，经历了我们难以想象的艰难过程，然后才是现在的时间与世界，现在是丰饶与人口众多的世界。我们还能在高黎贡山下遇到以农场来命名的好些村寨。不断出现在老桥农场或别的农场后，还是感觉到了后来才来的人与世居民族之间，有着一些差异。我认识一个老知青，在高黎贡山下生活了很长时间。我第一次见到他时，他早已经从那里离开了。他回忆着，回忆着一个世界在发生变化过程中所伴随着的一个群体的命运。当不断出现在那些农场后，我不再只是把注意力集中在原住民身上。虽然他们在一些方面，还是和周围的那些少数民族村寨有着区别，但很多时候，他们早已融在一起。在老桥，见到的同样是一片又一片的桂圆，同样是一片又一片的咖啡，同样是一片又一片的芒果。那个老知青在酒桌上喝了一杯又一杯，然后跟我说，你根本无法理解我们这一代人对于这个世界的意义。诚如他所言，我们真无法理解他们那一代人与一个世界之间的那种联系。我能理解的最多是自己与这个世界之间无法被切割的联系，就像无法被切割的血管，当再次想到被切断的血管这样的比喻时，我似乎有点点懂了那个知青所言的一代人与一个世界之间的那种联系，以及一个世界对于一代人所产生的那种从肉身到精神的影响。

我们在一些时间里，也感受到了强烈的命运感。我在高黎贡山下生活了很长时间，并在一些方面得到了来自世界的重塑。我强烈感受到了这个世界的影响。我经常有着这样的感觉，我可能一辈子都要工作和生活于此，这将是我的命运，但也是我乐于接受的命运，毕竟自己已经很热爱这个世界。我们在那些小酒馆里对我们的命运感轻描淡写。我出现在了高黎贡山中，严格来说，我只是走了一段，就几公里，然后折返。我沿着一条堆满落叶与腐殖物的路，听着一些动物的啸叫，听着一些鸟类的鸣叫，听着一些树枝枯断的声音，我没有见到什么人，也没有见到什么村子，这是我其中一次出现在高黎贡山之中。我知道在高黎贡山深处，有很多村寨，还有一个叫小地方的村寨。从高黎贡山深处搬出来了好多人，像原来一直住在半山腰的傈僳族，也已经有好些搬到了坝子之中搬到了河谷地带，还有那个德昂族村寨，他们搬下来后，他们的茶地一直在高黎贡山深处。我们不停地出现在高黎贡山，我们必然要不停地出现在那些还未搬出来的村寨之中。

回到歌谣。先是那些孩子，是他们说起了一些歌谣，然后是他们中的几个人唱起了古老的歌谣，至少我在听他们用傣语或别的少数民族语言唱的时候，"古老的歌谣"这样的感觉异常强烈（即便真实的歌谣并没有那么古老）。在那些孩童的世界里，时间总是模糊的，有时在他们眼里的"古老时间"其实刚过去不久。帕后在那个山谷之中（我们又一次来到了山谷）给大家跳起了傣族舞，帕后没有怯场，她跳的舞蹈柔美，像极了那时洒落山谷的阳光。山谷中的阳光与山脚村寨里的阳光不一样，在那个教书的村寨里，阳光太热太烈，而在山谷之中，阳光似乎是专门为那些孩子而洒落的。那时我在那些孩子眼中看到了柔和的阳光，那是一些纯净且如金子般发黄的目光，他们眼里还有着原始丛林气息的河流。当提到孩子和河流之时，我又会莫名感到有些忧伤，毕竟就是眼前的这条河流，在某个雨季冲走了两个孩子。这两个孩子虽然不是我的学生，但听到这个消息时，我们很多人还是感到悲伤和不可思议，毕竟那条河流给我们的感觉一直都是清冽而柔顺的，我们从未想过它还有粗暴与汹涌的一面。他们在唱那些古老的歌谣时，是在那两个孩子被冲走之前，不然一切古老的歌谣与孩童的快乐都不会以这样的方式出现。

关于高黎贡山的那首古老歌谣，不属于孩子，不属于童年，也不属于童年想象，没有孩子会唱那首歌谣。那首古老的歌谣背后，是一些人与山之间密切联系在一起的命运，更多是人的命运，过往走夷方的人被高黎贡山所阻隔。当看到那个简短的歌谣时，我们会看到的是与现在的高黎贡山，以及现在的人们在面对高黎贡山时完全不一样的一面。现在那些古老的歌谣已经成为古老的一部分，也成为我们认识高黎贡山时所无法忽略的，那是高黎贡山在人们内心里面的一种投影。那些孩子口中的歌谣，往往是唱给天地万物的，是那些少数民族自然观的呈现，我们现在所提倡的对自然的敬畏与保护，其实早已在那些少数民族生活的世界里，早已在高黎贡山之中存在着。我们就在高黎贡山的某个山谷之中，听着稚气未脱的孩童唱着一群人对于自然的认识。在歌谣中，我们可以尽情地唱诵对自然之美的赞叹，唱诵对自然的感恩，有那么一瞬间，我竟有恍若面对着一些祭师在举行祭祀的感觉。孩子们在山谷中唱着，他们那清脆的声音把一切凝重与忧伤过滤，那些声音在山谷中不断回响着。这些歌谣所能满足的是我们对于世界的一种想象。

五

我从大理来到了潞江坝，然后又从潞江坝的灼热潮湿中来到阴凉却依然潮湿的高黎贡山之内，然后多次出现在高黎贡山中。这样多次的行走，也是一个对于世界不断加深认识的过程，也是一个不断打开自我的过程。

很长时间里，我就只是在潞江坝里生活着，教书之余在潞江坝的一些村寨里寻亲探友，然后慢慢地才把自己行走的范围打开，过程持续了近三年。在潞江坝和在高黎贡山，这是不一样的。有些经验在潞江坝是可行的，到了高黎贡山就不行。在《大河》中，我行走的范围主要围绕着怒江沿岸，里面很少涉及高黎贡山，似乎高黎贡山更多时候隐身到了世界背后。现实是潞江坝背后就是高黎贡山。我的目光偶有涉及高黎贡山，然后又匆匆把目光从高黎贡山收了回来。在提到高黎贡山时，我们往往无法忽略或绕开的是众多生命在上面的迁徙。生命浩浩荡荡的迁徙在高黎贡山一直发生着，那些迁徙的生命，它们有着明确的目的地，虽然在抵达的过程中遭受了让人无法想象的磨难。多少生命就是在迁徙的过程中变残甚至丧命。迁徙之路是残酷的，我们可能看到的是那些浩浩荡荡迁徙的生命给人所带来的震颤。看到那些生命将面对的无常时，我们同样是震颤的。有一些为了保护那些生命迁徙的人，他们会在那些动物迁徙的时候，不断出现在高黎贡山中。他们熟悉一些动物的迁徙路线，他们也会捕捉一些鸟，在被捕捉的鸟上标上一些记号后，又放回去让它们继续迁徙。等来年，他们依然要捕捉一些鸟，同样也要做一些记号。有时他们会遇见前几年曾经标记过的鸟，那样的相遇，概率很低，但每一次的相遇，都让人激动不已。

　　刚来到高黎贡山下时，我多少会有那么一些既激动又不适的感觉。我感受到了在一个新的世界里开始生活的茫然失措，我还没有准备好该怎样在那个世界之内完成生命的至少一次转身。对在这个世界生活的往后日子，我既充满期待，又有一些顾虑。我想到了那些迁徙的生命，特别是迁徙的鸟类，无论如何在提到高黎贡山时，"迁徙"不会被我忽略。一颗迁徙的心灵，一个一直似迁徙的鸟类般活着的灵魂，我们在暗夜中继续行走，我在暗夜中离开某个村寨，然后来到另外一个村寨。《迁徙的鸟》里面的音乐总会在耳畔响起，大致的歌词是这样：那些会让生命低首的土地，今夜我将在你的怀里入眠，而明天我又将振翅飞去，我不断地沿着钢筋丛林的边缘，只是为了你，我不断飞翔，我却无法解释这一切。在看《迁徙的鸟》时，音乐加重了那些迁徙鸟类的悲壮与悲凉。音乐又响起，我今夜将在高黎贡山深处一个叫"小地方"的地方入眠，已经没有初来之时的那种无措感，我感觉自己已经喜欢上了这个世界。没有想到几年过去，自己再次从高黎贡山下离开，回到大理城里，那又是一次慢慢适应的过程。

在高黎贡山生活的时间里，我把自己当成了迁徙的鸟。这样的想法其实并没有持续很长时间，我把那样的想法从脑海中迅速剔除。我只能算是某种意义上迁徙的鸟，与那些迁徙的鸟类是不同的。迁徙的鸟群中的一些在迁徙过程中会被捕杀，它们在迁徙中所感受到的仓皇与孤独感更为强烈，即便它们往往都是一群一群在迁徙，即便它们在迁徙中不断用各种各样的方式相互温暖着对方。我没有那样的仓皇感。那时我强烈意识到的就是个体感，我是单数的，单数的孤独体。那时孤独感（如果那真算一种孤独感的话）的形成有着很多方面的原因。刚刚来到那个村寨（说实话，那是与自己的理想多少有些相悖的，我想留在城市，却出现在了高黎贡山下，但我们无法拒绝命运感的裹挟），来到的还是一个异常陌生之地（其实后来出现在高黎贡山以及以"高黎贡"所囊括的更大的世界之后，才发现随着海拔的升高，我慢慢地遇见了一些熟悉的东西，我的老家在一个海拔近三千米的大山上）。

那段时间，可以算是我个体意识最为强烈的时候，我再次强烈感受到了在一个陌生之地要独自面对自己的命运。我先要解决的是要淡化陌生感。在那个村寨的学校里，特别是周末，当学生回家，当别的老师回家，当空落的学校里只剩下为数不多的人时，有些不适感就会发生着。我们这些外地人，就是某种意义上迁徙的鸟群，我们只是在一些时间出现在那里工作，然后又有很长时间的空白期。那个空白期，我们离开那个世界，几十年都是如此，我们避开了那个世界最为燥热的时间。我们便在这样的在场与缺席中，完成人生的意义与对于生命的理解。似乎我们倾其一生将要进行的只是教书工作，除了教书之外，我们与这个世界的联系就暂时中断。事实并不如此，我们与世界的联系开始多了起来，即便我们依然在最热的时候离开，但我们已经意识到自己所进行的教书工作，只是在那个世界中生活的很重要的部分之一，我们还有其他。孤独感早已随着我们与世界之间联系的日渐紧密，淡化并消失。

从潞江坝翻过高黎贡山，就是另外的一个世界，抵达的可能是一个飞地（一个与周围的世界不同，一个汉文化高度发达之地，它的周围是一些少数民族的聚居地，那些少数民族文化似乎对它并没有产生多少影响），最有可能抵达的是一些少数民族居住的世界之内。以"高黎贡"来囊括的世界里生活着众多的民族，像傣族、德昂族、布朗族、阿昌族、傈僳族、白族等，当这些民族与"高黎贡"有了一些联系之后，"高黎贡"便开始变得绚丽起来。

这时"高黎贡"更多呈现出来的是彩色的，看得见的色彩，在这之前从未见到过的色彩。许多我们曾见过并感到异常普通的色彩，在这个世界杂糅后繁衍出了新的色彩，那些生活在"高黎贡"中的不同民族所崇尚的色彩是不同的。"高黎贡"本身在不同时间里所生长和消弭的不同色彩，都一一呈现在我们面前。我们成为色彩的一部分，我们必然要成为色彩的一部分。我在高黎贡山山脚下的那个村子里教书那几年，在山下生活了很长时间，我在高黎贡山山脚下的那个村子里听着有关山上的传闻，我也在山脚的那个村子里无数次望着高黎贡山。

豹子的故事便是这样听到的，那个老人朝高黎贡山的某个山崖指去。那里生活着一只豹子，许多人都曾见到了它那斑斓的色彩以及凛冽的眼神。我不知道一只豹子会以什么样的方式出现在那里。太多的谜，太多的信与不信。在高黎贡山山脚下的那些村子里生活的时间足够长的话，我们没有人会去怀疑那样的讲述。一些养蜂人进入了高黎贡山，他们养着许多的蜜蜂，我们来到了他们家中，我们眼前看到的是泛着金黄的蜂蜜，他们多次看到熊去掏蜂窝，蜜蜂在极力地对抗着那些熊的入侵，养蜂人却想不到任何对抗的方式。我们还看到了一些人养的是马蜂，同样让我们感到诧异。

六

占卜者，一个老人，一些占卜用的蓍草还未干，蓍草那开得有些绚烂的花朵在占卜者面前还未凋零，只是被摆放着。占卜者将看到生命凋零的过程，那是一种慢慢干透的过程。我们都不清楚那个过程对于占卜者的意义，如果换作是我，看到生命的一种颓败，我还是会莫名感伤。我又看到了另外一个占卜者，那是在高黎贡山的深处，他也只是路过，我偷偷地扫了一眼他拿着的东西，里面就有蓍草，或者至少是如蓍草一样的东西。我通过那些植物来判断眼前这个人的身份。我只能猜测，但不能确定。有可能那只是一个喜欢植物的人，或者是一些人需要那种植物。我还是希望那个人就是一个占卜者，如果是一个占卜者，我的想象将抵达另外一个维度。我想跟他打声招呼，我想跟他说说自己对于占卜者的认识，但占卜者匆匆而过。占卜者手中拿着的蓍草那细碎的白花正在坠落，占卜者似乎并不关心那些细碎的花。他迅疾地在路的尽头消失。

那时我才发现，路的两旁都是古木，他消失在密林之中。那时，你会恍惚，他是否是真实的，比如他的身份。在高黎贡山深处，我面对的将是无数身份模糊的人。我们都很难轻易判断那些在这个世界中以漫游的姿态与我们相遇，与我们擦肩而过的人的身份。在"高黎贡"的那些繁多的路径中行走的时候，每一次遇到陌生人，我都倍感慌乱。如果没有遇到人，我竟然反而会觉得有些庆幸，当被这样的念头所影响着的时候，我的所谓漫游不再是自己想象的那般从容。

现在在高黎贡山深处，占卜者的数量也在减少。我再次遇到了他，我确定那是原来遇见的那人没错，我又一次看到了蓍草。我问，那是占卜用的蓍草吗？他断然否定，摇了摇头，只是说我认错了那种植物，那只是一种野草，只是一种可以入药的野草。那他是一个中医，对此他说只是略懂一些植物而已，他出现在这里只是去找寻一些草药。

在高黎贡山中，我们还会遇见一些漫游的人，漫游的诗人，漫游的艺术家。一些人以这样的身份进入"高黎贡"，进入"高黎贡"的那些村寨，酒至酣处，诗人会在手机上偷偷写下一些诗句。诗人更多时候是在沉默。我们谈论着多少人在以不同的身份进入"高黎贡"。诗人在一些空白的纸张上，填满了高黎贡山的样子，填满了怒江的样子，空白的纸张上还有一些天主教堂，那是傈僳族村寨里经常能见到的。高黎贡山深处，有一些落寞的村寨，一些老人在山坡上跟随着阳光移动着自己的身影，他们或坐或立，他们沉默寡言，至少他们一开始给诗人的印象便是如此。诗人跟我说，那只是某些时间里的沉默，我们不能说那是生活的假象，只能说那是生活在某些时间里呈现的一种真实。诗人说要打破与那些沉默的人之间的隔阂，因为是他们感到了那种隔阂才会表现得那般沉默寡言，也才会有那样看着你时面露诡异与不安的神色，需要与他们喝酒。

在高黎贡山深处，同样需要酒，在那些少数民族聚居的村落里，酒至酣处，一切的沉默、一切的隔阂将会消失。我真正感受到了诗人所说的那种遭遇，我们在喝酒之前的对话，稍显尴尬，不知该如何打破那种拘束与沉默。和他们喝酒之后，他们就会把你当成他们的兄弟，这些纯朴而纯粹的情感，在高黎贡山深处如此，其实在高黎贡山下潞江坝也是如此。他们每天都能看到怒江的奔涌，他们努力在那些贫瘠的山坡上种上庄稼，那些同样需要努力才能在那些高山峡谷生长的庄稼成熟了，他们收获了一些粮食。在高黎贡山深处，有一些人与在那些陡峭的山坡上面对着怒江的人们不同，他们在高黎贡山深处种植草果，他们只需要在那些潮湿而肥沃的山谷种满草果就能丰收。

　　我不知道诗人有没有遇到那些种植草果的人。我们在交谈中，发现诗人一直沿着怒江往上，诗人把中心放在了怒江之上，而我出现在了高黎贡山深处，一些时间里，怒江在我的世界中是缺席的。诗人和我的方向是相反的，那么我们抵达的将是不同的世界，这是可以肯定的，但也不敢肯定，我们也会进入相似的世界。

　　在高黎贡山深处漫游，特别是在高黎贡山下生活对于我的意义非凡，我所希望的有些改变真的发生了。在这个世界之内，高黎贡山本身就有着丰富而立体的自然，海拔的差异让自然呈现出异常多样的一面，有着不同的民族，有十多个少数民族与高黎贡山相关，我自己也是少数民族。这些民族背后是一个多样而庞杂的世界——自然的世界，文化的世界，以及生命的世界。诗人说想在怒江前面修建一间木屋，让自己的灵魂日夜遭受着来自怒江的拍打，以及高黎贡山上那些积雪的清洗。

七

　　进入高黎贡山深处，某种意义上是一个不断细化和狭隘化的过程。我在观看这个不断被细化的世界，但更多时候我都在提醒自己要用心。心才是我真正的眼睛，如果不用心来感受那个世界，我们很容易会有猎奇者的心态。我一直觉得自己不是猎奇者。出现在高黎贡山深处，往往关乎的是精神世界，是为了追寻内部世界的平静与安宁。在高黎贡山深处，我们将与数量众多的庙宇相遇，而如果沿着怒江的高黎贡山山脉往上，我们还将会看到一些教堂，往往是属于傈僳族的教堂。但出现在高黎贡山中时，我们把目光更多放在自然和村寨上面。

　　这时，我在高黎贡山中行走，我知道自己很难遇见一些祭祀活动，我只会遇到一些空落的存在于深山之中的庙宇。这时，我所感受到的应该是最纯粹的个人的体验，我的体验改变着在这之前通过别人所获得的那种对于世界的认识。高黎贡山，同样是一种精神意义上的山，特别对于与我一样偶尔才会进山的人而言，更是这样。这时高黎贡山把一切尽收眼底。

在高黎贡山中生活的时间里，我们很多时候为狭隘所困。这时的狭隘，往往是属于自我的狭隘。在进入高黎贡山深处的过程，在某种意义上来说，是我们想努力从那种狭隘之中挣脱的过程。这里的狭隘化又是相对的，也可以说是贬义与褒义相杂。狭隘化与细化之间有区别。在高黎贡山生活的时间里，这样的狭隘却是必须的，这时狭隘与细化又可以重叠在一起。我们都需要从"高黎贡"到高黎贡山再到潞江坝或者是再到别的村寨。我出现在了芒棒，我出现在了坝湾，我出现在了坝湾的大平地，而离高黎贡山更近的应该是像大平地，像张明山，或者更往上的那些村寨。在大平地，我们看到的是成片成片的芒果树，一些芒果用纸袋套着，一些芒果没有套着袋子，我们看到了那些月牙形的芒果，我们同时也嗅到了那些芒果在风中飘荡着的成熟或即将成熟的气息。即便那里已经可以算是高黎贡山的半山腰了，但与山脚的世界还是没有多少区别。再细化一些的话，我们出现在了一个朋友家中，我们已经慢慢习惯了那个世界之中生长着的那些成片成片的芒果、桂圆、咖啡等。我们也发现离高黎贡山越近，那些大芒果树的数量就越少，或者说直接就没有了，只有一些新种植的芒果树。随着海拔渐升，离怒江越远，芒果树也消失了。

在高黎贡山山脚，离怒江近一些的村寨之中，有着好些大芒果树。那些树异常粗壮，我们已经很难说清它们存在的时间，很多人出现之前，它们就已经在，与别的那些榕树的长势一样。在没有确定那就是芒果树前，我们还以为那是榕树。当确定那是芒果树之后，我们感到诧异的是它们还会结出芒果，而且还能结出很多。我们在芒果成熟的季节，出现在那些大芒果树下，看到了被风吹落在地的芒果。我们捡起地上的芒果，用手轻轻擦拭一下之后就放到了嘴里。与那些榕树林一样，在浪坝的那片榕树林里同样有着蔚为可观的大芒果树，在面对着这些高大粗壮的大树时，同时在面对着那些大芒果树结出的芒果时，我们是必然要对它们所呈现出来的生命力感到诧异。我们会忍不住感叹由那些榕树林和大芒果树组构的世界之美。至少我在那几年的时间里，注意力一直在它们身上不曾离开。

我把自己行走的范围往高黎贡山深处拓展了一下，那是大平地再往上的村寨，那是热带水果的气息慢慢在变淡的世界，那是热带水果只能被人们从山脚或山腰带来，或者是从别的地方带来的世界。当我们意识到这些热带水果和热带植物开始变得稀少之时，我们已经进入了高黎贡山深处的某些角落。在高黎贡山深处，当海拔再次降低，我们又会见到热带植物和热带水果。现在，我把自己的每一次行走都当成细化和狭隘化的过程，我又希望自己能在一个小世界里，把目光投向大的世界，这目光沾染着小世界的清澈与自由。

（原载《民族文学》2023 年第 1 期）

众神归来

王雪茜

    绝大多数没有见过鸭绿江口湿地"鸟浪"的人，对于我们地区鸟儿的数目之多是难以置信的。当我们驻足水泽和浅滩时，几乎无人质疑，我们正在侵犯谁的私人领地。滩涂和芦苇塘一望无际，谁天生住在这里？那些在新鲜的阳光中穿梭，或者在涌动着潮气的海滩中啄食的候鸟，是多么优雅而珍稀。

    在我们这里，春天是从二月下旬开始的，一直延续到四月末。涨潮落潮渐渐明晰，渔船只要轻咳一声，海就醒了。海边人只远远瞄一眼，心里已有了画面：潮间带宽阔起来了，小石板蟹躲在松动的海滩岩下，文蛤、杂色蛤、黄蚬子、海螺、泥螺在浅滩中若隐若现。海风把潮鲜气塞满了大街小巷，连墙缝里都没放过。不用说，汛期到了。

    当我看见碱蓬草冒出细芽，婆婆丁鼓出舌状的黄蕾，新苇芽已从枯苇空隙钻出时，便知道，我们湿地的春天已经苏醒了。海边人熟悉潮汐，编出了许多潮汐谚语："月上天，潮涨滩。""十二三，正晌干。""初一，十五，水上日午。""二十四五，潮不离浦（小潮汛）。"……大家跟随潮汐，到海滩上捡文蛤、黄蚬子、杂色蛤，从岩石上掰小螺、敲海蛎子，移开活石抓石板蟹……

    正是这一时期，标志着众鸟归来。两三种比较耐寒的鸟类，诸如灰鹤、豆雁、黑嘴鸥等，通常在二月底陆续抵达。同期归来的还有白鹭和天鹅。

    以上文字致敬"美国自然主义文学之父"约翰·巴勒斯。我很喜欢读他的《醒来的森林》，他说在森林中，每个季节的某段时间都对某种鸟类格外垂青。在我们湿地也是这样。白头翁提醒我去等待天鹅和游隼，玉兰花通知我去约会斑尾塍鹬和大杓鹬，当我看到杏梅花星星般洒满枝头时，鸻鹬类大部队已呼啸而来。

白鹭

从朝鲜半岛迁徙而来的豆雁，在二月底便到达黄海北岸，从我国南方北迁的白鹭和大天鹅也在同月抵达。我上下班喜欢乘坐沿江线路的远郊车，看稿之余，目光可在鸭绿江两岸随时切换。《新唐书》记曰："有马訾水出靺鞨之白山，色若鸭头，号鸭绿水。""马訾水"是鸭绿江的古名，"靺鞨"是中国古代居住在东北地区长白山、松花江、黑龙江一带的民族，即后来女真族的祖先。另有一种说法，认为鸭绿江为满语音译，在满语中意为"边界之江"。每年三月到九月，上下班途中我都能看到成群的白鹭，它们悠闲地在鸭绿江的一个个江心小岛上飞来飞去。尤其车行至灯塔山公园附近，运气好的话会看到一两百只白鹭同时起落，像无数的云朵在风中翻飞，如仙如画。灯塔山公园山脚下有一片茂密的树林，是白鹭非常喜欢的歇息地。白日在江上嬉戏、觅食的白鹭，傍晚便回到树林。远远望去，恍如一树树的白花，令人觉得只有白云和白鹭在天地间最耀眼闪亮。

鸭绿江流域以及周边的河滩，是白鹭以及更早到来的苍鹭的繁殖地，它们在这里谈情说爱，生儿育女，哺育幼雏，一直到十月，幼鹭渐渐长成，白鹭们才携着儿女返回南方。

一日，偶抬头，发现灯塔山对面路边竖着一个小区的指示牌——江山和鸣，立时觉得这四字真恰如其分。临江，靠山，又有白鹭为邻，人鸟和鸣，风水宝地，这小区的人好有福气啊。

忽然有一个春天，我发现灯塔山附近看不见成群的白鹭了，视线里偶尔出现三两只，也是一副失魂落魄的张皇模样。百思不得其解。问了住在灯塔山附近的朋友，才知道，按照设计规划，树林被砍掉了，就地建了小区篮球场。白鹭们大约去了别处。"和鸣"静了音，唯余江山。可失去了树林的山，失去了鸟类的江，我觉得就像失去了血管的皮肤，"江山和鸣"不就成了没有心跳的躯壳了吗？

夏天时，到绿岛办事，意外发现绿岛的白鹭似乎多了好多，一群规模和样貌颇为眼熟的白鹭在鸭绿江朝鲜一侧岸边觅食。日未落，它们便急慌慌飞回绿岛。我疑心它们就是灯塔山的那群白鹭，只是疑心罢了。

有一个更美的画面，不容忽视，必须在此时大张旗鼓地补充出来。那是梨花盛开的时节，我们在一家农庄吃饭，无意中发现对面草河湿地的一小片小树林中，隐约着数点白光，跟农庄的一树树梨花遥相呼应。庄主说那是白鹭。忍不住绕行一圈至小树林附近，果然，十几只白鹭蹲在树枝间。附加的惊喜是，这群白鹭正在求偶期，为了吸引异性，头背部和颈部已然长出了繁殖饰羽。真是"飘飘乎如遗世独立，羽化而登仙"。有的三两只聚在一起窃窃私语，有的很是活泼，从一棵树飞到另一棵树。我的视线正前方的那对白鹭，头上的两枚辫羽像女孩子长长的银色发带，羽枝在风中飘摇弄姿。雄性把头颈由S形弯曲成O形，正旁若无人地给它的新娘梳理颈背的细长饰羽。这一双鸟儿多么像正在拍婚纱照的小情侣，举手投足间，流淌着蜜一般的柔情。它们的装饰性婚羽，在逆光中根根分明，蓑羽雪光般耀眼，比新娘子的白头纱还要招摇。

正暗自欢喜，不知从何处冒出来一对男女，大呼小叫，一惊一乍。男子大概为了讨女孩欢心，也或许仅仅是顽皮，捡起一块石头，用力向树上抛去，白鹭们受了惊，呼啦一下飞起来，繁殖羽逆风绽开，宛如从手风琴流泻出纯白的月光。女孩欢呼起来，举着手机不停地拍照。一想到与这惊鸿一瞥的美伴随着的是人类的自私与傲慢，我就猛然懊恼起来，觉得生而为人，实在是应该抱歉。

没有一只鸟会像人类一样，歌唱单身快乐。在求偶季节，鸟们都会拿出自己的看家美貌。有些鸟会生出美姿各异的繁殖羽。这是一个心动的约定，鸟们心照不宣。在我们湿地的鸟类中，白鹭、绿头鸭、凤头䴙䴘、黑脸琵鹭等，不论雄雌，都会长出繁殖羽。黑脸琵鹭是全球濒危的鸟类之一，有"鸟中大熊猫"之称。只有过了两岁的黑脸琵鹭才有换新装的资格。鸭绿江湿地的黑脸琵鹭数量极少，我只在摄影师拍摄的图片里见过。

2020年。惊蛰日。宽甸县杨木川镇白鹭村。拂晓，烟波微茫，青冥浩荡。晨雾给柞树和槐树笼上了一层仙气。成千上万只白鹭，列在枝头，等待日出。六点四十分，群鹭忽地腾空而起，以白云为衣，以山风为马，在近四万亩生态林上空翻跹绕飞两周，接着快速错落，四散而出，飞往周边的河滩湿地。这场清晨外出觅食前准时开启的盛大狂欢仪式，如神女聚会，景象壮观，唯美空灵。作为"大气和水质状况的监测鸟"，白鹭对栖息地和繁殖地十分挑剔，绝不将就。而山明水秀的白鹭村，对鹭鸟来说，就是天堂的模样。

天鹅

另一种美得像仙女下凡一样的大鸟，是跟白鹭外形接近的天鹅。天鹅和白鹭有同样优美的大长颈，乍一看好像是一奶同胞，其实凭直觉很容易区分。天鹅偏胖，嘴偏扁；白鹭纤瘦，嘴长而尖。相比于白鹭对我们这边气候和水域的恋恋不舍，天鹅算是匆匆过客，它们从鄱阳湖和洞庭湖或黄河三角洲一路北上，在我们这边"加油"之后，稍作休息，便继续北上，到蒙古国或俄罗斯等繁殖地生养后代，留在我们这里繁殖后代的懒鹅少之又少，即便产卵，也很少能顺利孵化。

合隆水库边的库塘湿地，是天鹅默认的北迁歇息地。水库南面毗邻大片水稻田，周边不乏鱼塘，芦苇丛生。近年，北面又修筑了封育围栏。这里的浅水滩水域开阔，水生植物繁茂，除了天鹅，苍鹭、白头鹤、黑嘴鸥、小白额雁、风头鹏鹏、东方白鹳、白尾海雕、灰鹤、大鸨、鸿雁等也是这里的常客。每年三月初，这里的天鹅数量会达到高峰，约有上百只之多。有一个动作我百看不厌：天鹅将它的脖颈一下子完全扎进水里，远看，水面上只余一团雪色。那么长的脖颈竟可以那么灵活，弧度优美，柔韧自如，真不知它是怎么做到的。当然，在"天鹅诗人"鲁文·达里奥笔下，天鹅那神圣的脖颈无疑是个巨大的问号，蕴含着天籁般的思索。

我有时忍不住会想，鸟类迁徙的内在驱动力是什么呢？温度？食物？这些固然对。更重要的一个因素，我想，是基因吧。延续基因，进化基因。在鸟儿的意识里，种群的延续永远比个体的存活重要，这可能也是鸟类决定迁徙策略的主因吧。人类自认为高鸟一等，自然从不用担心这个，人类也无法理解"云之君"的境界。有个疑虑一直困扰着我，稻田里残存的农药对天鹅和其他鸟类究竟有多大的影响？每次在稻田边逡巡，我都十分留意，近年，我一次也没有在稻田附近发现天鹅的尸体。一些生长在稻田里的小鱼小虾体内一定有毒素存留，通过食物链自然会在天鹅的体内蓄积，这会不会引起天鹅生理和生活习性的变化，会不会降低它们的生存能力和繁殖能力，会不会改变它们的基因？有次陪媒体朋友去观鸟园采访，我抽空问了工作人员这个困扰，他却诧异地盯了我两眼，嘴角撇出一丝冷笑，你们写文章的人，脑回路怎么就不在正道上？你吃的大米、蔬菜，哪个离得了农药？你还不是活得好好的？我一时语塞，竟然无言以对。

难道这不是一个值得弄清楚的问题吗？众所周知，在延续基因和进化基因这个问题上，所有的鸟类都不敢敷衍。尽管如此，有时也由不得它们，最大的干扰因素仍然来自人类。譬如我们这边的天鹅，原本是很少在稻田里活动的，可由于北面大片苇塘变成耕地，加之修筑了封育围栏（据说是为了更好地管理湿地上的天鹅），天鹅的生存环境被迫碎片化，这导致天鹅为了生存，不得不改变活动区域和饮食习惯。或许是我的疑心病作祟，今春，我再次见到这些天鹅时，总觉得它们比往年肥胖些，雄性的求偶行为似乎也少了很多，雄雌愈加难以分辨。

你可能会问，天鹅为什么不换个地方栖息呢？人挪死，鸟挪活呀！起初我也冒出过这样的疑问。拍天鹅的摄影师朋友觉得我真是多此一问，当然不会回答我，他只是感叹，现在越来越难拍到天鹅在我们这边繁殖后代的照片了。

对鸟类摄影师的跟拍行为，大多数人不以为意。可在我的朋友、野保专家小白看来，鸟类摄影师的跟拍和追拍行为绝对无知无耻，不可原谅。

"你留心一下就会发现，被摄影师盯上跟拍的孵卵过程，大多无法顺利完成。"他说。每当谈到这个话题时，他总是皱着眉头，一副痛心疾首的样子。

我理解小白，他对野生动物的喜欢已不仅仅停留在爱护层面上，他研究它们已渐痴迷。任何一种对野生动物有可能造成骚扰和伤害的举动，哪怕是无心之举，都会令他义愤填膺，他也因此得了个"鸟人"的绰号，而我觉得，在小白心里，鸟类才是"鸟人"，自己就是"人鸟"，就如在达尔文眼里，自己就是"人虫"，昆虫就是"虫人"。在我看来，从天性来说，没有任何一种鸟，不害怕人。即便是麻雀、喜鹊、乌鸦这类随处可见的留鸟，朝夕与我们相处，对人类仍旧充满警惕。而在繁殖期，鸟类对人的恐惧更达到了极致，任何一点来自外界的干扰都会让它们诚惶诚恐，胆战心惊。

"女人怀孕时，受到惊吓会流产，鸟儿也一样啊，它们的繁殖环境更脆弱。"是的，我早就听摄影师朋友说过，十巢九覆。怪不得乐不思蜀的鸟儿极少，尽管我们这边食物充足，气候宜人，它们也会毫不犹豫地继续飞向人迹罕至的最北方。

我书架上有一本俄国作家米哈伊尔·普里什文的书《鸟儿不惊的地方》。我一页没看过，买它，纯是因为喜欢这个书名。

有一则新闻说，某地有一位专拍天鹅的爱心摄影师，每年都要购买大量的玉米，喂养迁徙到某地池塘的大群天鹅。这也是一件令我联想颇多的事情。我们小区有位心善的阿姨，见不得流浪猫狗忍饥挨饿，常呼猫唤狗，喂东喂西，竟致小区野猫野狗数量激增。白天，野狗四处乱窜；夜晚，野猫细声尖叫。民怨沸腾，阿姨则感叹人情冷漠，委屈满腹。最终小区物业给母猫母狗做了绝育手术。老实说，对于此类善心，我很不屑，对野生动物而言，可能也非善举。尤其对迁徙类天鹅而言，定时定点投喂行为更是无知之举。长此以往，会让天鹅产生依赖心理，丧失自主捕食能力。我更怀疑人为投喂会导致它们体质下降，增大感染疾病的概率，甚至有可能使天鹅基因突变，器官退化，比如长喙变短。这恐怕不是危言耸听。大自然有自己天然均衡的生态系统，人类的自以为是只会适得其反。

野鸭

相比之下，拍野鸭的摄影师就少多了。这对貌不惊人的野鸭来说，反倒是好事一件。其实，野鸭类比白鹭和天鹅更耐寒，在鸭绿江和大洋河流域，绿头鸭、绿翅鸭、斑嘴鸭、鹊鸭、秋沙鸭、针尾鸭、赤膀鸭、花脸鸭等早在十一月前后已陆续来到鸭绿江湿地，次年四五月即返回北方繁殖地。我们这边的野鸭大多来自俄罗斯，也偶有来自我国东北的繁殖种群。摄影师朋友说，三年前，他在月亮岛附近南侧江面，曾发现过一只雄性青头潜鸭，距离他们上一次发现记录已经过去了十二年，那只鸭身体圆圆的，头很大，头颈的毛闪着暗绿色的光泽，眼眶亮白，胸腹部一团柔顺的白。当时他激动得浑身发抖，因为青头潜鸭属于极度濒危物种，全球只有大概不足千只。我们地区的冬季气候比较温和，据我观察，以鸭绿江为主的河流、沿海潮沟、滩涂，冬季水面很少结冰，为在我们这里越冬的雁鸭类冬候鸟提供了丰富的食物以及宜居的环境。自然，"留鸭"（终年在此栖居繁殖）也并不少见。很多鸟类，单凭名字我们便可对其外貌略知一二，野鸭便是如此。可实话说，即便是一群野鸭就在我面前的水域游弋，我也很难准确又毫不迟疑地喊出它们的名字，除了鹊鸭。鹊鸭犹如鹤立鸭群，两颊有圆圆的白脸蛋，特征太明显了，在任何鸭群中你都会一眼认出它来。

我从小就熟悉野鸭。我家门口的苇塘，姥姥家附近的池塘，总是能看到它们的身影。它们调皮又迷人，有高超的适应能力，任何一片水域都能征服，充满令人惊奇之处。亿万年间，在与自然和人类的周旋中，它们是成功的幸存者。在鸟类中，无论从外貌到嗓音，野鸭都算不上精致讨巧，不被人在意，可它们生活得绝不潦草，有很强的仪式感，有些仪式甚至可以追溯到数百万年之前，可以说是真正的原创演员。

每年二、三月，闲来无事的傍晚，我都喜欢到离家不远的一处小湿地去"看鸭"，一待几个小时，从不厌倦。群鸭像一只只适航的小船，在微微波动的水中上下起伏，不急不缓，像它们的生活态度，不争不抢，随遇而安。这处湿地相对来说比较安全，面积不大，由两片绵延数千米的水域和东一簇西一簇的芦苇滩构成。虽说小，可也有完整的生态系统。鹰、狐狸和野猫时有出没，多少会对野鸭造成威胁。这个春天，鸭群还是幸运的。只要春风吹过，就会给这片湿地带来美味。水生动物的幼虫、小的甲壳类动物、绿草中的小型无脊椎动物，足以让浅水涉猎者满足口腹之欲，而更值得一吃、更有吸引力的食物，通常在水里更深的地方，野鸭天生知晓这一点。迎面而来的一只绿头鸭一下子把头扎进水里，像那些水上芭蕾舞演员一样，整个身体稳稳地直立在水面上，这样就可以够得着更深处的食物。还有一些鸭子是更高级别的潜水员，可以潜到水域的最底层捕食。有一对鹊鸭发现了我这个观众，开始成对表演这种技能，以示对我默默观赏的友好回报吧！这对伴侣像双人花样游泳运动员一样，动作完全一致，恍如一鸭。我猜一定是有某一只鸭发出口令，"一，二，三，入水"。真是鸭心有灵犀。雏鸭甫一入水，就知道自己是浅水者还是潜水者，这是天性。可美味的诱惑太大了，远处的一只雏鹊鸭还没有掌握好潜水的技能，便一头扎进水里，可它的身体尚无法完全直立起来，也还没掌握好平衡，我看着它摇晃着倒向一边，翅尾蒲扇一样展开，忍不住笑了起来。为了吃上一口美食，这孩子完全不顾及形象了，好在奖励还是不错的，它捉到了一条小鱼。

当那些大长腿的鸻鹬类鸟儿还在迁徙的路上跋涉时，小短腿们已开启了求偶的现场直播。请允许我向你们描述一只秋沙鸭发出求偶信号的妙姿，它先把头大力弯向侧后方，接着脖颈向前大弧度扭动，反复数次，像白蛇在跳扭腰舞，我脑子里已经自动给它配上了乐曲，差点就要唱出声来，"青城山下白素贞，洞中千年修此身，啊，啊，啊……"这傲娇可掬的神态，异性怎能抵挡得住啊；我也见过一只绿头鸭示爱，它的方式则简单多了，它只是用喙指着自己的美翅，简单明了地炫耀：瞧我这美貌，瞧我这体魄；印象最深的是一只鹊鸭，它不紧不慢地梳理着对方的羽毛，而它的意中鸭老实地待在它的脚下，小鸟依人一般。

与常规的扭脖子、梳理羽毛等动作相比，野鸭们的求偶动作更模式化、简单化、夸张化。换言之，这些动作更像是一场约定俗成的表演行为，动作的原始意义已被替代，变成了仪式化、符号化的求偶信号，成为求偶过程的一部分。这是野鸭行为进化的一个典型例子，是神来之举，更是野鸭们的智慧。

鸻鹬

鸭类鹭类天鹅类的到来，仅仅是鸭绿江口湿地众鸟欢聚的开场戏。真正的大部队——鸻鹬类候鸟还犹抱琵琶半遮面，它们的故乡在澳大利亚、新西兰以及大洋洲另外一些不知名的岛屿。从大洋洲候鸟的迁徙路径上说，鸭绿江口湿地处于"东亚—澳大利亚"（EAAF）迁徙路线上的关键停歇站，是名副其实的"国际机场"，拥有绝对的枢纽地位，也是穿过中国的三条迁徙路线中最拥挤的一条。

"知道什么是潮间带吗？"

嗨，完全不按常理出话啊！

百度上的解释是，潮间带是陆海交汇处的一个区域，范围包括从最高高潮线至最低低潮线之间的海岸带（潮浸地带）。背概念我自然是不会，可海边人自有自己的理解。

"涨潮时是海域，退潮时是滩涂"，这就是我们海边人对潮间带的简单定义。

"鸭绿江口湿地拥有广袤的潮间带，这是吸引众鸟最关键的原因，也

213

是众多鸟类得以在此休养生息的决定性因素。有些原本众鸟汇聚的大港口，因围海造地等造成潮汐不明显，失去潮间带，便再也无法留住鸟类，委实令人遗憾。"

"比如呢？"

……

我尝试着在笔记本上画了一张草图，勾出经过中国境内的三条候鸟迁徙路线（西线、中线、东线），并用英文简单标注了地名。看图说话，显然更快更直观。

"每年北半球春分、南半球秋分之际，构成鸭绿江湿地鸟浪大军的鹬鹬类候鸟，便从它们的越冬地澳大利亚、新西兰出发，一直北上，飞越浩瀚的太平洋和众多的小岛，抵达东亚鸭绿江口湿地这个巨大的停歇站，补充营养，恢复体力。"

"鹬鹬会不会御风而行？"我不由得背出了庄子《逍遥游》中的句子，"野马也，尘埃也，生物之以息相吹也。"

"你以为这是一次毕业旅行啊？"

哎呀，我，愚戆肤浅了。其实，我也知道，气流和风向变幻莫测，天鹅迁徙不过千里或几千里之遥，而鹬鹬每年一次的闭环飞行总里程在两万到三万公里，又全程在海洋上空飞行，海面的上升气流相对陆地较弱，且没有停歇地可供休息和补给，也就是说，没有任何进食的机会，翅膀也不可以有刹那停歇。相比陆地，候鸟从海上迁徙无疑更加艰辛，要么在残酷无情中飞翔，要么在饥寒羸弱中溺亡。不仅不可能是逍遥游，简直是凶险万分的死亡之旅啊！

"云中谁寄锦书来？"当然是鸟类。鸟们并不想感知人类的悲欢，可人类却对鸟儿充满了好奇。古人早就观察到，有些鸟儿秋去春来，定期迁徙。这并非因为鸟儿怕冷，而是因为低温把水和草都冻住了，鸟们失去了果腹的食物和栖息的空间，它们在冬天必须寻找水草丰茂的栖息地。可鸟儿们从哪儿来，到哪儿去？中途在何处停留？无人知晓。

人们孜孜以求的自然之谜，在 1899 年，被丹麦一名叫莫特森的教师揭开了一角。他把印有不同号码的铝环套在鸟儿的腿部，以此来研究鸟类的迁徙规律，后来，铝环被旗标（足旗）、颈环、翼标所取代。鹬鹬类鸟儿的环志通常是旗标。旗标和金属环一样绑在鸟儿的胫部或跗跖上。

十多年前，我记得是三月初，我和几个朋友相约去东港海边看鸟。正值退潮，水鸟并不多，它们三三两两在泥滩中搜索软体动物和小型蛤类，它们的大长嘴似乎专门为此设计，可以控制更深的食物。正准备离开时，一只黑褐色的大鸟落在近前的泥滩上，它的嘴又细又长，嘴尖微微下弯，很快，它就找到了一只杂色蛤，轻易地撬开了它的壳，鸟头左右一甩，蛤肉就被它抽到了肚子里。我担心的鹬蚌相争的场面并没出现。

"看它的腿！绑着什么东西？"朋友眼尖，一下子看出这只鸟应该被人捕捉过。

"好像戴着脚环啊！"另一个朋友附和道。

细看，这只鸟左右腿胫部各佩戴一枚橙色的PPC类材料制作的环，彼时我们都认不出那是鸻鹬类的哪一种，也不知道那个腿环叫作旗标。我们没带望远镜，自然看不清旗标上的编码。莫特森的后继者显然比他聪明，在野外，彩色的旗标远比金属环更容易被认出。几天后，我在报纸上看到新闻，说那是一只环志大杓鹬，而佩戴橙色旗标的鸟是澳大利亚东南部的环志站环志的。相比欧洲，EAAF线对彩色旗标（带编码）的使用更为普遍。该迁飞路线有一套比较完整的彩色旗标分配协议。不同地区旗标的颜色和组合都不相同，就像不同国家的国旗一样。我们鸭绿江环志的旗标颜色是绿橙组合，查资料得知，我国第一只佩戴彩色旗标的鸟就是在我们丹东环志的。这倒是一件令我感到有点意外的小事。

资料说，使用彩色旗标和编码，可有效降低重捕对鸟类的伤害。实际上，鸟类被捕获一次之后很难再次被捕获，它对人类已经有了超强的防范之心。尽管鸟儿不想与人有什么瓜葛，专家却可以通过旗标颜色和旗标上的编码以及更高的手段，比如无线电跟踪和卫星跟踪，获得个体鸟类的环志地点，对鸟类个体的生活史进行观察和记录，比如迁徙时间、活动范围、飞行长度、越冬地、繁殖地等，还可以了解种群大小、种群动态趋势、死亡率、寿命等信息，进一步研究鸟类的迁徙规律以及地形地貌等自然条件对迁徙的影响。

"夜晚的鸟群啄食第一阵群星，像爱着你的我的灵魂，闪烁着"，聂鲁达的诗句最适合在我们的春季吟诵。读者啊，如果你愿意，我当然想更为详细地描述一下鸻鹬类鸟儿们的迁徙之旅。三月中下旬，当雁鸭类种群进入高峰期时，鸻鹬类前锋——斑尾塍鹬、大杓鹬、大滨鹬、黑腹滨鹬正陆续抵达（甚至在二月底就已能发现它们的身影）。四月、蛎鹬、黑翅长脚鹬、勺嘴鹬、反嘴鹬、黑尾塍鹬、红颈滨鹬等众多鸻鹬类候鸟也纷纷抵达。单看现象，距离我们湿地越远的鸻鹬归来得越早。对鸟儿来说，远乡比近乡情更切吧，鸟儿与人类多么不同，又是多么相似！

当然，有能力成为马前卒，必得有超拔卓群的看家本领。在鸭绿江口湿地鸻鹬类鸟浪成员中，斑尾塍鹬数量最多，体形最大，比如在一群由两万七千只鸻鹬类鸟组成的鸟浪中，其中两万只左右是斑尾塍鹬，它是当之无愧的"飞行冠军"。斑尾塍鹬是已知世界上单次飞行最远的鸟类，在平均十五到二十年的生命里，它们一生飞行的总里程远超从地球到月球的距离。你知道吗？在国内，只有在我们鸭绿江口的春季，才可见数以万计的斑尾塍鹬群。鸻鹬类候鸟的到来，使鸭绿江口湿地进入"鸟气"最旺的日子，对我们"土著"来说，这多么幸运！

亲爱的读者，如果连续八天不吃不喝不睡，还要不停运动，你相信有人能做到吗？专家说，普通人若不吃不喝，一周左右就没命了。我觉得单是八天不睡觉这一条，就足以反复要我的小命。

可小巧玲珑的鸻鹬类候鸟做到了。所念隔山海，山海皆可平。归心似箭的鸻鹬们需要以最省力的方式穿越太平洋。如何才能完成这几乎不可能完成的跨洋之旅？朋友，你要永远相信鸻鹬，永远相信这些天地之间长着翅膀的神灵！

"鸻鹬首先要做的是压缩内脏器官，将暂不用的器官萎缩，腾出足够的空间，接着大量进食，蓄积脂肪。这一点无鸟可及。""岂止无鸟可及！"

我不禁又想起西线候鸟。西线候鸟要穿越的是高寒缺氧的千山万壑，斑头雁等候鸟别有秘招，它们为适应环境而进化的血红蛋白有极强的亲氧性，能最快地与氧分子结合，以满足身体新陈代谢和产热需要。鸟类的智慧有时真是殊途同归。在为生存所做的极限努力以及想方设法进化出适应环境的基因方面，人类的确应该以鸟为师！

远征飞行时，约占身体重量一半的脂肪，就成了鸻鹬类鸟儿保持长飞不落的"燃料"，鸟类学家研究称，斑尾塍鹬飞行途中每小时消耗体重的0.41%，相比其他鸟类，能量消耗非常小。如果"燃料"耗尽，无法飞抵到目的地，就只有葬身大海。如果幸运，确实可御风而行，若不幸遭遇强风，它们就会被迫在太平洋上空大转弯，返回起点。

北上之前，二月前后，鹬鹬类鸟儿还有另一个重要的工作要做，那就是换繁殖羽。以斑尾塍鹬为例，非繁殖期的斑尾塍鹬，羽毛是灰褐色的，换羽后胸前呈现鲜艳的橙色，雌雄鸟的繁殖羽颜色略有差异，雌鸟的繁殖羽是淡棕红色，雄鸟换羽稍微早于雌鸟，繁殖羽看上去是更为鲜艳的锈红色。在恋爱方面，雄性鸟儿当仁不让，占据主动。人类的恋爱观和恋爱行为倒是不拘一格，这恐怕会让鸟儿们瞠目结舌。

换羽会消耗掉一部分能量，体能和营养跟不上的个体无法负担起这样的换羽过程，也就没有能力进行长途迁徙，在生存和繁殖的挑战第一关即被淘汰。适者生存，颠扑不破。危机四伏的迁徙之旅只有正值壮年的鹬鹬类鸟儿才可能胜任。这是一种用生命来飞翔的鸟，我不由得想起英国诗人布莱克的诗句，"天上飞的最小的鸟儿，也是你的五官无法感知的巨大世界"。

跨过太平洋就可以安然无恙了吗？

不，这仅仅是第一关。它们不知道的是，早在二月已抵达的游隼，三月便进入繁殖期，它们正虎视眈眈地等待在鸭绿江口湿地。尾随鹬鹬类候鸟而来的迁徙猛禽还有从缅泰、日本和中南半岛等地而来的白尾鹞。

精疲力竭、形单影只或运气不够好的鹬鹬，自然成了游隼和白尾鹞等猛禽以及它们子女的盘中餐，这没什么可奇怪的，动物们为了生存而进行的较量，亘古不变。

事实上，相比飞越太平洋和被天敌吃掉的危险，鸟类栖息地遭遇人类频繁的活动，才是导致鹬鹬类候鸟折戟沉沙的最大原因。我给很多老师和家有儿童的朋友推荐过澳大利亚艺术家珍妮·贝克的绘本《生生不息》。这虽是一本儿童绘本，却适合所有年龄段的人阅读。《周易》言，"生生之谓易"，而"二气交感，化生万物，万物生生而变化无穷焉"。珍妮·贝克在探访过所有斑尾塍鹬的栖息地后，创作了这本儿童绘本来讲述塍鹬的生命历程，以提醒人类与自然相互依存的关系。书里的每一页都是壮美如画的风景，读者跟随塍鹬的轨迹，透过塍鹬的视角，看到蜿蜒的澳大利亚海岸、美丽的大堡礁、雪覆山巅的北极、深蓝的夜空、海边的沙滩、西伯利亚的苔原、缥缈的城市夜景以及茫茫喧嚣的太平洋。尤为值得一提的是，这些壮阔的风景是珍妮·贝克用各种简单琐碎的实物（这些材料也常常为鸟儿们筑巢所用），比如泥巴、沙子、树脂、木片、塑料、布料、毛线、羽毛、纸片、棉花、干草、枯枝、植物的根须……拼贴出斑尾塍鹬经过的海湾、河口、滩涂、冰原、雪野。相信我，《生生不息》一定会带给你不一样的视觉感触。

珍妮·贝克在书中忧虑地发出警告："过去五年里，塍鹬65%的觅食地消失了，特别是在黄海区域。""在返回北部家乡的途中，斑尾塍鹬要在亚洲东南部的湿地停留并补充食物，特别是在中国东部的黄海一带……黄海地区的湿地由于土地征用和开发，正在快速消失，斑尾塍鹬和其他迁徙的鸻鹬类越来越难以在那附近找到休息和觅食的地方……我们在世界这端做出的改变，会在世界的另一端呈现后果。"

生活在黄海岸边的我，一想到珍妮·贝克文后的这段话，就感到无比脸红。

我的一个教地理的旧同事曾给我发过一个图表，是近五十年以来我国湿地萎缩严重的地区分布：滨海湿地减少二百七十万公顷，新疆湿地减少一百四十八万公顷，青海玛曲湿地减少三十万公顷，三江平原湿地减少十三万公顷。因围垦，长江中下游地区连通长江的湖泊由一百零二个减少到两个，只剩鄱阳湖和洞庭湖。

每一个数字都像一根针。触目惊心！

几年前，我见过一张照片，拍的是温州湾一处被围垦的湿地，长长的工厂管道正在向滩涂排出黑浪一样的污水，而温州湾滩涂是EAAF这条候鸟生命线上重要的候鸟越冬地。韩国新万锦也是EAAF线上极为重要的中停地，可因兴建围海工程，多达四百平方公里的滩涂被围垦，原有的十万只大滨鹬，围垦后只剩不到一万只。失去歇息地，对耗尽精力的候鸟来说，无异于灭顶之灾。自然神奇又脆弱，而与鸟争地、从鸟口夺食的人类多么愚蠢和无能啊！

补充一个令我难忘的细节。《生生不息》里有一个跨页正是我的家乡——丹东大东港海港。有幢大楼上写着"沈达保利江海大酒店"字样，那是我们海边人再熟悉不过的地方。珍妮·贝克在访谈中说，她在中国的时候照了有中文标语的牌子，她的朋友教她如何把想写的中文写出来。我想象着珍妮·贝克住在我们这家沿海酒店时，碰到睡不着的夜晚，她一定会遥望群星，低低叹息着沧海变高楼。一想到珍妮·贝克走过我们曾走过的海边，吹过我们曾吹过的海风，看过我们曾看过的海鸟，就觉得世界景色盛衰，万物遥杳，又浑然一体，如在眼前。令我汗颜的是这一页的文字叙述部分——"眼前已不再是它们记忆中的模样"，下一页拼贴的是海滩上丢弃的垃圾。是提醒，更是警示！

继续聊我们的鸻鹬们。经过一个月左右的短暂停留后，四月末至五月初，这些涉禽（湿地水鸟）旅鸟继续北飞，直至俄罗斯远东地区、蒙古国和靠近北极圈的美国阿拉斯加沿海和河口繁殖地，在那里产卵和哺育后代。幼鸟一个月左右就可以飞行，到第一个夏天结束时，几乎所有的幼鸟都聚集在泥滩上觅食以补充能量。它们刚出壳儿个月就要加入飞行的队伍中（飞行是它们生来自备的本领），开始艰难的首次迁徙。迁徙行为已经编入它们的基因里，不由自主，命中注定。也有一些强壮的实习鸟，单纯就是飞着玩儿，它们将在中途停留，熟悉地形，积累飞翔经验，这些都将成为之后它们吸引异性的资本。更多的鸟会直接返回新西兰越冬地。这些鸻鹬类候鸟最长的寿命可达三十岁，当它们步入暮年，再也没有能力完成长距离迁徙时，就会安静地在越冬地度过自己最后的日子。

有一个故事流传很广，讲的是两只白鹳鸟相守十七年的爱情故事。在克罗地亚的小镇，一位老人捡到了一只翅膀被猎枪打伤的白鹳鸟，起名马琳娜。另一只叫作阿克的白鹳鸟，爱上了马琳娜，为了一年仅有四个月的相守，阿克每年都会准时从南非到克罗地亚往返三万两千公里，与马琳娜相会。2017 年，阿克没有准时归来，此事引起了巨大轰动，甚至得到了黎巴嫩总统的关注，他承诺会严惩盗猎行为。小镇的人架设了二十四小时直播摄像头，当阿克伤痕累累出现时，全世界的人都被感动得热泪盈眶，广场上的年轻姑娘立即答应了小伙子的求婚。

殊不知这只是人类的一厢情愿，人类把自己的道德律和爱情观强加于鸟类，又群体性陷入自我感动中不能自拔。须知，迁徙是候鸟的天性，它们坚定地听从古老的呼唤，内心只有对自然的虔诚遵从，对趋利避害的本能追求。一切为了生存，为了繁衍后代，为了延续基因，这是所有候鸟的共识。遵从常识吧，让鸟类的归鸟类，让人类的归人类。

斑尾塍鹬 E7

现在，我要讲一只神鸟。它的名字叫斑尾塍鹬 E7。我们就叫它 E7 吧。

在新西兰冰封季降临前，斑尾塍鹬便已做好长途迁徙的准备工作。最初，人们并不知道斑尾塍鹬如何迁徙。美国阿拉斯加科学研究中心的鸟类学家罗伯特·吉尔在2005年推测斑尾塍鹬可能在太平洋上空从来没有停歇过。新西兰米兰达水鸟中心在2007年9月以一只代号为"E7"的斑尾塍鹬，确认了此种鸟类可以一次飞行就横穿太平洋的事实。

小白给了我一本他和同事一起拍摄整理的图册——丹东鸭绿江口湿地常见鸻鹬类水鸟。图册有照片有说明。2007年秋季，鸟类学家给这只斑尾塍鹬成鸟佩戴了卫星定位跟踪装置（GPS）。说明上写着，这只斑尾塍鹬属于Menzbieri亚种，越冬地在澳大利亚西北，直嘴，嘴比尾长。腰背上有白色叉。

"看，这就是斑尾塍鹬E7。E7这个号码就是这只斑尾塍鹬的身份证。"

当北半球的冬天结束时，E7正在滩涂上努力地吃着食物，快速增肥，为北迁做着准备。E7并不知晓自己已身处"楚门的世界"（参看电影《楚门的世界》），成为一出流调剧的主演。科研人员只要打开自己的手机，就能精准定位它的行踪。3月17日，脚缚黄色旗标（澳大利亚西北环志）的E7从新西兰出发，开启了自己史诗般的悲壮之旅。它不吃不喝不睡，从大洋洲沿着西太平洋的边缘，连续不停地飞行八个昼夜，一直飞到黄海的北部边缘以及朝鲜半岛，24日最终到达鸭绿江口湿地，全程一万零三百公里。平均一天一夜要飞差不多一千三百公里。

刚刚抵达丹东的E7，消耗了所有的力气，疲累至极，以致连翅膀都无法收拢，只能在泥滩里打滚，虚弱地捕食，它的体重骤降至出发时的一半。鸭绿江口湿地敞开母亲般的怀抱，给了E7最暖心的营养疗愈。作为这些"不拿护照的国际旅行者"北迁最佳以及最后的停歇地，鸭绿江口湿地"达则兼济天下"，近年变成了实至名归的大粮仓。湿地总面积约十万公顷（希望它不再缩小了），是世界上鸟类种群最为集中、最为理想的三大观鸟地之一。泥沙在鸭绿江入海口形成的大片滩涂（不同于沙滩，是由软泥和沙泥构成），是大量底栖动物，如虾、蟹、蚌、蛤、螺、蛏子等的乐园，而这些底栖动物是鸻鹬类候鸟的美味佳肴。

慢慢缓过来的E7忙于觅食、养膘、休息。一个多月后，5月2日，E7从丹东再次启程，飞往气候温和舒适的阿拉斯加繁殖地，它又一次连续不停地飞行七个昼夜，于8日抵达阿拉斯加。此次行程六千五百公里。在气候宜人的阿拉斯加苔原，E7 完成孵卵育子的任务，8 月 30 日到 9 月 7 日，它斜跨太平洋，连续不停地飞行一万一千七百公里，打破了自己创造的单次飞行纪录，历经八个昼夜，回到新西兰，一场残酷的神话之旅画上句号。

必须感叹一句，在这样一只有如此强大意志力的鸟儿面前，除了肃然起敬，人类有何自信对其指手画脚呢？

确切的迁徙距离会因种群和个体而异吗？当然。天气、风向、出发地和出发角度等多种因素都会影响斑尾塍鹬飞越太平洋的结果。

你要相信，没有一只候鸟会飞直线。虽道阻且长，亦行而不辍。自2007 年卫星跟踪 E7 以来，不间断迁徙的飞行最长纪录不止一次被打破。2020 年 9 月底，一只编号为"4BBRW"的成年雄性斑尾塍鹬，从阿拉斯加南部出发，在澳大利亚新南威尔士州着陆。这只不足一斤的小鸟在六千米高空不间断地拍打翅膀二百三十九小时，卫星记录的点对点飞行距离为一万两千八百五十四公里，创造了新的世界纪录。

不可否认的是，人类对候鸟的认知仍很浅薄。斑尾塍鹬年复一年地回到相同的繁殖地，即使迁徙窗口只有几天时间，也总能在北极圈冻土开始融化的那一刻准时回归。鸟学界仍未搞清楚斑尾塍鹬如何通过划过羽毛的气流预知风暴的来临，如何在飞行途中避免打瞌睡，又如何做到精准锁定迁徙时间，它靠什么导航，才永不迷失航向？

鸟类学有一些理论，有人认为鸟类与人一样，靠视觉来识别，主要依赖识记标志物，老司机们想必会同意这个观点；也有人认为候鸟借助星光和晨光来导航（这个观点要考虑到人造光源会造成严重干扰）；还有人认为凭借地形，大部分迁徙水鸟，沿着海岸线迁徙（我觉得这个观点非常靠谱）；更有人认为靠磁场，科学家通过研究发现，鸟类鼻孔附近的皮肤中聚集着能感知磁场的神经细胞，揭示了地磁对鸟类定向有一定程度的帮助。好像都有道理呀，可都缺少更加严谨的论证。有可能，鸟类的导航手段并不单一和固定。

鸟类学家还发现，除了越冬地和繁殖地，候鸟对栖息地有极高的忠诚度，并且，离栖息地距离越远，忠诚度越高。栖息地就如同候鸟的第二故乡，无论多久，它们也不会忘记回乡的路。还记得上文提到的天鹅吧，即使栖息地变了模样，它们仍旧不离不弃。我想起那些远离故土的游子，不论故乡贫穷与否，都永远是自己心上的白月光。在这一点上，大概人鸟同心吧。比如我们的 E7，小白说，他连续八年在同一地点、同一区域等到它，E7 甚至二三十次出现在同一个池塘。然而，2015 年之后，小白再也没有等到 E7。

鸟浪

我召唤你们到湿地来，在三月至四月末，来观摩一下鸻鹬们的日常生活。不信你瞧，它们与你我一样熟知潮汐的节奏和规律，它们的双脚总是紧贴着潮水线，随潮水涨落而或进或退。潮水搅动、上涨，营养物质在水中翻腾、挪宕，它们各就其位，等待觅食的最佳时机。最热闹的时候，我数不清到底有多少只水鸟，几万还是几十万？涨潮时，它们一步步向岸边撤退，秩序井然，不慌不忙，你永远不必担心，它们绝不会发生踩踏事故。直到滩涂完全被潮水淹没，它们才恋恋不舍地飞离海滩。

鸟浪是群鸟让海边人将漫漫冬季化为遥远记忆的一种集体性仪式。今年春天的鸟浪，主要是由斑尾塍鹬、大滨鹬和黑腹滨鹬三个鸟种组成。4 月 17 日，早晨七点，我们抵达海角路，等待那铺天盖地的鸟群。看潮汐表，当天是大潮，满潮点在八点四十六分，潮高六百五十二米，可等了很久，潮水线仍旧像银丝边在远处闪着亮光。鸟儿们如黑色的句号拉成一线，蹲在滩涂上，偶尔飞起几只，又匆忙落下。我们决定驱车前往观鸟园附近。还未到目的地，视线里便出现了遮天蔽日的鸟群，它们正沿着海岸，向着海角路飞奔而去。它们一边飞行，一边变换着队形，有时如一只大鱼，有时像一条游龙，有时像呼啸的龙卷风，有时像轻柔的海浪，天空变成了一个倒过来的海洋，鸟群如游鱼摆阵，娴熟莫测。我们立即调转车头，急返海角路。

此时的海角路，众鸟欢腾，鸟浪翻涌。海风和气流像两只会变魔术的手，指挥着庞大的鸻鹬鸟群在天空变出不同的图案。海上的浪花与天上的鸟浪交叠起伏。黑腹滨鹬占据核心种类的鸟浪分外显眼，它们翅上的白色翼镜在翻飞时发出银色的亮光，像天上所有的星星坠落成群。以斑尾塍鹬为核心的鸟浪则像一团超级巨大的乌云，快速分裂，移动，重组，刚还如一张巨网收紧，眨眼间便如蘑菇云升腾。

"爸爸，快看，多像一条大章鱼啊！"一个坐着轮椅的小男孩惊呼道。"现在变成大海蜇啦！不，大雨伞啦！"小男孩边盯着鸟浪，边不自觉地提着上半身，一双手奋力地挥舞着。鸟浪腾挪跌宕，瞬息万变，每一秒带来的都是陌生的画面和异样的惊喜，令岸边观鸟的人目不暇接。

坐轮椅的小男孩啊，我请求神鸟赐给你飞翔的梦，在每个夜晚。在梦里，你一定会与群鸟为伴，飞过一望无际的海洋。不，不仅仅在梦里。

也许，正如鸟们相信的那样，鸟多力量大。鸟浪究竟有多少秘密？鸟类学家也语焉不详。谁是鸟浪的召集者，谁是指挥者？据我观察，鸟浪总是有一两只领头鸟（多是核心种类）率先领飞，而群鸟跟从。

鸟浪可否降低被捕食的风险，提高捕食效率？这个问题的答案倒是显而易见的。庞大而无规则的密集阵，聚而不散，足以迷惑捕食者。试想一下，如果一只游隼想要在鸟浪中瞄准某只鸟，确实太难！而个体在群体中安全性有保障，可以有更多时间用来觅食而不是警戒。可鸟多食少，如何划定觅食区域，解决资源竞争？还有，鸟浪移动速度与鸟浪成员数量有无关系？

摄影师都说，鸟浪规模越大，移动速度越快。还有一个大家可能都会提到的问题，即高度密集的鸟浪如何避免撞鸟事故？我问小白，他看了我一眼，并未回答。

四月末，候鸟陆续离开，海滩恢复平静，湿地不再喧闹，它们都在等待，等待下一个被群鸟唤醒的春天，如同人类一样。

（原载《四川文学》2023 年第 6 期）

为了我们不再脆弱

有所思

彭　程

有所思，乃在大海南。

——汉乐府

一

左边是山，右边是海。

从住处楼房十二层上的阳台向外望去，前后左右，一百八十度视野范围内，海南岛东海岸中部偏南的位置上，一处小海湾的景色尽收眼底，毫无遮挡。

分界洲岛就在正前方几公里外，狭长的形状像一副马鞍，浮在蔚蓝色的海面上。冰川期的海水侵入，让它与原本连为一体的陆地分离开，从此相守相望。岛上树木葱茏，碧海银沙，有海钓、深潜、水上摩托等海洋旅游运动项目，吸引了不少游客，每天有多班渡轮来往于岛与岸之间，单程只需要一刻钟，船尾拖出一道长长的波纹，很远就能够望见。

视野左边是一道绵亘厚重的山岭，绿沉沉的，一直延伸到海边。隔上一段时间，就会看到一列银白色的环岛高铁列车，从山麓处无声地驰过，倏忽即逝，小巧得像一个儿童玩具。目光沿着林木蓊郁的山坡爬向上面，重峦叠嶂接续不断，高处飘着大朵的白色云朵。在一座山峰最高处，稍为宽展的地方，建有一座气象站，正方形建筑的屋顶上矗立着一个巨大的白色圆球，在阳光下闪亮耀眼。

这一道高峻的山脉叫牛岭，是五指山脉的延续，海南地理和气候的南北分界线。分界洲岛是它跌落海中的一部分。一岭之隔，却有着十分明显的差异，特别是在冬天，岭北经常阴郁多云、潮湿寒冷，而岭南却是阳光明媚、温暖干爽。

从站立的位置望去，山和海并非等量齐观。海的体量更大，占了视野中三分之二的区域。目光自正前方移向右后方向，看到被一幢楼房弧形的转角遮挡住的一个海岬，需要转动脖颈才行。我将更多的心思花在看海上，让积攒了一年的向往，最大限度地获得餍足。

观赏大海色彩的变化，就占去了我不少的时间。

一天中，海水的颜色变幻多端。我最喜欢晴天时中午前后的那两三个小时的海水，堪称华彩。海水碧绿，浓郁、纯净而明亮，仿佛一整块上好的翡翠，以一种流质的形态，摊开在阳光下面，微微漾荡。其他的时段，则呈现为浅灰、淡绿、深蓝以及我叫不出名的多种色彩，对应的是色谱表上不小的区域。

即使是同一时辰，如果仔细分辨，远近之间，颜色也不尽相同，分为深浅浓淡的不同层次。那最为深浓的中间部分，是正在向岸边涌来的海浪，仿佛一排排抖动着的皱褶，越来越近，越来越高。在视野右前方位置，能隐约看到一簇突出海面的礁石，海浪接近它们时，已经高出不少，然后猛烈地撞过来，破碎成一大片浪花，伴随着白茫茫的水雾，可以想见冲击的力度。

从阳台下瞰，小区围墙外面是一个村庄。村子不算小，有上百户人家，房屋连绵错落，从各种树木搭接交织的枝柯缝隙间，可以看出被遮掩的村道的纵横走向。家家的屋顶上，太阳能热水器的储水罐闪闪发光。与上一次来时相比，正前方被房屋和道路围合着的一片草地的边缘处，新建了两幢三层高的房子。记忆回返到八年前，第一次来这里时，村子的房屋破旧简陋，屋顶是一片黯淡的灰黑色，如今大多都新建或翻新了。变化是明显的，只是时光的缓慢流逝稀释了这种感觉。

也有不曾变化的地方。那一大片草地上，每次来时都能看到一群牛，最多的时候有二三十头。它们从邻近大路的几栋房屋间的豁口走进来，悠然地埋头吃草，一副神闲气定的模样。云朵的大片阴影投在草地上，明暗交织，很像照片里的国外牧场。牛的身旁总有一些体形颇大的白鸟走动，不时伸出长喙，在牛的脑袋上啄食着什么，有时还跳到牛背上。这也该属于生物界的一种共生现象吧。有意思的是，这些牛自己会排成等距离的队列，慢腾腾地甩动尾巴，秩序井然地穿过草地，走进村子里的窄巷，走过人家的门口，又从巷口走到楼下的道路上，一直走到大路转角处，消失在视野里。

我下楼走出小区大门，沿着大路向右走一百多米，便拐进了从楼上俯瞰的那条路，朝着牛队行走的相反方向，不久后就走到了海边。

自阳台上远远地眺望的景色，此时清晰地呈现在面前。这是一片清静的海滩，与旁边游人较多的海滩之间，被一丛伸入海中的嶙峋乱石隔开。一块巨大而平坦的岩石上，有几个姑娘正在拍摄婚纱照片，白色的拖地裙裾不时被海风扬起。我背过身走向远处，弯下腰捡拾纽扣大小的贝壳。它们在沙滩上看毫不起眼，但拿回家里，冲去泥沙放进玻璃瓶里，便立刻不一样了，有一种特别的玲珑精致。

海水涨潮了。我向后退去，回到海滩的最外端，好几排高大的木麻黄树矗立着，几处沙滩坍陷的地方，裸露出虬结杂乱的树根，旁边散落着几颗大小不同的椰子，看外壳的颜色样貌像是有些时间了，该是被海水浸泡过，又被涨潮冲回岸上。

周边十分静谧，只有浩荡浑厚的海浪声，依照固定的节奏传到耳畔。这样的环境，适宜漫无际涯地想一些事情。我坐在一截躺卧着的枯树树干上，数点自己过去十来年间在这个海岛上的履痕。

我想到了古老的昌江黎寨，火焰般怒放的木棉花瓣映照着船型屋的茅草屋顶，身着传统服装的老妇眼眶深陷，古铜色的脸上刺着黑色的纹饰；想到了白沙鹦哥岭自然保护区的青年团队，一群来自天南海北的大学生诉说自己的梦想，年轻的脸庞上跳荡着青春的光彩；想到了万宁兴隆的热带植物园，蓬勃繁茂的树木生机旺盛，在阳光映照下，仿佛看到阔大叶片中有汁液在流动；想到了琼海潭门小镇的渔港码头，数百艘渔船即将驶往南沙海域捕捞作业，拜祭龙王、舞鲤鱼灯等祭海仪式正在广场上热闹地进行；想到了五指山通什的海南省民族博物馆，那些耕作和狩猎的简陋器具，见证着原始荒蛮时代先民生存的艰难；想到了文昌的航天发射场，我曾经近距离观看火箭发射，火箭升空时巨大的呼啸声，至今仿佛还在耳旁回荡。

二

闲居无事的日子，古典诗词是很好的陪伴。我随身带了几册古诗，时常坐在阳台上的藤椅上，随意地翻阅几页。

此时，目光停留在一本汉魏南北朝诗选上。收入书中的那首汉代乐府《有所思》，已经不知读过多少次了，但仍然让我愿意再一次沉浸于它的字句中：

> 有所思，乃在大海南。何用问遗君，双珠玳瑁簪。用玉绍缭之。闻君有他心，拉杂摧烧之。摧烧之，当风扬其灰！从今以往，勿复相思，相思与君绝！……

这是汉代乐府《铙歌十八曲》之一，各种选本几乎都会选入。一位痴情的女子，思念远方的情人，精心挑选用花纹美丽的玳瑁甲片制作的发簪，又用美玉装饰起来，作为信物赠送给他，表达自己炽热的情意。但当她得知心上人背叛了自己，满腔柔情瞬间化作强烈的怨恨，愤然地把心爱的定情物打碎，烧掉，再将灰烬投进风里吹走，不留一点儿痕迹，并发誓从此与负心人一刀两断，一丁点儿不再想他！口气激烈，行动决绝，全无一点儿犹疑踟蹰的气息。最强烈的爱，总是潜伏了更多的危险。

该是与我此刻置身的地理位置有关，这次阅读时，我忽然产生了一个陌生的想法，一种猜谜式的念头：诗中提到的"大海南"，大海之南，会是什么地方？女子思念的对象就在那里。

我也知道，在古诗的语境中，大海之南，指代的是一个寥廓无垠的广阔区域，不一定是今天行政区域意义上的海南。在漫长的古代，这座远在天边的岛屿是真正的边疆僻壤，很少被人们想起和提及。诗中的有些消息，倒是可以与这里沾上边，如海岛出产的玳瑁，自秦汉时代起就是进献给朝廷的贡品，但这种关联也只是相对的。在闽粤漫长的海岸线上，不少地方也出产这种物品。

不过在此时，身处海岛的一隅，我倒是愿意将此处代入诗中，使它成为诗中那个字眼的所指。海岛孤悬海上，又恰好位于大陆版图的中线之南，也说得过去。当然，这只是我自己的一个偶发的意愿，一种类似游戏的想法。这该是一种爱屋及乌的移情吧，起源于对这个地方的喜欢。它对什么都没有妨害，因此也不涉及应该不应该，合适不合适。

一首海南黎族民歌《久久不见久久见》，被我下载保存在电脑里，反复地播放。

到一个地方听当地民歌，别有感触。几年前第一次听到这首歌，我就为曲调中流淌着的深情所打动。它用海南方言演唱，舒缓绵长、宛转悠扬，听着歌声，眼前浮现出皮肤黝黑的男子、娇小纤细的女子，在椰林里，在棕榈树下，含情脉脉地对唱，眼睛中闪动着光亮：

> 久久不见久久见，
> 久久相见才有味，阿妹哎，
> 好久不见真想见，阿妹哎，
> 见到阿妹心欢喜，阿妹哎！
> 久久不见久久见，
> 久久相见才有味，阿哥哎，
> 好久不见真想见，阿哥哎，
> 见到阿哥心欢喜，阿哥哎！

接下来的两段，语句大致相同，只是由男女对唱变成了叠唱，呼唤的对象在两人口中有"阿哥"和"阿妹"的区别。这种反复的回环咏叹，正是许多民歌的特点，也是最早的民歌《诗经》中"国风"里十分常见的方式。仔细品味一番，这首民歌不是有类似《月出》《桑中》等诗中的情调和韵味吗？"月出皎兮，佼人僚兮，舒窈纠兮，劳心悄兮""期我乎桑中，要我乎上宫，送我乎淇之上矣"……它们原本也都是来自原野的歌吟，曲调中有田垄阡陌里的身影，有桑间陌上的阳光，轻风传来斑鸠和鹧鸪的叫声。

比较起汉乐府《有所思》中的激愤决绝，这首民歌中流淌出的情感，倒是更接近于爱情，尤其是初恋的普遍状态。羞怯中有大胆，柔和里有坚韧。音调沉静，感情纯净，方言腔调赋予了它与这片土地相匹配的质朴和诚挚。

最美的情感都应该是这样的。仿佛月光照耀着几丛芭蕉，仿佛海风轻抚着一片椰林。它是人生苦难的抚慰和补偿，是暗夜中的一丝亮光，又仿佛是一处避风港，允诺着惊涛骇浪中彼此的撑持与呵护。

这个世界的丰盛和慷慨令人感念，尽管这一点经常被忽略和漠视。在三面敞开着的阳台的一角，在一本边角已经磨破的旧书中，在笔记本电脑所发出的谈不上什么优质音色的乐声中，我可以沉溺于精神制作带来的享受，感受情感的各种形态和色调，从中获得感动、抚慰与启发，却不必惦记着要感谢谁。

然而，它们尽管十分美妙，但还都无法与一个人创造的心灵世界相比。这个世界最初也是建构于这个海岛之上。它是那样坚实而空灵，寥廓而细腻。它传布遐迩，泽被万世。

三

住了一周后，我们开车驶入环岛高速，穿过牛岭隧道后不久，便拐上横贯东西的万宁—洋浦高速公路，在海岛西北处再折向儋州方向。驶出高速转入县道，看到路标上中和镇的标识后不久，东坡书院便出现在视野里。

对我来说，这是一个期待多年的夙愿，是一次延迟过久的拜谒。脚步一迈进书院门口，我就提醒自己要将心情平复下来，尽量充分地把映入眼帘的一切收藏铭记，刻录于心底，就像熟诵苏东坡的许多诗词名篇一样。

我慢慢地走动，仔细地观看，想象当年他在此地的日常行止。在"东坡居士"雕像前，我端详他竹笠木屐、手持书卷的飘逸身影。他迎面走来，一直走进了青史，携带着无数迷人的传说。在他收徒授课的载酒堂，我眼前仿佛幻化出当年的诵读场景，"书声琅琅，弦歌四起"，穿越千年传递到耳畔。这一片荷花池塘，他该多次与随侍身边的三子苏过一同走过？这一排槟榔树下，或许正是他初遇那个七十多岁农妇的地方？"内翰昔日富贵，一场春梦"，老婆婆对他说出这样富含哲理的话，令他刮目相看，既诧异又欢喜，从此径呼其为"春梦婆"。

虽然是初次来此，但周边环境风景、庭院建筑，却恍若相识已久。经由熟读这一时期的苏东坡作品和有关他的传记，我对东坡在此地的三年生涯，早已经了然于心。

"问汝平生功业，黄州惠州儋州"，在《自题金山画像》一词中，苏东坡用一种自嘲的口气，总结了自己坎坷蹭蹬的一生。他的非凡生涯的最后一段时光，是在这座偏远的海岛上度过的。

在漫长的时间内，海南岛都是放逐之地。流放的罪臣、贬谪的高官，自中原渡海而来时，大都怀着一颗赴死之心。苏东坡也不例外。当他以六十二岁高龄被贬赴此地时，在致友人的信中他这样写道："某垂老投荒，无复生还之望。昨与长子迈诀，已处置后事矣。今到海南，首当作棺，次便作墓。"可谓沉痛黯然。甫一落脚，他又写道："此间食无肉，病无药，居无室，出无友，冬无炭，夏无寒泉，然亦未易悉数，大率皆无耳。"死神扇动巨大的翅膀，阴影仿佛随时都会降临。

但天性的达观豪迈，让苏东坡很快就坦然接受了命运的安排。尽管环境恶劣，"岭南天气卑湿，地气蒸溽，而海南为甚。夏秋之交，物无不腐坏者。人非金石，其何能久"，但他仍能找出自我宽解的理由："然儋耳颇有老人，年百余岁者，往往而是，八九十者不论也。乃知寿夭无定，习而安之，则冰蚕火鼠，皆可以生。"对隔绝内陆、孤悬海外的岛上生活，他也有自己的解释："天地在积水中，九州在大瀛海中，中国在少海中，有生孰不在岛者？"

境由心生，别人望而生畏的荒蛮禁地，对于他也不是多么可怕了。时间流淌，他越来越喜欢上了这里，诸般物事都变得可亲。他写诗抒发心志："他年谁作舆地志，海南万里真吾乡""我本儋耳氏，寄身西蜀州"……此地就是家乡，而富庶繁华的川地故里反而成为他乡，发生在文字中的置换，对应的是心境的转换。新皇即位，他接到大赦令，渡海北归，在船上，他写下这样的句子，"九死南荒吾不恨，兹游奇绝冠平生"，一以贯之地宣示了他那无可比拟的乐观主义。在这个海岛上，他将苦中作乐的情怀、随遇而安的禀赋，发挥得酣畅淋漓。

海南是他苦难的深渊，但又何尝不是他荣誉的峰巅？三年谪居中，他写下了大量作品，成为其创作生涯的一个高产期。而著述之外，他的另一桩足以彪炳史册的巨大事功，是给这片土地播撒了文明教化的种子。他居岛三年间，大力倡导诗书，劝课农耕，开启民智，促进了多方面的明显进步。在他登岛之前，海南从来无人进士及第。他设坛讲学后数年，就有学生成为海南历史上第一个举人。此后一直到明清时代，海南人考取科举者众多，以至于有"海滨邹鲁"的称誉。清代《琼台纪事录》一书记载："宋苏文忠公之谪儋耳，讲学明道，教化日兴，琼州人文之盛，实自公启之。"苏东坡在海南的地位，相当于孔子在中原。他个人的厄运，却成就了整个海岛的幸运。

这座热带岛屿，大自然的力量恣肆奔放。炽热的阳光下，树木花草的阔大枝叶和浓烈色彩，是生命力放纵呐喊的表情。台风肆虐处，浊浪排空，樯倾楫摧；暴雨降临时，天昏地暗，撼山拔树。但对我来说，每一次想到这个地方时，眼前浮现更多的都是苏东坡的形象。这个贬客身上发出的力量，有着相似的气魄和强度。

联想到苏东坡早年的诗篇，其中有这样的句子："人生到处知何似？应似飞鸿踏雪泥。"他是将人生看作一次游历的，既然如此，路途中就可能遭逢种种境遇，有明月映平湖，也有罡风卷黄沙，只能全盘照收，祸福由之，无法讨价还价，挑三拣四。海岛三年，是他的生之行旅中的一段凶险途程，但他履险如夷，将劫难化作了生命的养料。

这样推想下来，思绪就越来越清晰，越来越接近一个让我感到鼓舞的念头，接近一种救赎的可能性：如果他能够这样想这样做，我们为什么就不能？

这时候，我才明确地意识到，这次来瞻仰东坡故居，固然是为了满足夙愿，但潜意识里实际上另有一重动机，是试图汲取几分他面对多舛命运的乐观，"一蓑烟雨任平生"的旷达，给自己增添一些面对困厄的勇气。最低的祈求，也是让自己在深沉的悲哀中，能够稍稍透一口气。这种哀痛仿佛最为浓稠的夜色，几乎将我吞没，令我窒息。

四

女儿，你在那边还好吗？

你离开我们已经一年半了。四百多个日子里，无法摆脱对你的思念，哀伤如影随形，每时每刻都缠绕裹挟着我们。曾经努力想忘掉你，仿佛一个行长路的旅人，试图卸下背负的沉重行李，稍稍歇息一下，喘一口气。白天的匆忙喧嚣中，有时似乎做到了，但在深夜的梦境里，你的身影总是执拗地浮现，在一个个曾经经历但又变形了的背景场面中，似真似幻，半实半虚。

这一次来到此地，初衷仍然是为了摆脱。

亲友们都说，出去走走吧，走得越远越好，离开熟悉的环境，才更容易把过去抛开。那么，还有什么地方比海岛更符合这个条件呢？天涯海角，正是它的别名。于是有了三个半小时的飞行，然后又是将近一百公里的车程，才到了现在这个地方。

但抵达之后，却意识到忽略了一个最简单的事实：我们怎么不想一想，这里同样布满了你的印迹啊。

全家三人最后一次的集体行动，就是来这里休假，住了整整一周。翻看手机里当时拍摄的众多照片，每一幅里你都是笑容洋溢。一幅幅缀接起来，那些日子的记忆鲜活如在眼前。

小区庭院里满目葱茏，品种繁多的植物苗壮茂密，枝叶纷披。你陪着我们散步，有时走到前面，有时又落在后面，痴迷地拍摄那些色彩艳丽的热带花卉，然后对照手机上的植物识别软件，大声念出它们的名字。你跳跃的姿势，单手举起手机拍照的专注，似乎是昨天的事情。

走出小区通往海滩的小门，一条铁锈红颜色的木栈道，架设在崔嵬错落的礁石上，随着山势和海岸线起伏逶迤。走在栈道上，我们不时停下来彼此拍照，你白色的衬衫下摆绾了一个结，盖在天蓝色的牛仔裤上。其中一张照片，你身边是一棵高大的三角梅，满树怒放的红色花朵，像一大朵悬浮的云彩。

我坐在阳台上的藤椅旁，看着手机，往事联翩涌现，仿佛无声的潮水。目光稍稍抬起，便望见了前方漂浮在蔚蓝色海面上的分界洲岛。它储存了更为清晰的记忆。

那次离开海岛的头一天，我们来到了去往分界洲岛的海岸码头。长长的沙滩围出一道柔和的弧形，沙子洁白细软，踩上去有说不出的惬意。我们慢慢走向游客稀少的区域，偶尔停下脚步，望一眼远处正在驶往岛上的渡轮。巨浪翻滚着涌来，越来越高，发出低沉的轰鸣声，快到岸边时，仿佛一堵浅绿色的墙壁，然后散落开来，摊成一沓沓白色的浪花。那天你身着一袭黑色连衣裙，头发被海风吹得飞扬起来，笑得那样畅快开心。

怎么能想象得到，你快乐欢笑的年轻的生命，会在仅仅两年后，被邪恶的病魔吞噬，从此天地间再也没有你的一点儿痕迹，一丝气息？

眼前几公里外的分界洲岛，这个海南气候分割线上的最东端点，从此也将我们的生命，切割成不同的季节。这一重意义，只有我们自己才能领会。猝然的一击，是揳入脏腑深处的一把冰锥，我们从此步入了寒冬，感受着沦肌浃髓的冰冷。时间流淌，季节递嬗，外在的景观物候不停地转换，但内心的荒芜板结依然，迟迟不肯萌发新的芽苗。我们最终能够从寒冽中走出来吗？需要何种程度的热力，才会让灵魂重新舒展？

北纬十八度线上的热带阳光，此刻正照在阳台上。头上和肩背上，感受到了一缕冬日特有的舒适。这样的照晒已经有好几天了。我终于感觉出，落在肌肤上的温暖，也在向深处浸润，一点点地沁入。

"死亡不是生命的终点，遗忘才是。"

想到了几年前热映的好莱坞动画片《寻梦环游记》，这是其中被传诵最多的一句台词。那么，既然对你的想念如此噬心蚀骨，你如此深切地烙印在我们的记忆中，岂不是说，你并没有化为彻底的虚无？在我们也告别这个世界之前，你一直都会住在我们心中，你的生命也将经由我们而得到延续。直到将来的某一天，我们重逢。

我这样来安慰自己，我也只能这样安慰自己。有时候，如果我们执着于一个念头，并不出于其真实性，而只是因为愿意如此。它能够让我们稍稍心安。在这个意义上，这个想法仿佛是一盆炭火，在内心深处幽幽地燃烧，多少驱散了一些寒气。一些湿冷发霉的地方，正在被慢慢烘烤。

依照这样的理念，我来到这里，触景生情、睹物思人的过程，是重拾记忆，也是复活你的生命的过程。眼前每一次浮现出你的身影，耳旁每一次幻听到你的声音，都是一条看不见的手臂伸向你，将你拉近和搂紧，从虚无的深渊里拉回到身边。

那部影片中，不同的语句反复表达着同样的意思，仿佛音乐中围绕同一个主题的各种变奏。"真正的死亡，是世界上再没有一个人记得你。"死亡起源于被遗忘，因此既然你如此被我们想念，我们便有能力将你留在身边。

这个念头终归带给人一些慰藉。

我们将你留在记忆中，藏在内心里，其实也是将一种热力注入自己的魂魄。尽管伴随回忆的是哀伤，但同时也产生了一种坚牢的东西，可以抵抗黑暗和寒冷的侵蚀。支撑是相互的。你的生命，通过我们的记忆得到伸延，而在对你的记忆中，我们也获得了继续生存的理由。

那么，为什么还要将你的音容从眼前驱散呢？不是忘却，而是铭记，才更有可能与命运达成和解。活过、爱过、陪伴过，本身就是自足的，是一份不会泯灭的价值，如刻如镂。

"凡存在过的，会永恒地存在。"

我进而想到了奥地利精神医学家、意义疗法的开创者维克多·弗兰克的这一句话。经历过纳粹集中营的极端苦难，他写下一本书《活出意义来》，表达了置身生与死边缘的思考。从同样幽暗的深渊里浮出后，我如今更能够理解这句话的蕴意。

此刻是下午三四点钟，前方的海面明亮炫目，千百万个光点在沸腾跳荡，难以直视。将目光挪移开，沿着海岸线向左前方慢慢地滑动，又爬到牛岭山脉上。山脊线漫长而柔和的线条，减弱了山脉险峻陡峭的感觉。阳光投射上去，一大半山体明亮碧绿，仿佛被水洗过一般，但也有大片的暗黑色区域，那是在空中几乎悬停不动的云朵的投影。

我久久地眺望着。眼前视野里的景观，是思念的出发点，也是思念的落脚处。时间重叠，仿佛此刻山和海的相连，阳光和阴影的交错。

有所思，乃在大海南。

（原载《光明日报》2022 年 12 月 9 日）

遇　见

李一鸣

一

从此就有了不同。

从烟台回到北京，早晨六点半，如往常一样，我骑上共享单车，飞奔在上班的路上，西直门、积水潭、德胜门、鼓楼、钟楼、安定门、雍和宫……感觉身体就像一条泥鳅，钻行在嘈杂拥挤的晦暗不明中。护城河边的街道本就不宽，道路一侧一夜之间停满汽车，有时甚至摆成两列，这便使街道更为逼仄，时有黄的绿的白的单车，在汽车与汽车的缝隙里横七竖八地歪着躺着。宝马、奔驰、奥迪、帕萨特、斯巴鲁、雪佛兰、菲亚特、电动车、三轮车、农用车等一一从身边碾过，发动机气喘吁吁的嗡嗡声、身后突然冒出的半声鸣笛、远处撕心裂肺坚持不懈的喇叭声，墙根儿那里有女声高唤一个名字，桥头上一群交易蔬菜的人正粗声大气争执，这一切与呛鼻的烟尘、生辣的葱蒜味和不知从哪儿飘来的缕缕油炸气息融合起来，滚滚升腾于京城的清晨。单车轮子一圈一圈地滚动，路旁或直或弯或粗或细的古槐一棵棵闪过，新生的朝阳透过纷杂的枝条，在路上投下斑驳陆离的光影，树影车影人影交缠在一起，眼前忽明忽暗，脸上时温时凉，心中则有迷蒙，有清明，有开启新一天生活的希望与坚定。

在日复一日的上班路上，我曾不止一次飞起来，飞到空中，俯瞰雄伟的北京。

北京，这座巨大的城池，背倚由西向北向东北连绵的群山，面对缓缓向东向南向渤海倾斜的华北大平原，永定河、潮白河、拒马河、泃河、北运河蜿蜒流动，藏蓝色的湖泊点缀其间，金碧辉煌的紫禁城庄严肃穆、飞檐斗拱，环绕它的是高高低低的大厦、方方圆圆的楼顶、灰白红黄各种颜色的墙体、四通八达的街衢和蓊蓊郁郁的街树。沿着细如丝线的北二环辅路往东移视，就会看到一个状如黑蚁的影子，他骑着一辆黄色的小如玩具的自行车，头一沉一沉，背一拱一拱，在阳光、楼影、树荫、桥洞中明明暗暗出没，闪闪烁烁的是眼镜和自行车钢圈反射的亮光。

他从哪里来？

他到哪里去？

二

一八五九年。

说来已是一百六十多年前的事情了。

英俊而青涩的少年王懿荣从烟台来到京城。

王懿荣的祖先本是历史上有名的琅琊王家，岁月嬗递中，其中一支辗转迁到烟台福山，渐渐成为那里的冠族大姓，从清代顺治到道光二百多年间，这个家族先后出过六名翰林、二十六位进士、五十八个举人、三百六十八员秀才，留下了父子三翰林、兄弟多举人的传奇。王懿荣母亲的祖上是乌衣巷谢氏的一支，明代从浙江迁至福山，此后便安居下来。旧时王谢，于此联姻。

然而王懿荣却似乎生不逢时。他出生前五年，一八四〇年，英国人发动鸦片战争，强迫清政府签订《南京条约》，中国沦入任人宰割的境地；他出生四年后，家庭罹遭变故，祖父在山西巡抚任上获罪，被遣戍新疆，一个显赫的名门望族由此败落为苦舍寒门。

十四岁，他随母亲赴京，投奔时在兵部任事的父亲。从遐陬僻壤前往京师大都，两千多里行程，山路惊险崎岖，土路狭窄泥泞，或是酷暑难耐，或是风雨侵袭，他们的马车走走停停，四五十天才到达京门。漫长旅途的寂寞枯燥，难掩一颗青春躁动的心。走出福山，王懿荣就如峪垆山深处的一棵幼苗，要移植到京城大都去，长成一棵大树。京城是皇家重地、人文渊薮，世界向他展开阔大、高远、苍茫的远景，那里蕴藏无限的可能。

然而，他不知道，阴鸷酷烈的苦难已为他打开了樊笼。

在那个年代，文人晋阶从而实现人生志向的唯一渠道是科举考试，纵有千般武艺、万丈雄心，也必须先经过科举考试的选择。一八六二年，同治元年，十七岁的王懿荣怀揣大志、满腹锦绣，第一次参加顺天府乡试，考官许其光为发现这位少年的佳制欣喜异常，以北闱第一名位次向主考官推荐，不料竟未获批准，王懿荣在科举求仕路上首考失利。

不知那一夜，那两年，他是怎么熬过来的。

然而，这才仅仅是开始。

一八六四年，他参加顺天甲子正科考试，不第。

一八六七年，参加顺天丁卯正科考试，不第。

一八七〇年，参加顺天庚午正科考试，不第。

一八七三年，参加顺天癸酉正科考试，正榜未取，副榜第一。

一八七五年，参加顺天乙亥恩科考试，不第。

一八七六年，参加顺天丙子正科考试，不第。

十四个春秋，七次乡试，他遭受了七次沉重打击。此时他已是三十一岁，早已结婚、生子，饱经生活的磋磨淘洗。其间，他年仅十七岁的弟弟突发疾病去世，娇小可人的大女儿就死在他怀里，次女和两个儿子相继来到这个世界。他还患了一场重病，奄奄一息，三个月不起，他的结发妻子黄兰日夜不寐、悉心照料，当他渐渐康复时，妻子已是心力交瘁，体力不支，三年后满怀不舍，遽然远去。十几年的京城生活，他获得了生的喜悦，也经受了病的折磨、死的悲哀，更尝尽科举考试的熬煎、他人的嘲讽与歧视。生存的残酷无情、人生的难以把握、命运的叵测，足以把人击倒，王懿荣应该也有过退缩甚至放弃的念头吧？晚清已气数殆尽，败象毕现，官场黑暗，考场又何尝一派清明？本该最容不得瑕疵的科场考试，也常常为人情牵制，被铜臭污染，受贪腐挟持。尽管时常有人因科举考试作弊被处斩、发配、连坐，但也难以阻挡无孔不入的秽行。有的考官见钱眼开，利令智昏；有的座师为情所绊，畸轻畸重。满腹经纶的，也会名落孙山；长袖善舞的，却可金榜题名。有过多少压抑，就有多少退意；有过多少失望，就有多少次放弃。而况，他自少年时代就属意金石文物，沉浸浓郁，含英咀华，既积淀了深厚的学术根底，又练就了锐利的鉴别眼光，早已成为颇有名气的金石家。"墨癖书淫是吾病，旁人休笑余癫癫。"一个能为兴趣爱好至癫的人，不考试，也可以有事去做；不当官，精神也有寄托。但中华传统文化精髓已经融入王懿荣的生命基因，他执守着修身齐家治国平天下的人生信念，怀揣立德立功立言的生命渴望，撑起两根硬骨头，挺起一颗金石头，一次又一次撞响命运之门。

这一次，他成功了。一八七九年，他那支老笔经了汗水泪水血水的淬火，终于坚如铁帚，扫清了乡试路上的最后障碍，中试第三十一名举人。仿佛此前的连续落榜就是为了积蓄强大的生命势能，由此，王懿荣的人生就如被阻挡压制太久的汹涌澎湃的江水，排山倒海，奔腾向前，发出阵阵轰鸣。翌年会试，他获第一百五十六名贡士，复试列一等第三十五名。大主考官、内阁大学士宝鋆赞赏他的制文"鸿文无范，旷世逸文"，大考官翁同龢赞叹他"文笔雄直，经策博通"，可见他的经策和文笔之高度。在接下来由皇帝主持的殿试中，王懿荣以对国事深刻的洞察和无畏的勇气，不避敏感，不惧风险，从人君、吏治和军事三大经国大事切入，提出人君节俭、吏治倡廉、整军经武的对策。经过这场决定人生命运的殿堂大考，王懿荣脱颖而出，获选二甲第十七名，赐进士出身，继而参加翰林院庶吉士选拔，又以一等第三名入选。三十年焚膏继晷、孤独穷理，十八载尽心修性、穷通不移，三十五岁的他，意气风发地登上了科举考试的高端，实现一直萦绕于心的天下抱负有了平台。

然而，也许没有人会想到，二十年后，王懿荣创下了中国历史上的惊天之举。

三

二十一世纪开启的第一年，我三十五岁，被任命为那所大学的副校长，受命从八百里外的滨州，挺进烟台海边，建设大学新校区。一群单身汉，离开长期生活工作的老地方，离开老婆孩子离开家，一下子扎到茫茫滩涂，过起野外集体生活，那时候，我仿佛又回到了大学时代。

这离我大学毕业已是第十五个年头了。

难忘的二十世纪八十年代。

那是整个社会由封闭骤然开放的年代，一个生活急剧变化的年代，一个思想解放的年代，一个有青春、有热血、有理想、有幻想的激情燃烧、热气腾腾的年代。

教学楼门厅，贴满各种讲座招贴："第三次浪潮与社会变革""高等教育的革命""萨特与存在主义""王富仁论鲁迅：中国反封建思想革命的一面镜子""黄永玉的艺术世界""王立平、王酩、施光南、杨洪基谈流行音乐"……西方哲学研究会、文学社、武术队、合唱团、时装队、辩论学会、演讲协会、围棋协会等三十多个社团招新广告随处可见。"寸草心"诗社最是热火朝天，学校在校生三千多人，诗社社员竟然过千，阶梯教室坐满聚精会神聆听诗歌讲座的人们，走廊里、窗台上也长满了耳朵。中午的楼间草坪上，一对对恋人深情相拥，呢喃着诗的语言。山腰上，正有一群大学生举行诗歌朗诵会，朗诵者挺胸抻脖，声嘶力竭，声音伴着山风传得很远很远。山涧平地上一群野餐的学生，时而爆发出尖叫和欢呼。

夜色降临，教学楼、实验楼、图书馆如一个个发光体，在暗夜里呈现出有力道的直线斜线曲线，一百、二百、上千个窗口泻下温和的光瀑。图书馆、教室，到处都是读书自习的学生，期刊阅览室里只听到纸张掀动的声音、钢笔笔尖摩擦纸页沙沙的声音，偶有一声叹息也格外分明。大礼堂正在演出时装秀，在热烈的音乐声里，男女模特们在台上踱着优雅的猫步，夹克衫、蝙蝠衫、花格子衬衫、绿军服、灰工装、道道服、晚礼服、牛仔裤、踩蹬裤、萝卜裤、喇叭裤、直筒裤、一步裙、迷你裙、连衣裙、套装裙，新旧杂陈，五光十色。学生食堂二楼，赤橙黄绿青蓝紫各种颜色的灯泡在闪烁，录音机里播放着《甜蜜蜜》《我只在乎你》《酒醉的探戈》《热情的沙漠》……或柔情似水，或粗犷铿锵，人们和着音乐跳着交谊舞，华尔兹、探戈、狐步舞、伦巴、恰恰、斗牛舞……灯光明明灭灭，舞者的影子在墙上变形异动着。

熄灯铃响过，男生宿舍楼公共洗手间里，仍有人在呼哧呼哧洗衣服，有人在哗啦哗啦冲澡，时有歌声高高低低、断断续续传出来，一个在唱帕瓦罗蒂的《我的太阳》，到了高音部分声音攀不上去终于变为撕裂音，继而传来一阵剧烈的咳嗽；另一个在唱《故乡的云》："有个声音在对我呼唤，归来吧，归来哟，浪迹天涯的游子，归来吧，归来哟，别再四处漂泊……"高音层层递进，低音圆润婉转，充满惆怅，饱含深情，很快有人加入，楼下竟也传来一个高亢的和声。学生宿舍里，有的在开"卧谈会"，尼采、弗洛伊德、叔本华、卡夫卡、托夫勒、波普尔……一个个新潮的名字传出来。有的宿舍没有任何动静，只看到某个床头有手电筒集束的光，照着翻开的书页。有的则亮着暗黄的烛光，桌子上放着一个大脸盆，周围杂乱地摆放着大大小小、高高低低的不锈钢碗、搪瓷茶缸、罐头瓶子和纸杯，门缝里隐隐透出酒香……

　　入学后，系里指定了班干部，那时的我内向、胆小，只管自己读书，不喜与人交际，或是因为感受到校园蓬勃的律动，平添了几分胆子和勇气，我直接找辅导员提出建议：为了让更多同学得到锻炼，每学期团支部书记和班长应该通过竞选产生，支委、班委由团支书、班长组建，一般不要连任。没想到系里采纳了我的建议，经过竞争演说、民主投票，我担任了团支部书记。那段时间，我胸中有一股勃勃之气，似乎每天都有无穷的力量期待迸发。我曾经在一个傍晚转了几次公交车，找到省话剧团，打听了好几个人，没有半点怯懦和犹疑，就敲开话剧团党委书记、副团长薛中锐的家门。二十世纪七八十年代，薛中锐在山东人民广播电台播讲《烈火金刚》《平原枪声》《林海雪原》《渔岛怒潮》《大刀记》等长篇小说，那时电视尚未普及，媒体单一，人们精神食粮匮乏，听广播成为许多人主要的文艺生活，于是薛中锐成为人们心目中的明星和偶像。薛中锐打开门，没有责怪我的莽撞，而是热情地请我就座，给我倒上一杯热茶。我表达了想请他给我们作报告的愿望。他可是获得全国话剧最高奖"金狮奖"和戏剧表演最高奖"梅花奖"的大牌演员，会答应一个大学生的请求吗？没想到薛中锐一点都没犹豫就同意了。活动那天中午，我径直去学校办公大楼三楼找到副校长王荣纲，因为入学时他在大礼堂给我们新生作过报告，所以我知道他。我向他提出学校派车去接薛中锐的请求，王校长听后，慈善微笑的脸上现出严肃的神情，他立即拿起电话，听上去是打给校办主任的，他要求立即安排车。"让一鸣同学带车去！"富有音乐感的胶东口音好听极了。

　　那年，我们还成立了学校历史上第一个大学生记者团，为的是提高参与社会、干预生活的能力。记者团成立大会一应由我们自己组织。我们请来了副校长张建义、校党委宣传部部长、校团委书记和各系分管学生工作的党总支副书记、团总支书记，还逐个登门，请来了省新闻出版局副局长、山东电视台台长、新华社山东分社副社长、《大众日报》副总编辑、《人民日报》驻山东记者站首席记者等嘉宾。在会议现场，校团委宣传部部长孔祥华老师私下对我说："你们还真行，场面这么大。"在这次会上，王纪元同学当选为记者团团长，我和另外几位同学被选为记者团副团长。大学生记者团成立后，我们与北京大学、中国人民大学、复旦大学、南京大学、武汉大学等高校新闻系很快建立了联系，我们还参加了中国人民大学在《大众日报》实习的同学为个体户维权的活动。当年寒假前，大学生记者团副团长、体育系段超庆和中文系的张世勤、赵连兆等组织二十多名同学，商定要深入沂蒙山区开展百村调查活动。不知哪位同学直接将调查计划报给了当时的省委副书记李振。李振接见了参与社会调查的部分同学，并安排省委办公厅开具了介绍信。放假后，同学们一到临沂汽车站，就被接到了行署招待所，临沂地区行署副专员唐乐群接见了他们。开学后，省长李昌安主持召开大学生社会调查工作座谈会，段超庆报上了他撰写的一篇二十多万字的调查报告，其中提供了大量关于沂蒙山区经济和社会发展的第一手材料和政策建议，张世勤专门就挖掘和弘扬沂蒙精神提交了专题报告，为"沂蒙精神"的挖掘和宣传开了先声。

"天下者，我们的天下；国家者，我们的国家；社会者，我们的社会；人民者，我们的父老乡亲。国家的事就是我们的事，社会的事就是我们的事，老百姓的事也是我们的事，我们不管谁管，我们不说谁说，我们不做谁做？"在学校大礼堂举行的"大学生的责任和使命"演讲比赛中，我把毛泽东年轻时的文章做了引述和阐发，赢得了热烈掌声。演讲会后，山东人民广播电台记者采访了我们几个参加演讲的同学，《大众日报》记者向我约了稿。后来，我收到家里的来信，信是妈妈口述的，妹妹那稚拙的字让人倍感亲切。信里说："前几天，家里的广播小喇叭里提到你，大队书记说从报纸上看见了你的名字，现在咱村周围十里八庄都知道你，好些乡亲来家里找我，想让你帮着解决他们的难事儿。"

> 啊，亲爱的朋友们
> 美妙的春光属于谁
> 属于我，属于你
> 属于我们八十年代的新一辈
> 再过二十年
> 我们重相会

伟大的祖国该有多么美

天也新

地也新

春光更明媚

城市乡村处处增光辉

啊，亲爱的朋友们

创造奇迹要靠谁

要靠我，要靠你

要靠我们八十年代的新一辈

一转眼，八十年代过去了，二十世纪过去了。

烟台大海边，千亩滩涂上，一座银灰色的现代化大学城已经崛起。为了心中热爱的文学，四十六岁，我千里赶考，来到北京。莫非到了这个年龄，就开始喜欢回忆了？常常想起风华正茂、心系天下的大学时光，想起建校过程中那些艰难得无以复加的日子。青春年少时的同学们，他们有的呕心沥血，兢兢业业地在机关参与决策；有的纵横捭阖，闯荡商海，在瞬息万变的市场中沉沉浮浮；有的爬罗剔抉、兀兀穷年地探究学问；有的活跃于各种媒体，为国家发展鼓与呼，为百姓生活歌与哭；更多的同学奋斗在基层，在边疆，在海岛，在农村，在默默无闻的岗位上度着日月，享受着奋斗的快乐，也经受着吃苦吃亏受累受气的生活。一样的成长，不一样的故事。但可以无愧地说，我们把自己的青春、心血和汗水，献给了这个国家，也见证和参与了这块土地上发生的人间奇迹。如今，一提到民族、国家和人民，我们心里还是自然而然迸发出跃跃欲试的冲动，那或许就是自古以来流淌在中国知识分子血管里的一脉热血吧，沉着而坚实，涌动而不歇。

四

自从入了翰林院，王懿荣的仕途人生就进入高光时刻。

"点翰林"，不仅意味着一个人达到了科举生涯的最高层级，获得至高荣誉，而且具备了平步青云入阁登坛的条件，进入"储相"人选。

三十八岁，王懿荣在翰林院庶吉士教习馆肄业期满，散馆考试取得一等成绩，就任翰林院编修。到了四十九岁那年，他一年四迁，先是升迁为侍读，继而入值南书房，得以在皇帝左右谈诗说文、讲经论道，达到了士人心中的极荣之境。仅仅半个月后，他又被补任为起居注官，负责记录皇帝言行，显示了皇帝对他莫大的信任。又半个多月，他兼任了国子监祭酒，步入雍和宫对面的集贤门，成为士子仰望的"太学师"。

不料，甲午战争突然爆发，打破了他生活的宁静。

一八九四年七月，日本不宣而战，在朝鲜牙山口外丰岛海面，击沉运送清兵的商轮，全船官兵七百多人遇难。同日，日军向驻守牙山的清军发动攻击，朝鲜半岛全境陷落，战火一直向辽东半岛、山东半岛蔓延，局势十分危急。王懿荣忧心如焚，焦灼关注着战局的发展。

那时，西方国家已经进入了"电气时代"，美、德、英、法正在向资本主义垄断阶段过渡。日本抱着"脱亚入欧"的信条，拼力推进政治经济社会改革，现代化、西方化进程赫然加快。为了建设军事强国，日本政府每年拿出国家财政收入的 60% 发展海军和陆军，还从宫廷经费中挤出专款，从全国官员薪水中提取 1/10，用于建造船只，暗中准备一场"国运相赌"的战争。而大清朝廷仍陶醉于天下一切尽归朝廷所有所管所享所用的美好感觉，对世界潮流麻木不仁，对近在咫尺的危险视而不见，甚至为了慈禧太后六十大寿，挪用军费建设颐和园。恶虎的大嘴已经张开，猎物却还在悠然睡眠。

大敌当前，王懿荣舍生忘死，连上奏折，直言相谏。

当时，清廷不顾战事吃紧，在炮声隆隆中照旧忙于筹备万寿庆典，仅为慈禧经过的道路两旁搭建景点这一项工程，就要花费二百四十万两银子。对此，不是没有人愤懑不平。但那慈禧是何等人氏？她是皇太后，掌握着对百官甚至皇帝生杀予夺的权威，在清一色男人形成的权力世界里，纵横捭阖，强悍跋扈，玩弄权柄于股掌之间，其心思之缜密、心计之多端、手段之老辣，罕有人匹敌。多少官员为升官发财、为保乌纱帽、为保乌纱帽下的脑袋，正千方百计、苦思冥想，讨好慈禧。而如王懿荣，平素受到慈禧赏识，跻身殿堂，侍奉至尊，并常常得其青睐为御画题记，自当竭尽全力，效犬马之劳才是。然而王懿荣却上书《吁请暂停点景，但行朝贺疏》，明确要求"暂停点景，但行朝贺"，战事之后"随时补行"。尽管折子中不乏婉转誉扬之词"何时非万寿之时，何日非祝愿之日"，但他的不知趣、不灵透、不圆融、不感恩，令许多人愤怒，许多人担心，但更多的人心中充满敬意。哪怕百官不敢言，自有懿荣是男儿。中华文人的风骨，哪怕是在最暗黑无言的夜里，也总是戛然有声，铮铮作响。

面对极端不利的战局，王懿荣曾上疏希望重新启用通晓军务、熟稔洋情的奕䜣。但奕䜣上台之后，不仅没有主战求胜，反而追随慈禧一味求和。对此，王懿荣再上奏折《详度夷情审量时局疏》，全面分析战情，坚决反对轻许议和，主张精厉士马，厚积军火，肃清海隅，坚决抗敌。他认为，如果轻言议和，偿付巨额赔款，必然使敌人"挟我之资"而秡厉重来，"是益寇粮而资之盗也"。后来的事实也印证了他判断的准确。

不仅如此，王懿荣没有停留在语言进谏上，而是直接付诸行动。一八八四年年底，日本纠集两万人、二十五艘军舰、十六艘鱼雷艇，向山东半岛发起攻击。在这刻不容缓的关头，作为一介书生，王懿荣立即上疏，请求回籍兴办团练，抵御倭寇。获得准许后，他星夜兼程，奔往故土。到达莱州时，方知威海已经失陷，北洋海军全军覆没。王懿荣悲愤交集，不顾旅途劳累，奔走各县，联络动员，激发家乡父老同仇敌忾的豪情。"人心甚齐，最为可用！"正当他麋集力量，准备率团迎击敌人时，李鸿章却已同日本政府签订了丧权辱国的《马关条约》。王懿荣壮志未酬，怆然写下七绝：

岂有雄心辄请缨，念家山破自魂惊。
归来整旅虾夷散，五夜犹闻匣剑鸣。

伫立在风景如画的蓬莱阁上，我久久不能离开，昔年王懿荣曾经站在这里怅然瞭望大海，手中紧握莱阳县令相赠的戚继光抗倭时用过的宝刀，那时他会是什么心情？"海不扬波"石刻匾额"不"字上日军炮击的弹痕，像一只盲眼望着远处的夕阳，海涛高一声、低一声，急一阵、缓一阵……

五

世纪之交，风雨飘摇，一八九九、一九〇〇，永远铭刻在灾难深重的中国的年轮上，也注定是王懿荣一生中惊天动地的时刻。

一八九九年秋天，王懿荣身患疟疾，卧床不起。老中医给他开了一个方剂，他派人到宣武门外菜市口达仁堂药房抓来中药，无意间发现其中一味药"龙骨"上有丝丝裂纹，裂纹周围则是若干刀痕的结体。他以金石学家的职业敏感，捧在手中反复揣摩，又让家人去药店购得全部"龙骨"，进行拼接、对照、推理、琢磨。"龙骨"上这些刻画，非篆非籀，却是有规律的符号。莫非？王懿荣被自己大胆的设想震惊了，他屏住呼吸，小心求证，经过十几天的研究，最终做出判断：这些"龙骨"是上古人用来占卜的龟甲和兽骨，上面的符号是人工刀刻的文字，这些文字早于周朝青铜器上的文字，也就是华夏祖先创造的最古老的文字！而甲骨上的裂纹不是意外所致，而是占卜者以灼热金属工具锥刺而成，他们通过纹理获知想象中的鬼神之谕，遍刻于裂纹四周的便是获得的卜辞。王懿荣如炬的目光照亮了历史的隧道，洞见了华夏文字的始根，直接把汉字产生的历史，溯源到公元前一七〇〇年。试想，如果没有王懿荣慧眼识别，甲骨只能被弃之如敝屣，最好的命运也就是被当作药材研磨成粉，经病人肠胃消化后再回归大地。如果那样，凝注着中华文明尊严的证物就遭遇毁灭性灾难，甲骨文、殷墟，将沉睡在无尽的黑暗中，不知何年何月得见天日。一片甲骨，惊天地，耀古今！

这看似是一场偶然，是天大的好运降临到王懿荣头上。其实，天下所有事件发生的表征皆是偶然，但内里是铁律的必然。上天只垂青有准备的人。正是王懿荣好古成魔，对金石文物几十年寸积铢累的深厚积淀和深入钻研，使他获得了上天的眷顾，完成了这一奇迹性伟大发现。

此后，王懿荣又倾囊收藏甲骨一千五百片，正当他准备深入研究之际，他的命运发生了不可逆转的改变。

一九〇〇年七月十四日，八国联军彻底攻陷天津后，又气势汹汹向北京进逼，清廷下诏与列国宣战。国子监祭酒王懿荣被任命为京师团练大臣，负责保卫京城。他名为团练大臣，其实不过一"看街老兵"，下属团勇千余人，半是老弱病兵，最可怕的是，连像样的武器都没有多少。面对这一状况，王懿荣不得不拿私情办公事，给时任湖广总督的妹夫张之洞写信求援。那语气完全是乞求："公能稍为捐置相助否？"情状尤为令人感叹："此垂泣而道之者也。"看，这哪有一点点官场上南书房翰林、国子监祭酒的威仪？大敌当前，他明知不可为而为之，挺起头颅顶上去，准备与披坚执锐的强敌来一场你死我活的战斗，但如山的压力使他"夜漏三下，未及就眠，心力交瘁，殆难言喻"，真是苦不堪言，难以名状。

十万火急！

八月十三日，八国联军进攻通州，经过一番烧杀抢掠，两万大军如邪恶蜂群涌向北京城。

十四日凌晨，枪声大作，炮声隆隆，俄、日、美侵略军分别向东直门、朝阳门、东便门发起进攻。中午，英军抵达京城，向广渠门开炮猛攻。王懿荣指挥团勇誓死抵抗，打死侵略者数百人，但终究寡不敌众。上午十一时，东便门被美军攻破；下午二时，英军攻入广渠门；晚九时，俄日侵略者由东直门、朝阳门破门而入。王懿荣组织团勇在京城各处与侵略者进行激烈巷战，但羔羊遇虎，无济于事。到处是坍圮的房屋，到处是逃散的人群，哭声、骂声、喊声、枪炮声，响成一片，永定门、左安门、右安门、崇文门、宣武门、朝阳门、阜成门、前门……东西南北、内城外城，各处门楼火光冲天，沦陷的北京，沉浸在无声的哭泣中。

十五日凌晨，慈禧、光绪皇帝一行仓皇西逃。

上午十时，王懿荣从容写下绝命书，对夫人说："我渥受国恩，又担当卫京之责，现在京城失守，我绝不能苟且偷生！"然后，他先吞金，未死；又吞铜钱，未死；又饮药服毒，仍未绝；于是踉踉跄跄跨出屋门，走向庭院的那口水井。

前几天，他曾让仆人清浚此井，笑曰："此吾之止水也。"

随后，他的夫人、长媳，也投身井中。

大门外，传来嘈杂的声音……

六

从烟台福山归来，我骑车去寻找王懿荣北京的故居，沿着雍和宫大街、国子监街、交道口南大街、北河沿大街，到达锡拉胡同21号。

一座粉红色的居民楼矗立在那里。

不见了院落。

不见了水井。

当年的痕迹一丝也没有留下。

在那里，我伫立良久。

我仿佛看到那个初到北京的十四岁的青涩少年，那个首考落第、垂首窗边的头影，那昂首步入翰林院的华服，那奔走乡里的双腿，那端详甲骨文专注的神情，那炮火中焦急的脸，那院落里的蹒跚……

王懿荣，你归去时五十五岁。

今天，五十五岁的我，来找回你。

吾之止水，又在哪里？

（原载《时代文学》2022 年第 6 期）

活在都市的褶皱和纹路里

刘月潮

一

有时回过头一看，我在一条马路上来来回回走了二十余年，时光在这条马路上一年年流逝掉了，却找不到一点痕迹，今天覆盖了明天，一年盖掉了一年，我在这条马路上也找不到一点自己存在过的痕迹。我忽然觉得时光如此的不真实，时光也被我一年年荒废掉了。对这座城市来说，我永远是一个陌生的外来人，至今还不懂得一座城市的秩序，还感受不到一座城市的心跳。上下班时，我都要经过这条马路，一来一回，早上从这条马路的南头一路向北，傍晚又从北边回到路的南头。我在这两点一线间走了很多年，过着一种简单而机械的生活，就像一台机器，似乎被设定着每天重复这些机械式的动作。

在这条马路上，同样的时间，夏天跟冬天的早晨不一样。夏天早晨的太阳爬起来老高；冬天早晨的太阳还不见露头；春天时早晨湿漉漉的，空气沾在人身上，让人感觉到生命的重量；秋天的早晨却格外清爽，人的身心有种要飞起来的感觉。在时光的流逝中，我一点点感受到了四季的变化，春天快要走了，夏天就要来了，从日子的这些细微变化上，我一回回感受到季节的交替更迭，岁月匆匆而去，生命也在飞逝，光阴就这么一去不返，但似乎也有一些看不见的物质沉淀下来，以固体的形态长久地存留在我的记忆里。

在一条马路上来来回回走了二十多年，我碰见了很多的人，那些擦肩而过一次次相逢却又陌生的人，他们已沿着我生命血脉的方向向远方生

251

长。每天早上我和他们在路边的人行道上相遇，有的一次又一次遇见，有的仅仅几天，有的是好几个月，也有的却长达几年甚至十几年的时光……那些再也没见过的人，或许他们有的换了上班地方，有的改了上班时间，还有的搬了家……

我和他们都成了各自生命中偶遇的过客，人碰不见了，很快就会相忘于"路上"。人这一生，要和多少人擦肩而过，特别是在这种高密度的城市里，而擦肩而过的人又有多少人能再一次相遇？

二

在马路边，我时常碰见两个智障孩子，一个男孩一个女孩，他们的言行举止一看就跟正常的孩子不大一样。俩孩子都在附近的同一所小学上学。智障男孩个头儿高，生得结实，每天一早不是爷爷就是奶奶一路护送着，有时孩子忽然发疯般跑起来，就像一匹野马被人驱赶着，在马路边一路狂奔，他的身体摩擦着周围的空气，发出一阵吱吱的声音。他的身体同空气擦出了一阵阵火花，仿佛把周围每个人内心的火都点着了。我也被这个男孩点着了，我发现自己也是一个被躁动的生活打磨出燃点的人。

男孩跑得歪歪斜斜，但很有方向感，早晨的马路边也有不少为生活奔忙的早行人，和男孩擦肩而过时，大家都在心惊肉跳地尽力避让着他，都在替他捏着一把汗。

男孩在奔跑时，跑得无拘无束，那是一种完全向世界敞开自己的方式，也许这是一个智障孩子对纷乱的世界最简单的认知，他以一种踉踉跄跄的姿势成为人世间一个莽撞的闯入者。男孩一边奔跑，一边手舞足蹈，像被堤坝锁住的浪头要一个劲地冲出枷锁和藩篱。男孩的爷爷或奶奶只好紧随他一路奔走，一路急切地呼叫着他，声音里透着一份无奈和焦虑。男孩自顾自地跑着，毫不理会爷爷奶奶的喊叫，也完全不去顾忌路人的眼光。对他来说，这个人来人往的世界仿佛只是他一个人的世界，他只需要面对自己，无论人性多么复杂，在他眼里都只是一份活着的简单。在男孩对世界的感知里，这个色彩缤纷的世界同一张洁白的纸没什么两样，这个世界的风暴也只是跟下一场细雨差不多，他始终以自己的姿态活在尘世之外。在一个智障儿童心里，我想他对世界的认知永远是浅显简略的，世界就像用简单的线条简洁地搭建起来的，他的内心也许就跟几根线条一样简洁，他从来没有接纳过也不懂得如何去迎合这个世界的繁复与陋俗。

路过这个男孩的身边，我不由得替他忧心，我从未见过男孩的父母，也许他的童年缺乏父母的关心呵护，只有爷爷奶奶一路无奈地陪伴。从他爷爷奶奶的目光中，我看到了一样的担忧，孙子的未来人生似乎早在爷爷奶奶的眼里演绎了一遍又一遍，他们的忧虑都沉在眼里、心底，将来这孩子如何讨生活？如何在这个尘世找到一条自己的活路？

也许就在某次擦身而过时，我注意到男孩的一双眼睛，澄净空明，就像悬在夜空中的两颗明亮的星星，它照着我的内心，也照亮了天地和他人。

我已经很久没在尘世中遇见过这样一双澄净的眼睛，它还未被世俗沾染过，就像一块从来没有被耕种过的处女地，还保持着大地原先的样子，或像深山里的一泓清泉，清亮的水刚出世就睁开了自己的眉眼，一副初来人世的样子。即使男孩一时兴奋状若疯癫时，他的一双眼也还是一片澄明。在这个尘世，我有幸得以和男孩一双澄净的眼相遇，这双眼落在我内心深处，让我知道这世上还有一双这样澄净的眼睛，就像一缕微烛映照着世道人心。这些年，人心成了污浊的河流，渗透进人世间的每一道缝隙，污秽着天地万物。人心的污浊是从眼睛开始的，双眼一旦被贪婪和欲望蒙蔽了，世界就变成了他们心中想要的样子，世界也就变成了一个他们不断索取的世界。

没想到在一个智障孩子的双眼里，我忽然看到了世界本来的样子，也看到了人心本来的样子，但它在我内心还是留下了一声永久的叹息。也许男孩一直活在自己的世界里，活在一个独特的世界里，他的一生都不用经受那些诱惑，而一份诱惑里往往埋着一个人的一生。

再见到这个男孩时，我似乎不再为他忧心，我忽然觉得他活得自在，活得无拘无束，活得奔放……这大概也是一种人生吧。

三

在深邃的时光中，他安分地守着自己的鞋摊。

最初，他的鞋摊就安在小区门口的这条马路边上，说是小区门口，其实是没有门的。小区四面八方都敞开着，到处都是路，也四处都是门。小区就像一个敞开了身心的人，看见的都是它满腹的心事。

这样的小区看上去跟一个通透的人一样，心胸坦荡。小区虽旧得过了时，但很招人喜欢，在小区内溜达，走着走着就像回到了家乡一般。小区还有个很好听很文雅的名字——文化区。

我不晓得文化区这么文气的名字怎么得来的，什么人给取的，但它无疑是一个老小区，是以前铁老大的职工住宅区。文化区没有物业，也就没有门卫保安，进出都是自由的，这样能随意出入的小区已很少见了。文化区好像也没听说发生过什么偷盗之类的事，而附近的几个小区虽有门卫保安日夜看守着，还是经常被盗窃。

文化区没有物业管理，却能天下无贼，原因之一大概是因为从来对人不设防，即使有盗窃之心的人走进小区，他也忽然有了被尊重被信任的感觉，没有一双眼睛盯着他的一举一动，身与心是舒畅的、自由的，就像山林里的泉水溪流，回归了水的源头本性，人一旦回到了内心，又怎么会去做让自己感到不齿的事？

文化区很幽静，四五十年的老小区，一年年静谧的时光累积成岁月里无数的安详与恬静，树木早已成荫，夏遮烈日冬挡风雨，让人在尘世中躁动已久的心顿时安宁下来，小区的自在明净更是像清泉一般洗掉蒙住人心的尘埃，令人身心晶莹透亮。我喜欢这样无拘无束的文化区，经常身不由己地走进去，感受一方天地的宁静。在文化区里行走，我像被种进了泥土里，种在静谧的光阴里，身心竟有了万物生长的声音和气息。在文化区里任由着性子溜达，看到了许多的草木，也有许多的果树，枇杷、枣树、石榴、黄皮果、番石榴、桃树，应有尽有。每个时节都有果实熟了，站在果树下，人很容易消失在果子的芬芳里，或成为树上的一枚果实。一棵果树，只要能活下去，就会一年年地结果。人是不是也一样，只要努力活下去，就能活出自己的维度？果实熟了，就会有人采摘，但总有一些果子挂在树梢的最高处，扎眼得很。那高处的果子就只好留给鸟雀了，文化区里鸟雀成群，鸟是自在的，跟自在的人一样。自在的鸟很多，但活得自在的人少。人一辈子活得缩手缩脚的，又如何能自在？有时我在一棵大树下独自冥思，头脑里却一片空白，不知道该想什么。人生有时就是漫无目的，在文化区里没有方向随心所欲地走，反正到处都是路，走到路的尽头有时就是出口。这也是我喜欢文化区的原因之一，在文化区里行路，出口总随处可见。

鞋匠是不是看中了文化区的安静，能自在进出，才在门口摆摊设点，安身立命？这个城市一直在创建全国文明城市，一任任官员锲而不舍，也势在必得，一直坚持了二十年文明城的创建，从不舍弃。而十多年的时光，对一个从湖南乡村来龙城谋生的鞋匠来说，他人生最好的光阴都藏在这十多年的修修补补里。

大约十几年前，鞋匠在文化区门前的马路边撑起了一把遮阳伞，摆起了摊。对于鞋匠的突然出现大家都很惊奇，因为鞋摊大多躲在菜市场的旮旯里，还没人把摊子摆到马路边上，也从来没人在这条马路边上摆过鞋摊。

鞋匠第一天摆摊时，我就成了他的顾客。我的鞋子刚好有点脱胶，就顺便在他的鞋摊补胶。鞋匠见我急着赶路，立马放下手中的活，变戏法般拿出小凳子，让我坐下来等，顺手脱下我脚上的鞋子，用自制的胶水给鞋子补胶。我落座前，他特地在凳子上垫了张报纸，这是个很细心的人，他用自己敏感的心感知这世上的人情世故。我坐在凳子上，一边看他干活一边打量着他。一直以来，我喜欢看马路上行走的人，看世道人心，也看万物生长。看上去鞋匠跟我差不多大的年纪，或许要比我年轻几岁，但岁月的沧桑已在他脸上沉淀下来，就像老树上的疤痕，用自己的伤痛体察生命的每一次生长每一道年轮。

我看不透这个鞋匠心的深浅，他应该是一个深沉的人。补好胶后，他让我先试试鞋子，我穿上鞋子，还用力跺了跺。鞋匠笑了笑说，我这自制的胶水能保你鞋子穿烂了也不会再脱胶。我没有把一个生意人的话当真，把它看成了一句广告词。我还是道了声谢。他看了我一眼，看出我的不屑和言语不着调，跟我招呼了一声，又接着埋头干他的活。

我转身走出很远时，他才收起小板凳，把报纸小心地折好，收进工具箱里。

这是个懂得尊重人的人。

我的鞋子又穿了将近一年，鞋跟烂了，鞋面的皮开始脱了，要离开我的鞋子，不想跟我同甘共苦。我这才扔了鞋子，也才信了鞋匠的话。

有时，信任是在时光的通道里建立起来的。

鞋匠很快就在马路边扎下了根，他把自己种进文化区这片泥土里，再也没有离开过，一长就是十几年。

　　鞋匠不仅修鞋，还会修伞、包、拉链等，凡是生活中能修修补补的东西，鞋匠都能给人修补得称心如意。鞋匠用自己的一双巧手，仿佛把人残缺不全的生活也一同修补得完美无缺。

　　在文化区，鞋匠很受居民欢迎，摊前总堆满了大家需要修补的东西，甚至锅瓢盆铲什么的，鞋匠都能修补，修补后的东西还特别经久耐用。鞋匠名气传了出去，就有远远近近的人慕名而来，给鞋匠带来了好生意。每天我路过鞋摊时，总见有人拎着旧物在排着队等着，有时旧物则摆满了一地，大家等着修补这些生活用品的缺失。鞋匠用心地修理那些旧物件，像在修补那些旧时的光阴，仿佛也在替人打捞起那些陈旧的记忆，那些修补好的旧物件不仅能节省人的时间和金钱，还能继续延绵人的记忆，把人对生活的记忆从此完好地衔接起来。

　　鞋匠用自己的时光去接续他人的生活，去体察他人的生命去亲近他人的时光。他把自己的时光融进了许多人的生活与光阴里。

　　鞋匠的收费一直很亲民，用文化区居民的话说修补旧物很划算。有时修补的东西多，鞋匠总会选一两件小东西不算账收钱，让人觉得自己占了鞋匠多大便宜似的。这个鞋匠是懂得人心的，人心的深浅他总能一眼就测出。

　　摆摊的马路边长着一棵小叶榕，鞋匠来文化区马路边摆摊时，小叶榕像把伞撑在他头顶上。鞋匠把自己一年年的光阴融进一棵树的生命，共生共长，小叶榕的岁月里不仅有了鞋匠的光阴，还多了许多人的光阴。

　　几年的工夫，小叶榕变成了一把大伞撑在天地间。小叶榕下时常聚集着一些人，各种各样的话题在树下诞生着，大到国际事务，小到各家柴米油盐、鸡毛蒜皮的小事，陈芝麻烂谷子之类的琐事，每天都在树下纷飞着。

　　鞋匠只是一个默然无声的听众，大家说东道西，他从不插话，只专注手中的活。各家的家长里短，像落叶般埋进鞋匠的内心深处。鞋匠心头装满了别人家的事，别人的事有时仿佛就成了他自己的事，鞋匠的内心就像一棵结满了果子的果树，这些果子却不是自己的，他还得替别人小心看守着，不能让别人给悄悄摘走了。鞋匠不仅懂人心，说话做事还特有分寸。

单单他心里压满了这么多别人的事，却从来没生过什么是非。

鞋匠是这一带居民长年累月一个最好的听众，也是一个最好的观众。我时常见鞋摊上有个把人对鞋匠诉说着什么，或许是自己的家事，或许是同他人闹了矛盾或不快……不管怎样，鞋匠只是一个倾听者，偶尔插句无关紧要的话。或许别人无处可说，也只是把鞋匠当作一个不错的听众，一件事老搁在心里憋得难受，说出来就轻松了，也释怀了。

我一回回深究文化区一带的居民怎么会如此信任一个鞋匠，后来大概想明白了。或许，是一群疲惫的人在面对令人疲惫的生活时需要出路，就像对行路的人来说，目的地就是出路，而人生也需要时时看见出路，看见光，特别是对那些总是在生活中负重前行的人。而这一片的居民，得找一个信任的人来诉说生活的酸甜苦辣，从不生是非的鞋匠就是大家一个最好的对象。而我喜欢没有任何围墙和门的文化区，哪怕信步走到小区的边上，也到处都是人生的出路。

而鞋匠是一个沉默的人，他喜欢一个人不声不响，不声不响地干活。刚来文化区，许多人热心地问鞋匠娶亲没，有孩子没，鞋匠只是笑笑，一声不吭。别人也只是礼节性地问问，心想一个看上去脏兮兮的鞋匠，去哪儿娶妻生子呢。

在马路边摆了几年地摊，鞋匠就被赶回了文化区。随着大量的城管上街后，马路边再也不允许小摊贩摆摊设点。架不住城管一天到晚地蹲守和驱赶，鞋匠只好把鞋摊转移到文化区出口的主干道边上，正好旁边有棵不大不小的紫荆树，紫荆树如同马路边的小叶榕，一样为他的鞋摊遮挡起风雨烈日。他把鞋摊在树下安顿好后，和文化区便有了血脉般的关联。他成为文化区的一部分，文化区也成了他生命的一部分。

一到紫荆花开的季节，文化区里到处弥漫着花的芬芳，湿漉漉的春天正蛰伏在人的身体里。一场春雨下来后，一片片紫色的花瓣就落在了地上，鞋匠喜欢满地的落英，他的鞋摊就在那些落花上，那些紫荆的落花总在这个季节一回回撞入他的生命中，唤醒他内心沉睡已久的欲望。他收摊时把那些落下的紫荆花收集在一起，带回出租房，摊开在地上，一屋子弥漫着花香。

在紫荆花树下摆摊的第二年春天，鞋匠就像风一样消失了一阵子，紫荆花树下空荡荡的，只有一地的落英。文化区的居民都在互相打听着，这鞋匠去了哪儿？怎么忽然就不见了人？大家打听的结果是对这个鞋匠竟一无所知，是生疏的，他像一个熟悉的陌生人在大家的注视中生活了多年。

那一阵子，路过紫荆树下，我时常瞭上一眼，紫荆树下空空如也，鞋匠的摊一直没亮相。鞋匠就像一只候鸟往北飞走了，飞往了另一个目的地，也许到了折返的季节才会回来。鞋匠又像把自己藏进了茫茫人海里，让人再也找不到他了。

鞋匠回来的时候，紫荆花谢掉了，树下早已觅不见花的踪迹，紫荆树又长大了一圈。一个月后，当鞋匠忽然出现在紫荆树底下，文化区差点儿沸腾了。鞋匠走后，大家发现生活似乎离不开鞋匠，鞋匠不仅能替大家修补损坏的旧物，似乎还能修补人的心情。鞋匠回来了，文化区的居民都拎着旧物出门了，去找他修修补补，去他鞋摊那凑在一块儿，聊天闲扯。

路过鞋摊时，我看了鞋匠一眼，发现鞋匠早已不是原先的鞋匠，他好像跟从前不一样了。我有些疑惑，多看了鞋匠一眼，我更加坚信了自己的想法。鞋匠内心或许经历过一次生与死的劫难，就像一棵枯死过的树，第二年春上又发了新枝，重新活了过来。

看上去，鞋匠还跟以往一样，别人谈天说地、东家长西家短时，他从不插一句话，别人让他说话时，他只是笑笑而已，依旧不掺和别人任何的是非曲直。我却觉得鞋匠忽然有了自己的心事，他的心事就跟长满草木的大地一样，只能他一人扛下去。

日子一天天过去，龙城官员一届比一届热衷于创建文明城市。马路两边张贴悬挂着各种文明的标语和口号，城管们禁止鞋匠在文化区门口摆摊，文化区门口也在马路边，在这里摆摊影响城市市容市貌，鞋匠的鞋摊只好又向后退了几十米，摆在了小区球场的边上。球场边上也有一棵不大不小的紫荆树，照旧为他遮挡起风雨阳光。鞋匠就在文化区里继续修修补补，修补着一个个残缺的日子。

在球场边又摆了几年摊，这个城市仍在年复一年地创建文明城市，鞋匠一直想把鞋摊摆在文化区门口的紫荆树下，让外面慕名来的人一眼找到他，可城管就是寸步不让，不让他摆在小区门口。文化区也因为老小区改造，四周砌起了围墙，还装起了门，收起物业费和停车费，不再任人自由进出。

文化区同别的小区没什么两样了。

我不喜欢砌了围墙的文化区，在小区里溜达时，走到边上总会碰见一垛围墙，以前到处都是门，现在则无门可出。

冬天时，我忽然听人说鞋匠死了，鞋匠死得做鬼也风流。鞋匠和文化区一个长得最好看的女子赤身裸体死在一张床上，两人相拥而眠，像一对热恋中的情人。

女子是有夫之妇，男人从事铁路工程职业，长年在外，在工地上往往一待就是半年，和女人一直牛郎织女式地鹊桥相会。警方得出的结论是两人使用电热毯不当，触电身亡。

大家都想不明白，那么好看的一个女子，找谁不是找，怎么偏偏就看上邋遢的鞋匠，还把自个儿小命丢了。这女子怎么就肯和鞋匠上床呢！鞋匠个子不高，瘦得像挂面，长相又一般，年纪还不小，他如何不声不响勾到了文化区最好看的女子，又不声不响死在女子的床上？许多人实在想不通。

鞋匠死后，老家来人带走了他的骨灰。大家才知道鞋匠在老家是结过婚的，后来妻子有了相好的，跟他闹离婚。那年鞋匠消失一个月就是回家办离婚手续的。

好长一段时间，文化区的人都感叹鞋匠和那女子的死，都说那么好看的一个女子死在鞋匠怀里怪可惜的，也不值得。

鞋匠这一死，却是值得了。

听到鞋匠的死讯后，我一直努力地想他的名字，竟一时怎么也想不起来。我好像问过他姓甚名谁，又好像压根儿没问过。后来，我又问过住在文化区一带的人，他们同我一样，也不知道鞋匠的名字。这么多人都不知道鞋匠的名字，说明这个鞋匠不想让别人知道他的姓名。

时隔不久，我进了一趟文化区，紫荆树下却空落落的，我忽然觉得鞋匠和他的鞋摊还在，鞋匠还在不声不响地修补着别人人生的缺失。

四

在这条马路上，我每天见到来来往往的人，奔驰而过的各种车辆，以及靠这条马路谋生的人，还有那些在马路边跟城管捉迷藏的小商贩，他们大多藏身在都市的褶皱和纹路里，卑微而贫贱地活着，他们活得没有一点生命的质量，随遇而安，随波逐流，只为在城里有一口饭吃，有一处落脚地。那些路边相遇的面孔，有的时间一久，便植进了记忆深处。这阵子怎么没有见到那个长发披肩的女子？经常都会和她在路口的一棵荆紫花树下遇见，她卖的酸食很好吃，后来再也没出现过。一个似乎熟悉的陌生人就这样从"遇见"中消失了。

有时下班回家，我在马路北头看见城管在没收商贩的小摊，一路上遇见小贩时，我便提醒他们城管就要过来了，让他们随时做好收摊的准备。

实际上，我也同他们一样，也藏身在都市的褶皱和纹路里，一生只为了简单地活着，为了让自己能活下去，不负来过这人世间一趟。

我知道，一条路上，活过许多人，大家活成一条马路的风景，也活出这人世间的沧桑风景。

（原载《四川文学》2023 年第 5 期）

为了我们不再脆弱

万俊人①

　　几年前，拜读好友、香港大学慈继伟教授的大作《正义的两面》，颇有心得，把读后感概括成了一个疑问句："正义为何如此脆弱？"近日，趁节假闲暇，重读美国伦理学界前辈老友麦金泰尔先生的《依赖性的理性动物——人类为什么需要德性》一书，读后心得竟然还是归结到"脆弱"二字，不过不再指向社会正义秩序，而是直接指向人类生命本身：毫无疑问，在全球范围肆虐延宕三年多且无情夺走数以百万计人类生命的疫情，让我深感麦金泰尔先生是书提问背后的锥心之痛——我们的生命为何如此脆弱？

　　麦金泰尔先生把提问当作其新著的副标题："人类为什么需要德性？"但他直接给出了自己的回答，并把答案当作该著的正题：因为人类只不过是一种"依赖性的理性动物"。这意思是说，人类并非一群各自独立无依的生命个体，更不是万类霜天的主宰，而只是且只能是相互依赖，甚至也依赖外部非人类（自然）世界的"理性动物"，是自然众生之一，只不过因为人类能够自觉到其生命的脆弱性和依赖性，并找到了社会化生存方式和诸如德性、语言一类的文明暨文化之方式，故而使其获得强于其他生物的生存发展能力。在某种意义上，意识并学会凭借这种相互依赖和外部依赖，以克服自身固有的"脆弱性"和"残疾性"，正是人类之有"理性"的"人类生物学"证明。在书的"前言"中，麦金泰尔先生开篇即亮明自己最新关注的两个问题：（1）"对我们来说，关注并理解人类与其他智能

　　① 万俊人，学者，现居北京。主要著作有《于无深处——重读萨特》《我们都住在神的近处》等。

物种之间的共同之处为什么重要?"（2）"对道德哲学家而言，关注人类的脆弱性（vulnerability）和残疾（或无能，disability）为什么重要?"后一个问题尤其突出，因为该问题"迄今为止在道德哲学领域尚未得到足够的关注"。让人意外的是，麦金泰尔紧接着坦承了自己在《追寻美德》——我以为，或许还应包括他随后的《谁之正义? 何种合理性?》和《三种对立的道德探究观》等系列著述———书中所犯的错误，即他曾经相信，道德哲学应当摆脱亚里士多德曾经主张的"形而上学的生物学"。现在他则确信，若要充分回应并解答上述有关人类脆弱性和残疾性两个具有根本意义的问题，尤其是解答人类为什么需要德性（美德）来克服其脆弱，必须重建某种形式的人类（道德）生物学基础。唯其如此，我们才能解答人类脆弱的生命如何可能维持，又如何可能克服其生命的脆弱与残疾（残障或无能），获得其文明生活的永续发展。

我越来越相信某种带有历史主义情怀的文化阐释学见解：任何文本解读不仅与上下文（contexts，或译为"互文"）直接相关，而且也与阅读者所处的时空背景或历时情景息息相关。若非如此，很难解释为何同一古典文本能够历经数千年而新解层出不穷，甚或历久弥新?!《依赖性的理性动物》1999 年初版，曾蒙作者惠赠，我很快读到，可当时的感觉并不强烈，此次读到译林出版社友人惠寄的刘玮教授翻译的中文版新书，却怦然心动，不时掩卷沉思，感慨不尽。这句话仿佛是对三年全球疫情的预言甚或谶言："我们人类在各种各样的苦难面前非常脆弱……在很多情况下，我们的生存，更不用说幸福，都要依靠他人……这种为了寻求保护和维持生计对他人的依赖性在幼年和老年格外明显。"因此，对于人类自我认识来说，我们自身的生命脆弱性和苦难史，以及我们相互之间的相互依赖，具有"核心地位"，而这一点恰恰是现代社会和现代人所最容易遗忘的。事实上，很多时候或在很多情况下，我们早已"忘记了（我们的）肉体，忘记了我们的思考乃是一种动物物种的思考"。长期以来，特别是近代启蒙运动以来，人类习惯于把理性或理性思考看作是特属于人类的一种超拔于所有"非人类物种"之上的特殊能力，似乎人类只需凭此能力便可卓然独立，无所不能。可血与泪的事实一次又一次地教训我们，仅仅拥有理性并不能使我们生存无忧，更不能确保人类的幸福生活一劳永逸。这不，在诸如新冠的自然灾难和战争的人为灾难面前，人类——更不用说，年迈和年幼的人类个体——的生命多么脆弱！不知道该诅咒上苍的无情，还是该感谢上苍的及时警示！正在我断断续续地敲击电脑键盘撰作此文时，又传来土耳其大地震的消息，顷刻间土耳其和毗邻地震中心区域的叙利亚边界地区的数万人便在睡梦中逝去，一如那一栋栋脆弱不堪、纷纷坍塌的楼宇，以及随着坍塌而起的缕缕烟尘，还有人数更多的伤者、无家可归者、无物可食者、被掩埋在废墟中的那些绝望者……这不是催促我写作的悲剧性节奏么?!

诸如疫情、地震、飓风及战争、恐怖主义之类的所有天灾人祸，都是作为脆弱生命物类的人类所不得不时刻直面和警惕的不确定性。一俟这种不确定性与我们如影随行、须臾不离，它便不再是外在强加的，而是直接成为我们生命和生活中无法剥离的构成部分。用哲学的术语来说，所有这类不确定性本身即是人类生命或生活的构成性样态。它同我们自身的生物学属性融为一体，铸就了人类的生命脆弱性、无能性，从而内在地决定了人类作为一个生命物类的依赖性。从表面看，人类的依赖性似乎是所有这些外部因素带来的不确定性的结果，实质上，这种不确定性不仅仅是造成人类之依赖性的外部原因，它本身即是或者同时就是人类依赖性的结果，只不过它反映的是人类之生命脆弱的另一面而已：作为一种生物或动物，人类非但并不强大，反而是诸多生物或动物中较为弱小的。

因此，麦金泰尔号召我们回归亚里士多德的"形而上学的动物学"文本，"从重申人的动物性入手"。因为"我们的肉体是与动物肉体具有同一性和连续性的动物性肉体。不仅如此，人类的身份在首要的意义——即便不是唯一的意义上——是肉体的身份，因此也是动物的身份，正是通过这种身份，我们部分地定义了与他人关系的连续性"。说到人的动物性，我自己有着持久不舍的牵挂和记忆。二十世纪八十年代初我在北大读研究生时，曾同朱光潜先生的弟子们一起听恩师周辅成先生的人道主义授课，其时，人道主义与异化问题的学术讨论刚刚兴起，而那时候北大老文科的许多研究生课程都是在老先生们的家里开讲的。受导师的提醒，我们都特别注意朱光潜先生对人性人道主义的看法，在当时关于人性人道主义的百家争鸣中，朱先生是极少数几位坚持人性二重说的学者之一。他反复强调，无论人的社会化程度如何充分，其自然本性或动物性都不可能完全被其社会化所消解。人首先是自然生物，然后才是社会（文化）生物，因而人的本性必定是二重的（自然的与社会的），而不可能只是单一的社会本质。这种观点给我的印象极为深刻，我也抱有很深的认同。听过我讲课或讲座的朋友们都了解，央视赵忠祥先生曾经主持的《动物世界》是我时常引用的例证。这档实证性的电视节目用生动可视的画面告诉观者，绝大多数动物的生命力远强于人类。即使是被视为豺狼虎豹之日常食物的羚羊、小鹿，出生十多分钟便能站立，一个多小时后便能小跑，七八个小时后便能快速奔跑；高寒山区的山羊羔出生两三个小时后便能随父母在陡峭险峻的崇山峻岭间上蹿下跳。这样的初生能力固然是动物们在自然状态下受残酷的生存法则驱使使然，但无疑成了人类生命脆弱性的鲜明镜鉴：人类的初生能力几乎为零，十月方能站立，继而才能开跑，独立生存则要更晚，更甭说如今的"啃老族"所表现的生存依赖性了。

然则奇妙也正在于此：生命脆弱的人类却成了这个星球上万类霜天的主宰，最起码也是基督教所说的"看护者"，雄狮、猛虎、大象之类反而成了"濒危动物"，人类却成了它们的拯救者和保护者。道理何在？从亚里士多德到近代进化论尤其是社会进化论者、马克思，再到麦金泰尔——更不用说中国古代先哲们了——都不约而同地揭示了个中缘由：因为人类能够自觉自身的脆弱性和依赖性，并采取了社会群集的生存方式，也就是先哲们所说的能群、社会性或社会化。人类考古学的诸多发现已然证实，人类早期的群居、围猎、集体图腾、群体崇拜等社会经验，促使人类逐渐发明、掌握并不断改进其社会（化）的生活方式，也就是相互依赖与相互团结的社会生存和发展方式。自然的人类个体生命固然脆弱不堪，但其生命群体的相互团结和社会化行动却使人类生命（力）变得坚强、坚韧，且随着人类文明的进步而不断增强。亚里士多德曾经发现，"依靠技艺和推理生活"，人类自身变得越来越坚强，用现代话语来说，科学技术与理性文化是人类克服自身生命脆弱性的两种最强大的生命力装备。事实上，人类文明和文化的进步既是人类社会创造的成果，也是其自身生存和生活得到不断改善的技术装备。

不过，麦金泰尔没有泛泛地讨论人类依赖性的技艺与推理两个向度，而是以个案解析的方式，通过对海豚语音能力的分析，从语言这一最基础也最具根本意义的文化现象，来解析人类及其行动的社会依赖性。他甚至把动物性看作是人的第一本质，把由文化塑造的语言和语言使用看作是人的第二本质，且相信人的"第二本质不过是对第一本质的部分转化"而已。尽管如此，对于作为动物的人类与非人类动物之间的分别而言，语言却有着关键的意义，正是语言，使得人类的生命和生活世界获得了超出纯粹动物的关于价值（如好）的信念。麦金泰尔援用了哲学和心理学界已有的四种相关论证，包括语言分析哲学家唐纳德·戴维森所提供的两种论证、心理学家斯蒂芬·斯蒂克的语言心理学论证和语言哲学家约翰·塞尔的论证，以阐明拥有语言和使用语言能力的人类及其行动所表现的价值指向和价值信念意味。不过，麦金泰尔似乎并不因此而认为，没有语言和语言使用能力的动物，就一定没有任何信念和价值判断能力，只不过我们还不能充分地了解并理解它们的这种能力罢了，更何况像海豚这样具有较高语音（听、说）能力的动物，或多或少拥有同我们人类相似的"信念"，比如，知好歹，明安危，等等。

也许，重要的还不只在于使用语言来表达信念（价值偏好）的能力，更在于运用这种能力来建构、维护和创建自身生活世界以克服——或者，至少是降低——自身生命脆弱性和依赖性的行动能量。麦金泰尔借用海德格尔的哲学话语，来进一步论证这一论断。海德格尔认为，人类是能够"构成世界的（welt-bildend）"，石头或非动物之物完全"没有世界（weltlos）"，而动物则"缺乏世界（weltarm）"。因为动物——甭说非动物之物了——只知道行动，却不能"领悟"其行动和世界的意义，唯有人类才具备既能行动又能领悟其行动的人类意义和行动所指的世界意义。动物确乎拥有其独特的语言，但它们缺乏使用语言去表达、推理、构造、直至实现其行动目的（价值和价值信念）的文化能力，而这恰恰是人类的优势所在。人类不仅可以言说，还可以通过言说而达于言道，可以进行推理、辨析或论辩、概括或结论。用现代哲学的术语来说，人类不仅能够发明自己的语义学，还能建构其语用学、阐释学、语言文化学，等等。语言是人类领悟自身及其生活世界的基本方式。海德格尔说："语言是'人'存在的家。"

然而，麦金泰尔似乎并不认同戴维斯、斯蒂克、塞尔等人的语言哲学和语言学解释，也不接受海德格尔对人类与动物之间的存在本体论区分。

他认为，人与动物之间的语言学差别只是简单与复杂的程度差异，而非有无之别。事实很可能是，一些诸如海豚的动物能够拥有并运用语言，只不过其语言和语言使用方式尚不足以达到人类"实践理性"的高度。然而，人类自身的语言能力也是从"前语言"到初级语言再到高级语言的，人在幼年时期的语言能力未必比某些非人类的幼年动物（如海豚）高出多少。在语言的初级运用阶段，人类与非人类动物都能借助语言建立其与同类的联系，但到生命成熟期，人类的语言能力则足以使其建构其自身的行动理由，确定清晰的目的意愿，从而形成其充分完备的实践理性，成为实践理性的推理者和行动者。人的德性或美德行为正是基于这种实践理性所产生的主要成就之一。

作为人类精神文化的重要成果，美德或德性无疑是人类用以克服其生命脆弱性和无能性的内在品质。麦金泰尔相信，人类的社会关系或相互依赖不仅是人类克服自身脆弱或增强自身生活能力所必需的条件，也是人类寻求其生活幸福所必需的，这是基于人类实践理性（推理）所得出的必然结论。美德是人类建构并保持好这种相互依赖的社会关系之主体条件或必备品质，因为它们蕴含着人类行动的基本理由，构成了人类合理行动以追求其幸福生活的基本理由或信念。"好（善）"是我们用来表达行动理由和信念最基本的价值词，但该价值词至少含有三层不同的价值（评价）意义：第一种是手段或工具意义上的"好"，具有行为技艺的外在价值意味；第二种是目的或目标意义上的"好"，表示行动本身的内在价值；第三种是人类社会意义上的"好"，反映出特定的社会价值或评价标准。三种意义上的"好"都表明自我对他人的依赖性，因而也都是人类个体克服自身脆弱或增强自我能力的基本方式和基本品质。换句话说，任何人若要降低和克服自身的脆弱，都需要具备这些品质，因此，可以说美德或德性是人类必备的生存条件或生活品质，比如，正义或慷慨的正义、诚实、信任、勇敢、宽容、仁慈、互助、友谊、爱，等等。这也正是人类为何需要美德或德性的内在缘由。在此意义上，或可说，美德不是外在附加——更不是强加——给人类的，它们是人类克服自身脆弱性和无能性所必需的。作为人类的我们若要成为"独立的实践推理者"或实践理性的行动者，就需要具备各种各样的美德或德性，它们是每个人得以进入社群和人类共同体的人格通行证。

问题是，绝大多数道德哲学家在绝大多数时候都预设了人作为"独立的实践推理者"的身份，仿佛美德或德性是人与生俱来的。普遍的客观事实是，美德和德性并非人类自然而然的品性，而是逐渐习得和养成的品质。每个人的一生都要经历从无知、幼稚到成熟、衰老的完整过程，人的美德同样也要经历从无到有、聚少成多、由低向高的积淀和提升过程。人的童年和暮年既是人的生命最为脆弱的生命阶段，也是其德性品质较弱或实现程度较低的道德阶段。这让我想起法国生命哲学家居友的观点：婴儿是"天然的利己主义者"，母亲是"天然的利他主义者"，而风烛残年的老人则是有着仁慈之心的美德导师，同时却又是已无慈爱之力的生命依赖者。麦金泰尔强调这一客观事实，但他的看法比居友的观点要慎思周全得多。他指出，人在孩提时代远非"独立的实践推理（理性）者"，小孩对大人或长辈的依赖性程度甚高，尤其依赖于父母、老师等具有哺育能力和教养身份的成年人。所以我们常见的情形是，孩子们总是想方设法地"取悦"妈妈或其他大人，因为他们需要妈妈的哺育或其他大人的抚养，而父母和老师等负有哺育和教养责任的大人们，则不仅必须担负起哺育孩子和教养学生的"自然义务"，而且还必须且应该最懂得如何去履行这种天然使命。事实上，父母、老师及所有的大人都明白，他们曾经也是孩子，也曾经无助、依赖、取悦和吁求过大人的帮助。麦金泰尔不乏幽默地"揶揄"道："老师的缺陷不仅因为这个任务（指教养学生的自然义务——引者注）难度很大，而且因为老师也曾经是有缺陷的学生。"

如此看来，每一个人其实都无法免于生命的依赖和美德的需求，只不过有时明显、强烈（如孩提时代），有时隐而不见或觉察不到（如成年时代）而已。所以，麦金泰尔强调，每一个人若要认识真实的自我或人生，都必须首先自觉承认并充分意识到自身生命的依赖性和美德或德性的内在（目的）意义，即是说，作为人类，我们所有的人都必须承认并懂得，对他人或他物的依赖不可避免，"依赖性也是'人的'一种美德"，而人对美德或德性的需求并非是为了某种其他的目的或者是为了别人（作为人生手段或外在条件），而是为了我们自己（作为人生目的和人生的内在价值）。"承认依赖性是'人'走向独立性的关键。"不过，麦金泰尔并不完全同意其美德伦理学同仁伯纳德·威廉姆斯对美德之于人生的关系理解：后者将美德或德性与人格直接关联，而麦金泰尔则更相信柏拉图、亚里士多德等古希腊哲人的美德伦理学解释，将美德或德性与人的角色或身份直接关联，甚至直接对应起来，以确保美德或德性的独特价值特性——作为智者的智慧，或作为武士的勇敢；作为父母的仁爱，或作为长辈或慈善者的仁慈。美德总是具体的，与美德实践主体的身份直接相关的，不存在任何抽象的、空洞的、无关于行动者身份角色的所谓一般美德或普遍德性。职是之故，麦金泰尔赞赏威廉姆斯"考虑到了'人的'某些类型的道德发展"，同时也不无遗憾地抱怨他"掩盖了行动者在不同阶段学习如何超越动机集合带来的局限性的方式……"因为他没有意识到，美德或德性问题首先是人的角色和身份问题，也总是人以其特定的角色出现或担负的行动者的目的实现和价值达成。

在麦金泰尔看来，正是因为人的身份具有自我认知与他人认知的双面性，且人的身份认知的双面性能够达于一致，因之可以避免美德或德性的特殊角色属性所可能带来的人类相互认知的不可通约性局限。他写道："正是因为对身份无标准、无依据的自我归属（self-ascription）与绝大多数情况下他人对我们身份有标准为依据的归属相一致，我们才能拥有现在的人类身份概念。而且正是因为这种判断上的一致性，我们每个人才能够将自己的自我归属视为大体可靠的。我可以被认为确实知道自己是谁、为何物，正是因为其他人可以被认为确实知道我是谁、为何物。"这其中内含的人际关系或社会关系不仅使人与人的相互依赖成为可能，而且也使得人类"实现充分的自我认识永远是一项共同的成就"。这也意味着，人类的身份认知为作为生命群体的人类能够相互依赖以克服个体生命的脆弱性提供了认知基础。人类的身份认知即一种人类自我同一性确认，它也意味着人类的依赖性具有内在、必然而永久的特征，一个人无论多么强大或富有，其"独立推理（理性）"实践都无法全然免除其对他人或同类的依赖。人的依赖性是终身的，从生到死，须臾无免，差别只在于程度不同而已。也正因为如此，人类总是需要美德或德性，需要各种文化的、社会经济的、政治的等生活条件，它们共同构成了人类克服自身脆弱的依赖性条件。

然而，美德或德性本身也是脆弱的。在许多时候或情形下，美德或德性的脆弱性—如人类生命自身，或可曰，人的生命有多么脆弱，美德或德性就有多么脆弱。作为同一个生命物类，人类既有远甚于许多非人类动物的生命脆弱性，更有远甚于其他非人类动物的社会复杂性和内在风险。从某种意义上说，人类自身的社会化如同一把双刃剑，既是人类克服或降低自身脆弱性的防护武器，也是造成人类自伤风险、加深人类自身脆弱性的原因。更直率地说，人类是一种既可相互依赖也可相互伤害的自我反噬型动物，而且这种同类相互伤害或反噬同类的本性，并没有因为其摆脱霍布斯意义上的"自然状态"，进入"社会状态"而发生根本性的改变或改善，有时候甚至更残忍、更疯狂。不是吗？在我们这个星球上，还有哪一种非人类的动物能够像人类这样，发动两次世界大战和数不胜数的战争，一次又一次地实施同类种族清洗，制造奥斯维辛集中营那样的人间地狱？人们已然承认，人类习得的社会组织化能力使人类获得了超强的群体行动能力，而社会化行动方式所产生的行动后果也往往比单个行为主体或小型群体行动主体所可能造成的行动后果更为严重。比如，国际或族际战争，国家集团之间的战争等，它们所暴露的人类之生命脆弱性和生活风险度实在是太过于残酷，竟至罄竹难书的地步。麦金泰尔在这部著作中倒是没有讨论这类严厉的问题，但他显然意识到了人类依赖性的社会维度及其复杂性，并花了相当大的篇幅来讨论公益性的社会制度、家庭、朋友等人类外部依赖性条件。他把这些讨论归于继脆弱性、德性需求之后的人的依赖性之"第三组论题"。只不过，麦金泰尔的讨论比较窄化，并未拓展到罗尔斯所说的社会基本制度（社会基本结构），或者哈贝马斯所说的社会公共理性和公共论坛，也未能深入社会政治、经济和文化诸方面，展开较为充分的讨论，其结论总体看来也似乎比较消极。

在这一组论题上，麦金泰尔似乎仍然遵循着他一向偏爱的亚里士多德主义理路，确信"实践推理在本质上通常是在某套确定的社会关系之中与他人一起进行的推理"："首先是家庭关系，其次是学校和学徒关系，之后是特定社会和文化中成人所参与的一系列实践关系。"也就是今人所习惯了解的从家庭到学校再到社会，呈现一种不断扩展的社会关系网络，一种从较为直接亲近的"熟人关系"进至较为间接复杂的"陌生关系"之人际/群体关系图式。在这一不断扩展的演进过程中，人的"关系网络"逐渐从"本地共同体"扩展到更大的"公益共同体"，"个人的好（善，Personal good）"随之获得"公益（共同的好或善，common good）"的意义。家庭无疑是人类最可依赖的关系共同体，不仅拥有血缘血亲的自然关系基础，还有其确定熟悉的亲情亲缘之情感关系基础。通过学校建构的关系网络主要是一种人生的学习成长型关系共同体，人们借此学会如何认知他人、学习他人，并从学习中理解相互依赖的社会化意义。进至各种形式和规模的社会关系网络，是人们获取更加广泛的社会依赖从而最终在社群或共同体中实现其幸福生活的标志，也是人们成为"独立的实践推理（理性）者"的必经之路。

麦金泰尔指出，"我与他人"之间的关系的确可以分为两大类型：一类是基于利益交易或社会合作的人我关系，它是以"理性选择"和"遵守规则"为基础的；另一类是基于特定情感和同情的人伦关系（亲朋、同胞），它常常超越于利益算计的"理性选择"，其所遵守的行为规则也常常超脱于一般社会伦理规范，有时甚至超脱于社会法律，比如，我们所熟悉的"亲亲互隐"之类的人伦亲情关系。但无论是哪一种类型的关系，都蕴含着某种形式的"给予与接受"或"自为与为他"的交互性意味，也就是说，人类相互之间总是含有某种相互"亏欠"的道义承诺。正因为如此，互通有无（交易）、依赖与帮助、慷慨的正义或正义的慷慨、同情与爱等，便成为人类所习惯、钟情、赞赏并受到普遍而持久激励的美德。在人类遭遇某些极端困境或处于紧急状态的非常时刻，必定产生某些"迫切和极端的需要"，因而产生更为强劲、果断的行动理由，凸显出人类的脆弱性和依赖性。麦金泰尔总结道："为了实现幸福，我们既需要使我们成为独立的、负责任的实践推理者的德性，也需要使我们承认依赖他人的本质及其程度的德性。要获得和运用那些德性，只有在我们参与了给予和接受的社会关系之后才有可能，这些社会关系受到自然法的规范的支配，并且在某种意义上由自然法的规范定义。"换句话说，人类对自然法则的坚定信念首先基于人类自身生命的自然本性。

麦金泰尔的书重读完毕，但他留下的问题依然存在，一篇不足万字的心得体会显然无法提供哪怕是初步的解答。作为生命物类的人类，生命的脆弱性和依赖性也许可以逐渐降低，但永远不可能完全解除，无论我们可能创造出多么强大的技术装备和自护条件，诸如最新的 ChatGPT 一类的人工智能技术或信息工程装置，都无法完全消除我们自身的脆弱与无能，更不用说作为社会生物的我们还会且一直都在各自主张，做着相互伤害我们自己同类的事，譬如，该死的战争和恐怖主义行为。因此，我们对于自身的脆弱性、残疾性和依赖性所具有的内在忧虑也不会消失。悲剧与喜剧似乎都是作为人类的我们所不得不扮演的生命演出。这也是为什么即令是伟大卓越如爱因斯坦、霍金这样的科学家也不厌其烦地提醒我们，尊重科学真理的本义其实是尊重宇宙万物，尊重所有的生命和生命共同体。想到这里，我决定再去看看《流浪地球》和《三体》等影视作品，让我的闲暇思想变得再充实一些。当然我也明白，增加这份充实同时也意味着增加一份沉重，恰如人类明知无论怎样装备自己都无法解除自身的脆弱和依赖，却仍然乐此不疲、孜孜以求一样。因为我相信并确信，普遍的公平正义和仁爱美德，一如人类命运共同体甚或万物生命共同体，依然是值得所有人类社会尊重和追寻的理想。

（原载《天涯》2023 年第 4 期）

新鲜风景与故人山河

新鲜风景与故人山河

张 莉

"别开生面"

一九三六年，二十三岁的孙犁离开家乡安平，在安新县同口镇教书一年，虽然只在那里生活了短短的一年，但白洋淀的生活让他难以忘怀。一九三九年，在太行山深处的行军途中，孙犁将白洋淀记忆诉至笔端，写成长篇叙事诗《白洋淀之曲》。诗的故事发生在白洋淀，女主人公叫"菱姑"，丈夫则叫"水生"。他们和《荷花淀》中的年轻夫妻一样恩爱，但命运不同。在这首诗中，水生牺牲了，菱姑丧夫后拿起了枪："热恋活的水生／菱姑贪馋着战斗／枪一响／她的眼睛就又恢复了光亮。"《白洋淀之曲》写得并不成功，只能说是孙犁对白洋淀生活的尝试写作。那一年，孙犁二十六岁。他热情洋溢，但文笔青涩。——白洋淀的生活如此刻骨铭心，可是，怎样用最恰切的艺术手法表现？此时，年轻的孙犁还未做好准备。

孙犁重写白洋淀故事，是在延安。一九四四年，孙犁来到延安工作，他听说了故乡人民经历了空前残酷的"五一大扫荡"。一九四五年，他遇到了来自白洋淀的老乡。他们向孙犁讲起水上雁翎队利用苇塘荷淀打击日寇的战斗故事，孙犁的记忆再次活起来。多年后，孙犁回忆起当年听到老乡讲故事的心情："我离开家乡、父母、妻子，已经八年了。我很想念他们，也很想念冀中。打败日本帝国主义的信心是坚定的，但很难预料哪年哪月，才能重返故乡。""《荷花淀》等篇，是我在延安时的思乡之情、思亲之情的流露，感情色彩多于现实色彩。"因为雁翎队员们的讲述，也因为孙犁本人对家人的思念，孙犁连夜写下短篇小说《荷花淀》。

《荷花淀》中的人物依然叫"水生"，故事依然发生在白洋淀，依然有夫妻情深和女人学习打枪的情节，但小说的语言、立意、风格和早期的《白洋淀之曲》迥然相异。题目"白洋淀之曲"改成了"荷花淀"，用"荷花淀"来称呼"白洋淀"显然更鲜活灵动，读者们似乎马上就能想到那荷花盛开的图景——这个题目是讲究的，借助汉字的象形特征为读者提供了想象空间。《白洋淀之曲》中死去的水生在《荷花淀》里活了下来。故事情节的重大改动是否因为他对妻子与家人的挂念，是否因为他渴望传达一种乐观而积极的情绪？

完成《荷花淀》那年，孙犁刚刚三十二岁。哪一位丈夫愿意打仗？哪一位妻子希望生离死别？但是，当战火烧到家门口时，他们不得不战。当作家想到远方的妻子儿女，想到家乡人民时，他要怎样书写生活本身的残酷？没有人知道战争哪一天结束，这位小说家/年轻的丈夫唯一能做的就是在纸上建设他的故乡、挂牵和祝愿。于是，小说家选择让水生成为永远勇敢的战士，而水生嫂，则可以在文字中享受属于她的安宁和幸福，哪怕，这幸福只是片刻。

时任延安《解放日报》副刊编辑的方纪后来回忆说，读到《荷花淀》的原稿时，他差不多跳起来，"大家把它看成一个将要产生好作品的信号"。谈到孙犁作品给延安读者带来的惊喜时，他多次使用了"新鲜"："那正是延安文艺座谈会以后，又经过整风，不少人下去了，开始写新人——这是一个转折点；但多半还用的是旧方法……这就使《荷花淀》无论从题材的新鲜、语言的新鲜，和表现方法的新鲜上，在当时的创作中显得别开生面。"把《荷花淀》视作孙犁创作生涯的分水岭是恰当的，此前，他是作为战地记者和文学工作者的孙犁；此后，他是当代中国独具风格的小说家。

一九四五年五月，《荷花淀》先在延安《解放日报》首发；紧跟着，重庆的《新华日报》转载；各解放区报纸转载；新华书店出版单行本；香港的书店出版时，还对"新起的"作家孙犁进行了隆重介绍。——这篇不仅写给自己，也写给亲人、写给"理想读者"的小说有如长出了有力的"翅膀"，安慰着战乱时代离乡背井的人们，也安慰着那些为了和平不得不战的战士们。尤其令人心生喜悦的是，《荷花淀》发表三个月后，一九四五年八月十五日，日本军队宣布投降，水生和水生嫂们对安宁日常生活的愿望终于不再是愿望。自此，中国文学的版图上，有了名为"白洋淀"的文学故乡，自此，那里成为新的"中国风景"。

冀中新景

《白洋淀纪事》是孙犁影响广泛的一部作品集，收录了他从一九四〇年到一九四八年间的小说散文及纪实性作品共计二十六万字，先后在一九五八年、一九六二年出版过两个版本，到一九六四年，印刷了六次共计十八万册。今日重读，有许多角度可以讨论《白洋淀纪事》的魅力。但无论从哪个角度，你都不得不承认，孙犁以《白洋淀纪事》构建了一种新的中国文学风景。在孙犁笔下，冀中平原的自然、风光与人民相互映照，成为中国文学史的标志性所在。

《白洋淀纪事》勾勒了冀中平原的四季风光，生动、真切，有如临其境之感。春天来了，"春天过早挑动了小桃树，小桃树的嫩皮已经发紫，有一层绿色的水浆，在枝脉里流动"（《正月》）。"太阳照着前面一片盛开的鲜红的桃树林，四周围是没有边际的轻轻波动着就要挺出穗头的麦苗地。"（《游击区生活一星期》）"这一带沙滩，每到春天，经常刮那大黄风，刮起来，天昏地暗人发愁。现在大雨过后，天晴日出，平原上清新好看极了。"（《光荣》）到了夏天，"滹沱河在山里受着约束，昼夜不停地号叫，到平原，就今年向南一滚，明年往北一冲，自由自在地奔流。河两岸的居民，年年受害，就南北打起堤来，两条堤中间全是河滩荒地，到了五六月间，河里没水，河滩上长起一层水柳、红荆和深深的芦草"（《光荣》）。秋天，"满天满地霜雪，草垛上、树枝上全挂满了。树枝垂下来，霜花沙沙地飘落。河滩里白茫茫什么也看不见"（《正月》）。到了冬天，"村里村外，只有些小小的莜麦秸垛，盖着厚雪。街道上，担水滴落，结了一层冰。全村只有一棵歪把的老树，但遍山坡长着那么一丛丛带刺的小树，在冰天雪地，满挂着累累的、鲜艳欲滴的红色颗粒"（《嵩儿梁》）。

孙犁使用的词语是家常的，他喜欢用逗号和句号，句子短而凝练，有一种奇妙的音乐性和节奏感。所写当然是自然风光，但书写自然时，他有意写下明亮之色，在厚雪与结冰的世界里，突然看到一丛丛累累的红色果实；大黄风之后紧接着是大雨过后天晴日出，似乎也只是陈述所见，但这些风景并不给人荒芜感、孤独感。"田野里，大道小道上全是忙着去种地的人，像是一盘子好看的走马灯。"(《"藏"》)"常常发水，柴火很缺，这一带的男女青年孩子们，一到这个时候，就在炎炎的热天，背上一个草筐，拿上一把镰刀，散在河滩上，在日光草影里，割那长长的芦草，一低一仰，像一群群放牧的牛羊。"(《光荣》)

"要问白洋淀有多少苇地？不知道。每年出多少苇子？不知道。只晓得，每年芦花飘飞苇叶黄的时候，全淀的芦苇收割，垛起垛来，在白洋淀周围的广场上，就成了一条苇子的长城。女人们，在场里院里编着席。编成了多少席？六月里，淀水涨满，有无数的船只，运输银白雪亮的席子出口，不久，各地的城市村庄，就全有了花纹又密、又精致的席子用了。大家争着买：'好席子，白洋淀席！'"(《荷花淀》)

劳作的人们与自然在一起，构成了冀中平原上最为日常的乡土生活。他写人如何在自然面前生存，同时也写人如何创造环境。战争对日常风景进行了破坏，大地上突然出现了炮楼，像"阔气的和尚坟""再看看周围的景色，心里想这算是个什么点缀哩！这是和自己心爱的美丽的孩子，突然在三岁的时候，生了一次天花一样，叫人一看见就难过的事"。战争对生活进行了摧毁。"自从敌人在白洋淀修起炮楼，安上据点，抢光白洋淀的粮食和人民赖以活命的苇，破坏一切治渔的工具，杀吃了鹅鸭和鱼鹰；很快，白洋淀的人民就无以为生，鱼米之乡，变成了饿殍世界。"(《采蒲台》)"生活史上的大创伤是敌人，在炮楼'戳'着的时候，提起来，她们就黯然失色，连说不能提了，不能提了。那个时候，是'掘地梨'的时候，是端村街上一天就要饿死十几条人命的时候。"(《织席记》)他写炮声就在不远处，"东西北三面都有了炮声，渐渐东南面和西南面也响起炮来，证明敌人已经打过去了"。甚至，炮声来到了家门口，"当大娘正要转身回到屋里的时候，在河南边响起一梭机枪，这是一个信号，平原上的一次残酷战斗开始了"(《正月》)。但是，乡村并没有被真正摧毁，人们拿起枪，"这一村的自卫队往大场院里跑步，那一村也听到了清脆的口令"。

《白洋淀纪事》里，孙犁将笔触延伸到战争年代的"毛细血管"，写下战争对每个人、每个家庭的毁灭，更写下冀中村庄的勇气和反抗。当然，尽管他站在百姓角度感同身受，但是，他毕竟不是农民，而是革命干部，他有作为革命者的自觉。事实上，《白洋淀纪事》里的叙述人，是一位渴望改造世界、对未来有着必胜信念的写作者。于是，从他的自然风景里，你能清晰听到一位革命作家的声音，意识到小说里的风景某种意义上是革命者的心理映射。"在外面的大地里，风还是吹着，太阳还是照着，豆花谢了结了实，瓜儿熟了落了蒂，人们还在受着苦难，在田野里进行着斗争。"（《"藏"》）"许多高房，大的祠堂，全拆毁修了炮楼，幼时记忆里的几块大坟地，高大的杨树和柏树，也砍伐光了，坟墓暴露出来，显得特别荒凉。但是，村庄里的血液，人民的心却壮大起来了，一种平原上特有的勃勃生气，更是强烈扑人。"（《嘱咐》）

这样的视角和眼光，带着改造和建设一种新世界的信念，也影响了其所见。风物常常是希望的隐喻："太阳刚刚升出地面。太阳一升出地面，平原就在同一个时刻，承受了它的光辉。太阳光像流水一样，从麦田、道沟、村和树木的身上流过。这一村的雄鸡接着那一村的雄鸡歌唱。""我望一望那明亮的三星，很像一张木犁，它长年在天空游动，密密层层的星星，很像是它翻起的土花、播散的种子。"雄鸡、星星、翻起的土花和播散的种子，都来自一位战士的心灵风景，是主观化的自然。在这里，贫穷是暂时的，饥饿是暂时的，恐惧也是暂时的，信念感在每个人心中。对必胜信念的确认与确信，成为《白洋淀纪事》一书的灵魂，也是打动万千读者的隐秘动因。

战争、自然、人与时代如何在孙犁笔下构成风景？以《荷花淀》里的故事为例："后面大船来的飞快。那明明白白是鬼子！这几个青年妇女咬紧牙制止住心跳，摇橹的手并没有慌，水在两旁大声哗哗，哗哗，哗哗哗！"与之前轻划着船"哗，哗，哗"不同，鬼子来之后，"水在两旁大声哗哗，哗哗，哗哗哗"！"哗"已经不再只是象声词，它还是情感和动作，是紧张的气氛，是"命悬一线"：

"往荷花淀里摇！那里水浅，大船过不去。"

她们奔着那不知道有几亩大小的荷花淀去，那一望无边际的密密层层的大荷叶，迎着阳光舒展开，就像铜墙铁壁一样。粉色荷花箭高高地挺出来，是监视白洋淀的哨兵吧！

"铜墙铁壁"和"哨兵"是比喻，但也是所处风景的态度。荷花荷叶和人一样，都是有生命、有气节的，成为作品中不可缺少的角色。——孙犁笔下的风景是心灵风景。景色当然是真实的存在，更是白洋淀人民不屈意志的投射。"一切景语皆情语"，他要写下的是反抗的决心、胜利的决心。

　　"所谓风景，乃是一种认识性的装置。"柄谷行人说。这句话用在孙犁小说的风景上也是合适的。《荷花淀》的色调是明朗和乐观的，那是作家对战争前景的认识。而这种认识早已渗透在他血液里。早在一九三九年《论通讯员及通讯写作诸问题》中，他就谈起过一种必胜的信念。"我们可以写我们要胜利，因为我们一定能胜利。""我们的通讯里，应当流露着乐观，兴奋，顶多是悲壮；因为实际上是这样的。""要使自己感觉到并训练为一个民族解放斗争火焰之发动者。"从青年到晚年，这是孙犁不断重申的写作职责："我的职责，就是如实而又高昂浓重地把这种感情渲染出来。"但这样的职责并不意味着某种高蹈。孙犁作品之所以深入人心，成为解放区文学的优秀代表，在于作家"所见者大"而"所记者实"，而着墨于细微，在于他朴素、日常、切实的美学观。即使他深知要用高昂、渲染的笔墨，但落在笔端时，他依然从"小"着眼，写身边所见之人、所见风物。于是，枣树、野花、桃树、荷花、苇子地，呼呼地从远方刮来的风构成了冀中平原富有生命力的大自然之景，既是故事的发生地，也与主人公的命运和精神、情感相互交织。正是他笔下这些真切的花草、真切的天地、真切的人事，最终构成了他魂牵梦萦的土地和家园，构成了他终生热爱的"中国的幅员"。

　　写作时的孙犁，将"自我"完全浸入了革命战士的角色之中。作为抒情者，他与作为革命战士的"自我"和后方百姓的"自我"融为一体。正如研究者们都认识到的，《荷花淀》之所以拥有如此多的读者，在于他在壮烈的抗日故事里含有迷人的柔软的情感内核，即夫妻之情，天伦之乐。与其说《荷花淀》是一个故事，不如说是孙犁以小说形式写就的一封充满思念之情的家书，这封信里有着一位丈夫／战士最深沉的情感。

新现实与新人

　　"不应该把所谓'美'的东西，从现实生活的长卷里割裂出来。即使是'风景画'吧，也应该是和现实生活、现实斗争，作者的思想感情，紧紧联系在一起。"一次，谈到风景画时，孙犁这样说。这样的"不割裂"，也贯穿在他的作品里，他之所以构建了新的风景，就在于这个新风景里有新的现实与新的人，在他的作品里，人物和时代长在了一起，从而他才能为那个时代画下新的风景。早在一九四一年创作《文艺学习》时，孙犁就敏感地意识到，作为一位作家，要意识到自己将面对一种迥异于传统中国的"新的现实"。要看到新的人，也要意识到人和人之间新的关系；要看到社会风俗习惯的改变，伦理道德观念的改变；要看到新环境和新景物，也要听到新的语言和词汇。所以，一位优秀作家，要用笔记下，用笔画下，用笔刻下时代的"复杂的生活变化的过程"。《荷花淀》里出现的少年夫妇，《白洋淀纪事》中美好的少女和正派善良的老人们，其实都是孙犁所理解的新人。尤其是他看到了那些作为文学风景的女性形象，她们早已被无数研究者反复讨论。事实上，孙犁也坦言："我在写她们的时候，用的多是彩笔，热情地把她们推向阳光照射之下，春风吹拂之中。"

　　水生嫂们成为孙犁笔下新风景的重要构成——她们与以往小说中围着锅台转的、呆板而麻木的农村妇女形象迥然不同。她们怎么可能只是柔弱的被保护对象？怎么可能是只会干家务？孙犁笔下，她们开朗、明媚、乐观，有胆识，也有承担。——每一位读者都能在小说中听到她们爽朗的笑声，感受到她们的力量，而就在水生们去抗日的那年秋季，"她们学会了射击。冬天，打冰夹鱼的时候，她们一个个蹲在流星一样的河床上，来回警戒。敌人围剿那百顷大苇塘的时候，她们配合子弟兵作战，出入在那芦苇的海里"。这是能独当一面的女性，她们和男人一样有责任感，是时代的新生力量。

　　孙犁以一种有情的目光打量着这些农村女性，他凝望她们，目光中充满了赞赏和疼惜。要写下她们的善良、勤劳、爽快。一如浅花，"这个女人，好说好笑，说起话来像小车轴上新抹了油，转的快叫的又好听，这个女人，嘴快脚快手快，织织纺纺全能行，地里活赛过一个好长工。她纺线，纺车像疯了似的转；她织布，挺拍乱响，梭飞的像流星；她做饭，切菜刀案板一齐响。走起路来两只手甩起，像扫过平原的一股小旋风"。还有那位硬朗的大娘，也是如此令人难忘。"大娘受苦，可是个结实人，快乐人，两只大脚板，走在路上，好像不着地，千斤的重祖，并没有能把她压倒。快六十了，牙口很齐全，硬饼子小葱，一咬就两断，在人面前还好吃个炒豆什么的。不管十冬腊月，只要有太阳，她就把纺车搬到院里纺线，和那些十几岁的女孩子们，很能说笑到一处。她到底赶上了好年头，冀中区从打日本那天起，就举起了革命的红旗！"（《正月》）

她们是"别开生面"的人物形象，这些女性农民形象在以往的文学作品里几乎是被视而不见的，现在，她们来到了他的笔下。我们得以看到新时代里她们的生活。环境塑造着她们，她们也改造着环境。她们就这样与新的环境互相映照着，呼应着。不是谁的妻子，不是谁的女儿，她们在逐渐长成她们自己，这是解放区女性身上所发生的重要变化，被孙犁捕捉到了。比如吴召儿，她在险峻的风光里成长，却有着战胜险峻的勇气。她勇敢美好有如精灵。"吴召儿笑着，一转眼的工夫，她已经把棉袄翻过来。棉袄是白里子，这样一来，她就活像一只逃散的黑头的小白山羊了。一只聪明的、热情的、勇敢的小白山羊啊！她登在乱石尖上跳跃着前进。那翻在里面的红棉袄，还不断被风吹卷，像从她的身上撒出的一朵朵的火花，落在她的身后。当我们集合起来，从后山上跑下，来不及脱鞋袜，就跳入山下那条激荡的大河的时候，听到了吴召儿在山前连续投击的手榴弹爆炸的声音。"（《吴召儿》）

谁能忘记《铁木前传》呢？那里的现实带给读者新的惊喜。这是中华人民共和国成立之后孙犁写下的代表作。他写下铁匠傅老刚和木匠黎老东的友谊与疏远，也写下许多年轻人的精神面貌，写下钻井队到来的新变化，写下社会变革对人与人之间关系的巨大影响。儿时定亲的九儿和六儿的情感也因时代巨变发生了改变，女青年九儿发现，爱情的结合，和童年的玩伴意义不同。"爱情，可以在庄严的工作里形成，也可以在童年式的嬉笑里形成。那分别就像有的花可以开在风平浪静的水面上，有的花却可以开在山顶的岩石上，它深深地坚韧地扎根在土壤里，忍耐得过干旱，并经受得起风雨。"九儿没有陷在情感的旋涡里，她看到了更广大的天地和世界。

《铁木前传》写的是时代，其中有时代的影子，但更多的是人的处境，人的艰难和人的欢乐。那个小满儿，今天看起来也依然那么可爱！我们看到她一个人走到路上，"她忽然觉得很难过，一个人掩着脸，啼哭起来。在这一刻，她了解自己，可怜自己，也痛恨自己。她明白自己的身世：她是没有亲人的，她是要自己走路的。过去的路，是走错了吧"？我们听到她对那位干部说："你了解人不能像看画儿一样，只是坐在这里。短时间也是不行的。有些人，他们可以装扮起来，可以在你的面前说得很好听；有些人，他就什么也可以不讲，听候你来主观的判断。"——孙犁带领我们看到了小满儿身上的弱点和缺陷，看到她性格上的冲突，但并不试着擦去、抹平。他的作品忠直地保留着那个时代人身上的不和谐。他记下那些性格冲突的人物，这些人物使我们感受到爱、恨、怀疑、惊讶、忧伤、不安，还有难以名状的同情。这些人物带给我们新异和刺激。这些人物的诞生，使人们注意到，孙犁笔下，有多种多样的女性，她们身上潜藏着人之所以是人的复杂性。

　　《铁木前传》是明朗的、明亮的，带有一点点忧伤的气息。这部深具浓郁诗意气质的小说在《人民文学》发表后引起广泛影响，也被后代读者传诵至今。即使历史条件已经变迁，那热火朝天的气象、人与人之间的真挚情谊、青年之间的情愫暗生依然有着穿越时光的魅力。我们能跨越时空和他们相遇，我们能从这些文字里辨认出每个人的痛苦和热爱，以及悲喜。

　　孙犁在历史特殊时刻，总能准确感应并描绘出大变革时代普通人民的心理期许。那属于一位革命作家的敏锐。无论是《白洋淀纪事》还是《铁木前传》，他的小说内在里有一个怀抱美好期待的抒情主人公形象，他渴望以自己的方式和他的时代同频共振，他渴望以个人声音写出一代人的心之所向。换言之，孙犁作品里有专注于情感抒发的"个我"，他所要表达的情感是发自内心的；与此同时，这个"个我"也是一个"公我"，他的声音同时又是广大中国人民的心之所愿。"个我"与"公我"情感与价值取向的高度契合是优秀革命抒情作品成功的关键，也是孙犁作品历久弥新的原因所在。

故人山河

　　我喜欢孙犁年轻时那张革命青年的照片，羞涩诚恳，朝气蓬勃，那时候，这位青年响应时代的召唤，投入到抗日的大潮中去；当然，我也喜欢晚年的他在书桌前面对窗外沉思的那张。与前一张相比，后者场景日常而普通，可是，在那平静的面容之下，却埋藏着一颗终生致力于自我完善、自我守持的心灵。——孙犁经历了那么多世事沧桑，他是从枪林弹雨中摸爬滚打活下来的人。他从那里走过，并不让黑暗和丑恶沾染他。这位写作者自然看到了世间的灰暗、人性中的晦暗，但是，不让自己与它们同流。世界和人的关系到底应该是怎样的？这是孙犁在作品中一直渴望探索的。"但愿人间有欢笑，不愿人间有哭声"是他的文学愿景。——看惯了生离死别与鲜血淋漓，最终这位作家希望在文字中展现世界的"应然"，展现世界应该有的样子，人应该有的样子。

　　所以，要记下所遇到的那些珍贵的人，那些故人与山河，那位穿着鲜红衣服的有着爽朗笑声的姑娘，那田间地头顶着破帽子的农人们的脸，那辽阔无垠的大淀里突然出现的渺茫的歌声……冀中庄稼的样子，平原上曲曲折折的小路，路边盛开的杏花和梨花，青水与黄土，田野上呼呼刮过的风，都是美，都是值得人间馈赠，都最终变成了他笔下的好风致。

　　抒情性是孙犁作品的重要特质。这一特质也使他的写作进入了中国抒情传统的脉络里。写作之于孙犁而言其实是抒发自己对世界的深厚情感。不过，在晚年，他的作品风格开始发生变化。《芸斋小说》里的他，冷静而几近客观，与当时流行的"伤痕文学"风格并不相近。对"恶"的描写，并不是单纯的呈现，而是进行艺术性的处理，其中蕴含了作家的思考和对人性的审视。谈到《芸斋小说》的创作时，他说："我有洁癖，真正的恶人、坏人、小人，我还不愿写进我的作品。……一些人进入我的作品，虽然我批评或是讽刺了他的一些方面，我对他们仍然是有感情的，有时还是很依恋的，其中也包括我的亲友、家属和我自己。"《芸斋小说》里，他喜欢在每篇小说结尾处设置一段"芸斋主人曰"，以简洁的文字记录下对所见之人、所遇之事的感悟、感慨和思考。这与新笔记体小说的形式追求极为趋近。某种意义上，笔记体小说是他另外一种意义上的抒情写作。

　　写作对于晚年孙犁意味着什么？是一场漫长的疗愈。修复难以修复的情感伤口，治愈那些不吐不快的心结。他的叙述视点发生了位移。他开始记下那些深藏在记忆深处的故里乡亲。包括"乡里旧闻"在内的大量回忆性文字，构成了孙犁晚年散文的代表作。这些散文，少了亮色，多了微苦。此时，情感依然是他散文的内趋力，情感也依然有浓度，但那是被高度浓缩过的，更接近于一种情感的结晶体。篇幅不长，但字字句句都见情谊。他带我们看到那位叫"干巴"的穷苦人。"冬天，他就卖豆腐，在农村，这几乎可以不要什么本钱。秋天，他到地里拾些黑豆、黄豆，即使他在地头地脑偷一些，人们都知道他寒苦，也都睁一个眼，闭一个眼，不忍去说他。他把这些豆子，做成豆腐，每天早晨挑到街上，敲着梆子，顾客都是拿豆子来换，很快就卖光了。自己吃些豆腐渣，这个冬天，也就过去了。"（《干巴》）如果说，早期的写作里他喜欢使用彩笔，那么，在这些追怀旧时光的文字里，他更喜欢使用简笔，寥寥数语勾画出普通人的鲜活。

　　那位叫小杏的青年女性，长得俊俏，眉眼秀丽，但是，"小杏在二十几岁上，经历了这些生活感情上的走马灯似的动乱、打击，得了她母亲那样致命的疾病，不久就死了。她是这个小小村庄的一代风流人物。在烽烟炮火的激荡中，她几乎还没有来得及觉醒，她的花容月貌，就悄然消失，不会有人再想到她"（《小杏》）。他叹息她的离去，伤感她的生不逢时，写下遗憾和同情，以及同情的理解。但并不居高临下，他看到她生不逢时："贫苦无依的生活，在旧社会，只能给女孩子带来不幸。越长得好，其不幸的可能就越多。她们那幼小的心灵，先是向命运之神应战，但多数终归屈服于它。在绝望之余，她从一面小破镜中，看到了自己的容色，她现在能够仰仗的只有自己的青春。"（《小杏》）

　　旧社会村子里的那些穷苦人、可怜人，那些命运不济之人，他忘不了他们。他在纸上纪念这些人。穷困是外在的，他最终写下的是人们的活着、人们生命中曾经有过的光泽。在很多人的故事之后，他喜欢写上一句"祝他幸福"。那是浸润在文字中的深情厚谊。当然，还有他的家人。尤其是那篇令无数读者难忘的《亡人逸事》。他写下与妻子的第一眼相见，记下记忆中的点点滴滴。并没有直接抒发与妻子的情感，情感却贯穿在字里行间。尤其是结尾：

> 她对我们之间的恩爱，记忆很深。我在北平当小职员时，曾经买过两丈花布，直接寄至她家。临终之前，她还向我提起这一件小事，问道："你那时为什么把布寄到我娘家去啊？"
>
> 我说："为的是叫你做衣服方便呀！"
>
> 她闭上眼睛，久病的脸上，展现了一丝幸福的笑容。

时间虽然流逝，但场景历久弥新。这是刻刀般的记述。同样给人鲜明记忆的，是《母亲的记忆》里那朵明艳而美丽的月季："抗日战争时，村庄附近，敌人安上了炮楼。一年春天，我从远处回来，不敢到家里去，绕到村边的场院小屋里。母亲听说了，高兴得不知给孩子什么好。家里有一棵月季，父亲养了一春天，刚开了一朵大花，她折下就给我送去了。父亲很心痛，母亲笑着说：'我说为什么这朵花，早也不开，晚也不开，今天忽然开了呢，因为我的儿子回来，它要先给我报个信儿！'"从古至今，写母子亲情的文字数不胜数，可是，将母子之间久别重逢的喜悦用月季来表达的，恐怕只有在孙犁笔下。以淡笔写浓情，孙犁将这样明亮的、喜气洋洋的母子情深永远镌刻在我们的散文名篇里。

读《乡里旧闻》，会看到世间众生。他的字里行间有沧桑孤寒之意，但清冷中有热闹，寂寞中有欢乐。很多人说孙犁的作品有清新之美，那自然是对的，但《乡里旧闻》里的清新是沧桑之后"本来"犹在的清新，是水流过乱石荒野之后的清澈凛冽。好似历经酷寒的山野里的风，包含着暖意，裹挟着质朴。人们都说晚年孙犁发生了重要的变化，的确如此，他的语言风格和审美都在改变，但内在里他有他的不变——他终生怀念冀中平原的风景和乡亲，挂牵那些贫苦和卑微的姐妹弟兄。在某种意义上，孙犁将他的革命生涯、他在中国幅员上的行走，最终浓缩成了独属于他的文学意义上的有情天地。

革命者的有情

孙犁有一篇关于契诃夫的评论，在他眼里，作为作家的契诃夫，"真正拥抱了他那国土上的全部事物，表现在他对人的美和善良的品格的发扬和维护，对于弱小的和不幸的抚养和同情。他常常为美丽的东西被丑恶的东西破坏而痛心，即使是一棵小小的花树，一只默默的水鸟或一处荒废了的田园"。这些评价用在孙犁身上也是合适的。

今天想到孙犁时，我们当然会想到清新、严肃、澄澈，也会想到沉郁。会想到中国文脉中的"无邪"。"无邪"是形容中国诗歌的——尽管孙犁并不是诗人，但是，他用中国诗一样的意境写出了好的作品。孙犁将现实主义写作美学、中国抒情传统与一种雅正的汉语之美结合在一起，在他那些最著名的篇什里，有属于中国美学的清新、留白与写意。

当然，想到孙犁，我们也会想到那永远的"荷花淀"：绿色的芦苇一望无际。如果是七八月间，你将看到荷花盛开，鲜明纯净，像梦一样。有渔船从水面上倏忽划过，半大孩子们一下子就跃进了水中。这是白洋淀最自然、最日常的风光，它们仿佛从大淀出现就一直在，一直这么过了那么多年。想当年，白洋淀里曾经有过许多抗战传说，但只是口耳相传。直到有一天，这些故事被孙犁写成小说，永远刻在纸上。

想来，真是没有比这更好的相遇了。——白洋淀风光滋养了这位作家的成长，这位作家也以自己独具一格的文字构建成了名为白洋淀的文学故乡。

（原载《人民文学》2023 年第 5 期）

任溶溶的一个世纪

秦文君

任溶溶是我认识的老先生中少有的幽默派，越老越洒脱，越富有童心。87岁高龄时，他打趣说："都说人生是绕一个大圈，到老年后会变得和孩子一样。我不赞成'返老还童'的说法，因为我跟小朋友从来没有离开过。"

年过九旬，我听他提及："米老鼠比我小不了几岁，我只比米老鼠大几岁而已。"

2022年9月22日晨，任老在睡梦中静静离去，以100岁高龄仙逝。追悼会定于9月25日在上海龙华殡仪馆举办，仅限于家人和亲属参加。我和女儿萦袅托长期陪护任老的任公子荣炼代办一个花篮，挽联一时也想不出新颖的，以"文华留千古，高风昭后人"作为哀悼，心里被悲伤和不舍堵着，可是又能怎样。

任老不喜欢黯然神伤，他是一个可大可小的人。

说他大，是指他的文学造诣和文化光辉，著作等身，心胸豁达，智慧大，境界高。说他小，是他的童心和纯粹所决定，他爱好玩的事，花100年在大千世界洒脱地为所爱的事业走一回，他注定不喜欢人潮涌动的追悼会。

记得五年前，浙江少年儿童出版社和上海文联联合召开任溶溶作品研讨会，任老本人没有出席，说是身体原因，估计也怕兴师动众，劳烦朋友，怕有人说好话，怕热闹之后骤然的寂寥。

我相信任老只要一息尚存，生命犹在，依然不让人说自己是"返老还童"，依旧会和可爱的米老鼠一比大小，他爱一切有意思的、新鲜的事物，喜欢自由自在。这样洒脱的人，千万人中找不到一个。

一、著作等身的大作家

20 世纪 80 年代，我刚跻身青年作家之列，在少年儿童出版社旗下的《少年文艺》杂志任编辑，就在编辑部的大办公室里认识了任老。

当时《少年文艺》编辑部气象万千，每天的读者自发来稿铺天盖地，编务必须把稿件压得结结实实，一麻袋一麻袋按日期码起来。那时节是杂志的鼎盛期，编辑部仿佛一个艺术沙龙，往来无白丁，大师名流常来喝茶、聊天。

任溶溶先生经常到访编辑部，他曾在这家出版社工作多年，成名作《没头脑和不高兴》也在《少年文艺》1956 年第二期上首发，这里算他的"娘家"。他来这里熟门熟路，游刃有余。

结识任老使我惊喜，他是我敬佩的作家之一。我念小学时看过任老改编成美术影片《没头脑和不高兴》，在那个年代，中国小孩接触到的人文关怀是狭窄而有限的，这成了我童年里的一抹亮丽的色彩。

和任老认识后，凡听到他的"名人逸事"，自然会记得格外上心。任老的原名任根鎏，广东鹤山人，1923 年 5 月 19 日出生于上海虹口。1940年 10 月，热血青年的他到苏北参加新四军，出发那天正值 10 月 17 日，为防止家人来部队找他回家，他依照日期改名叫"史以奇"，后来领导说："姓别改，就叫任以奇吧。"他在新四军大半年，后因身体原因离开部队，在上海参与地下工作。

新中国成立后，任老长期在少年儿童出版社任编辑、编辑部主任，后来才调到上海译文出版社任编审，他既是翻译家，又是具有国际声望的儿童文学大家。

在文学界，任溶溶这三个字如雷贯耳，那是他的笔名，但比他身份证上的真名响亮多了。他笔名的来源好玩又随性，当年任老在一次翻译童话后，顺手将女儿任溶溶的名字署为了笔名。

也许任老觉得有趣，也许他觉得无妨，反正他从此将这个笔名留下来，让这名字载入儿童文学史册。

任老自 20 世纪 40 年代开始儿童文学的翻译，后来开始创作，在长达七八十年的写作生涯中，他创作出一大批脍炙人口的童话作品，风格自然、亲切、风趣、幽默的《没头脑和不高兴》《一个天才杂技演员》，童诗《爸爸的老师》《你们说我爸爸是干什么的》等，他努力创作优质的文学作品，故事里蕴藏着爱和智慧、对世界的见识，影响了整整几代中国儿童的成长。

特别可贵的是任老翻译外国儿童文学作品，译作洋洋大观，无比浩瀚。他能用俄、英、意、日四种语言翻译，我印象特别深的译作有普希金童话诗，马雅可夫斯基、马尔夏克等人的儿童诗，以及《夏洛的网》《彼得·潘》《柳树间的风》《随风而来的马丽波平斯阿姨》《马丽波平斯阿姨回来了》，还有芬兰童话《魔法师的帽子》，瑞典童话《长袜子皮皮》《小飞人》等，任老从意大利文译过来的《木偶奇遇记》，流传很广。

广大的中国孩子、家长、老师、同行的儿童文学作家从任溶溶大量译作中了解到世界上有那么多的著名作家和著名的作品，并通过他译介的优秀作品得到新颖别致的借鉴、可贵的文学视野和人文境界。

任老在儿童文学领域的重要贡献，有口皆碑。2006 年他荣获陈伯吹儿童文学奖杰出贡献奖，2009 年被授予"资深翻译出版人纪念牌"。任老谦虚地说："我惊讶自己翻译了那么多书，不过我翻译的是很薄的儿童读物，人家的一本书，我可以变 100 本。"

儿童文学作家、翻译家的职业，看上去轻松，有乐趣，仿佛只是将好玩的故事、优美的诗意、奇妙的想象糅合在一起，顺手拈来，看着出版社将它们变成活泼的书。其实，真可谓外行看热闹，内行看门道，儿童文学不是小儿科，这一行门道深，要挺拔地立足于繁茂的文学之林，是不易的。儿童文学家应该是文学家，要有很高的文学修养。翻译也是这样，要有文学造诣和艺术悟性。

任老作为一个真正的大作家和大翻译家，内心怀有无形的责任，文化情怀和高度的自觉，他坚守文学的珍贵，为抵达艺术的高度，他一生都在不断学习，超越自我。

何况，任老的译稿总字数逾千万字，是真正的著作等身。

可以想象多少个夜晚，任老将自己封闭在小屋子里，面对一面墙，孜孜不倦地写作，不论寒冬和酷暑。他深深沉醉于对文学的无限痴迷中，沉浸在他对儿童文学的无尽的热爱里，不然怎么解释一个人从中年一直到耄耋老人，连续七八十年抵抗了寂寞和惰性，抵抗着无数诱惑，专门孜孜不倦地做这一件事。

二、永不停息的智者路

任老自小爱读书，5 岁进私塾，识了许多字，爱看小人书和连环画。进小学念一年级的时候，他已会用文言作文，读旧式章回体小说。小学三四年级，他读到开明书店出版的儿童读物，如叶圣陶的《稻草人》《文心》，还有翻译的《木偶奇遇记》《宝岛》等，感觉读到心里去了，这在他心里种下了对书的情感。

抗战爆发后，任溶溶在英国人在上海开办的雷士德中学学习，高年级同学里有地下党员，介绍他读进步书籍，其中有刚出版的《鲁迅全集》，他深受影响。

任老饱览了中外语言学书籍及古典文学作品，也爱上苏联文学和外国文学，他的英语是在学校学的，俄语是请俄罗斯人到家里教的。

1946 年，任老看到英文版《国际文学》上刊登的土耳其小说《黏土做成的炸肉片》，将这一篇外国儿童小说翻译出来，虽说是碰巧翻译的，但想不到从此与儿童文学结下不解之缘。不久，任老的一位大学同学去儿童书局编《儿童故事》，急需找人翻译作品，跑来找到他，任老乐呵呵地帮着翻译了。

之后任老经常去英国人开的一家书店找资料，看到迪士尼出的书，真心喜欢，买回来陆续翻译，从此一头栽进去了——他不仅把约定的翻译稿子投给《儿童故事》杂志，还自译、自编、自费出版 10 多本儿童读物，如《小鹿斑比》《小熊邦果》《小飞象》《小兔顿拍》《快乐谷》《彼得和狼》，基本都译自迪士尼的英文原著。

翻译的外国优秀儿童文学作品越来越多，他渐渐领悟到优秀的作家怎样从丰富的生活中找到灵感，体会其中的妙处，不知不觉一个想法冒出来：为什么我不能把生活中的感受写出来呢？他用一个小本子记下生动的故事和各种奇思妙想，小本子上的记载越来越丰富了，他便毫不犹豫地开始了儿童诗、小说的创作。

持之以恒，逐步推进，他创作出《我的哥哥聪明透顶》《爸爸的老师》等一大批儿童诗，1956 年，他创作了至今使人津津乐道的《"没头脑"和

"不高兴"》，一举成名，但他依旧忘不掉自己的初衷：将世界各国好的儿童文学作品翻译到中国来。

他的翻译不是照搬，更不是依葫芦画瓢，而是再创作。对于译文，中国的翻译界一直在谈论"信达雅"问题。任老认为这是个重要的问题，他的译作在文字上下了大功夫，译文既忠于原作的精神风格，又朗朗上口，奇妙可爱。他试图努力把原作中作者说的外国话用中国话说出来，但求"信"，这个信的含义是原文"雅"，他也雅，原文不"雅"，有时原作者要小读者懂他浅显的儿话，那翻译的时候也尽量做到"达"。在任老看来，译者像个演员，要揣摩不同作者的风格，善于用中文表达出来，好比代替外国人用中国话讲他要讲的故事，Yes 就是 Yes，No 就是 No，不仅原作是怎样就翻译成怎样，尽力还原，而且要体现故事、文笔里应有的玄妙。

任老在这方面做到炉火纯青。一次在儿童文学笔会后，我们一起用午餐，任老说起他想去一趟邮局，将新完成的译稿寄给出版社。我问他底稿留好没有，他说没有。我说一定要记得寄挂号。他说不用的，他每次都是按平信邮的。

千辛万苦翻译出一部作品，不留底稿，呼啦一下寄走了，听起来不可思议。我捏着一把汗，暗想：万一寄丢了，又没有底稿可怎么办？

任老看出我的顾虑，眉毛一扬，说："寄丢了的话，大不了我再译一次，保证译出来的是一样的。"

我听后心中震动，这样的功夫还了得。任老翻译如此走心，一行行的译文仿佛是镌刻在他心上，在灵魂里。

任老一生异常努力，艰难、恶劣的环境也难以阻挡他朝着理想前行。1995 年我调任到《儿童文学选刊》担任副主编，要在封二刊登整版任老的照片。任老寄来他的童年照片，伏案写作的照片，还有一张是他在二十世纪六七十年代在干校当"猪倌"的照片。我觉得不可思议，去电话询问。任老特意强调当猪倌的照片对于他很重要，当年去"五七干校"，他被分配在饲养场养猪，当时和他搭班的是著名电影演员孙道临。养猪是很多人嫌弃的工作，但他欣然接受，大夏天和孙道临两个光着膀子清洗猪圈，晒得黝黑。

因为养猪场就三两个人，离开营地比较远，不用每天和大队人马一块学习，每天喂猪吃食时忙一阵，其余时候空闲，他利用这空余夜以继日地自学意大利语和日语。隔了不几年，他就能翻译意大利文的《木偶奇遇记》以及优秀的日本儿童文学。电话里他还笑声朗朗地谈自己是"因祸得福"。

任老七十多岁时，特意又花上一年多的时间，重译了《安徒生童话全集》，由丹麦首相哈斯穆斯亲自授权。他翻译安徒生童话全集，有高度认可安徒生的因素，安徒生是一个悲天悯人的人，吃了许多苦，尝遍人生的炎凉，心里依旧有光芒，写下很多乐观的作品，成了世界级的文学大师。

任老认为安徒生从小听了很多民间故事，所以创作的童话跟传统的民间故事关系密切，比如《皇帝的新装》就是从西班牙的民间故事改编过来的。

翻译这些篇章时，任老尽量用口语，不文绉绉，而是讲普通的大白话，目的是尽量接近民间故事的面貌，让小孩子一看就懂。

功成名就的任老从不会悠着点，八十多岁的时候还常去百佳超市，去看进口食品，为的是翻译到外国儿童文学作品对于食品的描写，可以对应起来，翻译得更为传神。

近一百岁时，任老戴上了氧气面罩，但还每天坚持写作，写出一篇篇脍炙人口的随笔和散文。

有才华，爱生活，坦荡，睿智的任老，这么努力呢，他在文坛的声望和贡献，是凭借无数看得见或看不见的奋斗获得的，他是用心耕耘的人，自律的人，聪明的人，坚定的人，始终为了他所热爱的儿童文学事业。

三、罕见的大快活

任老写过"没头脑和不高兴"，也曾多次自嘲自己有时就是"没头脑"。其实不然，任老在大事上理性，是极有抱负和使命感的人，只在小事上宽容，随意。

任老在自述里提到，他从小就是一个大快活的人。念小学时，同学给他一个绰号，叫"大班"。后来学了英文，他了解到"大班"是英译，这英文词的意思是派头很大，什么都无所谓。他恍然大悟，同学们都觉得他这个人什么都不在乎，大大咧咧的。

反正自我认识任老以来，好多次看到任老穿着格子的绒布衬衣，颜色很靓，跑到出版社来参加活动，就是老顽童，乐天派，他说话率真，风趣，笑声朗朗，让周围人也高高兴兴的。他跟文学晚辈都合得来，安然、低调，毫不矫饰，是性情中人。

大家都喜欢任老，和他无拘无束，嘻嘻哈哈。后来我女儿戴萦袅长大了，她也喜欢任老的书，特别是任老翻译的芬兰童话《魔法师的帽子》，书里呈现一个清新、纯净的北欧童话世界，人物译名也有趣：小木民矮子精、小嗅嗅、小吸吸、某甲、某乙……她还喜欢任老的译作《随风而来的玛丽阿姨》，神奇保姆玛丽阿姨乘东风而来，又随西风而去，把班克斯家的孩子们带上奇幻之旅。

任老听说后，特别高兴，每次出版了新书后就寄来了，戴萦袅十岁时幸运地收到任老给她邮寄的一本译作《邮递员的童话》。他在扉页题上她的名字。如今回想起来，感觉戴萦袅走上儿童文学创作和翻译道路，任老是冥冥之中的引路人。

再后来，戴萦袅也成为一名作家，成为中国作协会员，出版《微观红楼梦》以及人气童书《小熊包子》等 200 万字的作品。

2019 年 8 月，经上海作家协会儿童文学委员会牵头，96 岁高龄的任溶溶与 31 岁的戴萦袅结对子，来了一场主题为" '没头脑和不高兴' 的他遇到了 '小熊包子' 的她"的文学对谈，《文学报》用一个整版的篇幅刊登这一老一少的对谈。

2019 年 9 月，任老给戴萦袅创作的新书《小熊包子》题字，特意写上：小朋友长大了，她写出了小朋友们都会喜欢的《小熊包子》。一代一代小朋友长大，又写出给一代一代小朋友看的好玩儿童书。那天任老戴着氧气面罩，却不忘反复叮嘱戴萦袅要多写一些。

任老愿意和一个比他小 65 岁的"小朋友"对谈，体现出任老的"可大可小"，他与年轻人打成一片，因为他有大师的宽阔胸怀，对青年作家们寄予无限的厚望。

生活里的任老，还是一个高级别的美食家，他知道我爱美食，也会透露给我，哪家超市出售的瓶装鹅肝好，买的鳝鱼丝回到家如何烹调，怎么搭配调料；他还会谈及他喜欢到哪里吃早餐，哪家的午餐好吃，有一次他把一家不错的饭店名写在纸条上递我。

有一次我特意找了几个同事，一起去任老点赞的餐厅打卡，想象着任老是如何在这里度过美好的餐桌时光。我们惊喜地发现任老推荐的焖肉面有特色，推荐的咖啡套餐价格亲民，任老真是很会找餐厅。

2008年春季，我去泰兴路找任老商谈主编幼儿读本，他有点恍然地说，有风声传来，泰兴路的老房子要拆迁。我说拆迁不错，有了大房子，可将您的作品摆一面墙。想不到任老叹口气，摇头说："我在老窝里写作了几十年，都习惯了。"

据说任老还找到他的发小兼好友、翻译家草婴倾诉，吐槽自己不想拆迁，忍不住大皱眉头。他恋旧、重情，对老房子寄予了太多的情感。尽管他常年写作、生活的一楼不算舒适，房子不大，一头通往厨房，有一扇通往小花园的门，采光不明亮，屋里陈设简单，一张桌子，一张床，当时那一张3尺半的床上，一半堆满了书，估计连翻身也难。

但任老并不向往去住现代的大房子，安于在"老窝"写作，面对旧旧的墙壁，一盏孤灯，他还得意地和我们调侃说："我晚上写作不寂寞，有情人陪，我的情人就是一支支香烟。"

很庆幸，任老的房子至今没有拆迁，晚年的他得以一直守在安逸的、让他心安的老宅里。

还有一次，任老破费请我们吃大餐，那次是香港儿童文学学会的会长潘明珠到沪，约我和她一起与任老在上海杏花楼喝茶、用餐。那天任老来得最早，自告奋勇点菜，他想也没想就点了精华的广帮叉烧、醋泡猪脚，还有虾饺、萝卜糕等一大桌广式点心。吃了一会，我去柜台想把账结掉，结果收银员不肯，说任老特意提前结了账。任老是这家坐落在福州路的老饭店的常客，他来出版社办事，会在这里停留、用餐。

回家后，我在网上买了一份任老喜欢的广东餐厅的套餐，随时可以去吃，半年内有效，将提货券邮寄过去，不久遇见任老，他说我太客气，约了下次再聚。

后来，没有下次了。任老生病了，坐了轮椅后他不愿出来，后来戴萦袅去任老爱吃的餐厅打包了美食到他家，可此时的任老已不能正常品尝美食了，让人心里一阵难过。

2021年3月，有朋友传来消息，说任老身体欠佳，不想吃东西，我忙和任公子荣炼通电话。大概相隔了一两天，任老送给我一份意外惊喜，他写了纸条，用粗大的笔画写的："秦文君的书——上海作家秦文君，她写男生和女生，孩子读到她的书，就会跑进书当中。"

我感恩年迈的任老对我真挚的鼓励和对我作品《男生贾里》《女生贾梅》的厚爱，他永远是那么周到和绅士，对后辈作家怀有一片拳拳的关爱。

任老大气而坦荡，他说过："我的性格深刻不了，干别的工作不会像做儿童文学工作那样称心如意。或许很多人会说悲剧可能更接近现实，但那不关我的事，我希望团圆。尤其是给孩子看的书，还是让美好多一些吧。"

他还说："我认为儿童文学作家最快活的是，当小孩子很小的时候爱读你的作品，但是小孩子都要长大的，等到他长大后，还是觉得你的作品是有艺术价值的，思想是好的，能给他帮助的，这才好。我认为做儿童文学作家，一定要做这样的儿童文学作家。"

任老做到了，超额了，他是天生的儿童文学作家，生活中寻常不过的事，任老可以感受到其中的雅，以及拨开云雾看到新奇的快乐，这是他的天性所致，也是他后天练就的通达。

上海有任老这样一位大师存在，是上海儿童文学界的光荣与自豪。现在任老永远地离去了，我们非常不舍。唯一安慰的是最爱自由自在的他没有遭受更多的苦痛，是在睡梦中安然离世的，任老用一个世纪，潇洒地完成了对儿童文学的大使命。

任老是百年中国儿童文学中的智者和强者，他以他的艺术才华和无限热情，创作的光芒照耀着千万后来者。

（原载《世纪》2022 年第 6 期）

编后记

王清辉

　　回看一年来的散文创作，我们读到了很多富于创造性的作品，尤其有一些作品将视野聚焦于当下，体现着新的时代特点。本书编选的是本人目力所及的一些有代表性的年度作品，无论是描摹生活的真实和情感的真挚、还是记录行旅经验的体察与日常感受的幽微，这些作品无不是融入了作者独特的理解和感悟，通过各自不同的视角和笔触，共同绘就出我们这个时代的整体样貌。

　　这些散文长短不一，按照不同的主题大致可以分为五类面向：个人成长、乡土关怀、行旅经验、人生感怀、怀念故人。不同的主题中，通过不同的视角，给我们带来不同的阅读感受。无论写的是人生感喟还是人情冷暖，作者调动自己的亲身经历，记录下自己的经验，连带出细微的生命感觉，在质朴的生命舒放中，让我们能够清晰地看到岁月的倒影。散文的趣味，也正在于此。面对世间的变与不变，写作中的所思所感就尤其意味深长，无论是对故乡的回望，对时光沧桑的感怀，还是对人文自然、山河草木的歌赞，当具体的回忆与感情融为一体，就呈现出同一种底蕴丰厚的美感在不同时序中的不同变奏。

　　如果说每个人都是一个丰富的世界，那么其丰富的生命、开阔的眼界、心灵的景观，包括对社会对人生的看法，都是源于找寻自我、发掘人生的旅程。在散文写作中，最吸引人、最为真实的是生命本身作为隐形存在的光泽，终极目的都是让人在追忆和回忆中热爱生活本来的面目。

　　散文一般来说文本结构不复杂，但是内容和情感常带有多重性，解读起来也并不容易。比如说，我们在《邦尼布古河》中读到一段援助非洲的中国团队的故事，作者将援建队长老张道义与本领兼具、敬业与牺牲同在的精神，连同在当地像面粉似的被零卖的水泥，写得生机勃勃，富有感染力，我们由此知道他们在遥远的西非，体验着别样的生活滋味。又比如说，散文家通常能敏锐地通过一个细节，来带出一段完整的生活气氛的记忆。更值得关注的问题还在于，当我们将视线投向万千世界，我们观察到的不是世界本身，而是在每个人不同的思考方式下暴露出来的世界的一隅。作者的审美趣味及其内心的情感内涵，直接决定了散文的品质。

朱自清先生说："文学的标准和尺度的变换，都与生活配合着……表面上好像只是求新，其实求新是为了生活的高度、深度和广度。"在散文记录下的时代和生活的样貌中，我们总能看见自己熟悉的那一种，让人感叹作者对时代生活描摹的精准；时常也能看见令自己意料之外的那一种，让人惊叹作者选取视角的独特。散文应是一个包罗万象的万花筒，能阐释从生死、到故乡、到未来等等方面的思索；散文又是一个社会百相的浮世绘，让我们看见了人类从过去到未来，从行为到思绪的万千形态。因为散文在实际写作中边界不断被拓宽，能够牵涉和包容的内容也变得愈加繁复，我更加期待在将来的散文写作中看到更新的思考、更多样的趣味和更丰富的姿态，为我们打开眼界，不断寻找到新的情感共鸣。